谨以本书纪念贵州建省600周年

本书由贵州省社会科学院资助出版

CHAO JING CHAO
WENJI JIAOZHU

巢经巢文集校注

【清】郑　珍　著
黄万机　黄江玲　校注

中央民族大学出版社
China Minzu University Press

图书在版编目（CIP）数据

巢经巢文集校注/（清）郑珍著；黄万机，黄江玲校注. —北京：中央民族大学出版社，2013.12

ISBN 978-7-5660-0585-4

Ⅰ. ①巢… Ⅱ. ①郑…②黄…③黄… Ⅲ. ①古典诗歌—诗集—中国—清代②古典散文—散文集—中国—清代 Ⅳ. ①I214.92

中国版本图书馆 CIP 数据核字（2013）第 284978 号

巢经巢文集校注

著　　者　［清］郑　珍
校　　注　黄万机　黄江玲
责任编辑　张　山
封面设计　布拉格
出 版 者　中央民族大学出版社
　　　　　北京市海淀区中关村南大街 27 号　邮编：100081
　　　　　电话：68472815（发行部）　传真：68932751（发行部）
　　　　　　　　68932218（总编室）　　　　68932447（办公室）
发 行 者　全国各地新华书店
印 刷 厂　北京宏伟双华印刷有限公司
开　　本　787×1092（毫米）　1/16　印张：21
字　　数　360 千字
版　　次　2013 年 12 月第 1 版　2013 年 12 月第 1 次印刷
书　　号　ISBN 978-7-5660-0585-4
定　　价　58.00 元

前 言

奇书之在世，譬犹金珠美玉蕴蓄于山渊，必有金光上属霄汉，历久而不可磨灭。今先生遗书播行海内，闻者乡风，士大夫转相逐刻，其犁然有当于人心，不待智者而知已。

这是黎庶昌《巢经巢文集序》中的评语。郑珍《巢经巢文集》5卷，由高培谷出资，初刊于四川资州。民国年间，陈夔龙花近楼刊印《郑珍君遗集》，收入文集。赵恺编辑《巢经巢全集》，也收入文集，补充遗文。

有清一代，桐城文派活跃二百多年，虽不能独霸天下，但其影响相当深远。生长贵州山区的郑珍，力主自打自唱，不受诸门派约束。郑知同《子尹府君行述》中称乃翁散文“纯白古健，变化曲折，不预设局度，任其机轴，操纵自如。比成，乃无不应矩”。他不固守成法，但他对历代名家文集多烂熟于胸，对韩、柳之文尤为心仪，从中领悟精微，不期然而形成自家法度。刘大杰称他“为文守韩、柳家法，行文谨严”（《中国文学发展史》），评论恰切。

郑珍散文成就，晚清学界就有颇高评价。其恩师程恩泽侍郎，是宋诗运动领袖，文章称天下宗伯，门生多是当世名人，但都弗能为其文，“其能为侍郎之文者，遵义郑子尹一人而已”（翁同书《巢经巢诗钞序》）。莫友芝曾戏谓：“论吾子生平著述，经训第一，文笔第二，歌诗第三。而惟诗为易见才，将恐他日流传，转压两端耳。”百多年来，郑珍的诗名如日中天，有“清诗冠冕”之誉，文名却暗然不彰。就其创作实绩而论，郑氏散文并不在诗歌之下。

卷一中“考”和“问答”为考据文章，大半为历史地理学专著，考证牂牁郡所属十七县地理位置，颇为精审。其他文章，体裁、内容不同，约可分为三个方面：记人叙事；纪物；书札与序跋。

记人叙事散文。

这类文章有传记、行状、墓志铭及部分序和记。写人的文章，除一般情况介绍外，着重抓住典型事件和细节，突显人物性格特征。如《送潘明府光泰归桐城序》中写判案这一细节：

继余于子午山买田一区作母兆，后有林焉。一无赖目若吉若主穷弱甚，因祖中一冢胁夺其林，两氏构讼。议者曰："两氏券皆故无专归，此判意或中分乎？"及质出券，公怒掷无赖者曰："是他券易今地以图人者也！"众视地名处，果窟笼痕。无赖树领一一服，求免罪。出，众人咸辖舌语："是诚鬼神不及知，官乃知之。"

几十个字描述一桩疑难案件审理过程，不仅主审与被审者的神色声态，而且把听审者的神态、言谈都写得活灵活现，突显潘氏的精敏练达。

郑珍仲舅黎恺（字子元）为人倜傥仗义，有担当。《子元仲舅黎公行状》中写道：

丙午（1826 年）会试在京师。珍同年友曾某死。庞然一巨尸，噤齿弩目，状可骇。及敛，同乡者骈观于门，其兄某绕四墙哭，畏不敢近。公呼余曰："人孰不死？吾与若衣而冠之，易耳。"乃就敛。今其兄得知县去，道及公是时，犹泣下也。

众人畏缩，黎公挺身而出，豪壮之气概，令人敬服。

叙事散文有一些被选入全国性的选集，成为近代名篇。如《巢经巢记》、《斗亭记》、《望山堂记》、《米楼记》、《迁居纪事》等。《梅峧记》写母亲把花钵中百叶梅"解放"而植入园圃，繁衍成梅林；后移植于望山堂的梅屺之上。每当梅花盛开，形成"瑶林"、"琼海"般的美景，令过往行人啧啧称羡。但母亲已不能亲自欣赏，只成为墓门前的一道风景。徒增怀母之思。这类文章，翁同书认为"悱恻沉挚，似震川《先妣事略》、《项脊轩志》诸篇"（《巢经巢诗钞序》），与归有光的文章风韵相近。

纪游散文。

郑子尹善于抓住自然物的突出特征，以细腻婉曲的文笔加以描绘，使其形色声态宛然在目，生意盎然。如《游大觉寺》写潭水一节：

大穴閜然，石离奇斜下，极于潭。日光罅入渲之，水非金非碧，似井西晴岚，暖翠山头。鱼数群，倏来倏去，坐观鱼台睨之，似游晴窗下玻璃缸中。

水影澄彻，色彩绚烂，静谧境界中，游鱼梭动，生机勃郁，有化工之妙。

《游回龙山记》写山中奇石、怪树与清泉，发掘出异样的美。此山为碧云峰延伸而出的石丘，下临穆家川。先写其石：

> 其山阴肉局阳骨。骨者石也，外著者也。以负蓄厚，故其石硌硌角角：壁者、窟者、室者、突者；脊而下迤者，脟而上累者；欹蓊丕思，若騕而若飞者。靡不骈驳斓斑，以合为此山。

用古僻怪异之字，描写奇异的山石，也是郑氏文章的一“奇”。再看奇树：

> 上干青天，下临沉渊，而其气一泄于树。故其树直上数仞而不拔，横出数丈而不折；随石之高下，楚楚莽莽，而柯茎棽离可数。

石山长树，而且挺直坚韧，枝叶繁茂，已够奇特。每当风吹过来，别有一番声响：

> 每与高风相遇，则枝叶上下，若江之涛，海之涛。其中朝晖夕曛，若螺蚌摇光于方丈、圆峤也。

在这里可听到江涛、海潮般的树叶鸣声；而且可以在朝阳夕照之时，看见海上仙山间出现“螺蚌摇晃”。这是“声奇”和“光奇”。除此之外，还有一奇：

> 有伏泉息于踵，洌而清，其声泠泠，尝之则甘，使人忘机。惟智者别之，外人徒震骇于岩壑树木之足骇异而已。

如此美景与美泉，只有智者才得以享受。如此石山，人们司空见惯，只觉其骇异而已。郑珍这位美景鉴赏家，终于独具慧眼，发现它蕴含的奇特的美，形诸美文，传诸后世，使后来者得赏其美。这样的文章，可与柳宗元《永州八记》相媲美。

书札与序跋。

这类文章，或记述身世遭际，抒写襟抱，或畅叙友情，切磋学问，或谈论世态，品藻艺文，最能体现作者的性格与器识。

《上俞秋农先生书》中，谈个人的志趣与心性。如云：

> 人窭人子，幼来饥寒造极，计无复去处，念读书一端，天当不能禁我。以故略有知见，视人间所论所尚，不如意为多。而又强于腰，讷于口，处稠众之中，大都听之不解，群方赞和，己独嘿然，人遂以为骄；偶一言，又不当人意，人遂以为狂为妄。其实，某朴拙人也。得左右先

生二三日，即见之矣。

郑氏生性耿介，不随流俗，被人误认为狂妄。在一些序、跋的末尾，有时随意记下写作时的环境与心绪，借以窥见作者的直率秉性和心理活动。如《守拙斋诗钞序》之末写道：

久怀蜀山，欲作汗漫游，一探浣花、眉山之气而屡不果。今闻君早晚将游成都，大好。白须红带，狂歌唱答。对此茫茫知不得相从也。抚此稿为怅然。

好友李蹇臣之子在蜀中作官，迎他去奉养，将有浣花、眉山之游。子尹早有此愿而不可得，既钦羡又怅惘。

又如《跋自书元章〈志林〉》写道：

极不喜作字，数日极喜作字，似是经巢中当有此手书米老《志林》也。渠云："意欲贮之，随意落笔，皆得自然。"又云："折腰为朱，大非得已。此卷慎勿与人。"于我今日，极是一分之契，惟心知耳。时下榻经历废署。市人祭鬼，纸钱火照山，凉风吹败柳，声飒然。心境子午山左右。道光二十二年七月十五日子尹书。

朱元章（芾）老人作书时的心境，子尹与之有一分之契，可谓千年知己。而此时，子尹为母亲守孝除服不久，为处理《遵义府志》刻印的善后事宜而留在府署，中元节未能返乡祭祖，见市人烧纸祭祖，引发对子午山母亲墓通的怀念。随笔点染，亲情浓郁，自然流露。

文集中有两篇"杂文"：《乞巧文》和《隶对》。后一文借驯狗以讽刺官衙的"差狗崽"。文笔摇曳多姿，模写声吻神态，极讽喻之能事。妙语解颐，韵味盎然。

要而言之，郑子尹为文，首重熔裁锻炼，行文严谨而颇自如，舒朗而紧凑；构思精巧多变，评议简炼活泼。或时夹古典奇字，别添古雅情趣。

《巢经巢文集》有多种版本。除高本、陈本外，民国年间有文通书局印本（内容同高本和陈本，增加《祭莫贞定先生文》一篇）。中华书局据此版本辑入《四部备要》丛书。赵恺本（即贵州省政府《巢经巢全集》本，刊于 1940 年）编次有调整，补充跋与书札、赞、铭数篇。1994 年贵州人民出版社出版《郑珍集·文集》（由王锳、黄万机点校），以《四部备要》为底本。2012 年上海古籍出版社出版《郑珍全集》（由黄万机等点校），其《巢经巢文集》以赵恺本为底本，另增加16篇文章，辑为《巢经巢逸文》附后。

这部校注本，以《郑珍全集》的文集和逸文为准，逐篇加以注释。郑先生学识渊博，用典新奇古奥，注释起来相当困难。笔者才疏学浅，错失难免，望方家指正。

小女江玲，研究郑珍诗文集有年，参加本书注释，以求深研。

癸巳初冬　万机识于南明河畔

目 录

巢经巢文集卷第一

巢经巢文集卷第二

巢经巢文集卷第三

巢经巢文集卷第四

巢经巢遗文

巢经巢文集序

黎庶昌[1]

义郑子尹征君[2]，为西南儒宗[3]数十年。生平著述甚富，致极[4]精严，未尝如俗儒苟操铅椠[5]也。

道光中，郡太守聘撰《遵义府志》，成书四十八卷。同时刻者有《樗茧谱》一卷，《母教录》一卷。迨咸丰中，治许郑学益精，“三礼”、“六书”洞晰渊微。乃家刻《巢经巢经说》一卷，《说文逸字》二卷，《巢经巢诗钞》九卷；唐威恪公树艺[6]为刻《播雅》二十四卷。同治三年，先生没后，遗著尤多。威恪公子、今中丞炯[7]续刻《仪礼私笺》八卷、《郑学录》四卷于蜀中。独山莫君祥芝[8]刻《轮舆私笺》二卷于金陵。至光绪四年，四川川东道、归安姚君觐元[9]编《咫进斋丛书》，为刻《说文新附考》六卷。粤东广雅书局，南皮张尚书之洞[10]所设者也，又采刻《汗简笺正》八卷、《亲属记》二卷于《广雅丛书》中。由是，先生著述约略已具。然其精者尚有[11]《考工皂氏图说》一卷、《巢经巢文钞》五卷。《诗集续钞》□卷无传本，资州刺史高君培谷[12]惜焉，复任剞劂[13]，而先生之书始克告全。自余虽有一二遗编，皆非其至矣。

奇书之在世，譬犹金珠美玉蕴蓄于山渊，必有精光上属霄汉，历久而不可磨灭。今先生遗书播行海内，闻者乡风，士大夫转相迻刻，其犁然有当于人心，不待智者而知已。然卒成此一篑之功使无放失者，高君也。

光绪十九年十二月 遵义黎庶昌

【校注】

［1］黎庶昌（1837—1898），字莼斋，贵州遵义人，郑珍表弟。早年入曾国藩幕，为“曾门四大弟子”之一，近代散文名家，后出使西欧，历任驻英、德、法、西班牙使馆参赞。两度出使驻日本国公使。返国后任四川川东道道员。著有《拙尊园丛稿》、《西洋杂志》等。在日本辑印《古逸丛书》。

［2］征君：不受朝廷征聘之士称为“征士”，征君是对“征士”的敬称。同治二年十一月，经大学士祁寯藻密荐，清廷征发郑珍、莫友芝等十四人为

知县，分发江苏。郑、莫均未应征。

［3］儒宗：儒者的宗师。《史记·叔孙通·赞》："卒为汉家儒宗。"郑珍有"西南巨儒"的美誉。

［4］致极：达到极点。

［5］铅椠（qiàn）：铅，铅粉笔；椠，木板。古人用以记录文字。这里指著作，也可以指校勘。

［6］唐树艺（1793—1855），字子方，遵义人。嘉庆举人，由知县历任湖北布政使。为官清廉，有政声。后在湖北金口与太平军作战失利，跳江而亡，谥威恪。著有《待归草堂诗文集》、《梦砚斋词钞》等。曾出资刊印《播雅》一书。

［7］唐炯（1828—1908），字鄂生，晚号成山老人，树艺次子。道光举人。由知县、知府、道员、布政使，擢至云南巡抚。后以巡抚衔督办云南矿务。得授太子少保衔。著有《成山庐稿》、《援黔录》、《四川盐法志》、《成山老人自撰年谱》等。出资刊印《黔诗纪略》。

［8］莫祥芝（1826—1889），字善征，号九茎。独山人。友芝九弟。历官江宁、上海等县知县，太仓直隶州知州，三品知府衔。办事勤慎，敢锄豪强，被誉为"风骨遒劲"的循吏。主修《上元江宁县志》、《通州志》。

［9］姚觐元，字彦侍，湖北归安人，文田孙。道光举人，官至广东布政使。有《大叠山房诗集》。所刻《咫进斋丛书》，世多称之。

［10］张之洞（1833—1909），字孝达，一字香涛。清直隶（今河北）南皮人。其父张锳在贵州作官，之洞出生于贵阳六洞桥馆舍。同治进士。历任两广、两江、湖广总督达三十年，后为军机大臣，体仁阁大学士。谥文襄。著有《輶轩语》、《书目答问》、《广雅堂集》等，有《张文襄公全集》行世。

［11］有：原文作"其"。据花近楼刻本《郑征君遗著》改。

［12］高培谷（1836—1896），字怡楼，贵筑（今贵阳市）人。以庄子，廷瑶孙。致力于经世之学。在四川梓潼、西充、绵竹任知县，政声颇著，丁宝桢誉为"循吏第一"。任资州知州，政绩尤佳。

［13］剞劂（jī jué）：刻刀。泛指书籍雕版。

巢经巢文集序[1]

高培谷

遵义郑子尹先生研精经史，穿穴深邃[2]，具有心得。乾嘉以来，东南诸巨子无以过之。生平著述十余种，近年先后传刻略备。去年，得其《巢经巢遗文》数十篇，编为五卷校刻之。

其文守韩、柳家法，谨严峭洁，不落宋以后体势。知经生家读书既多，根柢槃深。即其议论之文，亦非常人所能规仿。中间于地理、水利辨析明了，关系一省舆地之学[3]。盖自贵州入版图以来，未有人考证精确、豁若发蒙[4]如今日者也，岂独先生一家之学哉！

光绪二十年正月 贵筑高培谷

【校注】

［1］此文，赵恺本未收。今据花近楼本补入。

［2］穿穴：同“穿凿”，此处作深究琢磨解。刘知几《史通·自叙》：“莫不钻研穿穴，尽其利害。”深邃：精深。

［3］舆地之学：即今之地理学。舆地，指地图。《汉书·江都易王非传》：“具天下之舆地及军陈图。”

［4］豁若发蒙：豁，开朗。发蒙，启发蒙昧。《文选·（枚叔）七发》：“发蒙解惑，不足以言之也。”

巢经巢文集

卷第一

考

牂柯考

牂柯郡所以名[1]，汉以后有二说：《华阳国志》[2]云："庄跻[3]出且兰伐夜郎，植牂柯[4]系船。跻王滇池，以系船，因改且兰为牂柯国。"此一说也。《水经注》[5]："牂柯江中两山，左思《吴都赋》所谓'吐浪、牂柯'（今'吴都赋'无此文[6]）"。《后汉志》注云："牂柯，江中名山。"（《通鉴》注引。今《后汉书》注无此文）此又一说也。

今按：跻之王滇，《史记》在楚威王时；《后汉书》在顷襄王时。要其时并在战国。据《管子·小匡篇》云："桓公曰：'余乘车之会三[7]，兵车之会六[8]，九合诸侯，一匡天下……南至吴、越、巴、牂柯、瓜长、不庾、雕题、黑齿，荆夷之国，莫违寡人之命。'"注："皆南夷国号[9]。"是齐桓定伯[10]之时，南夷已有牂柯国。虽不定始于何代，要是自周以来，即与雕题、黑齿著号荒服[11]，先于庄跻六七百年，不待庄跻以船杙[12]为名，较然矣。且如常氏之说，则且兰自跻后名牂柯矣，何以终西汉之世，止称且兰，不一及牂柯乎？

愚以《管子》书考之，牂柯自是三代时要荒中一国，其名"牂柯"者，按《异物志》[13]云："有一山在海内，小而高，似系船筏，俗人谓之越王牂柯，远望甚小而高，不似山，近望之，以为一株柏树在水内。"又《交州记》云："侯石孤绝，高数丈，名为牂柯，在海中。"二书皆以牂柯在海中，与谓在江中且是两山者不同，要必有此山似系船之牂柯，故山以为名，而其山或在国境内，故以名为国。魏晋以前盖必有师也。其国在春秋时必雄大著称，与吴、越、荆、巴等。故齐桓数南国之从命者亦屈指及之。自战国以后，别无考见。

据《后汉书》："夜郎东接交趾[14]，西有滇国。北有邛都国[15]，各立君长。"其疆域之广远，必不在秦后始开拓而然；而其域中又必合有三代时诸南蛮小国，乃成一大夜郎国。唐蒙[16]通道时，《史》独称"见夜郎侯，约置吏"。可见其时诸国受夜郎辖制已久，汉使止得夜郎听约，诸国即无不听约矣。此可见秦以前、战国以后夜郎即大。其时牂柯与且兰、鳖令[17]等国必同属夜郎。《史记・西南夷传》所称此诸国及夜郎旁小邑者，即指牂柯等等。秦汉虽皆置吏，而此诸国君长不改。故且兰国在征南夷时仍称“且兰君”，而钩町、漏卧、同并诸侯亦如旧也。

在开牂柯郡时，十七县地为旧国不知凡几，非一牂柯所能尽，而以牂柯旧名兼之。如巴郡之兼夔、苴[18]等国，蜀郡之兼徙、莋[19]等国，皆从其旧著者名郡，非牂柯先本是且兰，亦非牂柯即是夜郎。常氏不关会[20]《管子》书，臆创跻改且兰为牂柯之说，后人不能细究原始，相沿梦梦[21]，俱可置而不论云。

【校注】

［1］牂柯郡：汉武帝元封五年（公元前110年）建置牂柯郡，领十七县，以且兰县（今福泉、瓮安一带）为郡治，夜郎县（今安顺、平坝等地）为都尉治。其余十五县为鳖（今遵义、绥阳、桐梓等地）、平夷（今毕节、大方一带）、谈稿（今普安、晴隆等地）、宛温（今兴义、兴仁等地）、谈指（今册亨、望谟、罗甸一带）、毋敛（今独山、荔波等地）、镡封（今广西省隆林、西林等地）、毋单（今云南省罗平及贵州普安、关岭的一部分）、同并、漏江（今云南省峨山、玉溪一带）、西随、桑进（今云南省元江、新平等地）、都梦（今云南省华宁等地）、钩町（今云南省通海等地）、漏卧（今云南省广南及广西部分地域）。

［2］《华阳国志》：晋常璩撰。12卷，附录1卷。记述古代巴蜀地区历史、地理、风俗以及公孙述、刘焉、刘备、李特等事迹。从远古至东晋永和三年止。巴蜀地域在近代属梁、益、宁三州。《书・禹贡》有“华阳、黑水惟梁州”之句，因以“华阳”为书名。

［3］庄跻：楚国人（约生活于公元前4世纪至3世纪之际），楚庄王之后。顷襄王时，使庄蹻将兵循江上略巴、蜀、黔中以西，至滇池。拟返楚，值秦军占领黔中郡，路塞，遂以其众王滇池，世代承袭。汉武帝时，以其地建益州郡。

［4］牂柯：船只停泊时系缆绳的木桩。

［5］《水经注》：《水经》，汉桑钦撰（据考证可能是三国时人著），记河流水道共137条。北朝郦道元作注，补充记述河道至1252条。所注以水道为纲，记述范围颇广，自地理情况到历史事迹、民间传说等，征引浩博，内容丰富，文章生动多采。是一部著名的地理学巨著。

［6］吐浪、牂柯：《吴都赋》中有“修鲵吐浪”、“槟榔无柯”之句，与“牂柯”无关。

［7］三：原文作“九”，误，据《管子全译》本（贵州人民出版社 1996 年，第 330 页）改。

［8］六：原文作“三”，据《管子全译》本改。

［9］南夷国号：尹知章注：“皆南夷之国号也。”瓜长，古代字书未收，不知读音。尹桐阳疑为“长瓜”，即“长沙”。不庾，疑为“北朐”。《山海经·海内南经》：“雕题国、北朐国皆在郁水南。”郭璞注：“点涅其面，画体为鳞，即鲛人也。”大约在交趾。《礼记·王制》：“南方曰蛮，雕题、交趾，有不火食者矣。”孔颖达疏：“题，谓额也，谓以丹青刻其额。”黑齿：安井衡云：“岭南之人食槟榔，其齿变黑，因以名其国。”

［10］定伯：奠定霸业，即称霸。伯（bà），通“霸”。

［11］荒服：“五服”之一。古代王畿外围，每五百里为一区划。按距离的远近分为五等地带，称为“五服”。其顺序由近至远为侯服、甸服、绥服、要服、荒服。服为服事天子之意。荒服为最边远的地域。

［12］船杙：系船缆的木桩。杙（yì），一头尖的短木，小木桩。

［13］《异物志》：记载珍奇物类的书籍。有多种。《隋书·经籍志》二著录有沈莹《临海水土异物志》一卷，朱应《扶南异物志》一卷，万震《南州异物志》一卷，杨孚《交州异物志》一卷；《旧唐书·经籍志》上著录有陈祈《畅异物志》一卷；《新唐书·艺文志》三有沈如筠《异物志》三卷。这里指最后一种。下文《交州志》，即《交州异物志》。

［14］交趾：也做“交阯”。古地名，本指五岭以南一带地域。汉武帝置交趾郡。相传其地人卧时头外向，足在内而相交，因称交趾。

［15］邛都国：古代我国西南少数民族组建的一个小邦国，在今四川省西昌县东南。《史记·西南夷传》：“自滇以北，君长以什数，邛都最大。”汉代置邛都县，属越巂郡。明为建昌卫，清改为西昌县。

［16］唐蒙：汉武帝时任番阳令，后拜中郎将，奉命通西南夷。将千人，食重万人，从巴符关入，见夜郎侯多同。蒙厚赐，谕以威德，约为置吏，使其子为令。夜郎旁小邑皆听蒙约。还报，武帝以其地置犍为郡。后以唐蒙为犍为都尉，治南夷道。道通，皆置邮亭。又通西夷。

［17］且兰、鼍令：均为夜郎国旁小邑。且兰邑在今贵州福泉、瓮安一带。汉武帝时置且兰县。鼍令：本为人名，因继望帝而为帝，领有其国。《蜀

王本纪》载：望帝治汶山下邑曰郫，积百余岁。荆地有一死人名鳖令，其尸亡，随江水上至郫，与望帝相见。望帝以鳖令为相，以德薄不及鳖令，乃委国授之而去。这里以鳖令代指其国。

［18］夔：春秋时国名，又称夔子国，后为楚所灭。今湖北秭归县东有夔子城，即夔国故地。苴，古国名。《华阳国志》载：昔蜀王封其地于汉中，号曰苴侯，因命之邑为葭萌。苴侯与巴王为好，巴与蜀为难，伐苴。苴奔巴，求救于秦。

［19］徙、莋：均古国名。《史记·西南夷传》："自巂以东北，君长什数，徙、莋最大。"莋（zuó），我国古代西南地区部族莋都的简称。其地在今四川省汉源县东北。

［20］关会：涉及。

［21］梦梦（méngméng）：昏乱。《诗·小雅·正月》："民今方殆，视天梦梦。"

白锦堡考

《宋史》："端平三年，以白绵堡置播州[1]"。"绵"乃"锦"之误。自王象之《舆地记胜》[2]谓"南平军在白锦堡，去播州三百里"，后地志皆沿之，堡遂在綦江境内矣。

今考《潜溪集·杨氏家传》[3]："光荣[4]籍播州二县地〔千七百里〕[5]献于朝，诏即其地建白锦堡。"此堡名所由此也。又云："轸[6]病旧堡隘陋，乐堡北二十里穆家川山水之佳，徙之。是为湘江。"此即今遵义府治。云在堡北二十里，则堡在今遵义府治南二十里无疑。若堡在綦江境上，去穆家川三百里而遥，杨氏无故舍其世守远徙，如此，已大非情事。且由綦江往今府治，地越溱、珍二州[7]。杨轸，宋高宗时人，其时溱、珍境内皆有土豪据守，安得任其自由？且杨氏自唐末以来，世守只是播州，若自是始徙穆家川，则前此皆在南平军矣，不与史志大舛[8]乎？

然则，《家传》得其实矣。又按：《家传》序端[9]之入播云："端诣泸州、合江，径入白锦，军高遥山，据险立砦，结土豪为久住计。"又序实弟先、蚁[10]拥兵事云："先据[11]白锦东遵义军，号下州。蚁据白锦南近邑，号杨州[12]，称南衙将军，举兵攻先，且外结闽兵为助。〔谢巡检子都统谓昭子贵迁曰：'蚁召仇雠而贼同气，罪不容于死，盍讨之？'〕[13]杨贵迁〔遂〕[14]发大兵，设伏[15]于高遥山，要其归而击之，闽大溃，赴水死者数千。蚁亡入闽。”观《传》文，可知白锦堡为杨端前旧名，至光荣献地建堡，乃得堡称。所谓高遥山，在今府城西三十里，山麓即松邱寺。所称闽，或称罗闽，即今水西。所称赴死之水，即今乐闽河。“乐闽”盖“罗闽”之讹，当时河西即近闽地。观《传》三公[16]归闽事云：“阿永蛮发兵纳三公界上。”则闽、播以罗闽河为界甚明白。所谓遵义军[17]，乃宋于唐之遵义县置者，地为今之绥阳。此史家据后追称，时尚未置军也。

统《家传》前后文绎之，知杨端入播，其路由合江入仁怀，径至高遥山立砦，以备攻守，白锦必在山之附近。定播之后，遂世居之。想其时唐之州治在绥阳者，遣子弟分守而已，故宋即堡置播州，而以唐州置军。今绥阳正在府治之东，于治南二十里之白锦堡亦在其东。宋文宪据《谱》立《传》[18]，故能事事实合，可以裁度诸史。堡去播三百里之说，止见其诬矣。

今府城南四十里有市曰懒板凳，西距高遥山十里。市名极无意义，疑其地即古之白锦。自杨轸北徙穆家川，人以其地在南，遂称为南白锦。南、懒，白、板两声；锦、凳叠韵，历久音讹，遂成今称。或曰：“如此，即与二十里不合。”曰：“白锦之地广矣，藉此相沿旧称，知故堡要在其近，岂方数丈之外，遂不可以‘白锦’之名被之乎？”

【校注】

［1］“端平三年”句：见《宋史》卷八九《地理志》。端平，南宋理宗年号，三年即公元1236年。

［2］《舆地纪胜》：宋王象之撰。200卷，据各郡图经录其要略而成。每郡自成一章，各邑次之。山川、人物、诗章附于后。

［3］《潜溪集·杨氏家传》：明宋濂撰《潜溪集》。宋濂（1310—1381），字景濂，号潜溪，金华潜溪人。随朱元璋起兵，为明开国功臣，官至翰林学士，《元史》总裁官。善文章，为明一大家。卒谥文宪。《杨氏家传》：播州宣慰使杨鉴请宋濂写《杨氏家传》。起自唐末杨端，迄于元代杨元鼎，凡二十世。宋氏有《杨氏家传论》一文，阐述杨氏历传六百年而不衰的因由。

［4］光荣：即杨光荣。播州土官杨贵迁之次子，杨光震之弟，光震死后，文广嗣位，文广死后，惟聰嗣立。此时，杨光荣谋害惟聰，未成，便以地献朝廷，建白锦堡（据考证，应是建播州）。播州由此分裂而为上、下州，历七世始合。

［5］“［ ］”中的文字，据《遵义府志》补。

［6］轸：指杨轸，字德舆。播州杨树土官第十一世承袭者。其人“美髯长身，状貌甚伟，刚勇果决，人服其能”（《家传》）。

［7］溱、珍二州：《宋史·地理志》：“大观二年（1108）别置溱州及溱溪、夜郎两县。”地域在今桐梓的松坎一代。“珍州，唐贞观中开山洞置。唐末没于夷。大观二年（1108），大骆解上下族帅献其地，复建为珍州。宣和三年（1121 年）承州废，以绥阳县来隶。县二：乐源、绥。”其地域在今绥阳及桐梓一部分。

［8］舛（chuǎn）：相违背。

［9］端：指杨端。《元史·杨赛因不花传》（按：即杨汉英传）载：其先太原人，唐季，南诏陷播州，有杨端者，以应募，竟复播州，遂使领之。五代以来，世袭其职。又《明统志》云：宋开熙间赠太师。

［10］实弟先、蚁拥兵事：据此文之意，杨先、杨蚁为杨实之弟。但细读《杨氏家传》，先、蚁应是杨实之子。杨实是杨三公之次子。《家传》云：“三公生二子：宝、实。宝当立，自以不才，让实。”可见杨实别无兄弟。《家传》又云：“实生昭，字子朗。既嗣世，二弟先、蚁各拥强兵。先据白锦堡东遵义军……”可证先、蚁为杨昭之弟、杨实之子。杨昭之子贵迁，嗣位。出兵至南川，得暴疾。将还，其季父先使南川巨族赵隆要杀之。”杨先是杨贵迁的“季父”，可证杨先是杨昭的季弟。

［11］据：原文作“聚”，《杨氏家传》作“据”，依《遵义府志》引文改。

［12］杨：原文作“扬”，据《遵义府志》改。

［13］［14］“［ ］”中引文据《遵义府志·土官》补。

［15］伏：原文作“覆”，据《遵义府志·土官》改。

［16］三公：指杨三公，杨部射之子，牧南之孙。

［17］遵义军：《宋史·地理志》：“大观二年（1108），播州杨文贵献其地，建遵义军。宣和三年（1121），废州及县，以遵义砦为名，隶珍州。”按：军为宋代第二级行政区，在路之下，与府、州、监平级。大抵矿务区叫监，厢军（地方军）区叫军，冲要之区设府，平常地区设州。第三级行政区为县。

［18］据《谱》立《传》：宋濂（谥文宪）依据杨鉴提供的《杨氏家谱》而撰写《杨氏家传》。

驳朱竹垞《孔子门人考》（辛酉）

竹垞朱氏[1]既著《孔子弟子考》，又以七十弟子之徒公羊高、谷梁赤[2]等为门人，著《孔子门人考》。谓欧阳子[3]言“受业为弟子，受业于弟子者为门人”。稽之《论语》，所云门人，皆受业于弟子者。“颜渊[4]死，门人厚葬之”，此颜渊之弟子；“子出，门人问”，此曾子[5]之弟子；“子疾病，子路使门人为臣”，此子路[6]之弟子；“子夏之门人问交于子张[7]”，此子夏[8]之弟子。《孟子》云：“门人治任将归，入揖于子贡”，此子贡[9]之弟子。

斯言也，害《经》之至。按《论语》记孔子言行，其或曰“门弟子”，或曰“门人”，皆孔子之弟子也。所以称“门弟子”、“门人”者，古之教育家有塾，塾在门堂之左右，施教授业者居焉。所谓“皆不及门”、“及此门也”、“奚为于某之门”、“于此门也”、“滕更之在门”、“在此门也”，故曰“愿留而受业于门”。《礼记·檀弓》“孔子先反，门人后”，又“孔子与门人立，拱而尚右，二三子亦皆尚右”；又“孔子之丧，门人疑所服，子贡请丧夫子若丧父而无服”；又“子贡曰：‘孔子之丧，门人未有所脱骖[10]’”；《史记·仲尼弟子传》：“自吾有回，而门人益亲。”诸言门人，即弟子也，何有弟子之弟子乃为门人哉？

朱氏所举《论语》，惟“一贯”章[11]疏云：“门人，曾子弟子。”“厚葬”章[12]疏云：“门人，颜渊弟子。”推邢氏[13]之意，盖以文云“子出”，当不在孔子之家，疑者不问孔子而问曾子。厚葬者敢违“不可”之命，而必致其情，是必颜、曾弟子也。然则孔门诸弟子不当互相谘益、亦不当厚葬朋友乎？其说故已难通。至子路预具家臣待庀师丧[14]，何以必使己弟子？当时病终不闲，七十子不将都无一事，止视孔子死于子路弟子之手，而不敢与子路弟子之大葬孔子乎？子路在孔门，自秦商、颜路[15]外，其齿最长，其进道最勇，为同门所素敬。至是不敬，其轻慢之，必有见于词色者。师非孔子，孰无所短？是岂为之弟子者所敢出乎？若“治任将归”之门人，三年之外，服师之心丧毕也，入揖子贡，嚮哭失声，去者留者痛师之不复见也。使为子贡弟子，何以归必三年之外而入揖者皆痛哭也？《论》、《孟》所有门人，为朱氏未举者，更有“童子见门人惑”，此谁氏之门人？“盆成适[16]见杀，门人问”，岂适亦宜有弟子乎？若“问交子张者”，《经》明云“子夏之门人”，如朱说，则是子夏弟子之弟子也，而云子夏之弟子，是门人、弟子依然无别，直自相矛盾矣。朱氏他考订多纯确，此乃大缪，诚所不解。

详欧阳子《跋孔宙碑阴》[17]，徒见其四十二人称门生，又有十人称弟子，以为必有分别，因云“亲受业者为弟子，转相传授[18]者为门生”。不知门生、弟子原皆门人之称。《宙碑》云：“故吏门人乃共勒石示后。”而其阴由门生、门童而故吏而故民，止矣；继十弟子在末，则续添出钱之人，故变门生题弟子。亦犹《杨著碑阴》，前已题“右沛君门生”，末又题“右三人沛君生”，为续添而省“门生”为“生”耳，岂“生”与“门生”又有别哉？洪景伯已觉欧说不安，增一语曰“总而言之，亦曰门生”，以求通于他碑之止称门生者。不思他碑固可通，在《宙碑》明是“门生”、“弟子”分题，如其说，则称门生者必受业于称弟子者也。题名固可以学子居前、先生殿末乎？

朱氏又云：“《隶释》、《隶续》所载诸碑，有弟子复有门生，知门生、弟子固别。”按：汉碑有弟子复有门生者，唯一《孔宙碑阴》。即以《宙碑》而论，《碑》云“门人”，而《阴》并有“门生”、“弟子”。是门生、弟子皆为门人，又安云门人止是门生也？若他碑，惟《谒者景君碑阴》皆称“弟子”，而先题“诸生服义”者，则“弟子”即是“门生”。《杨震碑》，其孙统之弟子所立，而云“统之门人陈炽等缘在三义，一树玄[19]石于坟道”。《杨著碑》，其弟子及季父秉、从兄统之弟子所立，而云“门徒小子，丧兹师范，故树斯石”，其阴则题“后公门生、沛公门生”。《逢盛碑》，其父之弟子所立，云“感激三成，一列同义”，其阴徐承四人，题“家门生”。《鲁峻碑》：“门生三百二十人[20]，追惟游、夏[21]之义，作谥宣父，谥君曰忠惠父。”夫曰“缘在三”、“丧师范”、“感三成”、“追比游、夏作谥”，非受业弟子而何？则“弟子”、“门人”、“门生”是一无别。证以汉碑，益明白矣。

或曰：“《后汉书·郑康成[22]传》‘门生相与撰诸弟子问五经为《郑志》’，‘门生’与‘弟子’明别，朱氏据欧、洪殆未必非。”曰：“此修辞之体然尔。若云‘门生撰门生’、‘弟子撰弟子’即不成文语矣。《郑志》实成弟子赵商、张逸等撰，故唐刘知几《议》[23]则云：‘郑君卒后，其弟子追论其师所著述及应答时人，作《郑志》’。是《康成传》正‘门生’即‘弟子’之确证，与《史记·仲尼弟子传》云‘仲由门人请为弟子’措词正同。若诚有别，然则子路之及孔门，是由孔子之再传弟子先容欤？”

或又曰：“《后汉书·李固传》云‘固下狱，门生王调贯械上书证其枉。及固死，弟子郭亮负斧锧乞收固尸’；《贾逵传》云‘拜逵所选弟子及门生为千乘王国郎’。此又岂是无别者？”曰：“此言之门生，不可与门人共论也。汉时，弟子称门生，而凡在门下奉教令。不必师其学问者亦称门生。《郅寿传》‘窦宪常使门生赍（jī）书诣寿有所请托’；《杨彪传》‘黄门令王甫使门生于东兆界辜搉[24]财物’，及此两《传》之门生皆是也，特如今所谓‘门子’、‘门丁’耳。”

顾亭林[25]云：“汉人以受学者为弟子，其依附名势者为门生。”亦与史传、诸碑舛背。迨降至六朝，仕官者皆名门贵族，寒畯[26]无出身之路，相率趋附世家，列其门籍为门生。如《南史·顾琛传》“琛以宗人顾硕寄尚书张茂度门名者”，乃得如亭林所云耳。其时，初至者入钱为贽[27]，甚乃重赇赂[28]以求充。梁顾协有门生，始来事，知协廉洁，不敢厚饷，止送钱二千，协怒，杖之二十；陈姚察有门生送南布一端、花练一匹，察厉声驱出；而宋颜竣多假资礼解为门生，充朝满野，殆将千计：可见也。其人供使令贱役，又似令奴仆之类。晋王微尝将门生两三人入山采药；陶渊明使以门生、二儿舁篮舆[29]；周嵩嫁女，门生断道；庾子舆之官巴陵，勒门生不许辄入城市；刘瓛游诣故人，惟一门生持胡床随后；徐湛之谋逆，谓范蔚宗已报臧质，悉携门生义故前来应，得健儿数百：皆其证。《顾琛传》称“尚书省等门有制：八座[30]以下，门生随入者各有差，不得杂以士”。是所谓门生且非士流，更何受业之有？然借其资可以得官。陆慧晓[31]为礼部尚书，王晏典选[32]内外要职，多门生义故。又王琨[33]为吏部，自公卿下至士大夫，例用两门生。江夏王义恭[34]属用二人，后复有所请，琨不与。则当时门生授官且有额例，故宋孝武[35]责沈勃周旋[36]门生，竞受贿赂，少者至万，多者千金。是其为名利之阶梯，正与今之具贽拜门生拔擢、藉袒蔽者同。不得以与弟子称门生者并言也。

【校注】

[1] 竹垞：朱彝尊（1620—1709），字锡鬯，号竹垞，清浙江秀水人。康熙十八年（1679），以布衣举博学鸿词科，授翰林院检讨。参修《明史》。富藏书，学门博洽，精于考证金石，长于古文与诗词。著有《曝书亭集》、《朱陈村词》（与陈维嵩合著）、《日下旧闻》、《经籍考》。为康熙诗坛盟主，与王世祯齐名，有“南朱北王”之誉。

[2] 公羊高：战国时齐人，子贡弟子。作《春秋传》。谷梁赤：春秋时人，子夏弟子，作《春秋传》。

[3] 欧阳子：指欧阳修（1007—1072），字永叔，自号醉翁、六一居士。宋庐陵人。官至枢密副使、参知政事。著名诗人和古文家。著有《新五代

史》、《集古录》，合修《新唐书》。后人辑有《欧阳文忠公集》153卷。

[4] 颜渊：颜回（前521—前490），字子渊，春秋鲁人，孔子弟子。孔门中以德行著称。后世尊为“复圣”。

[5] 曾子：此指曾参（前505—前435），字子舆，春秋鲁国南武城人。孔子弟子，以孝行著称。著有《曾子》4卷。

[6] 子路：仲由（前542—前480），字子路，一字季路。孔子弟子。有勇力，后世以之作为勇士的代称。

[7] 子张（前503—?），姓颛孙，名师，字子张。春秋陈国阳城人。孔子弟子，曾从孔子周游列国。《论语》中有《子张》章。

[8] 子夏（前507—前400），卜商，字子夏。春秋卫国人。孔子弟子，长于文学。相传曾讲学于西河，序《诗》传《易》，为魏文侯师。

[9] 子贡（前520—?），姓端木，名赐，字子贡。春秋卫国人。孔子弟子，能言善辩，善经商，家累千金。曾任鲁国、卫国之相。

[10] 脱骖：《礼记·檀弓上》：“孔子之卫，遇旧馆人之丧，入而哭之哀，出，使子贡说骖而赙焉。”说，同“脱”。是谓解下两旁驾车的马，以助治丧之用。

[11] “一贯”章：在《论语·里仁》篇第十五章。

[12] “厚葬”章：在《论语·先进》篇第十一章。

[13] 邢氏：指邢昺（932—1010），字叔明。宋济阴人。曾任翰林侍讲学，官至礼部尚书。撰有《论语疏》、《孝经疏》、《尔雅疏》。

[14] 庀（pǐ）：具备。《左传·襄》五年：“季文子卒……宰庀家器，为葬备。”

[15] 秦商、颜路：秦商，字子丕（一说字丕兹），鲁国人，孔子弟子。颜路，颜无繇，字路，颜回之父，孔子弟子，少孔子六岁。

[16] 盆成适：《孟子》作“盆成括”，战国时人。孟子称其小有才，未闻大道。仕齐见杀。

[17]《跋孔宙碑阴》：此文载欧阳修《集古录》（又称《集古录跋尾》）。所集录金石之文，“上自周穆，下更秦、汉、隋、唐、五代，外自四海九州，名山大泽，穷崖绝谷，荒林破冢，莫不皆有”。每文各为跋尾，有四百多篇。

[18] 授：原文作“受”，词义不谐，因改。

[19] 玄：原文作“元”。清代，为避康熙帝玄烨讳，常把“玄”字改作“元”。今改正。

［20］三百二十人：此文有误。《欧阳文忠公集》卷十五《集古录跋尾·后汉鲁竣碑》云："门生于商等二百三十人，谥曰忠惠父。"应以此为准。

［21］夏：子游、子夏，均孔子弟子。子夏见前注［8］。子游，姓言名偃，字子游，春秋吴国人。长于文学。仕鲁，曾任武城宰。

［22］郑康成（127—200），郑玄，字康成，东汉高密人。学识博通，遍注五经。今惟存《毛诗笺》、《周礼注》、《礼记注》。清郑珍撰《郑学录》四卷，卷一为传注，二为年谱，三为书目，于郑玄生平及学术辑述颇详。

［23］刘知几（661—721），字子玄，唐彭城人。历任史官二十多年，著述颇富，今存《史通》内外四十九篇，论述诸史体例，阐明撰史义例，评述以往史书利病，颇多精辟之见，是我国古代史学重要著作之一。《议》，此指对《郑志》的评议。

［24］辜搉：也作"辜榷"，垄断或独占的意思。这里指对财物进行专卖，独占其利。

［25］顾亭林（1613—1682），顾炎武，字宁人，号亭林。明末江苏昆山人。明亡，义不仕清。学问渊博，开清代朴学之风，著述极丰，有《日知录》、《天下郡国利病书》、《肇域志》、《亭林诗文集》等。

［26］寒畯：同"寒俊"，指出身寒微而才能杰出的人物。

［27］贽（zhì），初见尊长时所送的礼品。

［28］赇赂：贿赂，私赠财物以请托于人。

［29］篮舆：也作"篮舁（yú）"，指竹轿。

［30］八座：封建王朝的高级官员。东汉以六曹尚书、令、仆射为八座。魏、晋、南朝以五曹尚书、二仆射、一令为八座。隋、唐以六尚书、左右仆射及令为八座。

［31］陆慧晓：字叔明，南齐人。清介自持，不杂交游。累官南兖州刺史。人称其心如照镜，遇形触物，无不朗照。

［32］王晏：字休默，南齐时人。明帝谋废立，晏有佐命之功，领太子少傅。帝疑其欲反，被诛。典选：掌管官员选拔。

［33］王琨：南齐时人，官至侍中。谦恭谨慎，俭于财用。

［34］王义恭：无考。

［35］宋孝武：指南朝宋孝武帝刘骏。

［36］沈勃：南朝宋时人。好为文章，轻薄逐利。官给事中，还乡招募兵员时，多收货贿。后被诛杀。周旋：应酬，打交道。

问　答

鳖县问答

或曰：《方舆纪要》[1]以鳖在遵义，又曰在陆凉[2]，两歧其说。段玉裁[3]以谓在陆凉为非，然亦安见遵义必是乎？曰：陆凉在盘江之南，盘江在延江[4]之南，延江在岷江之南。凡《前汉志》所列犍为之水[5]，皆至鳖入延；鳖县之鳖水亦入延。若鳖在陆凉，则邑之水不能越盘江而入延江；且延江于陆凉相去悬绝，汉阳之汉水[6]，符之温、黚[7]水，何由南绝盘江而至与陆凉乎？此鳖之为遵义最明白者也。

或曰：汉开牂柯，置十七县，延江之西不能以鳖县尽之，岂无当他县者？曰：牂柯十七县，余尝以《前汉志》水道验之：且兰有沅水[8]，至益阳入江[9]；镡封有温水，至广郁入郁[10]；毋敛有刚水，至镡中入潭[11]；夜郎有豚水至广郁[12]；西随有麋水[13]，都梦有壶水，并至麋伶入尚龙溪[14]；句町有文象水，至增食入郁[15]。又以《水经注》水道验之：温水经牂柯毋单县，注于温[16]；麋水迳谈高[17]县，亦注入温；叶榆水东迳同并县，又东迳漏江县[18]，又入西随县，出进桑关[19]。凡此诸水，俱在今延江之南、盘江之北，下流入湖南、广东、广西及交趾。可见且兰、镡封、同并、毋敛、夜郎、毋单、漏江、西随、都梦、谈稿、进桑、句町十三县，并不在延江之北。其谈，晋属夜郎郡[20]；漏卧，晋属兴古郡[21]。兴古郡在盘南；夜郎郡，据《后汉志》，郡有不津江[22]。不津即盘江，即使此两县亦不在延江之北也。惟平夷县，据《华阳志》，有安乐水[23]；而《水经注》"符县治安乐水会"，则平夷当在延江之北。

若鳖县，据《前汉志》鳖下言鳖水入延（今本作"入沅"，误，详《水道考》）；犍为郡符下言温水南至鳖入，水亦南至鳖入延（今本作"入江"，误，详《水道考》）；汉阳下言汉水东至鳖入延。符，今四川合江地；汉阳，今贵州之黔西南州、毕节县偏永宁一带地。温水即遵义桃溪，水即绥阳洪江，汉水即黔西渭河[24]，安乐水即仁怀赤水。和诸水原委求之，可见渭河南岸即平夷境，其北岸鳖境也。桃溪源处即符县境，其下所经，鳖县境也。此鳖之西界。西北界、西南界可推也。若南与东南，其以延江为界，显然明白。由东南而东为湄潭，而东为龙泉[25]、务川，而东北为正安；西南境而北为桐梓，乃循娄山崖门而南，至渭河北岸，是为鳖县旧境。娄山崖门之西，今仁怀地，皆符县境。由务川而北，乃由正安而东北，其于渭河限定，而今遵义府不尽是牂柯郡地者，亦有不尽得鳖县旧地者矣。

或曰：今遵义府东西八百里，南北四百里，又增以湄、龙、务川，即除仁怀入符，以此当鳖一县，毋太阔乎？曰：汉置边荒郡县，不可以中州例也。如牂柯初止十七县，其后置益州、晋宁、建宁、云南、兴古、平夷、夜郎、平乐、河阳、梁水、西平诸郡，一郡所领县少不下二三，皆是此十七县地。以今地验之，十七县居贵州大半省，兼广西亦有其地。其为辽阔何如也？鳖一县合以今地，较之他县，余以为独狭，尚嫌太阔乎？

或曰：据《华阳国志》及《水经注》，犍为郡治在鳖县矣，何以后归牂柯？且何以延江之西孤悬此县？必不属犍为。曰：此于史传无明征，然其故可以时势推也。知此，则鳖县之为遵义益无疑矣。盖广汉由巴、蜀二郡分出[26]；犍为郡又从广汉分出[27]。此常氏书可据者也。当唐蒙见夜郎侯约置吏，还报，即立犍为郡。是时，夜郎及诸小国本贪汉缯帛，料其地终不为汉有，聊且听约耳。彼既听约，则且分广汉旧入版图之地，增以夜郎之傍蜀一隅置犍为郡，以延江为南界，前临夜郎，后据蜀、广，而即依延江立郡治于鳖，设守令以制之，使退可恃，进可图。蒙之计至矣。迨其后，蜀四郡开西南道，数岁不通，死者甚众，西南夷且数反，则夜郎诸国不受约束可知。洎筑朔方，罢西南夷，独置南夷两县都尉，令犍为自保[28]，就知汉之威力不暇远顾，止使守令自为保守，随所便就；及终不能保，势不得不退倚蜀、广矣。

顾自建元六年置犍为郡，经六年至元光五年，即移郡治北至南广[29]。一鳖县之地遂若弃若存。夜郎既不能越江而与汉争，想汉太守亦时时羁縻[30]之而已。后十九年为元鼎六年，且兰灭，夜郎入朝，乃置牂柯郡[31]，画以夜郎之地隶之。是时鳖与牂柯地界止隔一延江，去南广几一千里，去牂柯郡治且兰远仅半之。其于统辖为便，于是乃以鳖隶牂柯。此皆可以时势推度而得者。

【校注】

［1］《方舆纪要》：全称《读史方舆纪要》，清代顾祖禹撰。该书130卷，据史考订地理，详于山川险易及古今战守成败之绩，而景物名胜皆在所略。顾祖禹（1631—1692），字景范，江苏无锡人，精史地之学。

［2］陆凉：地名。元置州，明设卫，清改为州。故治所在今云南省陆凉县东北。

［3］段玉裁（1735—1815），字若膺，号茂堂。清江苏金坛人。乾隆举人，曾任贵州玉屏知县。学通经史，精于音韵训诂，著《说文解字注》30卷，成一家之学。

［4］延江：即乌江。

［5］《前汉志》：指《汉书·地理志》。犍为郡所属十二县，符县有温水、黚水；广南县有符黑水、大涉水；汉阳县有汉水。

［6］汉水：出自汉阳山闟阘谷。按：汉阳在今贵州赫章、毕节一带。汉水即今六冲河，乌江北源。

［7］符之温、黚水：《前汉志》："符：温水南至鳖入水，黚水亦南至鳖入江。"源出今遵义城北大娄山南麓。

［8］沅水：这里指沅江的上游清水江。

［9］至益阳入江：此言有误。资水在益阳入洞庭湖，而沅江在常德（古称武陵）入湖。

［10］镡封：牂柯郡十七县之一。地域大约在今广西壮族自治区的德保（清镇安府）、崇左（清太平府）之间。温水为今左江、右江。旧时官书称黔江为右江，郁江为左江。两江合流成为浔江。广郁，今广西桂平。

［11］毋敛：牂柯郡十七县之一。地域在今都匀、独山一带。刚水即今都柳江。镡中，属郁林郡，在今广西柳城一带。潭，指潭水，源于今黎平境，注入都柳江，入广西境称融江，经柳城至柳州，改称柳江，与红水河汇流后称黔江，至桂平有郁江注入，称浔江。

［12］豚水：上源为北盘江，与南盘江汇流称红水河。

［13］西随：牂柯郡十七县之一。地域在今云南元江、新平一带。麋水，古称叶榆河，今为澜沧江。

［14］都梦：牂柯郡十七县之一。在今云南平远街、马塘一带。壶水：上游为盘龙江，流入越南称明江，宣光以下称宣光江。

［15］句町：牂柯十七县之一。《云南通志》认为旧治在今云南省通海县东北，今建水、通海等地均属句町地域。郑珍考证，句町在广西太平府，即今龙州、崇左、宁明一带。认为是"牂柯东界"。此说似难置信。

［16］毋单：牂柯十七县之一。地域在今云南罗平、贵州兴义、普安一带。这里的温水，系指北盘江。

［17］谈高：即谈稿，牂柯十七县之一。地域当今威宁、普安、晴隆一带。此处“麋水”的流向，与西随麋水流向有异。

［18］叶榆水：即今礼社河。洱海古称叶榆泽，在大理。同并县：牂柯十七县之一。地域在今云南建水一带。漏江县在今云南开远市境内。郦氏误指漏江为叶榆水，以致流向大别。

［19］进桑：牂柯十七县之一。地域在今云南省镇沅自治县一带。此处“又入西随，出进桑关”之说，流向相反，与地域所在不一致。

［20］谈：一作“谈指”。地域当今贞丰、安龙、罗甸一带。

［21］漏卧：牂柯十七县之一。在今云南广南县、泸西县一带。兴古郡：蜀汉置，统十一县。

［22］夜郎郡句：查《后汉书·郡国志》，无“夜郎郡”。有“牂柯郡”。其“谈指”下云：“《南中志》曰：‘有不津江，江有瘴气’。”

［23］平夷县：牂柯郡十七县之一。地域在今贵州毕节、黔西、织金、开阳、修文一带。安乐水即今赤水河。

［24］渭河：在今黔西、金沙境内，汇入野济河，再入乌江，是乌江二级支流。

［25］龙泉：明末建县，今为凤岗县。

［26］广汉：汉高祖六年（前201），分巴郡地置广汉郡。统十三县。

［27］犍为：汉武帝建元六年（前135），分广汉地及夜郎一部地置犍为郡，辖十二县。

［28］“洎筑朔方”数句：犍为郡建置后，唐蒙发士卒数万修筑通南夷道路。山险难修，士卒死亡很多，引发士卒暴动。公孙弘前来视察，认为不便。当时正在北方修筑朔方城，朝廷便决定专力防御北方的匈奴，放缓西夷开发，在南夷夜郎地置两县：且兰和夜郎县，设一都尉驻镇。鳖县地区叛乱严重，犍为郡治北移至僰道（今宜宾），以求自保。

［29］元光五年：公元前130年。南广：在今四川省南溪县。

［30］羁縻：羁，马笼头；縻，牛纼（zhèn）。比喻联络、维系。历代中央王朝对周边民族地区实行“羁縻政策”，借以维持其统治关系。

［31］以上数句：汉武帝元鼎五年（前112）夏，南越王相吕嘉反，武帝命驰义侯遗征发南夷兵前往讨伐，且兰邑君抗命，起兵杀汉使者及犍为太守。元鼎六年（前111），汉兵击破南越，而驰义侯遗与八校尉之兵尚未前往。于是，武帝命八校尉等征西南夷，一举击破且兰，灭且兰君长。夜郎侯入朝，

武帝封其为夜郎王，并在夜郎疆域设牂柯郡，元封元年（前110），牂柯郡正式建立，领十七县，以且兰为郡治。

牂柯十六县问答

或曰：汉武帝置牂柯郡，鳖一县既闻其详，余县十六今犹可指其地乎？曰：名号骤易，境土屡分，一郡一县，割成四五，四五之中，亟有离合。沈休文已言寻校推求[1]，未易精悉也。况汉开边郡，自晋以后，渐非版图。唐开山洞，已不能悉知某为汉某地，所置州县，随立新名，沿革之迹，邈无影响。唐以后地理诸书及贵州省，非夜郎即且兰；及云南者，非建宁即兴古。其实皆凭空揣拟，绝无确见，递相仿据，愈失本原矣。今必欲略见大概，亦可仿佛言之。

故且兰

按《汉·地理志》，此县下，"沅水东南至益阳入江"。武陵無阳下，"無水首受故且兰，南入沅"。《水经注》："沅水出牂柯郡且兰县，为旁沟水，东至镡城县为沅水[2]。"《注》[3]："無水出故且兰，南至無阳故县，东南入沅。"《后汉·西南夷传》："庄豪[4]从沅水发夜郎，军至且兰，椓船于岸而步战。"据此诸文，可见且兰为沅水、無水所出，有可见其疆域必至今沅水上流可通舟楫之处，庄豪水军乃可达其地而椓船也。

無水即贵州之镇洋江[5]，源自镇远府黄平州，经旧黄平、施秉县、镇远县，又经思州府青溪县[6]、玉屏县，入湖南晃州[7]。沅水即今都匀府之清江，源自都匀，经麻哈州、清平县[8]。又一源经黄平来会，过台拱、清江入黎平府开泰[9]县；又经镇远天柱县入湖南靖州[10]，至黔阳县入無水[11]。今之溯源入黔者，舟可直抵镇远城下。庄豪时虽水道较险激，当可达青溪、玉屏间。然则今之镇远一府及贵阳之龙里、贵定两县[12]，平越之瓮安、余庆两县[13]，都匀府之麻哈州、清平县，石阡府之乌江以南境[14]，皆且兰地也。自《元和志》[15]以播州为且兰，后人以遵义地当之，皆沿吉甫之误。

无　敛[16]

按《汉志》[17]，此县下，"刚水东至潭中入潭"。郁林郡定周下，"水首受无敛，东入潭，行七百九十里"。此水在无敛为刚水，即《水经注》之无敛水，注入定周县即为《水经》之周水。《班志》[18]于两县下，叙上下流互相明，足非二水也。刚水即今贵州之独山江。源自独山城西二里简丽寨，东南流，会都匀府王家司、八寨厅诸小水[19]，至三角坉名独山江[20]，一名都江，经古州界入广西天河县境[21]，经思恩县、庆远府，至柳城县城西南合柳江[22]。《水道提纲》[23]谓“源委九百余里”，实柳江西源也。今柳江即潭水[24]，源出黎平府境。《汉志》“潭水出镡成玉山”，则黎平，镡成地也[25]。今柳城即潭中县地，独山江于柳城合柳江[26]，与“刚水至镡中入潭”正合。

定周当今庆远府地[27]，其上游即都匀。则今贵州都匀一府，除清平、麻哈不在外，兼黎平之古州及广西接古州、荔波地，皆无敛县地也。但《水经》“存水”极有误处。郦氏所注又复驳杂[28]，不可不知。《水经》云：“存水出犍为郁鄢县，东南至郁水定周县为周水，又东北至潭中县，注入潭。”按：郁鄢，今四川叙州府地；潭中，今广西柳州府地。由叙永东至柳州，中间赤水、乌江两大水系皆自南趋北，叙州之水焉能绝出广西？《前汉志》止言“定周水首受无敛”，不言出郁鄢；其犍为郡下亦不言有水。《水经》“出郁鄢”句当作“存水出牂柯无敛县”。自《水经》有此误，道元强以诸书附合，云周水[29]“东迳且兰县北”，又“东迳无敛县北，东南与无敛水合。水首受牂柯水，东迳无敛县为无敛水，又东注于存水”。其“温水”注云：“潭水东迳郁林郡潭中县，周水至自西南注之，又东与刚水合。水西出牂柯无敛，东至镡中入潭。”是郦氏以无敛水为一水，入于周水；周水与刚水别是两水；周水合潭以后，刚水始入潭。不知周水、刚水、无敛水止是一流，随地异名。《班志》首尾互足，与叙郁水、桥水一例，遂使经文一误，注文再误。而温水注[30]又云：“豚水经无敛县，无敛水出焉。”是又以无敛水入温，愈胶葛难解矣。

或曰：“《前汉志》‘夜郎豚水’，何水也？”曰：“今北盘江也。”曰：“子以平越、镇远为且兰，以贵阳都匀为无敛，今北盘江绝不经此等处。如子言，则《水经注》‘豚水东迳牂柯且兰县，又东迳无敛县’，何以言之？”曰：此郦氏之驳文也[31]。余以周水为独山江，出之独断，诚有可疑；若沅、無二水之出镇远、平越，入湖南，则无可疑者。入且兰、无敛为盘江之所经，其地必当贵州毕节以东，广西泗城以西[32]；往北则滴澄河、南明河、都江河[33]，入粤入蜀，隔断南北，中间焉得沅、無二水发源、如《班志》所云者？若必《郦注》[34]合《班志》，则镇远南至安顺、兴义，皆是且兰、无敛地矣。两县如此辽阔，必无是理。须知郦氏叙豚水一段文字，其舛误不止此。言地理止当准之《前汉志》，以外则有合有不合，诚不可尽迁就耳！

平　夷

按:《华阳国志》,“平夷郡领平夷、鳖两县”;《宋书·州郡志》[35]同。可知平夷土壤必与鳖县相接,故王逊[36]分此两郡立一郡。其地据《华阳志》云,“平夷县有安乐水”。安乐水即今赤水,至四川合江入江。合江,汉符县地,则平夷必在赤水上流。又《华阳志》朱提郡[37]南泰下云:“自僰道、南广[38]有八亭,道通平夷。”此今由四川叙府出永宁至贵州大定路也[39]。自僰道、南广道平夷程止八亭[40],可见大定府毕节县、黔西、平远两州及贵阳府之开州、修文县[41],皆平夷地。其大定、毕节、黔西之北境接四川永宁一带,则汉阳县南境地,不入平夷界内。平夷地据滇、蜀之要,古蜀汉庲降都督治平夷,总扞益州,至马忠始徙治建宁味县[42]。《方舆纪要》谓“平夷废县在遵义县西北”,极合。又以云南陆凉州为平夷,则大误矣!

夜　郎

按:《汉志》此县下,“豚水东至广郁”。郁林郡广郁下称“夜郎豚水”[43]。《水经》“温水出自牂柯郡夜郎县”。验温水即今北盘江,源出云南沾益州北境,曲折二百里入贵州界,曰可渡河;东流伏大山,至威宁州东南百六十余里天生桥复出,流入安顺府界为盘江;经安顺郎岱厅西南至永宁州西境[44],东经募役司东合南盘江[45]。古之溯源者,当自天生桥下入安顺境始。即今贵州安顺府地即汉夜郎县也。

按:《宋书·州郡志》计宁州属郡去州治道里云:“牂柯郡治去州一千五百里;夜郎郡去州一千。”时宁州刺史治建宁味县。味县当在今云南曲靖府境。夜郎太守治夜郎,较之牂柯太守治万寿,距州治近五百里。可见夜郎在牂柯之南。今自安顺府治至曲靖府,计亦八百里而遥,视《宋书》远近略等;又可见夜郎县治在今府治左右,其县境北当至贵筑。今贵州安顺一府及贵阳府之长寨厅、定番、广顺二州、贵筑一县[46],则皆夜郎县地也。

谈　柦[47]

按:《后汉书·郡国志》、《晋·地理志》、《华阳国志》作“谈指”;《宋·州郡志》作“谈柏”。其地无可参证。今按《华阳国志》叙牂柯郡云:“晋元帝世,刺史王逊分夜郎以南为夜郎郡,领夜郎、谈指二县。”此晋制也。《宋书》则云:“夜郎太守,王逊分牂牁、朱提、建宁立,领县四。”此宋制也。今即领四县考之:夜郎、谈指,汉牂柯旧县;广谈于《华阳志》属牂柯;《宋志》于广谈云:“《太康地志》[48]属牂柯。”则此县之为从牂柯诸县中分置无疑。惟谈乐长是江左新立一设长小邑[49]。谓从建宁、朱提两郡分建,恐无是理；或是即从谈指分出，故仍得谈名。然则，《宋书》所叙不如常氏谓“分夜郎以南”为确。常氏谓“分夜郎以南”，夜郎又止谈指一县，则谈指必在安顺之南。可见今兴义府之兴义县、贞丰州及罗斛、册亨、捧鲊[50]，以及广西西隆州[51]，皆谈指县地也。

《后汉志》[52]谈指下引《南中志》[53]云：“有不津江，江有瘴气。”不津当是北盘江异名。今自安南沙麓津[54]以下，并岸狭中深，瘴疠蒸郁，舍此则夜郎左并无有瘴之江，亦谈柂在兴义之一确证。

或曰：“《水经注》叙温水，言‘西南迳滇池之西北’，于今北盘江不合；惟南盘江经云南府宜良县，在滇池为西北，似温水乃南盘江。子以北盘江为温水，藉证夜郎在安顺，毋乃误乎?”曰：“余谓班氏志地简而确明，郦氏志水烦乱而晦。所以然者，孟坚据旧时图籍[55]，故绳墨今古，毫无差互；善长多杂采群书[56]，以意贯串，故其于南方尤每每不合。立于今日，欲考数千年要荒郡县，非借一二水道，绝不能寻其崖略[57]。然牂柯之水为郦淆乱者略有数事，前言者，不赘述。试为子自晰陈之。”

今盘江有二源。《方舆纪要》谓“记载荒略，源流多误”，考证最为详确（《纪要》云：北盘江出四川乌撒府西北五十里乱山中[58]，东南流经贵州毕节卫西[59]，又南至沾益州东北，又东南经贵州安南卫东[60]，又南经永宁州西，普安州东[61]，又东经募役司东。南盘江出云南曲靖府东南二十余里石堡山下，南经陆凉东，又西南经云南宜良县东，又南经澄江府路南州西[62]，又东经广西府西北境[63]，又东经师宗州西北境[64]，盘江之支流合焉。又东入曲靖府罗平州东南境[65]，又东经募役司东南，二源合流，东南百余里入广西泗城州界[66]，谓之左江。又东经田州、奉议州、归德州、隆安县[67]、南宁府永、淳县、横州、贵县[68]，至浔州府城东合右江[69]。左江一名南江，以在广西南境也；一名郁江，以浔州府旧名郁林郡也；以名牂柯江，以旧时通道牂柯郡也[70]。二江合流，东至梧州府，合漓江[71]，入广东肇庆府境，又东经广州府，和北江、又南合东江，南流注入大海[72]。）其在《汉志》，称此江为郁水，郁林郡广郁下“郁水”是；称北盘江为温水，牂柯郡镡封、夜郎下“温水，东至广郁”是；又称为豚水，广郁下“郁水，首受夜郎豚水”是。《前》夜郎下不及豚，《后》广郁下不及温[73]，则豚水即温水可知。称南盘江则为桥水，益州郡俞元、毋棳下“桥水”是。此读《汉志》所当知者也。但《汉志》桥水，旧来无人识者，又不可不辨。

今按：俞元下“池在南，桥水所出，东至毋单入温，行一千九百里”。此自俞元发源，计至毋单合流处也。毋棳下“桥水首受桥山，东至中留入潭，过四郡，行三千一百二十里”。桥山当在俞元，桥水盖以山为号。俞元下言“南池”，毋棳下言“桥山”，于文互足，非有两桥水也。过郡四：益州、牂柯、合浦、郁林是也。中留，今广西浔州府地；行三千一百二十里，通所过四郡，自发源计至合流处也。桥自入温，即同为郁水，至中留合潭入海。此不言入海者，叙郁水下明之；不及温水者，犹之叙郁水止及豚水，不及桥水也；所以必计道里者，以武陵郡镡成下言“镡水至阿林（亦今浔州府地）入郁”，恐人不知桥水即郁之上流，故叙桥水即以入潭明之，亦以见温、桥合流。至合潭中间道里，班氏叙水不赘不遗，令读者自见其简确，所以非后人所及也。

至桥水之为南盘江，班氏所指与《纪要》叙“自曲靖至师宗”者不同。其言“盘江支川”，正班氏之“桥水”。今云南澄江府城南十里有抚仙湖[74]，周三百余里，即《汉志》在俞元南之池也。尾闾纳源[75]，自曲靖、陆凉州，经陆县之铁池河[76]，东入路南西南四十里合源，出临安府[77]境；经澄江府新兴州、嶍峨、河西、建水诸县之曲江[78]，是为盘江[79]。《水经注》所谓“盘江出律高县南，李恢追朱褒至盘江，诸葛亮南中战于盘中”，皆是此水。

曲江即《水经》温水注中之梁水。盘江至阿迷州东北二十里入三江口[80]，合乐蒙河，河源出临安府石屏州东异龙湖[81]，下流入府境为泸江，至府东十五里石崖山下合五水，伏流洞中，东出阿迷州来会。此即《汉志》益州郡胜休下“东至毋棳入桥”之河水，古一名漏江[82]，漏江县所以名也。郦氏误以为榆水。

盘江又东北经广西弥勒县东南[83]，又东北经州西至师宗县二十余里入河口，合巴盘江。巴盘江即《纪要》所叙之南盘江也。《纪要》叙南盘江，自师宗以上与班氏异，与郦氏所叙之温水自毋单以上正同。此又读《汉志》所当知者也。至《水经》叙郁水则只及温水一源，不及南盘江，其末言“东北入于郁”，必是“入于海”之误。上已言“温至广郁为郁水”，下不应言“入于郁”也。寻郦氏所注，直不知《汉志》温水、豚水为北盘，桥水为南盘，而指南盘为温，北盘为豚；又不知本经“入于郁”为文误，遂以入郁之郁为夜郎豚水，云水迳牂柯且兰县为牂柯水，“水广数里，县临江上，又迳无敛、迳郁林广郁，迳领方、迳布山、迳中留县，南与温水合[84]”。豚水之不经且兰、无敛，已如前说。今北盘江至泗城以上皆峭崖束夹，焉得广数里之水？《汉·西南夷传》“牂柯江广百余步，足以行船”，已就泗城以下说，至云

“江广数里，出番禺城下”，自是指番禺江面，文意本明，善长牵连附合，悉成虚语矣。

又计今南北盘江合流后，几二千里至浔州府（即中留地），已在本经所过广郁、领方之下，其地止有潭水会于南境，焉得豚、温始至此合流？又郦氏亦不知《汉志》非两桥水，云“桥上承俞元之南池，南桥水出毋棳之桥山[85]”，说已支离；又云“桥水亦名河水”，显与《班志》“河水至毋棳入桥”违背；而又谓“梁水上承河水，东迳毋棳入南桥，南桥又东注于温”，是一名河水之桥水仍合南桥水，在毋棳入温矣。不更与上云“桥水东流毋单县注温”者自相违戾乎？

至《汉志》西随下“麋水”，即《水经》叶榆河，于今日为澜沧江。其水源出吐蕃，下合洱海所会之样备江[86]，流入交趾。《水经》所叙，止以洱海为源。今洱海流入赵州[87]，即经永昌府永平县东境[88]。永平，汉不韦县地。则《水经》谓“榆水过不韦”元不误，《注》反云“不迳不韦”，舛矣。又云：“榆水迳姑复县西与淹水合。”本经名言“榆水入交趾，淹水入若”。若水即今打冲河，为大江上源，与澜沧江风马牛不相及，已决裂经文矣。乃下又谓“榆水与濮水同注滇泽[89]”，滇泽即今滇池。今澜沧江去滇池甚远，何曾有注入之迹？下又谓“榆水自泽迳同并、迳漏江至贲古与盘江合”。是又以漏江、盘江杂入澜沧，更谬乱无纪矣！凡此诸注，悉同寱语。惟牵缀前籍，言漏江、盘江者，混入注中，犹可借推同并、漏江两县旧域。顾景范氏以其书“棳拾旧闻，参稽前籍，足为考古之助”，指此类也。此读《水经注》所当知者也。知此，则前人是非判然明白，然后以水征地，以地证古，虽未见汉旧舆图而能亲见者，其言不背，不犹愈于平虚揣合哉！

镡　封

按：《汉志》此县下，“温水东至广郁入郁，过郡二，行五百六十里”。广郁，今广西浔州府之贵县、南宁府之横州皆其地[90]，正百六十里，从镡封计至广郁也。以此里数按之，镡封当在今广西太平府、镇安府之间。其下流入南宁之隆安，即郁林郡增食县地[91]。郦氏叙温水“东南迳镡封北、又迳来唯县东”，即东迳增食。知镡封盖去增食不远。余因悟班氏志地为后人考地理者至深至悉。郁水两源至镡封方合为一[92]，则入海道里即可从镡封起算，故在镡封下必备此一节里数，令读者互参自得。今试合所言郁水计之，从镡封至广郁五百六十里，余六百六十里即广郁至中留里数；以广郁至四会[93]入海四千三十里，除去六百六十里，余三千三百九十里，加五百六十里，即知从镡封至入海，凡三千九百五十里。班氏水道如此简奥，宜郦亭[94]之不能尽职也。

毋　单

按：《汉志》益州郡俞元下，“桥水东至毋单入温”。今南盘江从云南广西师宗县[95]流入曲靖府罗平州东南境，至贵州永宁州募役司、普安州[96]皆毋单地。

谈　稿

按：《汉志》益州郡铜濑下，“谈虏山，迷水所出，东至谈稿入温”。知谈稿为温水所经地。又《水经注》叙豚水从东北迳谈稿县发端，知谈稿更去温水导源处不远。今北盘江自天生桥伏出，经安顺流至安南北境；有拖长江[97]，源出普安州西南界之平夷所。东北曲曲流经州城北，又东经普安、安南二县北境来会，此水曲折行四百里，盖即古之迷水[98]。然则今大定府之威宁州，兴义之普安县、安南县，皆谈稿地也。

同并　　漏江

《云南旧志》沾益州下，列同并城云：“在城北。”顾氏因之。非也。按：今云南临按府有泸江，盖即《汉志》胜休下之河水，流入南盘江，已详前说。郦善长以为《水经》叶榆水，云“榆水东北迳滇池县南，又东迳同并县南，又东迳漏江县，伏流山下，复出蝮口，谓漏江；又迳贲古县北，东与盘江合”。所谓蝮口，在今阿迷州境，盖泸江从府东十五里石崖山伏流，至此始出。世盖无有知为《郦注》所云者矣。《华阳国志》：“漏江县九十里有蝮口（今本做‘蟥口’，传写误）。”即郦氏所本。可见今临安府之建水县、阿迷州是漏江地。其县治以常氏说推之，盖即今建水县左右[99]。同并，如郦氏说，当去滇池不远，应在晋宁州、昆阳州之南[100]，建水县之北，则河西县、嶍峨县等处是其地也[101]。《晋志》、《宋书》及《华阳国志》俱无同并，其何时有，并不可考。

西随　　进桑

按：《汉志》西随下，“麋水西受徼外，东至于麊泠[102]，入尚龙溪”。麋水即叶榆河。《水经》：“叶榆河东南出益州界，入牂柯郡随县北，为西随水，又东出进桑关，过交趾麊泠县北[103]”。《注》引马援言，“从麊泠水道出进桑王国，至益州贲古县，转输通利”。所谓麋泠水道，即今由交趾入云南海道也，上流即今澜沧江。贲古在临安府境，据马援上奏可见。进桑、西随北接临安，据《水经》所叙，又见西随在进桑上流，然则今云南沅江州、新平府等处[104]，皆西随地；普洱府、镇沅厅等处皆进桑地[105]也。西随在《宋志》、《华阳国志》并属梁水郡[106]。梁水郡地今由澄江府南至缅猛，北至广西、镇安二府[107]，皆是进桑。于牂柯郡为极南之境，故于此置南部都尉[108]。其王国北接句町，南接交趾，地必辽阔。观《华阳国志》、《宋志》俱无进桑，可见晋成[109]以后即为郡县所不到。《晋志》兴古郡有进桑者，从《太康地道》耳[110]。

都 梦

按：《汉志》此县下，“壶水东南至麋泠，入尚龙溪，过郡二，行千一百六十里[111]”。其道里与麋水略同，故非小水。今云南南注之水，唯澜沧江与潞江[112]。而潞江直入南海，不经交趾、麋泠。考《方舆纪要》：龙门江，在交趾嘉兴州蒙县界，出云南临安府宁州；又有宣光江[113]，在交趾宣化府北，源自云南临安府教化长官司，流入境，流七百余里以达宣化。又有三江，在交趾三江府西，洮江、沱江、宣光江合流之江也。按：沱江即富良江上流，富良即澜沧江下流。宁州之水流经教化司入交趾，至嘉兴州为龙门江，至宣化府为宣光江，至三江府合富良江。可见《汉志》尚龙溪即三江下流，宣光江即壶水下流也。然则，今云南临安府宁州及纳楼、茶甸、落恐甸等处为汉都梦地可知。都梦，《华阳国志》兴古郡下作“都唐”，云“故名都梦县（今本‘都梦’误作‘云梦’）”。《宋志》西平郡都阳令下云：“按：《晋起居注》，太康二年置兴古之都唐县，疑是。”今按：《晋志》兴古郡亦有都唐，与《华阳国志》俱本《太康三年地道》，则都阳之即都唐无疑。休文[114]殆未证之常氏之书也。

宛 温

按：《水经注》：“刘禅建兴三年分牂柯置兴古，治宛温县。”《华阳国志》亦云“郡治宛温”。《晋书》兴古郡首律高；《水经注》谓《晋书·地道》记治此。是太康以前治宛温，太康以后则治律高也。今考《永昌郡·传》云：“兴古郡在建宁南八百里，经千里皆有瘴气，菽谷鸡豚鱼酒，不可食，食皆病害人。郡北三百里有盘江，广数百步，深十余丈。此江有毒瘴。”（《御览》卷七百九十一引）其云盘江，《后汉·郡国志》宛温下，引《南中志》作“凿江”，文相同。云在郡北三百里，是《永昌郡·传》之兴古就治在宛温言。考建宁郡治，盖在云南曲靖府境，宛温在其南八百里，当在今开化府境内[115]。今盘江在开化北，亦与所言三百里远近略同。顾景范氏谓曲靖为马龙州即律高，亦佐县（即今平夷县[116]），沾益州均宛温地。今验曲靖府属绝无烟瘴，与《永昌郡·传》不合，误矣。

句 町

《云南旧志》以临安府为古句町国，谓“句町废县在通海县东北五里”。今按：《前汉志》此县下，“文象水东至增食入郁，又有卢唯水、来细水、伐水”。增食，今广西南宁府地。云南临安之水皆入南盘江，无至南宁境内入左江者。今南宁府城西五十里合江镇有龙江来会于左江[118]，其源入交趾界广源州，合七源州水，历龙州、思明州入太平府界[119]；经府城历左州、思同州、陀陵县诸境，南入南宁界，一名丽江。文象水盖即此欤？然则，今广西太平府，句町地也。《前汉志》郁林郡增食下，“驩水首受牂柯东界”，不知当今何水？今验南宁府境诸水，来自广东及出境内者，不论其自牂柯流入者，盘江之外，如崇善江、通利江、驮排江、丝雍江、明江[120]，并导源太平府境，合丽江入南宁驩水，必居其一。则“牂柯东界”即指句町而言。刘昫谓“驩水[121]本牂柯江，俗呼郁林江，即骆越水，一名温水”。非也。

漏 卧

按：汉成帝二年，夜郎、句町、漏卧举兵相攻[121]。后人因疑漏卧盖介在夜郎、句町二邑间。《云南旧志》遂于曲靖府罗平州下列漏卧废县，谓“在州南”。今按：以三国相攻遂定漏卧介在夜郎、句町，安知句町不介在夜郎、漏卧？其说固游移也。考兴古郡，刘禅时治宛温，晋治律高；《宋书》治漏卧，可见漏卧必与宛温、律高地壤相接。今云南之广南府[122]及广西州当是漏卧县地。罗平自是毋单，为桥水注入温之境。

或曰：“如子言，今贵州不尽牂柯地欤？”曰：今之黎平府，除古州接都匀一代为毋敛，皆武陵郡镡成县地，以潭水出玉山定之。潭水即源自黎平之柳江也。思州府，武陵郡無阳县地，以無水首受故且兰定之。铜仁府，武陵郡辰阳县地，以辰水出三山谷定之。辰水即今麻阳河，至辰溪对岸入沅者也。思南府除务川属鳖县，则皆涪陵郡涪陵县地也。但以今地合之汉时，仅可准其大致。汉之一县有不仅今之一府者，亦有今之一府不仅汉之一县者。如镡成县在湖南、广西、贵州三省毗连之境，非今黎平即足以尽之。無阳、辰阳两县，亦有在湖南地者，不仅思州铜仁也。”

【校注】

[1] 沈休文（441—513），沈约，字休文。南朝、宋武康人。博通群籍，工诗文。著有《宋书》、《四声韵谱》等。寻校：探索校勘。

［2］無阳、無水：《汉书·地理志》原文作“無”，下同。今作“㵲阳”、“㵲水”。

［3］《注》：指《水经注》。

［4］庄豪：《汉书·西南夷传》作“庄跻”。

［5］镇洋江：通称“镇阳江”。

［6］思州府：清代设，治思州城（今岑巩县），领二县：青溪县（在今岑巩南㵲水岸，属岑巩县），玉屏县（今玉屏侗族自治县）。

［7］晃州：今湖南晃县，与玉屏接壤。

［8］麻哈州：清代属都匀府，今麻江县，属黔东南苗族侗族自治州（以下简称“黔东南州”）。清平县：清代属都匀府，今为炉山镇，属凯里市。

［9］台拱：清代为台拱厅，属镇远府，今为台江县，属黔东南州。清江：清为清江厅，属镇远府，今为剑河县，属黔东南州。开泰县：清代黎平府治，今为黎平县，属黔东南州。

［10］天柱县：清属镇远府，今属黔东南州。靖州：今湖南靖州苗族侗族自治县，与锦屏、黎平接壤。

［11］黔阳县：今湖南洪江市。

［12］龙里、贵定两县：清代属贵阳府，今属黔南布依族苗族自治州。

［13］平越：清代设平越直隶州（今福泉市），领瓮安、余庆、湄潭三县。今福泉、瓮安属黔南州，余庆、湄潭属遵义市。

［14］石阡府：清代设石阡府，治石阡城（今石阡县），领一县：龙泉县（今凤岗县）。

［15］《元和志》：即《元和郡县志》，唐李吉甫撰。元和八年成书，40卷，为记载唐代地理的专书，是现存最早的较完整的地方总志。

［16］无敛：《汉书·地理志》写作“毋敛”，今史志多作“毋敛”。

［17］《汉志》：《汉书·地理志》的省称，或作《前汉志》。

［18］《班志》：指《汉书·地理志》。《汉书》为班固所撰，故有此省称。班固（32—92），汉扶风安陆人，字孟坚，继承父亲班彪之志，撰写《汉书》，惟八表及《天文志》未成，由其妹班昭续成，共120卷。

［19］王家司：今王司镇，属都匀市。八寨厅：今丹寨县，属黔东南州。

［20］三角坉：现称“三脚坉”，即今三都县三合镇。

［21］古州：清代设古州厅，今为榕江县。

［22］天河县：清代属庆远府，今广西壮族自治区所属罗城仫佬族自治

县。思恩县：清代属庆远府，今为广西壮族自治区环江毛南族自治县。庆远府：清代设置，今为宜州市。柳城县，今仍旧。以上所述柳江所经地域，并非都柳江干流，实际是从荔波发源的支流章江（打狗河），下流为龙江，在柳城西南的凤山与干流相会合；在柳州市以下称柳江。都柳江干流在从江县入广西境，经三江、融安、融水至柳城，这一段名为融江。郑珍限于见闻，将支流作干流。

[23]《水道提纲》：清齐昭南撰，28 卷，专叙水道源流分合。因鉴于郦道元《水经注》详北而略南，黄宗羲《今水经》又知南而不知北，故作此书。以巨川为纲，而以所汇众流为目，故名提纲。

[24] 潭水：即今都柳江。发源于黎平境内的是支流，即今寨蒿河，是都柳江最大的支流。发源于黎平高洋乡，南流至育洞折西北流，经寨蒿至忠诚、车江。于榕江县三江口注入都柳江。

[25] 镡（xín）成：原文作“镡城”，误，据《汉书·地理志》改。镡成县属武陵郡，地域在今湖南通道、贵州黎平及广西三江一带。

[26] 独山江于柳城合柳江：此说有误。在柳城西南凤山与融江（都柳江入广西后更名）会合的，是发源于荔波的打狗河——龙江，非独山江（又称都柳江）。

[27] 定周：汉郁林郡属县，地域约为今广西宜州、河池一带。

[28] 驳杂：杂乱。

[29] 周水：《水经注》原文为“存水”。

[30] 温水注：这段注文，《水经注》原文是：“牂柯水又东迳毋敛县西，毋敛水出焉。”改“牂柯水”为“豚水”。一水异名。

[31] 驳文：杂乱的文字。

[32] 泗城：今广西隆林、田林一带。

[33] 滴澄河：在清镇市卫城西，猫跳河支流，属乌江水系。南明河：流经贵阳城区，注入乌江。都江：都柳江省称，属珠江水系。

[34]《郦注》：即郦道元《水经注》。郦道元（？—527），字善长。北魏范阳涿县人。历官关右大使。精地理之学。撰成《水经注》40 卷，为我国古代地理学的名著之一。参见《牂柯考》注 [5]。

[35]《宋书》：南朝·梁沈约撰，凡一百卷。记载南朝·宋史实。沈约，见本文注 [1]。

[36] 王逊：晋代魏兴人，字邵伯。任南夷校尉、宁州刺史、征伐诸夷，

诛豪右不奉法者。在州十四年，威行宁土。卒谥壮。

[37] 朱提郡：汉武帝置朱提县，因朱提（音铢时）山得名（山产银，成色佳，后以朱提为银的代称）。治所在今云南省昭通县境。后立为郡。唐天宝中，朱提地归南诏，迁县治于四川宜宾西南，仍名朱提县。

[38] 僰道、南广：汉代犍为郡属县。僰道地域在今宜宾县，汉代旧址在县西南。后徙三江口，为今县址；唐代迁于蜀江北岸，后为叙州府治，今宜宾市。南广，今南溪县一带地域。避隋炀帝杨广讳，改南广为南溪。

[39] 叙府：即叙州府，今宜宾市。永宁：今四川省叙永县。明代设永宁卫，清改永宁直隶州，明国二年改叙永县。大定：清代大定府，今为大方县。

[40] 亭：指邮亭。古代驿馆，递送文书投止之所。

[41] 黔西、平远两州：清代置黔西州，即今黔西县。置平远州，今为织金县。开州：明末置开州，今为开阳县。

[42] 庲降都督：东汉建安十九年（214），刘备将原犍为属国改设朱提郡，领朱提、南广、南昌、汉阳、堂琅五县。朱提太守加庲阳都督称号，兼统南中各郡，驻南昌县。章武元年（221），庲降都督移驻牂牁郡的平夷县。建兴十一年（233），马忠任庲降都督，将治所迁至建宁郡味县（今云南曲靖县）。

[43] 郁林郡：汉代设郡，清代为浔州府地域，今广西桂平市至桂林市一带地域。广郁，即浔州府治，今桂平市。

[44] 郎岱厅：今六枝特区。永宁州：今关岭布依族自治县。

[45] 募役司：清以前为募役长官司，地域在今关岭县花江一带。明国初年置募役分县，属关岭县。后撤销分县，并入关岭县。原文“东经募役司东合南盘江”一语，有误。北、南盘江会合在今望谟县境双江口，中间流经贞丰、册亨、望谟诸县，距募役司百余公里。按：北盘江发源于云南省沾益县乌蒙山脉马雄山北麓，东北流经宣慰，称革香河；折向东南流，至都格岔河口注入拖长江，东北流至贵州省境，有可渡河来会，成为滇黔两省界河；向东南流至龙场，又折向东北流，至于乌图河口折向东流，至月亮河口折向东南流，经盘江镇、白层镇、乐元镇，至望谟双江口，与南盘江会合，改成红水河，流域范围在滇黔两省有20个县市，长达449公里。

[46] 长寨厅：清代“改土归流”后设长寨厅。明代晚叶设广顺州。明晚期设定番州。明国年间，改州为县。今广顺、长寨合为长顺县，定番县改为惠水县。均属黔南自治州。贵筑县：清初，以贵州卫和贵州前卫改设贵筑

县。新中国成立后，撤销贵筑县，并入贵阳市。

［47］谈柂：《汉书·地理志》作“谈指”。郑氏写作“谈柂”，不知何据。柂，船戽水器。

［48］《太康地志》：指晋武帝太康元年间所修《地理志》；此文他处或作《太康地道》。

［49］江左：指三国时吴国政权。设长小邑：县分两等，大县设令，小县（邑）设长。夜郎太守所领四县中，夜郎、谈栢设令，广谈、谈乐为长。

［50］兴义府：清代兴义府，治所在今安龙县。贞丰为今贞丰县；罗斛设州判，册亨设州同；于黄草坝设兴义县。捧鲊营，属兴义县。

［51］西隆州：今广西隆林县及西林县地域。

［52］《后汉志》：指《后汉书·郡国志》。

［53］《南中志》：指《华阳国志·南中志》，所叙为今滇、黔一带史迹。

［54］安南：今晴隆县。沙麓律，指麻沙河注入北盘江的河口。

［55］孟坚：班固，字孟坚。

［56］善长：郦道元，字善长。

［57］崖略：大约，梗概。

［58］乌撒府：名洪武年间置，领有可渡河、赵班、阿赫关、邬撒四巡检司。初隶云南布政司，不久即改隶四川布政司。府治在今威宁县城。

［59］毕节卫：明洪武十五年（1382）置乌蒙卫，十七年（1384）移治毕节，改为毕节卫，隶贵州都指挥司。

［60］安南卫：明洪武十年（1382）置尾洒卫，寻废，二十二年（1389）复置，改名安南卫。治所在今晴隆县城。

［61］普安州：明永乐十三年（1415 年置，治所在今盘县城关镇。）

［62］澄江府：明代置，府治在今云南省澄江县；路南州，明代置，今为石林彝族自治县。

［63］广西府：元代置广西路，属云南行省，明初改为府，府治在今泸西县。

［64］师宗州：元代置州，清乾隆改县，今云南省师宗县。

［65］曲靖府：明初置府，治南宁县，民国初改为曲靖县。罗平州：明置，今为罗平县。

［66］泗城州：明代置，治所在今广西隆林自治县。

［67］田州：今广西田林县。奉议州：今德保县。归德州：归德土州，在

今平果县一带。隆安县，今县名同。

［68］南宁县：明初置，今南宁市。永淳县：在邕宁与横县之间，南阳圩一带。横州：今横县。贵县：今贵港市。

［69］右江：这里的右江，系指红水河及其下游黔江，在桂平市（浔州府）与郁江汇合，称浔江。

［70］“左江一名南江”一段：此文关于左江的叙述有误。从“南盘江出云南曲靖”到“东南百余里入广西泗城州界，谓之左江”，史籍指南盘江，即红水河上源。“又东经田州、奉议州”至“浔州府城东合右江”，才是指实际的左江。田林一段的河道名乐里江，发源于广西旧州，没有与南盘相接。另一支流叫驮娘江，发源于西林以西的金钟山，一小支流伸入云南广南县境，与南盘江无涉。驮娘江在白色与乐里江合流，古称左江，下游名郁江。古时的“左江”，今天为右江；今天的左江，发源于越南东北境，流经广西龙州、崇左、扶绥诸县，在南宁市的江西圩与右江相会，名邕江，下游为郁江。

［71］梧州府：名洪武初年建，府治苍梧县。在今梧州市东，有桂江自北注入。桂江的上游自桂林至阳朔一段为漓江。

［72］肇庆府：今肇庆市。浔江入广西境称西江。在三水市，有北江南会；在番禺境内，东江汇流，注入南海。

［73］《前》：指《前汉志》，即《汉书·地理志》。《后》：指《后汉志》，即《后汉书·郡国志》。

［74］抚仙湖：在今云南澄江县东南。一名罗伽湖，又名青鱼戏月湖。因玉笋山抚其上，宛如仙女，故名。其水出盘江，通于南海。

［75］尾闾：古代传说中海水归宿置处。尾，指百川之下；闾，指水聚之处。此指湖为汇纳众水之渊薮。

［76］铁池河：在抚仙湖东，流入路南。

［77］临安府：府治在今建水县。所领有建水、通海、河西、嶍峨、蒙自五县，石屏州、阿迷州和宁州。嶍峨为今峨山彝族自治县。

［78］澂江府：府治在河阳（今澄江），领河阳、江川二县、新兴州和路南州。新宁州为今玉溪市。曲江：是指盘江上游，由诸水汇流而成。

［79］盘江：关于南盘江源流，历代地理志说法各异。今考：南盘江发源于云南省沾益县乌蒙山脉马雄山南麓大冲沟水洞。向南流经沾益、曲靖，至陆良折向西流，至宜良折向南流。有抚仙湖及众多小水注入，至开远折向东北流；至八大河（清水江口）南岸进入广西境，至三江口（黄泥河汇入处），

北岸进入贵州，南岸为广西，再向东南流，至仓梗折向东北流，至天生桥再折向东南流；至百口折向东北流；至望谟县蔗香的双江口，与北盘江相会。经罗甸境向东北流，蒙江由北注入，向东南转折，进入广西境，是为红水河。

［80］阿迷州：今云南开远县。盘江至三江口由南流折向东北流。

［81］乐蒙河：《清史稿·地理志》阿迷州下作“乐荣河”。《水经注》中未提及此河。异龙湖在石屏东，其水东流入建水，为泸江，即盘江最远之一源。

［82］漏江：《汉书·地理志》为牂柯郡属县。大约在今通海一带。《清史稿·地理志》临按府通海县下云：“曲江自河西入，纳诸水，东入甯州（今华甯县）杞龙湖，一名通海。”甯州下云：“铁池河自建水入，又东南会曲江。曲江自通海入，纳瓜水，东流入阿迷为盘江。”可见铁池河、曲江、泸江均为盘江上源支流，由西向东北注入盘江。

［83］广西弥勒县：明代设广西府，清代改为广西直隶州，领三县：师宗、弥勒、邱北。

［84］领方、布山：《汉书·地理志》载：为郁林郡所领县。地域约在今广西平南、武林等处。中留：今桂平东一带。

［85］俞元：均在今云南昆明一带；毋棳（zhuō），今云南曲靖等地。

［86］吐蕃：今西藏地域。样备江：即今漾濞江，源于通甸以东老君山，南流至凤庆东北注入澜沧江。

［87］赵州：大理府属县，今云南巍山自治县。洱海南流为礼社河，下流称元江，入越南曰红河。

［88］永昌府：东汉代设永昌郡，唐为永昌府，明清因之，即今云南保山县。永平，西汉时为益州郡不韦县地域。今考：保山县城位于澜沧江以西，永平在江之东。

［89］榆水：此指叶榆水。洱海古名叶榆泽，在大理县东，因湖形如耳得名。湖汇西洱河及点苍山麓诸水后，经漾濞江入澜沧江。郦道元把洱海当作叶榆河的源头，想像该河向东流，与濮水同注入滇池，最后汇入盘江。这与实际流向大相径庭。实际情况是：洱海水一部分汇入漾濞江，注入澜沧江，下游称为湄公河；一部分流入礼社河，在越南入海。

［90］贵县：汉代为广郁县，唐代置贵州，宋、元因之，明降为县，清因之，系浔州府治。今已废，地域在贵港市一带。横州：今横县。

［91］太平府：明清置府，今广西崇左、龙州诸县地域。镇安府：明代建

府，清因之，治天保县。1951 年与敬德县合并为德保县，属广西。隆安：今广西隆安县。

［92］郁水两源：此指今天的左江和右江。

［93］四会：县名，属广东省，位于北江支流龙江水与绥江会流处。古时的古律水（东）、浈江（南）、建水（西）、龙江（北）在此会合，故名。

［94］郦亭：郦道元被杀死于阴盘驿亭，故此称之。

［95］云南广西师宗县：清代云南省有广西直隶州，下辖师宗县（今同名）。

［96］永宁州募役司：今贵州关岭县花江一带。普安州：今盘县特区。

［97］拖长江：又名清水河。发源于亦资孔，即明代平夷千户所（后开平夷卫）。

［98］迷水：按所流经的地域，应是指乌都河。

［99］建水县：原临安府治所。

［100］晋宁州：今云南省晋宁县。昆阳州：今云南江川县。

［101］河西县：今云南玉溪市。嶍峨县：今峨山彝族自治县。

［102］泠：原文作“麋伶”，二字均误。据《汉书·地理志》改。与麋同。

［103］泠：原文作“麋伶”，误。据《水经注》改。泠县属交趾郡，为南部都尉治所。

［104］元江州：今云南元江哈尼族彝族傣族自治县。新平县：今云南新平彝族傣族自治县。

［105］普洱府：清雍正年间置，领三厅一县一宣慰司。今云南思茅市、景洪市均属府境。府治普洱，今为普洱哈尼族彝族自治县。镇沅厅：清乾隆设镇沅直隶厅，今为镇沅彝族哈尼族拉祜族自治县。

［106］梁水郡：晋成帝分兴古郡设立，领梁水、腾林、西隋、镡封等七县。

［107］镇安府：此府位于广西自治区北部，与清代云南广西府相距甚远。疑为曲靖府之误。缅猛：指云南西部接壤缅甸地域如勐海、勐龙等。

［108］都尉：汉代设都尉，掌管军队，以维持地方治安，秩比二千石。南部都尉，职掌南部郡县治安。

［109］晋成：晋指西晋皇朝；成指成（汉）政权，统治西南地区 40 多年。

［110］《太康地道》：指晋太康年间所编郡县道里计程书籍。

［111］壶水：今宣光江上游龙盘江。尚龙溪：仅为南溪河，源自蒙自长桥海，而非宁州（今华宁）。

［112］潞江：今作“怒江”。

［113］宣光江：上游即盘龙江，源文山县西北阿含大寨，入越南境称泸江（又叫明江），即《方舆纪要》的龙门江。

［114］休文：沈约，字休文，撰《宋书》。上文《宋志》，指《宋书·郡县志》。

［115］开化府：清雍正年间置，领文山县（府治）、安平厅（今马关）。

［116］平夷县：今富源县。

［117］龙江来会于左江：此处龙江为今天的左江；此处左江，是今天的右江。

［118］太平府：清代太平府，领二厅、四州、一县、十六土州、二土县、一土司，地域较广。今崇左、龙州、凭祥、宁明等县市，均为原太平府境域。

［119］崇善江、通利江、明江等：均在太平府境内。丽江为龙江别称。

［120］刘昫：字耀远，五代后晋归义人。唐庄宗时为翰院学士，明帝时入相，末帝时监修国史、撰《旧唐书》。

［121］夜郎、句町、漏卧举兵相攻：汉成帝年间（前28—前25），夜郎王兴、句町王禹、漏卧侯俞，举兵相攻，不听汉使调节。陈立出任牂柯太守，智杀夜郎王兴，句町王、漏卧侯降顺。

［122］广南府：今云南广南、富南两县地域，属文山壮族苗族自治州。

说[1]

柴翁说（甲子）

柴翁者何？山农指老者也。所以为柴翁何？寓瞻韩意也。昌黎文公[2]《南溪始泛》诗云："南溪亦清驶，而无楫与舟。山农惊见之，随我观不休。匪为儿童辈，或有杖白头。"至张文昌[3]祭公诗则云："移船入南溪，东西纵篙撑。柴翁携童儿，聚观于岸旁。"所谓柴翁，即韩之山农而杖白头者也[4]。

余年十五六，始见国顾侠君《韩诗补注》[5]，酷耆之，钞而熟读焉。继而聚宋之五百家注[6]、《朱子考异》[7]、吕、程、洪、方四家《年谱》[8]，洎明凌稚隆所刊宋廖莹中世彩堂《韩集》[9]，以及国朝朱竹垞、何义门朱墨批本[10]，方扶南之《笺注》[11]，莫不取而参稽之。互证之，几无一字一句不用心钩索者，至今垂三十年矣。然于韩之所以为韩，固望而未之见也。因思南溪柴翁，不知曾识字否？乃能馈笼瓜、劝淹留，与韩公酬答，亲接其容色词气，其视余不多乎哉？然问以韩之所以为韩，仍与余同一茫然也。则余亦适成为柴翁而已，故取以为号云。

【校注】

［1］说：古代文章体裁之一。是解释经文的一种体裁。

［2］昌黎文公：称黎愈。韩愈（768—824），字退之。唐代邓州南阳人。贞元进士，历官刑部侍郎、吏部侍郎。屡遭贬谪。古文革新运动领袖，诗文成就均高。卒谥文，郡望昌黎，故后人称之为"韩昌黎"、"韩文公"。著有《昌黎先生集》。

［3］张文昌：张籍（768？—830？），字文昌，唐代和州人。考进士时，韩愈为主考官，将其录取，任过国子监司业。有《张司业诗集》。

［4］杖白头者：指拄着拐杖的白发老农。

［5］顾侠君：顾嗣立（1665—1724），字侠君，江苏长洲（今苏州市）人。清康熙进士，改庶吉士。工诗，著有《秀野堂诗集》、《闾邱诗集》共128卷。又有《温庭筠诗笺注》和《韩昌黎诗笺注》行世。

［6］五百家注：指宋代笺注韩诗的众家汇集。

［7］朱氏考异：指朱熹所撰《韩昌黎诗笺注考异》。

［8］四家《年谱》：指宋吕祖谦、清程廷祚、洪亮吉、方世举分别编撰的《韩文公年谱》。

［9］凌稚隆：字以栋，号磊泉。明代乌程人。著有《左传评注测义》等。廖莹中：宋代邵武人。字群玉，号药洲。翻刻淳化阁帖、绛帖，皆逼真；其世彩堂刻有《韩昌黎先生集》。

［10］朱竹垞：朱彝尊（1629—1709），字锡鬯，号竹垞。清代浙江秀水（今嘉兴）人。诗坛盟主，学识渊博，著述极富。何义门：何焯，清代长洲人，字屺瞻，先世曾以“义门”旌表，学者称义门先生。康熙中赐进士，官编修。长于考订。评校之书，名重一时。朱墨批本：指用红黑两色套印的批注本。

［11］方扶南：方世举，字扶南。清代桐城人。好为诗，镕铸古今，自开生面。晚年注韩诗。

巢经巢文集

卷第二

书[1]

上程春海先生书[2]（甲午）

某再拜，谨奉程侍郎先生：

别五六年，穷处万山之中，不与宦游者相接，以故先生出处行事都无自闻。唯去年在友人处，率翻一他人诗，知有石潭湖西之游而已[3]。伏惟勋德日隆[4]，动静禔福[5]！

某赋受至愚，不通晓世务；然颇乐读书，此先生所素见。至今二十九年矣。居此邦，鲜有师友劘切[6]，任性，不知所裁。邑之夫咸窃诧为怪物。怪不怪固不屑与深辩，但伤齿益以长[7]，而驽驾所之[8]，冥冥无指导可恃。倘行之已远，忽觉路非，彼时欲转而再行，筋力已不胜用矣，岂不冤哉？

荀卿[9]有言：良医之门多病人。今珍之病，不能自名，亦不知果病与否。然既呻吟在门，虽不病犹当切而药之[10]，而况其果病也。

夫某之病实原自先生。念昔从游于南[11]，以师弟之爱，朝夕之亲，窥先生盘盘郁郁[12]，胸罗众有；其言论类非宋明凭臆拟度者伦[13]；其笔为文章，则如先秦两汉人声息。当时虽不识何以至，然心已知某所为者，特剽窃涉猎焉耳[14]，非古人学也。

既而归，窭数不克自振[15]。一再试于乡[16]，皆无所得。而家益贫，计无复去处，始喟然[17]曰："嗟乎！限之天限之人者，既莫能强矣，莫阻我不为，又繄谁怨哉[18]！"于是，意寻一古人之路：先读《说文》为本[19]，佐以汉魏人小学[20]，及希冯、元朗以下等书[21]，别声音。辨文字，效古之十岁童子所为。乃即以字读经，又即以经读字，觉其路平实直捷，履之甚安，遂斤斤恪守尺寸，不肯以宋后岐出泛滥纷其趋[22]。年来积染成习，渐不自量，思考十五篇沿讹脱羼暨向来说不安者[23]，以自效于许氏。草创俱无体段[24]，或一旦悔悟而焚弃之，或终不悟而竟成之，皆不可知。其它狂惑跳叫，中无自主，大氐是类[25]。某所谓不自知其为病与否，必待先生之切而药之，竟正为此。

前数渎书[26]，道里悠远，未知可达？唯日北望，庶几一示以为学之方，使此身不恨虚厕于大贤之门。怒焉六载[27]，绝无消息。居尝自念：我边方人终无大就，教不失辱[28]，或以此；则又念先生爱我厚，当不若是。辗转于中，不能自宁；而反顾藐躬[29]，益瞿然愧厉矣[30]。

今舅咨选来京师[31]，必且走谒左右，知此纸绝不浮沉[32]。区区之心，不胜觍缕[33]，得先生终教之，幸甚，幸甚！

【校注】

［1］书：指书信，尺牍。古代通行的一种文章体裁。

［2］程春海（1785—1837）：名恩泽，字云芬，号春海。安徽歙县人。清嘉庆进士，翰林院编修，出任贵州、湖南学政，擢内阁学士，历礼、工、户部侍郎，充经筵讲官。家学深厚，以博学负盛名。六艺九流，皆好学深思，尤精于许氏文字之学。曾谓其门弟子郑珍曰："为学不先识字，何以读三代秦汉之书？"其为朴学，实事求是而能创获新意。嘉、道间，与阮元并为儒林冠冕。诗宗杜、韩，极力扭转乾、嘉诗风，后人多以程、祁（寯藻）为"宋诗运动"的先行者。著有《程侍郎遗集》、《国策地名考》、《北湖酬唱诗略》等。

［3］率翻：随便翻看。

［4］伏惟：俯伏思惟，下对上的敬词。常用于奏疏或信函中。

［5］禔（tí，zhì）福：安福。

［6］劘（mó）切：切磋。相互研讨。

［7］齿：牛马幼小者，岁生一齿，因以齿计其岁数。也指人的年龄。

［8］驽驾：化用成语"驽马十驾"。借喻人生道路的走向。驽（nú），能力低下的马。

［9］荀卿：荀况（？—前283），战国赵人。学者尊之，称为荀卿。游学于齐，三任稷下祭酒。后去楚国，家于兰陵。著书数万言。今传《荀子》32篇。其学以孔子为宗，倡"性恶"说。韩非、李斯均出其门下。

［10］切而药之：诊断病情而以药医治。切，切脉。中医按压脉象以诊病。

［11］从游于南：程恩泽任湖南学政，招郑珍为幕宾，借游幕以游学，攻习汉学与诗文，学业大进。

［12］盘盘郁郁：回环盘结，郁然丰茂。形容学识渊博。

［13］凭臆拟度：仅凭主观的想象去推测。伦：伦比，同类。

［14］剽窃：窃取别人的文章以为自己作。涉猎：广泛涉，指读书多而不

专精。

［15］窭（jù）：贫穷而简陋。数（shuò）：屡次。

［16］试于乡：指参加乡试。中试者称举人。

［17］喟（kuì）：叹息。

［18］繄（yī）：助语，表语气。

［19］《说文》：指《说文解字》，东汉许慎撰。共14篇，加叙目一篇为15篇，收字9353个，又重文1163个。字义解释，皆本六书。历来为治小学者所宗。

［20］小学：古代小学教授六艺，因而对礼、乐、射、御、数都称小学。汉代，以小学作为文字训诂学的专称。隋、唐以后，小学类的书籍又分为训诂学、文字学、音韵学三类。

［21］希冯：顾野王（519—581），字希冯。南朝梁、宋间吴郡人。历官黄门侍郎，光禄卿。著有字书《玉篇》30卷。元朗：陆元朗（？—630），字德明，以字行。唐苏州吴县人。任国子博士，博采汉魏六朝音切二百三十家、兼取诸家训诂、考证各本异同，撰成《经典释文》30卷，为汉魏六朝以来研究儒典音义的总汇。

［22］“宋后”句：指宋以后的文字学研究歧义纷出，如水漫溢横流；其研究方向纷乱，莫衷一是。

［23］十五篇：指《说文解字》。沿讹：沿习以往错讹。脱羼：脱漏者、搀杂者。羼（chàn），羊杂处在一起。引申为搀杂。不安：指不安妥之处。

［24］体段：格局。此指著作的篇章结构。

［25］大氐：大致，大都。氐，通“抵”。

［26］渎书：渎有轻慢、亵渎之意。这里的渎书是对所写书札的谦称。

［27］惄（nì）：忧思。

［28］辱：辜负。不时：随时。

［29］藐躬：弱小的身躯。对自己的谦称。

［30］瞿（jù）然：惊愕貌。愧厉：羞愧而振起。

［31］舅：此指郑氏伯舅黎恂。咨选：候选官职。谒：晋见。左右：对别人的敬称。

［32］浮沉：指书信未寄到。《世说新语·任诞》“殷洪乔（羡）做豫章郡。临去，都下人因附百许函书，既至石头，悉掷水中，因祝曰：‘沉者自沉，浮者自浮，殷洪乔不能作致书邮！’”故后称书信未送到为付诸沉浮。

［33］覼缕（luólǚ）：委曲，原委。这里指委曲陈述。

再上程春海先生书[1]

某再拜，谨上书程侍郎先生阁下：

六月阿苏自京还，知先生阶转户部[2]，襄赞愈繁[3]，日几无一时暇，故先外祖墓铭未获拜赐捧归[4]，某故知必成之也。又为此再三云云者，所以重外祖之行，敬先生之文，而又所以报母氏生我之万一也。夫求人志外祖而曰以报母氏，此其情为至曲，然非于先生，某不敢出言也。

昔外祖之卒也，某之母哭之哀，至今每道及，犹必咽咽不能终其语。尝语某曰："尔外祖，至苦人也。其生也，遭继母夏惨虐：三四岁时，夏以虫蠹毒其口鼻[5]，死半日复苏[6]；继复诱至溪，推堕水，母拯之，亦半日复苏，卒不得死。稍长，随吾祖父读于外家。待养急，三四日必一负米归。归则拾薪汲水，储去后费[7]。以祖母积劳哮甚，不能买古方药，闻草实木根有效者，及入深山冒蛇虎采归，煮以进。又为夏舂，力不起，夏令绳碓挽踏之，不鑿不敢瞰[8]饭。时八九岁童子也"。

"至成童，补弟子员[9]，则吾祖馆于蜀以卒[10]。时两世老人健在，四姑待嫁，一弟逃待寻，一弟待婚，尔外祖借笔舌之力以尽事生送终、冠笄祭祀之道[11]。不给，又为医、卜等术以助之[12]。尝置纺车于前，膝上横经，灯下纺以读，尽四更，待棉线中半锊许[13]，毕书一卷。又尝病脾疟三年[14]，每夜虐罢，起呼灯食粥[15]，或点易诸弟子课艺[16]，或入与之讲，如是以为常。其自苦如此，不能杰然自立，人品学问卓卓可道[17]。卒几二十年，曾不得鉅公一称道之。将终不称道耶？其为苦复何如也！"

某闻言而悲之。悲夫母氏之所悲，又为母氏悲。夫为子孙，无不欲论譔其美以扬其祖父[18]；为女子，无不恨生不为男子以报其父母。此天下之至情也。今先生傥以名世之文惠及外祖[19]，则某之母登墓门、抚贞石[20]，必私计曰："此吾子之师为文也，因吾子而得其师之文，而先人之行事得见与天下后世，虽不为男子，又何恨！"然则，先生不独惠及黎氏子孙也，某之受赐多矣。故陈至曲之情状，伏惟先生谅焉。

【校注】

［1］前一封书写于道光十四年（1834）四月初，由郑珍舅父黎恂带往京

师。这封书写于次年六、七月。

［2］阿苏：可能是伴随黎恂进京的家人。阶：官阶。阶转，指同阶级的官职转调。此指程氏由工部侍郎转户部侍郎。

［3］襄赞：指辅佐主官处理政务。

［4］外祖墓铭：指黎安理墓志铭。道光十五年（1835）春，郑珍随仲舅黎恺等去京城，特意拜望恩师程恩泽，指出为外祖父写墓志铭的请求。程氏于十七年去世，终未写成。

［5］虫蠹：泛指毒虫。

［6］苏：死而复生。

［7］储去后费：储备好离去后的家庭费用。

［8］糳（zuò）：把粝米舂成精米。按：原本把“米”旁误作“木”；啖（dàn）饭，吃饭。“啖”，同“啖”。

［9］成童：年龄稍大的儿童。有二说：八岁以上为成童；十五岁以上为成童。一般以后说为准。子弟员：即生员。明清时代，凡经过本省各级考试取入府、州、县学的，都成生员，俗称秀才。

［10］吾祖馆于蜀：指黎安理之父黎正训（号梅溪），晚年去成都团馆授徒，死后葬于灌县（今都江堰市）城北玉垒山麓。

［11］笔舌力：指教书生涯。靠笔头书写与舌头讲授以为生计。冠笄：古代男子二十岁成人时，要举行加冠的礼仪，成冠礼。女子十五岁成年，举行加笄（jī）之礼。

［12］不给：供应不足。医卜：指给人诊病，或替人算命、占卦。

［13］锊（lüè）：古重量单位。一锊重六两又大半两，二十两为三锊。

［14］脾疟：疟疾。由虐蚊为媒介，周期性发作的急性传染病。

［15］呼灯：即“吹灯”，燃灯之意。

［16］点易：点名互换。课艺：考核经艺。

［17］卓卓：特立貌。《世说新语·容止》：“嵇延祖（嵇绍）卓卓如野鹤之在鸡群。”

［18］论譔：评说撰述。《礼·祭统》：“铭者，论譔其先祖之有德善、功烈、勤劳、庆赏、声名，列于天下，而酌之祭器，自成其名焉，以祀其先祖者也。”《疏》：“论谓论说，譔则譔录。言子孙为铭，论说譔录其先祖道德善事。”

［19］名世：闻名于当世。

［20］贞石：指坚贞之石。对碑石的美称。

与邓湘皋书[1]

昔者相遇长沙，浅陋无所识，年少不自掩蔽，其可笑甚矣！乃豁达忘年，深心奖美[2]，不知何所取于某而眷爱若是！意者文字因缘必使某挂名其中，而先生暮年所知识亦不可无某其人耶？

某赋性愚钝，又僻在此邦，于世所有文字不能尽览，天下士今有几人亦无从悉知。然自魏晋迄近今，所谓卓然成家不可磨灭者，虽未闯其藩篱[3]，窃尝遥而望之，见其规模大概之所在矣。先生之诗，无蹩词，无竭旨[4]，人已欠伸[5]，己方泰如。宕肆汪洋，仍自无尽；而浑厚沉着，毕敛锋棱，如黄河曲曲转注，缓带裘也[6]。譬如引弓，若体直志正，命而后中，海内当不乏人；使与先生彍强角力[7]，恐不面张筋绝者鲜矣！如此而不传后，即先生宁信之乎？某目大腹空，并世人著作，少所当意。每诵尊篇，不觉心服。诚有见乎学之非难而才之为难。此中消息，有分寸不可强者然也。

数年来，家益贫，亲益老且多病，依恋春晖[8]，穷愁无似，无可为先生告者。自度学不足经济当世[9]，抑又无从得之；即得之，强木不惯屈膝鞠躬[10]，亦僦种东篱而退耳[11]。以故进取一念[12]，直付东流。思有以塞先生厚望，初颇留意诗文，苦才力不给，亦懒从事。自笑天与我明经绝大头衔[13]，顾名思义，求无负厥职[14]，斯可了此生矣，又何暇多求哉！所独深念者，以先生有数人杰，相去只二千里，万山间隔，允不能来[15]；欲奉一书，又不悉吟砚所在[16]。计昔诗人如李、杜、韩、苏，皆卒不满七十，今先生已七十矣，恐一旦天以此例律之[17]，竟使吾生抱不获再见之恨。每一忆及，深用怅然[18]！若明岁老母安健，竟赢粮访先生于资湘之间[19]，亦未可知。

惟省应接，葆精神是望！诸郎克继家学，知老怀于此兴复浅也。大集刻成否？宛转寄一部易到[20]。若复不弃疏狂而赐教之[21]，则幸甚。不宣[22]。

【校注】

［1］邓湘皋：清湖南新化人。名显鹤，字子立，号湘皋。嘉庆举人，官宁乡训导。博究群书，足迹半天下。以搜讨乡邦文献为己任，编纂《资江耆旧集》、《沅湘耆旧集》，搜刻《王船山遗书》等，岿然称楚南文献者垂三十年。卒七十有五。有《南村草堂诗文钞》、《易述》诸书，执湘诗坛牛耳。

［2］豁达：气度开阔。忘年：指结为忘年交，即不拘年岁辈份，而成莫逆之交。奖羑：勉励诱导。羑（yǒu），诱导，后作“诱”。

［3］藩篱：门户》比喻某种造诣、境界。宋蔡宽夫《诗话》：“王荆公（安石）晚年亦喜称义山（李商隐）诗，以为唐人之大学老杜（甫）而得藩篱，惟义山一人而已。”

［4］蹙词：指紧迫的词句，显得急促而不从容自如。竭旨：意旨枯竭无蕴藉。

［5］欠伸：疲倦时打呵欠，伸懒腰。

［6］缓带裘：缓束衣带，身披轻裘。形容从容、安舒。

［7］彍（guō）强：拉满强弓。角力：比武。

［8］春晖：孟郊《游子吟》有“谁言寸草心，报得三春晖”的诗句，后来取此诗意，以春晖比喻母爱。

［9］经济：经济国民。

［10］强木：同木强（jiàng）：质朴倔强；兼有强直木讷的意思。屈膝鞠躬：指曲体下跪。

［11］僦种：租田耕种。僦（jiù），租赁。东笼：原意为溃败貌。疑为“东陇”之误，意为东方陇亩。

［12］进取：努力向前，有所作为之意。这里指功名士进。

［13］明经：明清时代对贡生的敬称。郑珍二十岁时被选为拔贡生。

［14］厥职：其职。

［15］允：诚。来：招致。

［16］吟砚：吟咏磨砚。指其居处之所。

［17］律：按规律推论。

［18］用：以，因此。怅然：失意而感伤。

［19］羸粮：负担着粮食。资湘：指资水、湘江。

［20］宛转：同辗转。易到：容易交到。

［21］疏狂：狂放不羁貌。白居易《代书诗一百韵寄微之》：“疏狂属年少，闲散为官卑。”此处为作者自谦之词。

［22］不宣：旧时书信常用语，不一一细说的意思。

上俞秋农先生书[1]（壬寅九月[2]）

某列门下六年[3]，不克岁月奉教诲。又以值大故[4]，埋头穷山，所应进质者一切屏弃[5]，而以罪人不可教自处，故历年无尺书达左右[6]，知不罪且闵之矣。

夏尽释服入郡[7]，得辱书[8]及尊公行状[9]，不敢拂命，仅拟铭稿邮上[10]。苟稍可涂易，或俯俛就之[11]；否则自为而易，亦师弟以隐为直之道也[12]。

敝郡二百年来文献大缺，贤守雅创志局，令某效奔走其间。汗颜告成，意可备后来[13]。粗稿仅呈一部，冀暇纠焉。

某本窭家子[14]，幼来饥寒造极。计无复去处，念读书一端，天当不能禁我。以故略有知见，视人间所论所尚，不如意为多。而又强于腰，讷于口，处稠众之中，大都听之不解；群方赞和，己独嘿然[15]，人遂以为骄；偶一言又不当人意，人遂以为妄[16]。其实，某朴拙人也，得左右先生二三日，即见之矣。

年来渐知汉宋大儒收拾人身心性命者[17]，正极宽旷。已结茅先母墓旁[18]，拟料理齑粥足恃[19]。即当抱残经，娱老父，终身于彼，以完不全不备之命[20]。

惟先生具敦古处[21]，勿以远而遂置之，则幸甚！

【校注】

［1］俞秋农：名汝本，清浙江绍兴府新昌县人，道光丙戌（1826）进士，授贵州镇远知府，晋黔西州知府。

［2］壬寅：道光二十二年（1842）。

［3］列门下：道光丁酉（1837）科乡试，俞汝本充同考官，荐郑珍卷中试。因有师生之谊。

［4］大故：指父母亲的死亡。郑母于道光二十年（1840）三月病逝。

［5］进质：以著述就正于人。屏（bǐng）弃：废弃。

［6］尺书：指书信，也叫尺牍。古代书信用简牍，长一尺左右（八寸为咫），故有“咫尺之书”的说法。

［7］夏尽：夏末。释服：解除丧服。

［8］辱书：承蒙赐书。辱为谦词，犹言承蒙。

［9］尊公：对他人父亲的尊称。行状：文体名称。记述死者生平行事的文章，也称行述。

［10］铭稿：指《俞月樵先生墓志铭》的手稿。

［11］涂易：涂抹修改。俯就：勉强依从。

［12］以隐为直：指师生之间直谅宽容的关系。

［13］备后来：意为为后来之人预备查考的资料。

［14］窭（jù）人子：贫穷人家子弟。

［15］嘿（mò）然：闭口不说话。嘿同“默”。

［16］妄：狂妄自大。

［17］身心性命：指理学家性命理气之学。主张加强人的身心性理的修养，提高伦理道德水准，力求躬行实践，达到“知”和“行”的统一。

［18］结茅：指修建简陋的房屋。

［19］齑粥：齑（jī）指腌菜之类食品。齑粥指日常生活的物品。

［20］不全不备之命：意指残生、余生。

［21］敦古：义同“敦故”，谓亲善故旧。白居易《渐老》诗：“遇境多怆幸，逢人益敦故。”

与周小湖作楫太守辞贵阳志局书[1]（甲辰九月[2]）

月十六日，邑明府驰使至[3]。伏读尊教，谕以《贵阳府志》需效纂辑者[4]。前谒见时，俯聆雅属[5]，尊严之下[6]，婉略逊辞[7]，已谓必蒙曲谅[8]，使免罪戾[9]。又今勤勤开诱，趣令赴局[10]，则鄙贱私隐有不得不上陈者[11]。

某寒士也，朝耕暮读，日不得息。即如今时叶落霜白，寒风中人，披单衣，执钱镈[12]，躬致力于脊埆之上[13]；以视文史左右，古今与娱，既附千秋之名，又获著书之俸，孰劳孰逸，岂不自明？顾自计此事不敢预者[14]，实有五焉：

敝郡父母之邦[15]，束发来即留意掌故[16]，故多得前辈绪论[17]，恃为实录；贵阳则所疏矣。此不敢一也。前志敝郡，虽因旧乘[18]，而旧乘仅及当时，一切创造，事关前代，即不详言，故敢以私意考核，径行定之；贵阳虽曰郡志，实具省体[19]，而省志于地理大端，动有抵牾[20]，因之则病已，不因则病人[21]。此其不敢二也。孱躯多病[22]，每翻阅十数种书，则心目告瘁[23]；前志敝郡，赖二三同志并精力坚强，且不以鄙见为大缪戾[24]。今若就局，不力，非所以酬知己；力之，则不免有阴阳之患[25]。此其不敢三也。敝郡同学，多以某为可教，而郡志成时，一二无赖扇之，诽谤叠兴[26]，余波未已；贵阳省会，其为不可欺眯[27]，更非敝郡可比。惩羹吹齑[28]，先民所戒。此其不敢四也。人情不谅，每易加罪；某以家贫亲老，腼就教职[29]，俨然备员[30]；今又为此，厚责者必有苛论[31]。某虽不肖，义利之介[32]，窃奉教于君子矣。此其不敢五也。有一于此，犹得畏缩却顾[33]，况兼此五者乎！

耦耕中丞徒以千载不一之举[34]，欲令某挂名简末[35]，兼为家食维艰计。此师爱弟，不得不然；而不料某之下怀翦翦如此[36]。故不嫌嵬琐[37]，用渎尊听，亦知阁下必不苦以所难，而强载鼷以车马也[38]。

【校注】

［1］周作楫：号小湖，江西吉水县人。由翰林院编修出任铜仁知府，政简刑轻，喜文学，勤于课士，请立试院于铜，免除生员去镇远考试之苦。又将募捐建立试院所余银两，交商生息，以作考试卷价棚费各项之用。调任思南知府，捐建义仓，教民纺织。捐薪俸三百金建书院，仁政颇多。后调任贵阳知府，清廉自励。修辑《贵阳府志》，搜采博洽，为士林所重。

［2］甲辰：道光二十四年（1844）。

［3］邑明府：汉魏以来对太守、牧、尹尊称明府君，省称明府。清代对县令也称明府，如郑珍有《送潘明府光泰归桐城序》，潘氏是遵义知县。这里“邑明府”指遵义知县。周氏的书信，可能请遵义知县派人专程送达。

［4］效纂辑：为纂辑府志效力，意谓敦请郑氏主纂《贵阳府志》。

［5］雅属：高雅的嘱托。

［6］尊严：尊重而有威严。这里是对周知府的敬称。

［7］逊辞：逊谢辞让。

［8］曲谅：委曲谅解。

［9］罪戾：罪过。

［10］趣（cù）：催促。

［11］鄙贱：谦辞，谓自己。私隐：个人的隐曲。

［12］钱镈（bó）：两种农具。钱及铁铲；镈为锄草的锄头。

［13］脊埆：瘠薄而多石的土地。

［14］预：参与。

［15］敝郡：对户籍所在府的谦称，此指遵义府。

［16］掌故：原指国家故事，即旧制旧例。后泛指一国的典章制度或乡里人物等故实。

［17］绪论：义同绪言，发端之言。《庄子·渔父》："曩者先生有绪言而去，丘不肖，未知所谓。"《释文》："绪言，犹先言也。"此前辈有关乡邦掌故的言谈文字。

［18］志敝郡：为敝郡作志，即纂辑《遵义府志》。旧乘：指以前的遵义军民府志（明孙敏政修）、《遵义军民通志（清初陈瑄修）》。

［19］省体：一省的体段、格局。

［20］抵牾（dǐwǔ）：抵触，矛盾。

［21］病己：令自己为难。病人：使别人为难。

［22］孱躯：身体衰弱。

［23］勍（jí）：疲倦。

［24］缪戾（miùlì）错乱，违背。

［25］阴阳之患：此指引体弱而导致脏腑不协、气血不调等阴阳相逆的毛病。

［26］无赖：奸诈、刁蛮、强横之徒。迭兴：重迭兴起。

［27］欺眯（mī）：义同"欺瞒"，欺骗蒙混。眯，眼睛微合的样子，喻视物朦胧。

［28］惩羹吹齑（jī）：齑，细切的冷菜。有人被热的汤烫过，以后吃冷菜也要吹一下。比喻戒惧过甚或矫枉过正。

［29］腼（tiǎn）：惭愧的样子。

［30］备员：凑数。指虚在其位，暂且充数而已。

［31］苛（hē）论：谴责的言论。

［32］不肖：不才。义利之介：对义与利的分野，剖判分明。

［33］却顾：退却观望。

［34］耦耕中丞：指贺长龄，字耦耕。时任贵州巡抚，大力支持各府、州、县修纂方志。郑珍考中举人后，被贺纳为门生。

［35］简末：简编之末。此指志书之末。

［36］翦翦：浅陋狭隘的样子。

［37］嵬（guī）琐：同委琐，谓邪曲而琐碎。

［38］鼷（xī）：小鼠。《庄子·达生》："譬之，若载鼷以车马，乐鴳以钟鼓也，彼又奚能无惊乎哉！"

上贺耦耕先生书[1]（乙巳五月[2]）

自二月吉到古州学官[3]，旋以府试赴黎平。郡中童冠颇不以某一无知解乐与往还[4]。核其风气，大抵地介极僻，故纯朴有余而家少藏书，肆盛瞽说[5]。学者五经解成诵，诸史罕闻名，徒梯卑烂八股若将终身[6]。美质虽多，不能无限。府学廪生胡长新[7]，少而贫，独能日夕相从，留意根柢之业[8]。此子如不废学，必做黔东冠鸡[9]。惟得此一生，足相告语耳。

某自为中路婴儿[10]，痛追慈教，缉成小录[11]，当呈《遵府志》时，已封册附上。兹还古州，同知杨公示以尊札[12]，始知先生今日始于他处见本[13]，而又不责以浅近，深赞其言可法，行欲为广传以敦教化[14]，索多寄去者。伏诵之余，叹先母荆布没世[15]，而其庸言庸行获为名儒鉅公所齿录[16]，先母为不朽矣！又叹非先母之德实不可没，则此录必不宛转获至于先生之前，其卒为先生见而深赞之而思广之，则仍先母仁孝艰瘁之厚蓄所致[17]，而某为罪人、为不肖自若也[18]。

谨尽箧存封上，伏惟不罪。侧闻伤怀玉昆，暂纾台综[19]。痻瘝之私，欲及龙门未远[20]。肆意请质[21]，无令尹需结异时之梦[22]。惟及瓜时日[23]，匪所与闻，遥跂而已[24]。

【校注】

［1］贺耦耕（1785—1848），名长龄，字耦耕，一作偶庚，号西涯，晚自号耐庵，湖南善化人。嘉庆十二年（1807）进士，改翰林院庶吉士，授编修。二十一年（1816）提督山西学政。道光间，历官江苏、山东、福建、直隶布政使。十六年（1836）升贵州巡抚，二十五年四月迁云贵总督。后因回民起事去任，二十八年病逝于故里。在黔九年，颇多惠政，尤重文教，琢育多士，郑珍为其及门弟子，授以宋学。贺耦耕学识渊深，为学重义理，主经世，与胞弟熙龄并称"二贺"，谓之湘学正宗。曾与魏源通辑《皇清经世文编》120卷刊行。著有《耐庵奏议存稿》12卷、《耐庵文存》6卷、《诗存》3卷，以及《江苏海运全案》12卷、《孝经辑注》等多种。

［2］乙巳：道光二十五年（1845）。

［3］吉：吉日，阴历每月初一。古州：古州厅，今榕江县。学官：此指学校。

［4］童冠：年将及冠的童子。

［5］瞽说：不合事理的谬论。

［6］梯卑：与“梯登”相反，指沿阶下行。烂八股：指烂贱的八股时文。

［7］廪生：府、州、县学生员，成绩优良者，可食廪饩。清代，每人每月领银四两，称廪生。未享受者为增生、附生。胡长新（1819—1885），字子何。黎平人。青少年时代受业于莫友芝、郑珍。道光二十六年（1846）中举，次年成进士，任贵阳、铜仁府学教授，主讲黎阳书院。著有《籀经堂诗钞》、《籀经堂文钞》。

［8］根柢之业：指为事业、学问打基础的学业，即小学、经史方面的学识。

［9］鸡冠：典出“冠（guàn）鸡佩猳”。古代勇士称号。《史记·仲尼弟子传》：“子路性鄙，好勇力，志伉直；冠雄鸡，佩猳豚。”《集解》：“冠以雄鸡，佩以猳豚，二物皆勇，子路好勇，故冠带之。”所佩为雄鸡、猳豚（公猪）的饰物。

［10］中路婴儿：中路即中途、半途，也指中年。婴儿即是儿子。《墨子·公孟》：“夫婴儿子之知，独慕父母而已。”郑珍为母亲守孝，孺慕之情有如婴儿，故自称为中路婴儿。

［11］小录：指《母教录》。郑珍守孝期间，回忆生平慈母之教，摹其口吻，录得六十六条，辑成《母教录》以书刊行。

［12］杨公：行迹无考，时任古州厅同知。尊札：指贺长龄来函。此信写于贺氏赴云贵总督任前。

［13］本：指《母教录》刻本。

［14］敦风化：以纯朴化导风俗。

［15］荆布：粗布便服。荆钗布裙的省称。

［16］庸言庸行：日常的言语行为。《荀子·不苟》：“庸言必信之，庸行必慎之。”《注》：“庸，常也。谓言常信，行常慎。”齿录：收录。

［17］仁孝：仁慈孝顺的德操。艰瘁：艰苦劳瘁的行历。

［18］罪人、不肖：此处为自责之词。不肖，做不孝之子解。

［19］玉昆：同昆玉，称人兄弟的敬辞。可能是贺熙龄有恙（果于次年去

世），故令长龄伤怀。台综：综理台省事务，借指巡抚管理事务。纾：延缓。

［20］痞瘵之私：指痞瘵以求的私心。龙门：喻声望高的人。《后汉书·李膺传》："膺独持风裁，以声名自高，士有被容接者，名为登龙门。"

［21］请质：向人请求评定。义同"请益"、"请业"。《礼记·曲礼》："请业则起，请益则起。"泛指向人请教。

［22］尹需之梦：《淮南子·道应训》："尹需学御，三年而无得焉。私自苦痛，长寝想之，中夜梦受秋驾于师。明日往朝，师望之曰：'吾今日教子以秋驾。'尹需反去，北面再拜曰：'臣有天幸，今夕固梦受之。'"高诱注："秋驾，善御之术。"此句期望恩师及时指教，勿须如尹需于梦中受教也。

［23］及瓜：指任职之期届满，将由他人替代。《左传·庄》八年："齐侯使连称、管至父戍葵丘，瓜时而往。曰：'及瓜而代。'"指瓜熟时赴戍，到来年瓜熟时派人接替。后因称任职期满为及瓜，由他人接任为瓜代。此指郑珍任职期满的时日。

［24］遥跂：同"跂（qǐ）望"，踮起脚尖远望。

与邹叔绩汉勋书[1]（庚戌[2]）

来示《孟子》"汝汉淮泗注江"之解：

汝即今南昌之盱江流入湖汉者[3]。《汉志》"临汝"，《左传》"汝青"，《管子》"汝汉之右衢"可证淮即今江南之青弋江，和桐水注丹阳湖、北注江者[4]。《汉志》尹桑钦说"淮水北入江"，可证。泗即今巢湖[5]，会四源注江，《汉志》庐江胡陵下所称"北湖"者[6]，《海内经》"经泗出吴过胡陵东南入海"[7]，可证《禹贡》"东迤北，会于匯"[8]，"匯"乃"淮"之误。与上字异。"北"当为"八"，与"分北三苗"同为"八"义[9]。"迤"，许君训"斜行"，郑君训"溢"[10]，皆可通。江水遏入丹阳，会南来之淮水，谓斜行而分别于北江以会淮；谓溢出而分别于北江以会淮，并可。若"匯"非"淮"字，桑氏"淮水北入江"，乃古文说，于经无所比附，且是回义，而云"会于回"。不复成文矣。

大卷纷纶[11]，启我未痞。近经学稍衰，焉得朋辈中尽如阁下推阐曲尽[12]，使谫陋有悟入处者[13]。再四繙阅，稍有所见，不得不转质之[14]。

尊意云云者，止为朱子有"四水入江，特取字数足对偶，于水道实不通"之说[15]，不欲使《孟子》受误文之过耳。愚见以诸儒旧说凭心揣之，《孟子》

止据吴通江淮后现在水道以为禹道[16]，如赵氏《笺》说[17]，即足以解朱子之惑。于《墨子》、《吕览》、《淮南》所言与《孟子》合者，亦皆可通矣[18]。必如尊说，则须改《禹贡》古经，又蹈胡东樵一厄之诮[19]。

“汇泽”二字，如郦氏《沔水注》连读，自是泽名，与“震泽”等一例，而经文前云“汇泽”，后止云“汇”；与前云“菏泽”，后止云“荷”正同。后儒二字分读，纷纷“江汉左回”、“南江右回”诸说，无足怪者。宜阁下亦云“会于回”不成文理也。

至《郦注》叙东溪水，引桑氏云，“淮水出县之东南，北入大江”，与《班志》云“金兰〔西北有〕东陵乡，淮水出”[20]，同谓一水。实按之，即许君谓庐江雩娄所出之灌水[21]，可知灌为本名，淮或省字也。即据《班志》“淮水北入江”之文为桑氏古文说，说古文者，皆吴通江淮以后人，焉知不即据目见言之？若以为是“会于淮下”之义，经明云“江北会淮”矣，淮又焉得入北江乎？是不无抵牾也。

汝、泗并入淮，淮之注江，定汝、泗水，可无他求矣。要之山水之名，四海同者何限？禹功所至，赫人耳目，今古同情。先秦诸子大致举著在《诗》、《书》经纬中国者言之[22]；《桑经》所录，十之六七不挂先秦人之口[23]。《孟子》历数禹功，必谓舍中国行三千余里、行千数百里之水，而举要服之一流一浸[24]，当不其然。且一人之言，前言“汝汉淮泗”，后言“江淮河汉”，谓之二淮，各有所指，又岂其然哉！

【校注】

[1] 邹汉勋（1805—1855），字叔绩，又字三杰，湖南新化人。博极群书，既精汉学，又通天文、六书、九数、金石之学，尤擅舆图之学。在黔总纂贵阳、大定、安顺、兴义等《府志》，均为全国名志。与莫友芝、郑珍有诗唱和，并切磋学问。与魏源齐名，有“记不全，问魏源；记不清，问汉勋”的口誉。

[2] 庚戌：道光三十年（1850）。

[3] 旴（xū）江：“旴”，原文作“盱”，据《辞源》改。旴江，汝水古名（非河南的汝水），古称旴水，又名临川江、连昌江，今称抚河。源出江西广昌以南驿前镇，东北流经南丰、南城，折西北，又经临川，在箭附近分两支：主流在康山处入鄱阳湖；另一支经南昌市入赣江。

[4] 青弋江：在安徽省南部。源出石埭县之舒溪，向东北流经泾县，有

徽水自南注入，又流南陵、宣城、方村等地，在芜湖注入长江。由此可知，青弋江并非盱水。

［5］巢湖：在安徽省巢县西，位于长江以北。所会“四源”，并无淮水。巢湖水经裕溪河注入长江。

［6］北湖：巢湖位于庐江之北，可知北湖即巢湖。按：《汉书·地理志》云：“庐江郡：湖陵邑（北湖在此）。”可知《汉志》中有“湖陵郡”而无“胡陵”。胡陵县在今山东省鱼台县东南，与“湖陵”相去甚远。

［7］《海内经》：应为《海内东经》，其中有关淮水、汉水、颍水、汝水的记载。对泗水有如下记载：“泗水出鲁东北，而南，西南过湖陵西，而东南注入东海，入淮阴北。”（毕沅认为关于水的一段文字，应是《水经》而非《山海经》）与本文记载不符。泗水应是出于“鲁”，而非“吴”

［8］“东迤北，会于汇”：这是岷江（今长江）的流向，过九江后，向东北斜行。与淮水会合。《尚书正读》云：“匯为淮之假借字。两大水相合曰会，江、淮势均力敌，故云会。古江、淮本通，孟子言禹决汝、汉，排淮、泗而注之江，是也。”

［9］八：古文“别”字。按：此处“北”字可按本义解释，勿须假借为“八”。

［10］许君：许慎。郑君：郑玄。

［11］卷：原文作“眷”，中华书局四部备要本作“春”，均与词义不合，疑为“卷”字之误，因改。纷纶：浩博。

［12］推阐：推论阐发。曲尽：曲折而周备，尽探精旨。

［13］谫陋：指学问浅薄，识见不广。

［14］转质：转而就正。

［15］朱子：朱熹《四书集注》，对《孟子》关于“禹功”的论述提出批评。

［16］吴：指春秋时的吴国。禹道：大禹所凿的水道。关于大禹治水功绩，《孟子·滕文公上》写道：“禹疏九河，瀹济、漯而注诸海，决汝、汉，排淮、泗而注之江，然后中国可得而食也。”

［17］赵氏《笺》：赵氏指赵秉文，金滏阳人，字周成，大定进士，官礼部尚书。性好学，自幼至老，未尝一日废书，工书画诗文，著有《易凿说》、《中庸说》、《删集论语》、《孟子解》、《滏水文集》等书。

［18］《吕览》：即《吕氏春秋》。《淮南》：即《淮南子》，一名《淮南鸿

烈》。

[19] 胡东樵：胡渭（1633—1714），字胐明，号东樵，清浙江德清人。专穷经义，尤精于舆地之学，著有《禹贡锥指》20卷，《图》47张。并于汉唐以来，河道迁徙之迹，考证甚详。引对《禹贡》指瑕颇多，故“一厄”之诮。

[20] “〔〕”中字，据《汉书·地理志》庐江郡注文补。

[21] 灌水：《汉书·地理志》庐江郡雩娄下云：“决水北至蓼入淮；又有灌水，亦北至于蓼入决。过郡二，行五百一十里。”

[22] 经纬中国：指中原地域陆路、水道纵横分布情况。

[23] 《桑经》：即桑钦《水经》。桑钦为汉代河南人，撰《水经》3卷。但从所记的地理情况看，可能是三国时人所作，而非桑氏。

[24] 要服：指边缘地域。浸（jìn）：湖泽、大水。

与刘仙石太守书年书[1]（丁巳四月[2]）

比得故人王个峰书[3]，并示其承贶尊扎及大著与苗君说文[4]。奉读之下，如野人方呜呜鼓缶[5]，而《桑林》旌夏忽睽目前[6]，心神震掉[7]，岂可言喻！

伏念某西南陬嵬人也[8]，少贫贱，无去处，因取众所弃者业之，遂久为同辈所诧指[9]。其实，年过五十，于道茫如。即稍有所见，亦爝火[10]之明耳，矧一无见乎[11]！不识宏奖之宽，遂不啻口出若此[13]，得无以黔地少语者，视贱子亦老兵，堪与饮乎[12]？不然，即天将使某不终于一无所见，而当使公发其覆也[14]。

谨即两篇，环诵数四，观爪见龙，无罅可諈[15]。渭“歌”字读“姬”，“可”字读“岂”，自尊引诸字外，再抽绎之[16]：如《仪礼·士昏礼》“当阿”，今文“阿”为“庪”[17]；《尚书》三“如台”，《史记》作“奈何”[18]；夫子《龟山操》“手无斧柯”与“之”叶[19]；《左传》“君可曰可，君否曰否”，“可”与“否”叶[20]；《易林》“乐官笑歌”与“知不忘危”叶；《子虚赋》“坑衡閜砢”与“倚”、“佹”、“骫”叶[21]；《黄庭经》“两扉”与“灵柯”叶；《淮南子》“以沉诸河”及《列女传·秋胡戏妻颂》并以“河”入支韵。它汉前书多然，要可见歌麻韵中字，于古无不有支齐韵之音。

阁下与声韵，信乎碻然四通[22]，无稍阂鬲矣[23]。就此一事，敬服敬服！

前于朋知处见理董居《声订》、《声表》[24]，举歌麻中字尽归之支齐部，今乃知其说自尊论发之，意必别有一书与苗君骖靳[25]，当是慎之又慎，未肯遽出耳[26]。

某尝念音学莫明于我朝，由亭林十部而十三、而十六、而十七十八，至于怀祖之二十一[27]，可谓密之极矣。事极必反，于是苗君七部出焉。然某虽鄙谫，雅不欲以钟鼎论六书[28]，周黍昀之韶蠱[29]，果足与堂堂正正之“十五篇”传信万世乎[30]？经以《毛诗》，纬以《鄦记》[31]，知尽善必在吾公矣。它日抠衣请益[32]，愤悱之私[33]，不止此事。或赖公光苣[34]，稍憭蒙兆[35]。敬先呈小草三册[36]，庶不屑之教诲[37]，幸无以肆妄为罪[37]。

【校注】

[1] 刘书年（1810—1861），字仙石，直隶献县人。道光丙戌（1826）翰林。咸丰初任安顺知府，政绩优异。肆力于经史小学，善诗词。有诗文杂著各数十百首，经说数十条为一卷藏家。张之洞为之作墓碑。

[2] 丁巳：咸丰七年（1857）。

[3] 王个峰：名介臣，浙江会籍人，王羲之四十八代孙。太学生，游幕贵阳，与郑珍、莫友芝相友善。

[4] 承贶（kuàng）：承蒙赐予。苗君：指苗夔，字先簏，肃宁人。道光贡生。治《说文》，精声韵之学。尝病顾炎武所立古音表十部太密，定以十部，檃（yǐn）括群经之韵，识者叹其精密。与刘书年为密友。著有《说文声韵订》、《说文声读表》。

[5] 缶（fǒu）：古乐器，瓦质。《汉书·杨恽传》：“仰天拊（fǔ）缶，而呼乌乌。”

[6]《桑林》：殷天子的乐曲名。《左传·襄》十年：“宋公享晋侯族楚丘，请以《桑林》。”旌夏：大旌，古乐舞所用。《左传·襄》十年：“舞师题以旌夏。”《注》：“旌夏，大旌也。题，识也。以大旌表识其行列。”旌，用旄牛尾和彩色鸟羽作竿饰的旗。睒（shǎn）：闪烁。

[7] 震掉：震颤。

[8] 陬嵬：高山脚下。

[9] 诧指：惊诧指责。

[10] 爝火：火把燃亮的火光，也称炬火。其光甚微。

[11] 矧（shěn）：何况。

［12］啻（chì）：但，只。《书·泰誓》：“不啻若自出其口。”

［13］老兵：轻视武人的称呼。《三国志·费诗传》：“先主为汉中王，遣诗拜关羽为前将军。羽闻黄忠为后将军，羽怒曰：‘大丈夫终不能与老兵同列。’”

［14］发覆：揭除蔽障。《庄子·田子方》：“丘之于道也，其犹醯鸡与？微夫子之发吾覆也，吾不知天地之大全也。”

［15］罅（xià）：空隙，漏洞。諆（jī）：揭发别人阴私。

［16］抽绎：引述。

［17］庪（guǐ）：房屋的三梁。中梁为栋，二梁为楣。《仪礼·士昏礼》：“当阿，东面致命。”郑玄注：“阿，栋也。今文阿为庪。”

［18］如台：见《尚书·汤誓》，文云：“今汝其曰：‘夏最其如台？’”《史记·殷本纪》作“有罪，其奈何？”

［19］《龟山操》：琴曲名。相传鲁季桓子受齐女乐，孔子有感而作，其辞曰：“予欲望鲁兮，龟山蔽之；手无斧柯，奈龟山何？”

［20］《左传·昭公》二十年：“君所谓可，而有否焉；臣献其否，以成其可。君所谓否，而有可焉；臣献其可，以去其否。”

［21］坑衡閜（xiǎ）砢：查《子虚赋》无此文。《上林赋》中有“崔错癹骪（báwěi），坑衡閜砢”作者误记。又“坑”，原刻作“阬”，误。

［22］碻（què）：确实。同“确”。

［23］阂（hé）鬲：同“隔阂”，阻隔之象。

［24］理董居：苗夔书室名。《声订》、《声表》，这是苗氏《说文声订》、《说文声读表》两者的简称。

［24］骖靳：骖（cān），同驾一车的三匹马。靳：驾车的中马（靳是中马当胸的皮带）。骖靳意为先后相随。

［25］遽出：仓卒出书。

［26］亭林：顾炎武（1613—1682），明末江苏昆山人。初名绛，字宁人，号亭林。学问渊博，涉及面广。开清代朴学之风。著述宏富，有《日知录》、《天下郡国利病书》、《音学五书》、《亭林诗文集》等。怀祖：王念孙（1744—1832），请江苏高邮人，字怀祖，号石臞。乾隆进士，官至永定河道。精音韵、文字、训诂之学；分古韵为二十一部。著有《广雅疏证》23卷，《读书杂志》82卷。念孙父安国，子引之，三世传经，人称高邮王氏之学。

［28］钟鼎：指钟鼎文，也称金文，是铸刻在钟鼎等铜器上的铭文，与后

世的小篆不同。六书：汉代学者分析小篆的形、音、义而归纳出来的六种造字条例。许慎《说文解字叙》对六书首为义，并举实例。六书名称为：指事、象形、形声、会意、转注、假借。钟鼎文出自商周，瑰奇险怪，结体杂乱，不能以六书条例去分辨。

［29］韶罍：美好的酒尊。罍，大尊。黍昀（jùn），指长度。

［30］十五篇：借指《说文解字》。

［31］鄦（xǔ）：古国名，后作“许”。鄦、许，古今字。《鄦记》：指许慎关于《诗》的释义。许慎著有《五经异义》10卷，已佚。

［32］抠衣：提裳而行，以示恭敬小心。

［33］愤悱：《论语·述而》：“不愤不启，不悱不发。”意思是教导学生，不到他想要把问题搞通而还没有搞通的时候去开导他；不到他想说出而又没有说出的时候去启发他。后来以愤悱二字形容冥思苦想而言语不能表达的情态。悱（fěi）：想说出而不能恰当说出的样子。

［34］光苣：火炬之光。苣：草杆扎的火把。

［35］憭（liǎo）：明白。蒙兆（gǔ）：蒙蔽，困惑。

［36］小草：此指文字学者作的草稿。

［37］不屑：不值得，表示轻视。《孟子·告子》下：“予不屑之教诲也者，是亦教诲之而已矣。”

［38］肆妄：放肆狂妄。

答莫子偲论《佩觿》书[1]

得书一再番[2]，具见读书细心，处处求是，不可以微谬贻古人，又能虚心无我，殷然商榷[3]。某学无几何，诚自引退；然有所见而不言，非也；于吾弟而不言，更非也。古人直谅之道若是[4]，是不是皆非所计。

据言《说文》“歖”、“欯”二字当前后互易。段懋堂氏所见已如此[5]。但于喜部已改古文作“欯”，谓“歖”为误写；而欠部“欯”[6]又下云：“重出，未闻。当如女部娈之类。”此则其说前后不画一也。

某窃谓许君书喜、欠二部同作“歖”，原不误。欠部“歖”下，明云“喜声”，则“歖”之讹“欯”，定不在大徐校正之前[7]。观《佩觿》“歖、欯、鼓”下云：“欯欯，驴鸣。”是“欯”为后世字，非《说文》所有。更可见《说文》中一字二见者，所以别古今异同。大徐不悉此理，尽谓之“重出”，后人欲一一删之，使前后无重复字，亦觉多事也。

郭宗正书已粗阅过[8]，其中正文、注文有写误者，有上下颠倒者。吾弟欲校正，令还旧观，意良厚。但其书部位尚齐，未见有失位云云者。据所举“莔筒”、“肾瞖（xiàn）”、“迁迁”、“瞳曈”等字，“筒”乃“莔”之误，浅人见是“筒”，遂并音义改之。“晛”、“瞖”连绵字，古于此等多平仄通读，不得以诸字书例郭氏，谓不当读上声。“迁”，《广韵》麌部亦载，云“于武切”。“曈”，《广韵》亦有“徒孔”一音，并不得执定平读，谓为后人移易也。

又云：“此本脱去‘棬、捲’，而以‘棬’之音训注于‘楗’下。”是则不深审之过。检上去相对，中列“棬、捲”二字，元未写脱。其“棬”字训牛鼻揊[9]，用《说文》古训。“楗”字注云：“丘员翻，器似升，曲木为之。又居倦翻，西棬，地名。”可见郭氏原不以“棬”为“杯棬”字，诸家字书皆以“楗”为“关楗”，郭氏独以为“杯棬”，当别有本，故卷末未列与《篇》、《韵》异义者[10]，“楗”字亦在其数。谁氏据《集韵》辨证之，虽未中窾会[11]，然亦可见元本与今本同矣。

平去相对，中列“沍、泒”二字云：“上与‘泜（chí）’同。”此二字形体悬异，与本书例不合，盖“沍”乃“汣”之误也。“汣”，《说文》或“坻”字。“泜”俗“坻”字。六朝人书“氐”多作“互”，非“互”也。故“泜”亦有作“沍”者，传写以为“汣”字。浅人不知，又写同“沍寒”字。误不在宗正也。弟乃以承俗不辨，与“角、用”同讥，何耶？

夫古人著书，各有宗旨，不可以一例绳也。自来字书，唯“十五篇”如三代鼎彝，都无俗气。《玉篇》以下，即杂俗行。学者徒一意泥古而无所斟酌消息于其间[12]，此戴子常诸公所以为世诟病也[13]。

郭宗正于六书洞见本源，此书乃辨字体之异同，非别字体之正俗。若概以许书例之，则即平声相对一部如“橸、摴”、“窀、窀”等，已指不胜屈。宗正夫岂不知某即某之正字，某即某之俗字、别出字，而待后人哆口也[14]？

信去，略就来谕据鄙意所及陈之，未识有一二当否？唯近好辩，秖益惭愧。

【校注】

［1］莫子偲：莫友芝（1811—1871），清独山人，字子偲，号郘亭，晚号眲叟。道光十一年（1831）举人。父与俦，府学教授，以朴学教弟子，友芝

与郑珍成就最高，二人被誉为“西南巨儒”，并为宋诗派代表作家。友芝工各体书法，为清代一流书家，为世所重。博综经史，专精声韵、文字、训诂之学，兼及金石、目录之学。著述宏富，有《郘亭遗文》、《黔诗纪略》、《韵学源流》、《郘亭知见传本书目》等。与郑珍为莫逆之交，同纂《遵义府志》。《佩觿》：书名。宋郭忠恕撰，3 卷。此书可以用来解决疑难，像觿（xī）可以解结，因取《诗》“童子佩觿”一语作为书名。上卷论述文字形声的真伪和演变；中、下两卷着重辩证字划近似的字。觿，以象骨制成的锥子，用来解结，也作佩饰物。

［2］番：借作“翻”，这里指翻阅。

［3］殷然：恳切貌。

［4］直谅：即“直谅多闻”。谓正直、诚实而见识广。《论语·季氏》：“益者三友……友直、友谅、友多闻，益矣。”

［5］段懋堂：段玉裁（1738—1815）。清江苏金坛人。字若膺，号懋堂，乾隆举人，官至知县。精研《说文》，著《说文解字注》30 卷，成一家之学。

［6］查《说文解字注》，喜部（无“歖”字）：“欯”下注云：“古文喜，从欠。盖古文作欯，转写误耳。”欠部：无“欯”字。而“歖”字下注云：“许其切，一部。喜部曰：歖，古文喜。此重出，未闻。盖如女部娈之例。”本文引文与《说文解字注》互有出入，当以《说文解字注》为准。

［7］大徐：指徐铉（917—992），宋广陵人。字鼎臣。仕南唐，官至礼部尚书。入宋，为太子率更令。精小学。与句中正、葛湍等重校《说文解字》。与其弟锴齐名，铉称大徐，锴称小徐。

［8］郭宗正：郭忠恕，宋洛阳人。字恕先。宋太宗时，授国子监主簿。因言政事被流登州，死于途中。精字学，有《佩觿》3 卷。宗正是后代学者对他的敬称。

［9］牛鼻擐：穿牛鼻子的绳。擐（guān，huàn），贯，穿。

［10］《篇》：指《玉篇》。《韵》：指《广韵》。

［11］窾会：空洞不实之处。喻指要害之处。窾（kuǎn）：空也。《庄子·养生主》：“依呼天理，批大郤，道大窾。”

［12］斟酌消息：考虑字体变化消长的情形。

［13］戴子常：查戴姓学人中，无人号为“子常”者。疑指戴震，字东原，清嘉庆汉学大师。诟病：侮辱，耻辱。

［14］哆（chǐ，chě）。张口的样子。哆口，此指论议、诽议。

与莫茝升书[1]

茝升六弟足下：

前与赵郎书[2]，怪不致数字，此无聊之言，何遂歉歉也。近来课读多暇，天寒又少出入，知埋头默识，日以增益，甚跂甚羡[3]！

大抵吾辈读书，求知难，能行更难。然必能行得一分，始算真知一分。我想前代儒先，其知也，其行也，表里精粗，无不到也，固宜其所言者如是，其若决江河，莫之能御也。嗟吾老矣，在吾弟力之耳。

今年坐荒山中[4]，穷到无去处。自思不读书又有去处耶？四月到而今，置笔砚父母前，真不知有寒暑境况，然于其中似少有所得。朱子谓须有背地八九年，非欺我也。今虽精疲血衰，十五不及当年，自计尚可支持十许岁，得粗有闻见，而非天地生我[5]，父母育我，庶几瞑目[6]。而前后度量，恐即如今年，亦遂难得以俱无所恃，不得不出故也。然说出字亦甚难。日前郘亭过山[7]，已通道所计，其中固有天命，专欲参意[8]，必一分不能。若龟山先生罢祠官[9]，贫甚；郭慎求以书问欲[10]，答以老，不能办事，惟求一管库济贫[11]。慎求得书，询吏部，见阙监当未差者；吏部报以常州市易务[12]，即为求得之。又龟被召，过南京见刘器之[13]，问此行何为？答曰："以贫故。"刘曰："若为贫故，则更不消说。"以此看来，亦所谓"在昔余多师"也。

六弟审近今消息若何，伯容送力归即知[14]。一纸如已梗，当更作计。待自审定，再与六弟言之。

吾乡今年秋歉，雨自前月廿七到今夕不断，菽麦种又难。耕不逢年[15]，为之浩歎！近通治《周礼》，几尽部[16]。朱子谓经疏，《周官》最好，细看，果然。朱子说经，帀实明白，正是深此家法，故秤等不差耳[17]。

明岁若举乡试科，今相距不远。时艺宜早留心[18]，世变道终不变耳。此事最验学问涵养，菲薄者非也。卯儿总不嗜程朱[19]，终日忙忙，东翻西阅，于圣人之迹且不能粗见，无惑乎不知味者之所以有味也。

赵郎久不得消息[20]。尊生观察想可以开复[21]，果尔，则六弟亦为福矣。

柏兄归，前日匆匆一面，闻即将赴省。渠于此极有兴，因附书絮絮[22]。

近寒，起居惟慎。乡中高处大凌，已似腊象。冷书遂尽纸。珍再拜。

郘亭不别作书，为言得暇，即以五钱毛纸多作经子中有用之篇[23]，为巢中藏迹。

九月廿三日致子佩函付妥便[24]，以必至为妙。

【校注】

[1] 莫莛升：莫庭芝（1817—1889），字莛升，别号青田山人，莫与俦第六子，友芝胞弟。道光二十九年拔贡。曾任思南府学教授、安顺府学教授，受聘为贵阳学古书院山长。致力于音韵训诂学，拜郑珍为师。著有《青田山麓诗钞》2卷、《词钞》1卷，与黎汝谦、陈田共辑《黔诗纪略后编》33卷。

[2] 赵郎：指赵廷璜（1826—1900），字仲渔，号二山（一作二珊），别号慕青山孩。遵义南乡平水里（今团溪镇）人。郑珍之女婿，工诗词，兼习书法、金石之学。后出任四川大宁、富顺等知县，又参办四川盐务。著有《慕青堂集》、《新宁论蒙诗九章》。

[3] 跂（qǐ）：通“企”，这里有企慕之意。

[4] 今年：大约指咸丰七年（1857）。

[5] 句中“非”字疑为衍文。

[6] 庶几：也许可以。表示希望或推测之词。

[7] 过山：指过访子午山。

[8] 专欲参意：指参入人的意愿，即照人的意愿去处理。

[9] 龟山先生：杨时，宋将乐人，字中立，熙宁进士。程颢、程颐门人，朱熹之太老师。以讲学著书为事。官至龙图阁直学士。卒谥文靖，学者称龟山先生。祠部：礼部所属祠部曹。

[10] 郭慎求：待考。

[11] 管库：掌库藏的小官。

[12] 市易务：王安石新法，由朝廷设市易务（后改名市易司），管理市场价格、商人交易、借贷等专务。

[13] 刘器之：名安世（1048—1125），字器之。宋大名人。从学于司马光。历官枢密都承旨，知衡、鼎、郓州及真定府。

[14] 审：仔细观察、研究。伯容：黎兆勋字。送力：指送信的人夫。

[15] 耕不逢年：指庄家收成不好。

[16] 部：部帙，谓卷册、书籍。

[17] 秤等：比喻衡量、评价。

[18] 时艺：即制艺，也叫经义，指科举考试的八股文。

[19] 卯儿：郑知同乳名阿卯。

［20］赵郎：赵廷璜，时游幕蜀中。

［21］尊生观察：尊生，承龄的字，姓伊胡鲁（也作于胡鲁）氏，满洲镶黄旗人。道光十六年（1836）进士。咸丰元年（1851）授安顺知府，历任贵阳知府，贵东、贵西道员，迁按察使，署布政使。工诗词，常与郑、莫等唱和。著有《大小雅堂诗集》、《冰蚕词》集。莫庭芝受聘为承龄家庭西席。观察：对道员的敬称。开复：撤销官员处罚，恢复原职。

［22］柏兄：指黎兆勋。

［23］毛纸：毛边纸，省内各地有产，供毛笔书写。

［24］子佩：张琚，字子佩，黔西人，郑珍的同年拔贡生，著有《焚余草》。

与杨茂时书[1]

茂时二弟文几：

久不见，更无音息，思念为劳，想山中讲程艺时多也[2]。珍自生日后复来此地[3]，官官交代，纷纷乱我[4]。此时新任已将郡志承续下去[5]。吾辈为此地人，办此地不容已之事[6]，苟有可成，亦焉得辞劳也！但须弟辈诸事留心，能助不逮[7]，是所望耳。

平太尊五月中将去[8]，珍表一诗文册，与诸君为之送行。弟可成一古诗，或重五后亲来写就，或寄至（并印石）代写亦可。此亦吾辈为贤守生色事也。

月尾旬初当归，侍老人过节，初十以前当来耳。介石《九龙山记》文不知曾抄得否[9]？贵处左右当有一二节妇，何不访乎！其人三十以前守节，守满三十年，无论生存，珍俱当收载。但须略具事实，存者详何年守起，现在若干年。弟留心之。

雪楼舅氏寄信，王福寄一银、信并交。此问近好，敬请堂上万福。

愚兄　珍顿首

【校注】

［1］杨茂时：杨华本（1804—1889），字茂时，贵州遵义北乡人。道光五年（1825）举人。黎恂二女婿，郑珍姨妹夫。后官云南石屏州、寻甸州知州。著有《如不及斋诗文》若干卷、《闻见录》1卷、《聪聪录》1卷等。此函写于道光十九年（1839）四月。

［2］山中讲程艺：杨茂时曾拜黎恂为师，来禹门山中就读，与郑珍同受将程艺之法。程艺：即应试的制艺，俗称八股文。

［3］生日：郑珍生日为阴历三月初十。

［4］官官交代：上年冬，仁怀县温水汛爆发农民起义，遵义知府平翰降调松桃厅通判；由张锳署理知府；后由黄乐之正式接任知府。

［5］张锳、黄乐之均支持《遵义府志》局，继续运作。

［6］不容已：不允许终止。

［7］不逮：不及。

［8］平太尊：指遵义卸任知府平翰。翰，字樾峰，浙江山阴人。道光十八年（1838）初出任遵义知府，重视文教，创培英书院，建育婴堂，又设志局，聘郑珍、莫友芝修纂府志。因仁怀农民起义事件，降职调任。

［9］介石《九龙山记》：介石，唐廉之字。遵义城北人。康熙壬子（1672）举人。官山西阳曲知县，有惠政。九龙山即金鼎山，有多人纪游之作，杨华本有《登九龙山》诗。

序

说文新附考自序[1]（癸巳八月[2]）

《说文》新附〔四百二〕字[3]，徐氏意乎？非也。承诏焉耳[4]。然实徐氏病[5]。尽俗乎？非也。不先汉亦不隋后，字孳也[6]，何俗乎尔！然则病徐氏何？病有二：有注为后人加者，外皆意古有矣，不知其正体，《说文》俱未暇审，如譌变者具注中[7]；至古文有，《说文》俄空焉亡矣，并有据。若膺补录[8]，善于“醆、趄”等而不能辨。虽承诏，夫安不病？匪独病徐氏也。彼所附，世多即以为《说文》，乱旧章，迷后学。好古者矫之，又不别其为讹写隶变，概俗之不屑道。则《说文》亦病焉。

愚为此[9]，乃胪列之[10]。稽诸古，推著其别于汉，或变创[11]于魏晋六朝之际[12]；使《说文》正字，犁焉别出[13]。逸者详前考[14]，不复言。庶许君无遗漏之讥，亦令儿辈执经问字，知时俗增变原委云尔。

道光昭阳大荒落岁八月甲子[15]五尺道人郑珍书于巢经巢[16]

【校注】

[1]《说文新附考》：共6卷，是郑珍考订新附字的专著。

[2] 癸巳：道光十三年（1833）.

[3] “［］”中的文字，原文无，据四部备要本补。

[4] 承诏：徐铉等奉宋太宗之诏，重订《说文解字》，订完后，太宗又命他辑录经典相承传写及时俗要用而《说文解字》不载的字，共得四百零二文，附于该书之后，后世称之为《说文新附字》。

[5] 病：缺点、毛病。

[6] 字孳：文字孳生。随着社会生活的发展，新事物的出现，必然要求孳生新的文字来表达。

[7] 譌变：譌，同“讹”，指文字谬误。变，指隶变。由小篆转换为隶体中，一些字的笔划发生变异。注：指《说文新附字》原有注文。对某些字注明是后人所加；其余的则推想是古已有的，只是没有篆字的正体。一些错

讹、隶变的字，也在注中标明。

［8］若膺补录："膺"字，四部备要本原夺，成"若补录"，意思大变。底本为是。若膺为段玉裁字，他撰《说文解字注》，对徐铉的《新附字》持否定态度，绝少采录。如徐氏所附的"醆"、"趄"等字，是最完善的文字，但段氏均摈弃不录。

［9］愚：四部备要本作"余"，二者均可。依底本。

［10］列：底本作"刊"，欠妥，据四部备要本改。

［11］变创：四部备要本作"变增"，二者均可，依底本。

［12］魏晋六朝：四部备要本作"六代"，底本为佳，依之。

［13］犁焉别出：四部备要本作"犁焉显出"，依底本。犁：坚确。《庄子·山木》："木声与人声，犁然有当于人心。"《释文》："司马（彪）云：犁然犹栗然。"

［14］逸者：指《说文解字》中的逸字。郑珍已刻有《说文逸字》2 卷，《新附字》中的这类字，不再考论。

［15］昭阳：岁时名。太岁在癸曰昭阳，即癸年。大荒落：太岁运行到地支"巳"的方位：这一年称大荒落。八月：四部备要本作"壮月"。甲子：是日的干支称谓。

［16］五尺道人：郑珍别号。巢经巢：郑珍书斋名。

樗茧谱自序[1]（丁酉七月[2]）

戴君者民也[3]，养民者衣食也，出衣食者耕织也。不耕则饥矣。饥寒，乱之本也；饱暖，治之原也。故衣食，自古圣人之所尽心也。尧命羲、和[5]，为此谋天也；[4]禹八年于外，为此谋地也；舜咨九官十二牧，为此尽利也；汤、武诛放桀、纣，为此去害也；周公夜思继日，求善此之法也；孔子、孟子老于栖皇，求善此之本也[9]。无衣食，古今无世道也；舍衣物，圣贤无事功也。

自井田废而食之路隘矣。虽名至治，无干戈而已矣，无灾异而已矣。富豪者无恶岁也，贫苦者无丰年也，为食之路隘也。苦衣之路，则倍于古矣。古麻、丝、葛而已，今则中土之克丝也[10]，西北之毛也、绒也，其名不可胜数也；而唯富人得是也，天下率木棉也[11]，而十五犹仅蔽前也。

古之桑麻，妇功也，皆自为自衣也，余始通易[12]也。虽王后亦亲蚕织以供天子冕服也[13]。今则男事也，非为衣，以谋食也。故古之民，上劝之犹惜其力也；今之民不惜其力而惜其无地可施也。故虽尧舜亦无法也，有可衣食，任自为也。

今贵州之地，十九山也。田不足食居人也，无吴、楚、齐、秦利也。槲茧[14]，先郡守遗以食遵义者也[15]，今食者十之八矣。有田者且食之矣，皆槲也。但有山也，皆可槲也。槲则食矣，但知蚕也，山人之山而亦食矣[16]，非一遵义也，非一贵州也。此谱之所以作也。

【校注】

［1］《樗茧谱》：郑珍撰，莫友芝注。刊行于道光年间。这是关于山蚕饲养、缫丝织绸的技术性专著。是遵义地域蚕丝事业百多年技术经验的总结，对蚕丝事业的发展，发挥了推进作用。

［2］丁酉：道光十七年（1837）。

［3］戴君：拥戴君主。

［4］尧：唐尧，“五帝”之一。帝喾之子，姓伊祁，也作伊耆，名放勋。初封于陶，又封于唐，号陶唐氏。年老，传位于舜。羲和：羲氏、和氏，掌管天地四时的官。《尚书·尧典》：“乃命羲、和，钦若昊天，历象日月星辰，敬授人时。”

［5］禹：即夏禹，夏后氏部落领袖，史称大禹、戎禹。姒姓。鲧的儿子。相传禹继承鲧的治水事业，采用疏导的办法，历十二年，三过家门而不及，治平水患。舜死，禹继任部落联盟领袖，都安邑，后巡狩至会稽，死后葬于山上。

［6］舜：即舜帝，古帝名。姚姓，有虞氏，名重华。相传受继母虐待，弟象傲慢。由四岳向尧推荐，尧命其摄政三十年，除“四凶”，举贤能，天下大治。尧死，禅位于舜。都蒲阪。巡狩至苍梧，崩阻。九官：传说舜置九官，即：伯宇作司空，弃为后稷，契作司徒，皋陶作士，垂为共工，益作朕虞，伯夷作秩总，夔为典乐，龙为纳言。十二牧：即十二州的长官。相传禹治水后，分天下为九州：冀、兖、青、徐、荆、扬、豫、梁、雍。舜又从冀分出幽州、并州，从青州分出营州，共十二州。牧：官名。《礼记·曲礼》下：“九州之长，入天子之国，曰牧。”后称州官为牧。

［7］汤：成汤，商朝开国之君。契的后代，子姓，名履，又称天乙。夏桀无道，成汤讨伐，遂有天下，国号商，都于亳（今河南商丘市）。武：周武

王，周文王之子，姬姓，名发。起兵伐纣，联合庸、蜀、羌、髳、微、庐、彭、濮等族，与纣战于牧野，灭殷，建立周王朝，分封诸侯，都镐。桀：夏代最后一位君主，名履癸，是古代暴君的典型，与商纣并称。纣：商代最后一位君主。帝乙之子，名受，号帝辛，史称纣王。行为暴虐，重敛取利，百姓怨望。周武王伐纣，战于牧野，纣军倒戈，纣兵败自杀于鹿台。

［8］周公：姬旦，文王子，助武王伐纣，建立周王朝，封于鲁。武王死，成王年幼，周公摄政，制礼作乐，被儒尊为古圣之一。

［9］孔子（前551—前479）：孔丘，字仲尼。春秋鲁国陬邑（今山东曲阜）人。在鲁国任委吏、乘田等小官，后升中都宰、司寇。因不满执政者所为，云游列国，不为所用。长期聚徒讲学，有弟子三千、贤者七十二人。曾删《诗》、《书》，订《礼》、《乐》，赞《易》，修《春秋》。被儒家学派尊为圣人，历代帝王尊之为至圣先师，各地建文庙奉祀。其生平言论，弟子们整理成《论语》，为儒家经典之一。孟子（前372—前289），名轲，字子舆，战国时邹人（今山东邹县）。受业于子思的门徒。游说于齐、梁之间，未见用。退而与门徒公孙丑、万章等著书立说。继承孔子学说，提出“仁政”口号，主张人性善，成为宋明理学家心性说的本源。后被尊为“亚圣”。《孟子》一书，为“四书”之一。

［10］克丝：即刻丝。织有花纹图案的丝织品。刻丝工艺兴起于宋代。

［11］木棉：这里指草本或灌木，非“攀枝花”。通称棉花。花黄色或带紫红。结实如桃，中有白棉，可供纺织。子可榨油。

［12］通易：通商贸易。义同“通市”。

［13］冕服：古代统治者的礼服。举行吉礼时都用冕服。冕是礼帽，后专指皇冠。

［14］槲茧：槲，木名，实圆，可入药，嫩叶可养蚕，结茧成为槲茧，色微黄，可缫丝织绸。

［15］先郡守：指陈玉璧（diàn），字韫璞，山东历城人。乾隆三年（1738）来守遵义。见山间多槲树，与故乡饲蚕的树木一样，于是派人去山东购蚕种，请蚕师，两次失败，第三次终于成功，于是下令推广，民间大获其利。从此，遵绸之名传遍天下，吸引秦商晋贾前来购买，与吴绫、蜀锦争值于中州。

［16］山人：指山民。山民在山坡间广植槲树、栎树，遍饲山蚕，获利颇丰，使遵义成为全省首善之区。

母教录自序[1]（庚子八月[2]）

公父文伯之母[3]曰："君子能劳，后世有继。"斯言也，天道人事尽之矣。夫惟能劳而后能言劳。历观古贤母，如崔元暐[4]《家善果》诸传所载，世隔千载，声口宛然，心柔蓌短[5]，何非此义？固知捧帕而悲[6]，今古同焉矣！

珍母黎孺人实具壸德[7]。自幼至老，艰难备尝，磨淬既深[8]，事理斯洞[9]。珍无我母，将无以至今日。恩斯勤斯，鬻子之闵斯[10]。惟身受者，乃心知耳。而今已矣！母子一生，遂此永诀。涕念往训，皆与古贤母合符同揆[11]。在当时听惯视常，漫不警励，致身为孔、孟之罪人、母之不肖子。今日欲再闻半言，亦邈不可得矣！天乎，痛哉！

爰就苫次[12]。摹吻而书。到今凡得六十八条。仿李昌武、杜斯益《谈录》例[13]，录成一卷。匪独备久或遗忘，亦以见珍之为罪人、为不肖者[14]，非母之不善教使然也。

【校注】

［1］《母教录》：郑珍守孝期间，在墓庐中回忆母亲生平教子言行，摹其口吻写成，并随《遵义府志》刻板印制时一同刻印，流传颇广，深受士林称许。

［2］庚子：道光二十年（1840）。

［3］公父文伯之母：春秋时，鲁国大夫文伯，退朝后朝其母，母正绩麻，文伯曰："以歜（chù）之家，而主犹绩，惧干季孙之怒也。"其母叹曰："鲁其亡乎！夫民劳则思，思则善心生；逸则淫，淫则亡善，亡善则恶心生。今我寡也，尔又在下位，朝夕处事，犹恐忘先人之业，况有怠惰，其何以避辟！"文伯，季桓子从父兄弟。歜（chù），文伯之名。

［4］崔元暐：应为崔玄暐（清代避康熙玄烨讳，改玄为元），唐代博陵安平人。受其母卢氏之教育，为官清正。揭发酷吏来俊臣、周兴害民之罪，武则天下令诛之。以预诛张易之功，擢拜中书令、伯陵郡公，进郡王。中宗不纳其谏，被多次贬谪，最后为古州司马，病卒途中。著述颇多，有《行己要范》10 卷、《友义传》10 卷、《义士传》15 卷，训注《文馆词林策》20 卷，并行于世。本文所云《家善果》诸传，不知所指，或是上列诸传中的一部分。对母教一节，《新唐书·崔玄暐传》云："母卢有贤操，常戒玄暐曰：

‘吾闻姨兄辛玄驭云：“子姓仕宦，有言其贫窭不自存。此善也，若赀货盈衍，恶也”。吾尝以为确论。比见亲表仕者，务多财以奉亲，而亲不究所从来，必出于禄廪则善；如其不然，何异于盗乎！’”

［5］葼（zōng）短：葼，树木的细枝。《方言》二：“木细枝谓之杪……青、齐、兖、冀之间谓之葼。……《传》曰：‘慈母之怒子也，虽折葼笞之，其惠存焉。’”葼短，喻母亲对儿子的慈爱。

［6］捧帕而悲：形容亲死而悲泣的情状。

［7］孺人：古代贵族官吏之母或妻的封号。《礼·曲礼》下：“天子之妃曰后，诸侯曰夫人，大夫曰孺人，士曰妇人，庶人曰妻。”清代有关于“命妇”的规定：妇人因夫或子孙之官品而受称号者，曰“命妇”。命妇之号有九：一品夫人，二品夫人，三品淑人，四品恭人，五品宜人，六品安人，七品孺人，八品孺人，九品孺人。以上皆不分正、从。郑珍后官儒学训导，为从八品，其母可封孺人。壸德：壸（kǔn）：宫中道路，引申为宫内。《诗·大雅·既醉》：“其类为何？室家之壸。”《集传》：“壸，宫中之巷也，言深远而严肃也。”这里的“壸德”以赞其母高尚德操。

［8］磨淬：磨砺，锻炼。

［9］洞：深透，明澈。

［10］恩勤：《诗·豳风·鸱鸮》：“恩斯勤斯，鬻子之闵斯。”后来以诗中恩勤为词，指父母抚育子女的慈爱与辛劳。

［11］合符同揆：古代以竹木或金石为符，上面写文字，剖分为二；各执其一，合之为证。后称事物彼此相合为符合。同揆：同一个尺度或准则。

［12］苫次。指居亲丧的地方。苫，居丧时睡的草垫。

［13］李昌武：李宗谔，字昌武。宋饶阳人，李昉子。七岁能文，耻以父任得官，独由乡举第进士。风流儒雅，藏书万卷。有文集60卷，续修《通典》，又作《家传谈录》，并行于世。杜斯通：查无此人，疑指杜谦，字益之。明代昌黎人。早失恃，事继母甚谨。举景泰进士，官京兆尹、工部侍郎。

［14］罪人：守孝期间，孝子谦称。意谓有罪于父母。不肖：古人居亲丧时自称不肖，同不孝。《柳南续笔·三》：“人子丧中用帖，称不肖子。近士大夫……凡是中科甲、及仕宦中人，皆改称不孝。”

送潘明府光泰归桐城序[1]（辛丑闰三月[2]）

郡署内来青阁北隙地二十步许[3]，即县署右垣，垣内即香雨堂。令以时宾讌、听断于此[4]。去年庚子，桐城稚青潘公来为宰。余时事郡乘客馆中[5]。每夜将半，犹闻堂上与民决曲直之声[6]。乍温乍厉，如父兄之于子弟也。或夜夜然，或就榻尚然。余以此敬公之勤。

继余于子午山买田一区作母兆[7]，后又林焉。一无赖目若吉若主穷弱甚[8]，因祖中一家胁夺其林[9]，两氏遂构讼[10]。议者曰：两民券皆故，无专归[11]，此判意与中分乎！及质出券，公怒掷无赖者券曰："是他券以易今地，以图人者也！"众视地名处果窟笼痕。无赖树颔一一服[12]。众出，咸譫舌语[13]："是诚鬼神不及知，官乃知之。"余又以此敬公之明也。

余性简，且居艰中[14]，去年于公一二见。见必道治遵义当若何，我于遵义若何。余退而笑。斯之问邦人，皆今日为邦君大忌讳[15]，况迂疏狂漫若余者，焉不防一言误公也？然以知日夕求善治，故如余者，亦貇貇若此[16]，宜其勤明若此也。遵义庶治哉[17]！

今年二月来谒公，乃见即告曰："吾病矣，禄何为者！请致文已再上[18]，当许我。即今归闲，或渐差[19]。独念老矣，无若斯民耳！"余闻而愕然。然道皆是，无以沮去志者[20]，唯唯退[21]。越数日，公以送邑塾子于余[22]，招就饭。辞不获命，乃之香雨堂。食器用品物，视他所者远不似；而酒数行，饭数贰，衎衎饱焉[23]。返而歎曰："潘公非独勤明已也，知治本矣！"

夫今之仕宦者，当未膺任时，累累然一举人、进士耳[24]。一旦得所凭藉[25]，乃衣必四时，佳者各数十称[26]，始曰足衣；食必调山海之珍错[27]，始曰可食；他一切用物视是。而其妻子亲戚素亦甘蔬而暖布者，至是皆哆口不谓然[28]。缝人岁居，庖甬旬易[29]。颐奴喉婢。便唾尽官气[30]。例以旧日，截然两人。而三五相值聚语，要无不豔谭某物某味之佳恶[31]。而其所谭者，又大都非中州五土所产[32]。夫如是，民焉不病！岂能卖田园庐舍而来为官哉！欲惠斯民，亦无暇焉耳矣！

记少时闻言道苏货、广货，相诧极矣。十年来，乃盛尚洋货，非自洋来者不贵异。今日英吉利，即洋货所由来者也。其于中国何如耶？自去年扰秽海疆[33]，至今大半年，积半天下兵力而犹未尽荡涤，是何由致然哉？

如公者，足发余感歎欷歔也[34]。今公果得请，旦夕将去遵义。余不敏，[35]，不敢以不和不成之声[36]，偕邑人士歌颂治泽[37]，惟质言所以敬公者送公归。公归，余亦将释肩兹阁而去矣[38]！

【校注】

［1］潘光泰：初名群，字稚青，安徽桐城人。道光举人，以拣选知县发贵州。任天柱知县，有土豪吴毓灵借资患害乡里，无人敢发。潘知县捕得，审实，吴以千金贿赂，被拒，又贿于大府之吏，君固争，得绳以法。历贵定、清镇，补安平，调遵义，所至培文教、厚生民为要务，兴水利、建义学、义仓、义冢。教民饲蚕植棉，凡所建置，均捐俸倡导。在遵义整肃狱讼，禁止役吏插手案情审理，清理积案七百数十起。因病告归，市民攀送不绝，独无一吏胥相送。明府：对知县的敬称。

［2］辛丑：道光二十一年（1841）。

［3］来青阁：遵义知府衙门内一座小楼阁，于此设府志局。郑珍、莫友芝在此编纂志书。

［4］听断：指听取诉讼、判决案狱。

［5］郡乘：即府志。乘，春秋晋国文书名。《孟子·离娄》下：“晋之《乘》，楚之《梼杌》，鲁之《春秋》，一也。”后来以乘泛指志书、谱录。

［6］决曲直：指审判案件，判决是非曲直。

［7］子午山：郑珍故居，原名望山堂，他取名子午山。母兆：母亲墓地。

［8］若吉若主：指那个主人善良。

［9］胁夺：胁迫而夺取。

［10］构讼：构成诉讼，即打官司。

［11］券：契据。此指地契。故：旧。无专归：未指定专属于谁。

［12］树颔：点头同意。树通“竖”。《汉书·杨雄传·长杨赋》：“皆稽首树颔。”《注》：“树，竖也。”

［13］舔（tiān）舌：吐舌，惊愕情状。

［14］简：简慢、怠慢。居艰中：指守孝期间。也称丁艰、丁忧。旧时，父母死后，子女要在家守孝三年，不做官、不婚娶、不赴宴、不应考。

［15］邦君：地方长官。指太守，刺史等。

［16］豤豤：诚恳的样子。豤（kěn），同“恳”。

［17］庶：将近，差不多。

［18］致：致仕，即辞官归里。请致之文，指请求辞官的文书。

［19］差（chài）：同“瘥”，病除。

［20］沮（jǔ）：阻止。

［21］唯唯（wěiwěi）：应答词，顺应而不表示可否。

［22］邑塾子：县中私塾的童生，准备应县试以获取生员资格者。

［23］衎衎（kànkàn）：和乐貌。《易·渐》：“鸿渐于磐，饮食衎衎。”

［24］膺任：指受任为官。累累（léiléi）：疲惫貌。《史记·孔子世家》：“累累若丧家之狗。”

［25］凭藉：依靠，依恃。意指依仗官位、权势。

［26］称（chèn）：古代计算衣服的数量词。犹如说一套。

［27］山海之珍错：即山珍海错。山海间所产的珍馐美味。也作山珍海味。

［28］哆（chǐ，chě）口：张口的样子。

［29］缝人岁居：裁缝匠人终年居处，有缝不完的衣服。庖甬旬易：厨师每十天就换一个，以改变饮食口味。

［30］颐奴喉婢：对奴婢颐指气使，显示出权势者的气焰。即以面颊的表情或鼻喉的声息，使奴仆奔走于前，抖尽官家的派头。

［31］要（yào）：总要。豔谭：很羡慕地谈论。谭，同“谈”。

［32］中州：泛指黄河中游地区。五土：山林、川泽、丘陵、水边平地、低洼地等五种土地。即“五地”。

［33］扰秽海疆：指英帝国主义兴兵侵略我国东南沿海，就是首次鸦片战争。扰秽：掀起恶浊之浪，污秽我疆土。

［34］欷歔：哀叹抽咽声。也作“歔欷”。

［35］不敏：自谦之词，不才之意。《论语颜渊》：“回虽不敏，请试斯语矣。”

［36］不和不成之声：不谐和不成器的声音。

［37］治泽：施政治事，为民众带来福泽。

［38］释肩兹阁：舍去修志的担子而离开此阁。时《遵义府志》的修纂刊刻已近尾声。释肩：舍去肩上的担子，喻事情完成。

重刻《杨园先生全书》序[1]（辛丑冬[2]）

余成童之年，舅氏雪楼黎公令桐乡归[3]，从受业，乃始见《杨园先生全集》，读而爱之。后时举《见闻》《近古》二录中言行语，同辈率以不见是书为恨，余亦恨仅有手抄节本。去年任纂辑郡志，多借人家旧藏书，因获先生《全集》。莫君友芝，同志友也，遂谋同节著书俸刻之[4]，越二年刻成。

敬惟先生学之醇，行之笃，可为法于天下[5]，传于后世，前人论已详矣。其《全书》雷副使序朱教谕重刻本[6]，言蜀山草堂初锓板毁于火，流传者仅《初学备忘》、《训子语》二册；其言于都门见祝人斋编辑者[7]，未知是抄是刻，亦未知视朱刻增减何如。据朱《识总目后》云："未锓，旧刻止诗及《近鉴》二种。"知重刻即蜀山堂本矣。而顾菉厓《汇刻书目》载《杨园全集》《文集》十六卷、《言行见闻录》四卷、《训门人语》三卷。今朱刻《文稿》仅四卷，《见闻录》仅二卷，《答问》及门人所记当即《训门人语》，尚少一卷，特多《问目》一种，余皆同。或菉厓所见即人斋编辑者亦未可知。今重刻一据朱本，惟每册删改重梓姓名，有确知误处，亦略正之，盖皆不敢自用私心也。

先生《与何商隐书》云[8]："《近思录》之刻，恶必人之宝爱[9]，但以昔日所见此书之幸，与今日求觅此书之难，度亦此心为人心之同然耳[10]。"珍不敏，刻是集，窃私淑先生此意[11]。至于谓"总之，斯人之徒，不有益于此人，必有益于彼人，彼此均无益，而我心可以无憾"，则非先生之学之量，不敢作此言也。以此得过、见嗤笑，亦非所计已[12]。

【校注】

［1］《杨园先生全集》：张履祥撰。履祥（1611—1674），字考夫，又字渊甫，浙江桐乡人。居邑之杨园村，学者称杨园先生。明末诸生，从刘宗周游，得闻慎独之学。晚年专意程朱理学，立身端正，躬习农事。病学者骋口辨沽虚誉，故于来学之士，未尝受其拜，一以友道处之。黄宗羲方以绍述宗周，鼓动天下。履祥曰：此名士，非儒者也。卒年六十四岁。著有《杨园全书》。同治十年（1871），礼部奏请从祀文庙，在东庑先儒孙逢奇之次。

［2］辛丑：道光二十一年（1841）。

［3］黎雪楼（1785—1863），名恂，字雪楼，一字迪九，晚号拙叟。贵州遵义人，安理长子。嘉庆十九年（1814）进士，出任浙江桐乡知县，重视文教，三次充乡试同考官，所取士多为名宦。又修张杨园先生墓道。丁忧返里，从教 14 年，琢育郑珍、莫友芝、黎兆勋等一批人才。后官云南，历知县、知州，迁巧家厅同知。平生治经史，专宋学，工诗文。著有《蛉石斋诗钞》、

《千家诗注》，与人合纂《大姚县志》；另有《入都纪程》、《四书纂义》、《农谈》、《读史纪要》等多部未刊。是郑珍舅父兼岳父。

［4］著书俸：指编纂《遵义府志》所得的薪俸。二人家计维艰，而省俸刻书，真难能可敬。

［5］敬惟：惟，考虑到。敬是敬词。醇：醇厚。笃：笃实。

［6］雷副使、朱教授：行迹无考。

［7］祝人斋：祝洤，字人斋，浙江海宁人。乾隆举人。私淑张履祥之学，既刻其遗书，又择粹语为一编，曰《淑艾录》，复掇取朱子文集语类编次之，为《下学编》。

［8］何商隐：名汝霖，浙江海盐人。与张履祥切磋讲习，专务躬行。

［9］恶（wū）必：何必。

［10］度（duó）：揣测，考虑。

［11］私淑：《孟子·离娄》下：“予未得为孔子徒也，予私淑诸人也。”《注》：“淑，善也。我私善之于前人耳，盖恨其不得学于大圣也。”后称未得身受其教而宗仰其人为私淑。

［12］计：计较。已：语气词。用于句尾，表示确定。

《古本大学说》序[1]（癸卯三月[2]）

《大学》，《小戴记》之第四十二篇也[3]。汉河间献王苍所传、郑康成所注[4]，今称为古本，在《礼记正义》中[5]。

至宋仁宗时[6]，特取以赐及第进士。《大学》之单行自此始。后明道程子以《诚意章》有错简[7]，遂移《康诰》四条、汤《盘》四条、“邦畿”三条次“则近道矣”后；移“瞻彼”“於戏”“听讼”三条次“节彼南山”后。伊川程子[8]移“《康诰》曰”至“止于信”至“知之至也”后；移“诗云瞻彼”至“没世不忘也”，下接“《康诰》曰惟命”至“则失之矣”，次“为天下僇矣”后；而以“听讼”条次“未之有也”后，“此谓知之至也”之前。谓“此谓知”本为衍。《大学》之有改本，自是始。朱子因之，更考经文，别为序次，以作章句[9]，是为今本。

世之童子启口即读之，于是汉传古本变而为朱子之《大学》。而六七百年学者之心不能泯然[10]，亦遂争新角异，而《大学》日多矣。其最著者，董文靖本[11]退“知止”“近道”二条合“听讼”二条为《格致传》。宋叶丞相、王鲁斋，名车清臣、方正学、宋濂溪、蔡虚斋、王守溪、徐师曾、刘念台诸公[12]，并倡明其说；郑济仲至篆书刻字行之。几几与朱子《章句》相伯仲。以外，崔后渠、高忠宪、李见罗、季彭山、郁文初诸改本[13]，咸自惊独见，閧然一时。余纷纷益不可胜记。至王顺渠古本，删而改《大学》之祸极，至丰考功伪石经出，而转成笑柄矣。是故王文成、李文贞复古之功不可没也[14]。

今见邻水甘稚斋先生家斌《大学说》，其书不别经传，分为十章[15]。移“瞻彼”、“于戏”二条于“此谓之至也”后；移“所谓诚其意”至“必诚其意于此谓之本”后；“所谓修身”以下章次并同朱子。又一新异本也。

详其说，直切明易，无穿凿纠缠之私[16]。而文颇繁冗，节裁十之五六，付其族姪雨施大令刊本，成一家之言。顾念汉传古经旧矣，如先生之说，使仍就古本故次，则既不蹈董文靖后诸儒欲复古而反乱古之讥，而于文成、文贞之书，大义复不相乖忤[17]，不尤善欤！焉得起先生而质之！

【校注】

［1］《古本大学说》：为甘蒙斌。家斌，家秩斋，四川邻水人。清嘉庆进士，授翰林院编修，官至大理寺卿。后归教于乡里。著有《黜邪集》等。

［2］癸卯：道光二十三年（1843）。

［3］《小戴记》：《礼记》一书的别称。为西汉人戴圣编定，共49篇，采自先秦旧籍。有东汉郑玄《注》，唐孔颖达《正义》。同时戴德别有《记》85篇，称《大戴记》。

［4］河间献王（公元前？—前130年）：刘德。景帝之子，武帝之弟，封河间王，谥献。爱好儒学，所得先秦古书，与皇家书相等。立毛氏《诗》，左氏《春秋》，均古文。郑康成：即郑玄之字，遍注“五经”。

［5］《礼记正义》：唐孔颖达撰。孔颖达（574—648），唐衡水人，字仲达。通经学。太宗时任国子祭酒。与魏征同撰《隋史》，与颜师古同撰《五经正义》180卷，即今《五经疏》。

［6］宋仁宗：赵祯，年号有天圣、庆历、皇祐、嘉祐等，在位41年（1023—1063）。

［7］明道：程颢（1032—1085），宋洛阳人。字伯淳，世称明道先生。游学于周敦颐，与弟颐并称“二程”，是“程朱”理学创始者。有《二程遗书》。错简：古人以竹简刻书，按次序编列；凡次第错乱，叫做错简。

［8］伊川：程颐（1033—1107），程颢弟，字正叔，世称伊川先生。讲学三十余年，门人甚众。治学以《大学》、《论语》、《孟子》、《中庸》为标指，而达于六经，以穷理为本。著有《易传》、《春秋传》等。

［9］朱子：朱熹（1130—1107），宋徽洲婺源人。字元晦，号晦庵，晚号考亭、紫阳。为程颐三传弟子李侗的学生，继承和发展“二程”理气关系的学说，集理学之大成，后世程朱并称。著有《四书章句集注》、《诗集传》、《周易本义》、《楚辞集注》、《通鉴纲目》等。章句：分析古书的章节、句读。

［10］泯然：寂默无言。

［11］董文靖：查无“董文靖”者。疑为“文清”之误。董槐：宋代定远人。永子，字庭植，学于叶诗雍及辅广。宝祐中累官右丞相，兼枢密使，进封许国公。常与诸生讲论。

［12］叶丞相：宋贵溪人，名梦得。陆九渊再传弟子。建石林书院。王鲁斋：宋代人，名柏，字会之，后更鲁斋。著述甚富，有《读易记》、《书疑》、《诗疑》、《鲁斋集》等。车清臣：车若水，宋黄岩人（郑珍列为明人，误），字清臣，师事王柏，讲明性理。博学，工古文，自号玉峰山民。有《宇宙略记》、《玉峰冗稿》、《脚气集》。方正学：方孝孺（1357—1402），明浙江海宁人。字希直，又字希古。宋濂弟子，人称正学先生。建文时任侍讲学士，燕王朱棣起兵破南京，被杀，连诛十族。著有《逊志斋集》。宋濂溪：宋濂（1310—1381），明金华潜溪人。字景濂，号潜溪（郑珍误为“濂溪”）。朱元璋起兵，与刘基同被征，累官翰林学士，参与开国典章制度的制订。善文章，为明初一大家。有《宋学士全集》。蔡虚斋：蔡清，明晋江人。字介夫，成化进士。累官江西提学副使，起南京国子监祭酒。其学初主静，后主虚，故以“虚”名斋，学者称虚斋先生。有《四书蒙引》、《易蒙引》、《虚斋集》。王守溪：查无“王守溪”字号者，疑为“王龙溪”之误。王畿，明浙江山阴人，字汝中。受业于王守仁。学者称龙溪先生，有《龙溪全集》。徐师曾：明吴江人。字伯鲁。嘉靖进士，官吏科给事中，乞休归。著有《礼记集注》、《周易演义》等。刘念台（1587—1645）：明山阴人，名宗周。字起东，号念台。学者称蕺山先生。学宗王阳明。著有《易衍》、《证学解》、《学言》、《原旨》等。

［13］崔后渠……郁文初：为一般学者，不一一作注。

［14］王文成：王守仁（1472—1528），明浙江余姚人，字伯安。世称阳明先生。弘治进士，被谪为贵州龙场驿丞。在此悟道，创立心学，从游者众，

形成阳明学派。后参与平定宸濠之乱，官至南京兵部尚书。卒谥文成。著有《王文成全书》。李文贞：李光地，清安溪人。字晋卿，号后庵。康熙进士，累官直隶巡抚，文渊阁大学士。其学诚明并集，笃信程朱。著有《周易通论》、《尚书解义》、《大学古本说》、《榕村全集》等多种。卒谥文贞。

［15］《大学说》：朱本《大学》分“经”一章，“传”十章。《大学说》则不分经、传，分为十章。

［16］穿凿：于理不可通者，强求其通。犹言牵强附会。纠缠：相互缠绕，说不明白。私：一己之见。

［17］乖忤：相抵触。王守仁有《大学古本序》，李光地有《大学古本说》，都力主恢复汉代古原貌。王《序》中说：“吾惧学之日远与至善也，去分章而复旧本，傍为之十，以引其义。庶几复见圣人之心，而求之者有其要。”甘氏之书，与此义相近。

甘秩斋《黜邪集》序[1]（癸丑五月）

唐宋以来辟佛者二[2]：傅、韩诸子辟其行者也[3]；程、朱诸子辟其言者也[4]。佛之行背伦弃常[5]，广张罪福以资诱胁[6]，祸仅足以乱天下。至其言弥近理，弥大乱理。立足使命世贤豪甘心纳身为夷狄[7]，而犹扬扬曰大儒而终身不知，则祸且乱学术矣[8]！学术正，天下乱，犹得持正者直之；至学术亦乱，而治具且失矣！

程、朱诸子之言佛也，抉摘隐微[9]，剖析近似[10]，使不得丝毫与吾道乱，厥功巨哉！

顾世之信佛者，十之九皆浃肌沦髓于口耳之佛[11]，徒为祸福生死所震吓耳。究于彼氏之粗浅未闻也，又乌识其与吾道判几希者乎[12]？是故傅、韩诸子辟佛之文，能使仇佛者心益坚、气益壮，信佛者口虽强而其色必赧赧然[13]。盖止就其乱天下之易知者辟之，故无论智愚，皆足以醒天良、生感悟，功又讵出程、朱下哉！然而为程、朱更难矣。

唐之时，儒自儒、佛自佛，仅辟其行即足壮斯人之尊听[14]，不俟究其言也。至宋以后，佛假儒为佛，儒尤亡儒以培佛[15]。程、朱更暇论其行哉！亦各因时致力也。

噫！夷言夷行之日增狡谲，顾卒不能肆其毒以易中国君父之教[16]，而彼氏反就衰者，非唐宋诸儒之力欤？谓空言果无补欤？

邻水甘公家斌，性刚介绝俗[17]。嘉庆初，由词馆历大理寺卿[18]，老归教于乡，自集平生涉佛文字，名曰《黜邪》。余获其稿读之，或庄论[19]，或诘辩，或喜笑怒骂，随笔畅书，件足惩感[20]。叹其有傅、韩、程、朱之遗也[21]，因刊剪复缍，次为一卷，付其族子岱云大令锓以传之。

嗟乎！佛教于今衰极矣，然终不能芟绝之者[22]，欲人其人，庐其居，其人其居先无所归；而人之居之者又不能甘也，欲火其书；而学士大夫又先不能舍也[23]，将焉得而芟绝之？能使其行不乱周孔之行，其言不乱周孔之言，斯已善耳。余于斯集，尤愿为口强色赧者诏也[24]。故书于其端。

【校注】

［1］甘秩斋：行历见上文注［1］。《黜邪集》是甘氏指斥佛教文章的辑集。儒家视佛教为邪教，力图予以废除。黜（chù）：贬，废免。

［2］辟（pì）佛：排除佛教，驳斥佛说。

［3］傅、韩：傅奕（555—639），唐代相州邺人。精通天文历法，为太史令，屡次上书请禁佛教，指斥佛教妄言轮回功德，愚民骗钱，且僧多而寺庙豪奢，耗费国家资财，且引诱军民逃役，害政祸国。主张僧尼还俗。他将魏晋以来驳斥佛教的言论辑为《高识传》10 卷。惜已佚。韩愈（768—824）：唐代南阳人。字退之。宪宗时，随裴度平淮西，升刑部侍郎。上书谏迎佛骨，被贬为潮州刺史。穆宗时诏为国子监祭酒，转兵部、吏部侍郎。著名文学家，有《昌黎先生集》。

［4］程、朱：见上文注［8］、［9］。

［5］伦常：封建社会的伦理道德。即父子有亲、君臣有义，夫妇有别，长幼有序，朋友有信。佛教徒出家为僧，断绝与俗家亲友关系，不婚娶，不拜君主，故儒士指斥僧人无父无君，背弃伦常。

［6］“广张祸罪”句：佛教宣扬地狱轮回、西天净土等，借以诱胁民众。

［7］命世贤豪：著名于一世的贤士英杰。也称治世之才为命世之才。夷狄：古时对异族的贬称。

［8］学术：这里指整个国家和社会的政治教化所凭藉的主导思想意识。在封建时代，主要是指经学的研究与实践。

［9］抉摘：挑拣，选择；含有挑剔的意味。

［10］近似：指佛、儒两家思想观念相近或相似之处。

［11］浃肌沦髓：也作“浃髓沦肌”。谓感受之深，如浸于骨髓，深入

肌体。

［12］几希：甚少、极小。《孟子·尽心》上："舜居深山之中，与木石居，与鹿豕游，其所以异于深山之野人者，几希。"《注》："希，远也。"此指佛教观念与儒家思想细微的差别处。

［13］赧赧然：因惭愧而脸红的样子。《孟子·滕文公》下："未同而言，观其色赧赧然。"《注》："赧赧，面赤心不正之貌。"赧，音（nǎn）。

［14］辟其行：对佛教活动予以排斥、禁限。韩愈《原道》中提出："人其人，火其书，庐其居。"即僧尼令其还俗，焚其诱惑人的书籍，改寺庙为民居。斯人：其人，此人。这里泛指人们。

［15］"至宋以后"句：佛教到唐已渡过其极盛阶段，至宋代已显显衰落气象，而向世俗靠拢。一些儒学大师沟通儒释，援儒入释。如有的把佛教的"五戒"比附儒家的"五常"，以为二者均叫人为善，相资为用。又如智圆和尚居孤山，好诗文，与林和靖为友，著文主张"修身以儒，治心以释"（《中庸子传》上、《闲居编》卷十九）。宋代兴起的理学，在论心性修养方面，吸取了佛学的不少思想资料。从科学发展的进程来观察，这是一个进步，而正统儒家则认为是"亡儒以培佛"。

［16］君父之教：指中国以"三纲五常"为核心的传统礼教。

［17］刚介绝俗：刚正耿直，超出世俗之上。

［18］词馆：义同"词苑"，指翰林院。翰林院中设庶常馆，教读庶吉士，三年散馆，分发官职，部分留翰林院任检讨或编修，俗称"翰林"。大理寺：掌管刑狱的官署。主管长官为寺卿、少卿。明清时代，与刑部、都察院为三法司，会同处理重大司法案件。

［19］庄：底本作"壮"，误，据花近楼本改。

［20］件足惩感：每一件都足以惩戒，令人感奋。

［21］遗：指遗风流韵。

［22］芟绝：芟其本而绝其根。意即根除。芟（shān）：除草。

［23］甘：情愿，乐意。

［24］口强色赧：口头上虽在强辩，而面容却有些羞愧之色。口强，义同"强（jiàng）嘴"，强辩，顶嘴。诏（zhào）：教训，讲明。

订溆浦舒氏六世诗稿序[1]（丙午十月[2]）

舒鹿门其潞者，即集中紫峰之弟也[3]。以秀才持笔研食于遵义[4]。其人魁而修，雍然而毅[5]。几五十，暇且喜读书仿唐楷[6]。入室教子，声厉闻于外；出则由由而不自失[7]。

岁丁酉[8]，余始交之；嗣同客郡署，以余为粗有知者，呼儿自其家尽负先世遗稿以来，属覒定[9]。余曰："诗果足重乎哉？欲知其人，借以见其声貌而已。为子孙尤当常常见祖父之声貌也。子如是固宜。"鹿门乃钞余楬者属覆之[10]。余曰："诗文又在多乎哉？多而且美善者，一代盖不数人，此数人亦又不出于一家。而与并时者，或有诗焉，或无诗焉；有诗愈得以想其人，子孙得以借见祖父声貌以追武其人足矣[11]。子如是固宜。"因存箧中，历四年矣。

今秋移居墓下，务闲，辄篝灯勘之[12]，定为四卷。持覆鹿门，曰："令先世之声貌尽在此矣。其格致虽不同，要同具忠孝勤愨之气[13]。是乃所以世有诗存也。为子孙能同具祖父之气，诗之存独此六世乎哉！然又独诗乎哉！"因识其事首末，亦以见鹿门之为人也。

【校注】

［1］溆浦：县名，位于湖南西部，清代属辰州府。

［2］丙午：道光二十六年（1846）。

［3］舒其潞，字鹿门。旧时称呼他人，均呼其字或号，不直呼其名，以示尊敬。需要同时表白，则字先名后。

［4］笔研：即笔砚。意指做文字工作。食（sì）于遵义：在遵义讨生活，求衣食。

［5］魁而修：魁伟修长。雍然而毅：仪容温和而刚毅。

［6］仿唐楷：仿唐人楷书。

［7］由由：怡然自得貌。《孟子·万章》下："与乡人处，由由然不忍去也。"自失：茫无所处。《史记·屈原贾生传论》："读《鹏鸟赋》，同生死，轻去就，又爽然自失矣。"

［8］丁酉：道光十七年（1837）。

［9］覒定：选定。覒（mào），选择。

［10］楬者：指做了记号的诗作。楬（jié）：做标志用的小木椿。《周礼·秋官·蜡氏》："若有死于道路者，则令埋而置楬焉。"《注》引郑众："楬，欲令其识取之；今时谓楬橥是也。"覆：审查。此指校勘。

［11］追武：跟随前人足迹。义同"踵武"，比喻继承前人的事业。武，足迹。

［12］篝灯：以笼蔽灯。即点燃灯笼。

［13］格致：风格与情趣。欧阳修《归田赋》二："（赵）昌花写生逼真，而笔法软俗，殊无古人格致。"勤慤：勤谨朴实。慤（què），朴实，谨慎。也作"悫"。

宝言堂《家戒辑闻》序[1]（壬子五月[2]）

《家戒辑闻》一书，钱塘王氏云廷初以闻之祖父者，撮为戒五十则，揭之宗祠壁间，后又采辑前言往行，附各则下，使其子弟奉为法鉴者也[3]。

其书成于雍正乙卯[4]。后十一年，乾隆丙寅始刊行之[5]。又十五年庚寅[6]，湄潭治可邹公家理，训导镇宁[7]，于州牧湖北刘公岱[8]所见此书，乃假归[9]，捐俸重刻。乃此本也。

其存版不知何自，庋（guǐ）予同邑及门张生正铎家[10]。道光己酉[11]，生以其版多缺失，遂举以归经巢[12]。余方饥驱、顾饔飧不及[13]，未暇整缮也。今年夏始克补就。唯"勿怠废先祀"一则未版，搜得旧版都阙，遂无从补，俟他日访获足本完之。因记著此刻之始末如此。至于书之言五十则者，洪纤表里[14]，靡不曲尽。读者以为修身保家，当如是否？在即其天良之感发而自得之，无俟赘及云。

【校注】

［1］宝言堂：王云廷书斋名。《家戒辑闻》由该堂家刻本。王氏行历不详。钱塘为杭州古名。清代，钱塘县为杭州府治和浙江省治所在地。公元1912年，改钱塘、仁和为杭县。

［2］壬子：咸丰二年（1852）。

［3］法鉴：法度鉴戒。

［4］乙卯：雍正十三年（1735）。

［5］丙寅：乾隆十一年（1746）。

［6］庚寅：乾隆三十五年（1770）。“后十五年”之说不确，应为“后二十四年”。或“庚寅”有误，应为“庚辰”，则与“后十五年”大体相应。

［7］“湄潭”句：湄潭人邹家理，字治可，任镇宁州儒学训导。

［8］州牧：对知州的敬称。

［9］假归：借回来。

［10］庋（guǐ）：也作“庋”。收藏，置放。张正铎：无考。

［11］己酉：道光二十九年（1849）。

［12］举：全。全部送给巢经巢。

［13］饥驱：因饥饿而驱驰，意谓谋求生活之资而奔走四方。饔飧（yōngsūn）：早晚餐。《孟子·滕文公》上：“贤者与民并耕而食，饔飧而治。”《注》：“饔飧，熟食也。朝曰饔，夕曰飧。”

［14］洪纤：犹言大小。《后汉书·班彪传》附班固《典引》：“铺观二代洪纤之度，其赜可探也。”《注》：“言遍观殷、周大小之法，其幽深可探知。”

《千家诗注》序[1]（壬子六月[2]）

宋刘后村《千家诗选》，世弆（jǔ）家闻尚其书[3]，顾未之见也。俗间行者[4]，为诗仅百二十五首，作者仅八十人，而亦“千家诗”，不知钞自何时何人。其所录率律绝，明易无艰棘之作[5]，以故城郭村僻，书儿自诵“四子”以上[6]，鲜不读者；即妇人女子，亦往往都能传记[7]。诗选之在南中，盖未有脍炙如此本者也[8]。

然其于唐宋各家，载不及小半，当读之诗，更不及百分之一。斯已若邓林一枝、丹穴片羽也已[9]。而犹然徒口读之[10]，曾不识一古人，晓一古事，知一托兴摅怀之所在[11]，虽成诵如流水[12]，何益？

舅氏黎雪楼先生之言诗，神明于古人[13]，南中未有或之先者。前三十年既以诗法授珍辈内外兄弟，而一二幼者课暇则拈此令诵之，随即校之注之，细批四旁以为讲说。珍亦时耳闻于侧，故得闻校注之意甚详。

先生谓一代名硕多不过数十人，其道德文章师百世者，固宜俎豆奉之[14]。即但论文章，为世不废，亦后人师也，而举不识其爵里字谥[15]，甚至一启口辄呼其名。后来学问不尚渊源[16]，未必非轻蔑前辈之故[17]，得尽罪子弟乎？夫有所受之也[18]。

至弟子所读，先入为主。不正俗本之误，后将转以正本为非。若各大家之诗，无一字无来历，字句苟一说即了，必繁曲引证，反胶泥其聪明[19]。至本事本旨，不称载前说，又无以引其灵悟而鼓舞其幼志，使知世间当读者多。此其为童子计，思即使粗选，诱之入于高明宏达之途者，用意最为切至。

珍欲持公之初学久矣[20]。去年先生以贰守归里[21]，方手抄是册示诸孙。乃请于先生曰："古人致仕老乡里，大夫名父师，士名少师而教学焉[22]。今先生于乡，父师也。论教子弟作诗，此注何足尽？然譬之欲令泛海，当由门前之溪始。且天下事即众趋者而顺导之，则易为功也。是《注》也，既善，且稿定，盍即以教乡弟子[23]？"先生不我拒也，爰与诸内弟勘而刻之，而书先生所以校注此选之意，即珍欲公初学之私如此云[24]。

咸丰二年岁次壬子六月既望受业甥郑珍谨譔并书[25]

【校注】

[1]《千家诗注》：清代民间有传本，即俗本《千家诗》，流传颇广。黎恂发现俗本弊病不少，在原本上加以批注、更正。晚年加以整理。付梓刊行，成为一个全新的选注本。其《自序》中写道："俗本《千家诗》，传布已久，村塾童子，罔不记诵。其中唐诗少，宋诗多，律绝仅百十首，率皆显明易解之作。以此启童蒙甚便。第原本题目间与正集不符，作者姓名亦多舛误。曾有为之注者，虽字解句释，如四书讲章然，而于讹舛处毫不考正，事实亦未注明，殊非善本。"于是，他查考史籍，把作者名号、爵里、生平事迹予以补写。前贤对诗作的评论，选择其中"足以长人识见，启人悟机者"，录载诗的四旁，以此向儿辈讲贯。付刻时，对旧稿本加以编排，删去一些不适合儿童阅读的豔情、颓废之作，补选一些脍炙人口的佳篇。这是一个全新的选本，注释精审，不愧为佳作。

[2] 壬子：咸丰二年（1852）。

[3] 刘后村：名克庄（1187—1269），南宋莆田人。字潜夫，号后村居士。著名作家，著有《后村居士大全集》。选编《千家诗》22 卷，分类颇繁，有 14 个门类，选诗风格与标准不统一，不太适合儿童阅读，流传不广。弆（jǔ）家：收藏家，藏书家。

[4] 俗间行者：指谢枋得、王相的选本。谢枋得（1226—1289），宋末元初江西弋阳人。字君直，号叠山。宋亡，隐居山中。有《叠山集》。王相，字晋升，江西临川人（祖籍瑯琊），生活于明清之际。谢氏选编《增补重订千家诗》，在刘克庄本的基础上进行简化。王氏又进一步精简，使之广为流行。在

流行、传抄、翻刻过程中，有所变化，已非谢、王原貌。

［5］艰棘：指内容艰深、读起来不顺口的诗歌。棘，刺。

［6］四子：即“四氏学”。封建帝王为尊崇儒学，专为孔、颜、曾、孟四家别立学馆，专教授四姓子弟。这里泛指儿童初入学的基本读物。

［7］传记：底本、花近楼本同作“传记”。而黎氏壬子刻本中作“倍记”。

［8］脍炙：肉细切为脍，烹炒为炙，都美味可口。以此比喻诗文优美，为人们广泛喜爱和传诵。《孟子·尽心》下：“公孙丑问曰：‘脍炙与羊枣孰美?’孟子曰：‘脍炙美。’”

［9］邓林：神话中的树林。《山海经·海外北经》：“夸父与日逐走，入日，渴欲饮。饮于河、渭，河、渭不足，北饮大泽，未至，道渴而死，弃其杖，化为邓林。”丹穴片羽：丹穴，山名。《山海经·南山经》：“又东北五百里曰丹穴之山，其上多金玉，丹水出焉，而南流注于渤海。”一枝、片羽，喻其珍贵。

［10］徒口：空口。此指不看读本，随口诵读。

［11］兴讬：指诗歌起兴（xìng）寄托的内在含义。摅（shū）怀：抒发情怀。

［12］成诵：读书熟能背诵。

［13］神明：谓无所不知，如神之明。《淮南子·兵略》：“见人所不见谓之明，知人所不知谓之神。神明者，先胜者也。”此处指对古人的诗歌理解深透。

［14］俎豆：祭祀，崇奉。俎和豆是古代宴客、祭祀用的礼器，用来盛肉类食品。借指祭祀。

［15］爵里字谥：指爵位官阶、出生地、字号、谥号。

［16］渊源：事物的本质。此指学问的来源。

［17］蔑：底本、花近楼本均作“茂”。家刻本作“蔑”，依之。

［18］受：指受之于人。

［19］胶泥：封闭、阻塞。

［20］持公之初学：持，奉恃。初学，指从前讲学之事。此指听讲《千家诗》、读诗注等。

［21］贰守：贰，指副职。贰守，即太守副职。黎恂由同知致仕，官正五品，相当于知府的副职。

［22］父师：指辞官还乡的大夫。《仪礼·乡饮酒》："主人就先生而谋宾介。"郑玄《注》："古者七十而致仕，老于乡里，大夫名曰父师，士名曰少师。"

［23］盍：何不。

［24］云：底本、花近楼本、四库备要本均有此字，黎氏壬子家刻本独无。依底本。

［25］"咸丰二年"等款识，据家刻本补。

《郘亭诗钞》序[1]（壬子九月）

段诚之云[2]："诗非待序而传也。"余谓作者先非待诗以传，杜、韩诸公苟无诗，其高风亮节照耀百世自若也；而复有诗，有诗而莫复逾其美，非其人之为耶？

故窃以为：古人之诗，非可学而能也。学其诗，当自学其人始。诚似其人之所学所志[3]，则性情、抱负、才识、气象、行事皆其人，所言语者奚独不似？即不似犹似也。

独山莫子偲之为诗[4]，殆近余所云者欤[5]！当子偲侍贞定先生来吾郡校官[6]，时年才十二，已岸然，鄙夷俗学，以为不足为[7]。甫弱冠，举于乡。连试春官皆罢[8]，遂决意求会通汉宋两学[9]。久之，贞定与孺人先后卒。子偲以贫也，毕屯夕于郡[10]，率诸弟读书僦宅中，岁借鏊脩相生养。粗衣淡虀[11]，时时不继。室人每间壁交谪[12]，乃方埋头蘸朱墨、参考互校，或拄颊擫（yè）管[13]，垂目以思，如不闻。及有捻书籍求售[14]，则不问囊有无一钱，必不令他适[15]。故入其室，陈编蠹简[16]，麟麟丛丛[17]，几无隙地。秘册之富，南中罕有其匹。而其读书，谨守大师家法，不少越尺寸。余每举形声、训诂或一二说异许、郑处似之[18]，遽虽无以詰诘[19]，意顾不善也。

以子偲为人若此，则其制境之耿狷[20]，求志之专精，用心之谨细，非似古人之苦行力学者欤！其于形声、发于言而为诗，即不学东野、后山[21]，欲不似之不得也。虽然，孟于韩，陈于苏，犹赪之去纁[22]，仅一染耳！

子偲方强仕[23]，学日宏日邃靡底极。余恶知[24]今之东野、后山者，不旋化为退之、子瞻者耶？自子偲来吾郡，即兄视余，今又姻也[25]。交三十年，知独深。其诗自道光甲辰以下八年者，余为删次以存，故论所已至者以为序。

【校注】

［1］《郘亭诗钞》：莫友芝家刻自选诗集。凡 6 卷，410 首。咸丰二年（1852）刻于遵义湘川讲舍。

［2］段诚之：金朝稷山人，名成己，字诚之，号菊轩。正大进士，入元，不仕。与从兄克己齐名，时称“二妙”。有《二妙集》。

［3］志：此指志向、情趣。

［4］莫子偲：名友芝。见本卷《答莫子偲论〈佩觿〉书》注［1］。

［5］殆（dài）：大概。

［6］贞定先生：学者对莫与俦的私谥。与俦（1762—1842），字犹人，号杰夫、寿民，独山州人。嘉庆进士，翰林院庶吉士，受教于阮元、纪晓岚、洪亮吉等汉学大师。改官知县，历茂县、盐源知县，除弊惠民，有政声。丁忧返里十几年，后任遵义府学教授，琢育多士。著述颇多，现存有《贞定先生遗集》四卷。死后葬于青田山。《清史稿》有传。

［7］岸然：严肃的样子。俗学：世俗流行的学问。

［8］春官：指礼部会试。每届在春二三月举行，故称春官，又叫春闱。乡试叫秋闱。友芝二十岁成举人，正值弱冠之年。

［9］汉宋两学：汉儒治经，多注重训诂文字，考订名物制度。清代整理考订古籍之风兴起，乾隆、嘉靖间称其学为汉学，与宋明理学相对，又称朴学。后来这种学日趋繁琐，脱离实际。宋学指宋儒理学，其学以讲求义理为主，兼谈性命，又称性理学或道学。汉、宋两学在清代中期互为水火。晚清渐趋融合，互相所长。

［10］屯（zhūn）夕：借作“窀穸”。窀穸（zhūnxì），墓穴。引申为安葬。莫父葬于遵义城东八十里青田山（子午山附近），莫母李氏葬于城东五里五英岗。

［11］僦宅：租赁的住宅。僦（jìu），租赁。塾脩：塾师的酬金。古称束脩。齏（jī）：调味。引申为细碎的咸菜。

［12］交谪：交替谴责。

［13］拄颊：以手掌颊。擫（yè）管：手指握着笔管。

［14］捻（niǎn）书籍：拈取书籍。

［15］他适：他往。去别的地方。

［16］陈编蠹简：陈编指前人的著作。蠹简，指被蠹蚀的书籍。

［17］鳞鳞：同“鳞比”，相次排列如鱼鳞。丛丛：众多的样子。

［18］似：给与。

［19］遽（jù）：仓猝。詀诘（zhǐjié）：指责过失，责问，反问。

［20］耿狷（jiàn）：正直拘谨。

［21］东野：孟郊（751—814），字东野。唐代湖州武康人。少时隐居嵩山，与韩愈结为至友。贞元间成进士，任溧阳尉，常因吟诗荒废公务。死后，友人张籍私谥贞曜先生。后山：陈师道（1053—1101），宋彭城人，字履常，一字无己，自号后山居士。曾任徐州教授，秘书省正字。为人安贫不苟取。江西诗派的领袖之一。与黄庭坚、陈与义齐名。有《后山集》等。

［22］赪：底本作“赖”，误，据花近楼本改。赪（chēng）：浅红色。《尔雅·释器》：“再染谓之赪。”《疏》：“赪，浅赤也。”纁（xūn）：浅红色。《周礼·考工记·钟氏》：“三入为纁。”《注》：“染纁者，三入而成。”染两次成赪，染三次成纁，二者之间，只差一染。意味孟郊与韩愈之间、陈师道与苏轼之间，其功夫只在一染之间。

［23］强仕：年四十为强仕。

［24］恶知：怎知。恶（wū）：疑问词。怎，何，如何。

［25］姻：结为姻亲。莫子与郑女订婚。

《播雅》自序[1]（癸丑三月[2]）

余束发来[3]，喜从人问郡中文献[4]，得到遗作辄录之。久乃粗分卷帙，名曰《遵义诗钞》。弆箧衍有年矣[5]。屡欲锓行之，无资且无暇。去秋在行省见前辈唐子方方伯[6]。方伯谓：乡里耆旧[7]，其行义文采已多无传，赖有此，不宜更閟[8]。手剟费，属归为之[9]。

穷冬多暇[10]，尽出前钞，重加去取，复曾新获二三十家，命儿子知同写定。计自明万历辛丑改流[11]，至今二百五十年间，凡得二百二十人，诗二千三十八首，次为二十四卷。所登不必尽工。然纤佻恶俗则鲜矣[12]！更曰《播雅》。奉方伯订正而刻之。

皆仿元裕之遗意[13]：或因诗存人，或因人存诗；或因一传而附见数人，或因一诗而附载他文、按及他事。要据前钞，略备一方掌故。体非选诗，必可准绳[14]；亦非征诗，必侈人数[15]。观者谅诸，一人之力[16]，耳目难周，创难为功[17]，苛詈匪恤[18]。补遗纠谬，是所望于后之贤。

咸丰癸丑三月初十日遵义郑子尹引[19]

【校注】

[1]《播雅》自序：原刻本为《播雅·引》。

[2] 癸丑：咸丰三年（1853）.

[3] 束发：古代男孩成童，将头发束成一髻。因用以指成童（十五岁）。《大戴礼·保傅》："束发而就大学，学大艺焉，履大节焉。"

[4] 文献：文，指有关典章制度的文字资料；献指多闻熟悉掌故的人，后指有历史价值的图书文物。

[5] 弆：底本作"弃"，误。据花近楼本改。弆（jǔ）：藏。箧衍：盒子。《庄子·天运》："将复取而盛以箧衍。"

[6] 唐子方：唐树义（1793—1855），字子方，遵义老城人。嘉庆举人，历官知县、知府、道员、湖北按察使、布政使。与太平军作战失利跳水自尽。著有《梦砚斋遗稿》。

[7] 耆旧：故老，年老的旧好。

[8] 閟（bì）：关闭。引申为隐藏。

[9] 手劂（jué）费：亲手交给刻书费。属：托付。

[10] 穷冬：冬季，指将尽的冬令。

[11] 万历辛丑：万历二十九年（1601）。改流：改土归流。时平定播州，改设遵义府、平越府，各辖几个州县。

[12] 纤佻：琐屑轻浮。

[13] 元裕之：元好问（1190—1257），金太原人。字裕之，号遗山。兴定进士，官至尚书省员外郎。著有《遗山集》，编有《中州集》，选录历代中州诗家作品。

[14] 准绳：测量标准。引申为选诗的一定标准。

[15] 侈（chǐ）：扩大，浮夸。

[16] 诸：之于。

[17] 创：指首创。功：精善。

[18] 苛詈：责骂。恤：顾惜。

[19] 落款、年月：底本无。据原刻本补。

《偃饮轩诗钞》序[1]（癸丑八月[2]）

余尝过桐梓，观大娄山经其东南，曾盘崔嵬[3]，蹙地隐天[4]，草木烟云，郁郁苍苍，绵数百里，莫测所蕴积。意其穷深雄阔，塞明裂坤[5]，他尊五岳之气，必有负玮抱者，或外来，或本产，出其精芒光焰，歌啸恣肆乎其间[6]，然后与兹山相称。乃历历数之：青莲居士龙章凤姿，嘘吸六合[7]，曾长流夜郎；继则玉山樵人，惊才绝豔，亦贬为荣懿尉[8]。唐故县在今邑界中，而两人顾未至也。宋景定年间有犹道明、赵炎卯，尝为荐辟[9]，有时誉。或曰是邑人也，然皆无文章表见。窃尝怪之。

今阅故友晓峰赵君诗钞，于余所言与兹山相称者，乃使欣然，谓若有可信。晓峰生三岁而孤，幼随其祖盥溪刺史官齐鲁[10]。稍长，复游学吴楚间，习闻雅流议论[11]，多披览藏书，又尺寸谨奉节母苏孺人教[12]，故能知身之所以贵，倜然迥拔流俗[13]。状短小如不胜衣，而雅负气好奇[14]。家虽贫，非其人，食之不可。九试于乡，不得志，而视世所津道取富贵者，未之异也。闻有佳山水及前人遗迹轶事，率足访手蒐[15]，忘乎险远，多有得乎前载之外。

余曩缉郡乘[16]，桐梓一邑掌故，悉以属之。近数年复自萃邑人韵语为《耆旧诗略》；其论记天事、地道、人物者，别次为《桐筌》[17]，都若干卷。溱州文献，几无遗者[18]。

道光己酉，余于綦、桐间之吹角坝得建安七年刻石[19]，摩挲考订，信知即王东阳《纪胜》南平军下所引古磨崖及姜维碑者[20]，而实为娄秀发《字〔类〕》原碑目之江州夷邑长卢丰碑[21]，为洞庭以南、蜀江以东无上第一古刻。宋以来迄今复见，实君之启鐍导我之力也。事事有功于先民若是。读其诗，可以知其人矣。

嗟乎！晓峰少余六岁耳。余论年未老而颓惰不堪，料莫复长进。以晓峰日泽以古，发为声者，又必出之极思苦吟。即以前所诣[22]，已令余不忍去手；更阅数年，知余所言与大山相称者，乃真相称矣！德行问学，夫宁有止境耶！点勘毕，书此还之。

【校注】

［1］《偃饮轩诗钞》：赵旭早期诗作辑集。赵旭（1811—1866），字石知，号晓峰，桐梓城关人。道光诸生，九次乡试均落第。后以军功保荔波县学训

导，加封翰林院孔目，兼署都匀府学教授。同治五年（1866）。农民军攻城，受伤落水而死。著有《播川全集》50卷。今存《播川诗钞》6卷，辑有《桐筌》10卷，《蜀碧补遗》6卷，《舍人尔雅注》1卷。

［2］癸丑：咸丰三年（1853）。

［3］曾盘：层叠盘结。曾，通“层”。崔嵬：高耸貌。

［4］蹙地：绉缩地面。

［5］塞明裂坤：阻塞阳光；扯裂坤维。

［6］负玮抱者：有美好抱负的人。

［7］恣肆：纵情不拘。

［8］青莲居士：李白的别号。龙章凤姿：形容神采非凡。六合：天地四方。

［9］玉山樵人：指韩偓，唐京兆万年（今西安市）人。工诗，曾任翰林学士。自号玉山樵人，有《韩内翰集》。因冒犯朱全忠，被贬为荣懿尉。未至，转邓州司马。

［10］宋理宗景定（1260—1264）年间，播州贡士犹道明、赵炎卯先后赴临安，考中进士。荐辟：向朝廷推举人才为荐；朝廷征召人才为辟。

［10］盥溪：赵毓驹，字盥溪，桐梓人。乾隆举人，授陵县知县，升临清州知州。故有“刺史”之称。

［11］雅流：风雅之辈。

［12］节母：守节之母。

［13］倜（tì）然：超然高举的样子。

［14］负气：坚持其意气，不肯屈于人下。

［15］蒐（sōu）：求索，寻找。通“搜”。

［16］郡乘：指《遵义府志》。

［17］次：编列。都：总，凡。

［18］溱州：唐代建，地域在桐梓一带。

［19］道光己酉：道光二十九年（1849）。建安七年：东汉献帝建安七年（202）。

［20］王东阳：即王象之，宋浙江东阳人，曾任江宁知县。著《舆地纪胜》200卷，《舆地碑记目》4卷。

［21］娄秀发：“秀”字误，应为“彦”发，即娄机，字彦发，宋代嘉兴人，乾道进士，官至参政知事。著《班马字类》。疑“字”字后夺一“类”

字。《江州夷邑长卢丰碑》：此碑蜀人称为《汉夜郎碑》。《舆地纪胜》南平军下：吹角坝有古摩崖，风雨朘（zuī）削，苔藓侵蚀，唯识“建安”二字，他不可辨。在溱州堡，去军四十里。又《姜维碑》，在吹角坝，其始有一穴开，内有碑，相传以为《姜维碑》，今已磨灭。

［22］诣：造诣。此指诗作达到的程度。

黎雪楼先生七十寿序[1]（甲寅[2]）

某于雪楼先生出也，而为婿[3]。自道光之元至今，与弟子籍三十四年[4]，其亲莫若我者。三月二十一，值先生七十初度[5]，始虑宜有以为寿。继而思先生德义可尊，作事可法。是日方守程朱遗训，不乐不燕，追惟网极[6]。而某犹效俗饰人耳目，适以亵道德也，是不可。然卑幼当钜庆而无以伸敬致情，抑又不可。稽《礼》，上寿酒为祝[7]，见《春秋传》。并行不悖，庶于道宜。故敢躋堂称觥[8]，而抒所以愿幸引年之意[9]。

夫人之于少壮也，内有父兄，外有师长，苟非大凶狠、傲慢，其一言话，一举动，心常有所戒惧、羞愧，而不敢肆情纵欲，故作匪彝即慆淫者恒少[10]。及其四十、五十，为之父兄师长者，或无矣。而己且父兄师长于人，言虽非，匪为无面争也[11]，且是之；行虽非，匪为无面诋也[12]，且善之。于是，戒惧羞愧之心衰而肆情纵欲之罪积。某窃尝躬自验之：当先君先母在时，于圣贤所谓学本毫无得也[13]，然而口不敢言大悖理之言，身不敢行大悖理之行者，惧父母之法责我也[14]。苟不责我，亦羞父母之怒我以色也。迄今两亲适逝，每自叹天则高，地则柔，鬼神则茫昧[15]，古人则已朽，不能复言语，藐焉此身，若径纵肆，易易耳。然犹以先生健在，惧其以法责我也。苟不责我，更羞先生之以有子孙恕我，以有仕籍忧我[16]，以将老奈何我也。夫苟令父兄师长不肯以法责我，而出于恕之、忧之、奈何之，复何颜面立于天地之间哉！是则某之所戒惧而羞愧者也。

韩子曰：“上之性，就学而愈明；下之性，畏威而寡罪。故上者可教，而下者可制[17]。”某乃下之性待制者也。得先生更优游无疾二三十年[18]，某亦七八十岁矣，而心常有所严畏，获寡罪以终吾身，岂非幸哉！岂非幸哉！爰书以为序。

【校注】

［1］黎雪楼：名恂。见本卷《刻杨园先生全集》序注［3］。

［2］甲寅：咸丰四年（1854）。

［3］出：古代男子称自己的外甥为出。《左传·僖》七年："初申侯，申出也。有宠于楚文王。"《注》："姊妹之子为出。"郑珍娶雪楼长女，故又为婿。

［4］与弟子籍：参预弟子的册籍。弟子：学生。亲受业者为弟子，转相受者为门生。

［5］初度：出生的年时。屈原《离骚》："皇览揆余初度兮，肇赐余以嘉名。"《注》："言父伯庸观我始生的年时。"后称人的生日为初度。

［6］网极："罔极"。无穷尽。追惟：回思。

［7］上寿：祝寿。

［8］跻堂称觥（gōng）：《诗·豳风·七月》："跻彼公堂，称彼兕觥，万寿无疆。"举角杯以祝酒上寿。觥（gōng），牛角杯。

［9］引年：延年。

［10］匪彝：违背常规的行为。《书·汤诰》："无从匪彝。"《传》："彝，常。……无从非常。"慆（tāo）淫：享乐过度。《书·汤诰》："无从匪彝，无从慆淫。"

［11］匪唯：非但，不仅。

［12］诋（dǐ）：污蔑，毁谤。

［13］学本：为学的根本。《论语·学而》："君子务本，本立道生。"

［14］法责：以礼法予以责备。

［15］茫昧：幽暗不明。陶渊明《怨诗楚调示庞主簿邓治中》："天道幽且远，鬼神茫昧然。"

［16］仕籍：官吏名册。

［17］韩子：韩愈。制：节制，控制。

［18］优游：悠闲自得。

轮舆私笺自序[1]（丁巳八月[2]）

余所见言车制者，自唐贾氏、孔氏及宋林鬳斋、元戴仲达，以迄国朝惠天牧士奇、江慎修永、方灵皋苞、戴东原震、段懋堂玉裁[4]、金辅之榜、姚姬传鼐、程易畴瑶田、阮芸台元[5]，凡十余家。他著者未及见，然已愈说愈详矣。

今年自入闰五[6]，少雨热酷，穷居无憀，辄取《考工》经、注读之。坚守康成[7]，往复寻绎[8]，时似得解，颇繁记识。至是三职有者，用思略尽[9]。因彙为《轮舆私笺》，得常览之，省其当否。

嗟乎！经至今日，能者无不名“郑学”，而郑义转几无一是。即此车制，其一耑也[10]。慎修先生云：“郑注之精微，贾氏犹不能尽通。后人其可轻破乎！”是真能读《郑注》者。然吾不得及斯人而持正之矣！

【校注】

［1］《轮舆私笺》：此书对《考工记》中《轮人》、《舆人》、《辀人》三篇的笺解。轮人是制作车轮的工匠，舆人是制作车厢的工匠。辀人则制作车辀。

［2］丁巳：咸丰七年（1857）。

［3］贾氏：贾公彦，唐永年人。官至太学博士。有《周礼义疏》、《仪礼义疏》。孔氏：孔颖达（574—648），唐衡水人，字沖达。官国子监祭酒。撰有《五经疏》。林鬳（yàn）斋：林希逸，宋福清人。字肃翁，号鬳斋。有《考工记解》等。戴仲达：戴侗，宋代人，淳祐进士。有《四书家说》、《易书家说》。

［4］惠士奇（1671—1741），清江苏吴县人，字仲儒，一字天牧，人称红豆先生。康熙进士，官侍读学士。有《易说》、《礼说》、《春秋说》等书。江永（1681—1762）：清婺源人，字慎修。撰《周礼疑举要》、《礼经纲目》、《礼记训义》等。方苞（1668—1749）：清桐城人，字灵皋，号望溪。康熙进士，官至礼部侍郎。桐城派散文创始人，有《周官集注》、《礼记析疑》、《望溪先生文集》等。戴震（1723—1777）：清休宁人，字东原。乾隆举人。精训诂、考据之学，著述宏富，为乾嘉学派大师。段玉裁：见本卷《答莫子偲论〈佩觿〉书》注［5］。

［5］金榜：清歙县人，字辅之，号檠斋。乾隆进士，授修撰。著有《礼笺》。姚鼐（1731—1815）：清桐城人。字姬传，人称惜抱先生。乾隆进士，入四库馆，不久退出，讲学于江南。桐城文派大师。有《惜抱轩诗文集》。程瑶田（1725—1814）：清歙县人，字易畴。乾隆举人。精于考证，著述颇富。阮元（1764—1849）：清江苏仪征人。字伯元，号芸台。乾隆进士。曾官两广、云贵总督，体仁阁大学士。撰《十三经校勘记》，刻《皇清经解》180种，有《揅经室集》。

［6］闰五：闰五月。

［7］康成：郑玄。此指郑氏注。

［8］寻：推求，探索。

［9］三职：即三记。

说文逸字叙目[1]（戊午正月[2]）

叙　目

卷上

禫　禰　旛　䄚　祽　琿　特　犦　咼　咬　歨　逢　蹳　跋　卌　吅
詷　詔　謠　誌　譝　禮　詄　譶　蓺　燮　殺　殺　數　由　晥　瞖
魋　羶　騋　騲　旅　矜　叡　朏　胛　腯　朘　劇　拜　笭　篧　个
筭　杯　笏　第　簉　差　卤　叵　吴　亭　牛　椣　欂　欂　柑　桑
粃　肖　鄭　幹　米　舜　梟　片　鼎　穅　豩　麊　麣　寡　瓜　廿
孱　㵐　瀕　屑　瀑　希　黹

卷下

采　拘　借　袧　袗　繞　反　舸　免　亮　歡　歆　顯　顛　頎　髻
髻　魑　嶠　庛　礴　礷　豥　騑　騂　鷺　驢　馲　駋　笑　獼　弁
熾　緌　黛　尾　吳　志　懮　忲　恝　瀺　濤　濂　畾　皿　鯖　闠
闠　聯　矇　赴　摻　孪　挍　擱　娟　嬕　妥　饕　魄　匹　圖　鷲
弓　鹽　綦　緅　薑　蟻　蝣　蛤　蠹　卝　陋　鑕　劉　且　疊　乾
畲　醑　酸

右上下二卷，凡一百六十五文，皆《说文》原有而今之铉本亡逸者也[3]。许君记文字十五篇，孔壁遗式赖以不坠[4]。而历代迻写每非其人，或并下入上，或跳此接彼，浅者不辨，复有删易，逸字之多，恒由此作。然如《左传》“譝”字，孔氏得之《字书》，而陆氏则见之《说文》[5]。《尔雅》“蛤”字，陆氏又止见《字林》，不见《说文》。而陆法言、孙愐乃反见之[6]。又如“禰”字，张参已谓《说文》漏略，而下迄南唐，存于锴本[7]。至雍熙间[8]更有“禫”“禰”并完之一本，知传写虽各有脱漏，亦复互为存逸，非亡则俱亡也。宋徐骑省铉奉勅校定[9]，其时自集书正副及诸家藏本见者甚富，佗唐以前书亦往往尚存[10]，苟参互而详考之，不难订补，以还许君之旧。顾即《系传》有者，已无一字录入，乃仅据本书偏旁、叙例、注义，增一十九文，而偏旁逸者凡三十有七（旚、冐、岸、卌、𠦪、蓺、由、睆、魋、叡、丯、𢀖、矦、牛、宔、𦍌、肖、米、爿、甯、廿、希、叚、免、庣、騂、斺、𡰥、志、㓞、畾、妥、𢇍、綦、蔓、劉、畬），又止补“魋、綦、睆”三字。叙例则录“诏、借”而遗“叵、希、蓺、第”四文。其余见注义者，“志、笑”而外，又皆出后世俗增。以全书刊谬正俗，务为最严慎，谨守相沿，不敢如李监妄有出入。新增或非本意，故仅略启其耑[11]。然失此时不及整补，已后一遵官定，其前诸本寖以湮灭，逮乎北宋之末，虽有晁氏留心参记[12]，而所见仅唐本、蜀本，欲尽稽合同异，末由也已[13]，可胜慨哉！

今世所传，又惟存一铉本，外则其弟锴《系传》而已。而铉本有虞山毛氏、大兴朱氏[14]、新安鲍氏、阳湖孙氏诸刻[15]，皆出于宋小字本，大概相同。某尝以宋世遵用铉本如《集韵》、《类篇》所引者挍之，乃时有所不见，是即今本亦非徐氏点检写雕之旧。其原挍所有，又有逸于后之重刻者矣。嘉庆初，金坛段懋堂先生成《说文注》，其书审正讹脱，发明义训，贯穿古今，精深宏博，洵是当代殊绝之作[16]。独于补逸取铉增者六文，别增三十六文，其他则多所不具。

某尝窃思：古书传者，历世久远，势必讹阙。但万五百字同条共理，其从母之字遗去，似无大损。然于经字正俗、分隶本原，所关已钜。至于生子之文[17]，或仅孳一二，或乳及数十，苟一或见遗，是有子无母，尤不可也。而言《说文》者，但遇所无，不曰“某当作某”，即曰“某书当引误”。不识何爱于明明误脱之本，而必强为回护迁就若此？是亦惑之甚矣！

自弱冠以来，稍涉许学，诵览之余，辄有所疏[18]，余三十年矣。再四推证，审知漏落，谨依部次秤而记之[19]，有必连考其上下字始明白者，虽非逸文，亦随列出；段氏补者说已详，乃不后赘。儿子知同间有窾启，取其略得，增成一家之说。劭凯雍泰[20]，昔例可援，不嫌附之。极知谫陋，未尽古籍；偏私曲见，时所不免。庶有达《仓》《雅》者[21]，将以𧦝其误而广所不逮云。

【校注】

［1］《说文逸字》：这是郑氏自刻的首部文字学专著。曾经其恩师程恩泽点定，有颇高学术价值，问世后得到佳评。

［2］戊午：咸丰八年（1858）。

［3］铉本：指北宋初期，徐铉奉敕重订的《说文解字》，为官方定本。

［4］孔壁：汉武帝时，鲁恭王拆毁孔子旧宅扩建宫室，在夹壁中发现古

文经传多种，有《尚书》、《礼记》、《春秋》、《论语》、《孝经》等，都用科斗（蝌蚪）文书写。其中的文字，均归入《说文解字》中。

［5］孔氏：指孔颖达。陆氏：陆德明（？—630），唐苏州吴县人。名元朗，以字行。任国子监博士。撰《经典释文》30卷。

［6］陆法言：隋代陆爽之子。撰《切韵》5卷。宋陈彭年等重修《广韵》，仍题为陆法言撰。孙愐：唐天宝中官陈州司法。重刊隋陆法言《切韵》，增加字数为《广韵》。今书已佚。唯《广韵》中尚存孙愐所作《唐韵》序一篇。徐铉本《说文解字注》所附“反语”，系用孙愐“音切”。

［7］张参已：无考。锴本：指徐锴《说文解字系传》。徐锴，南唐人。铉弟，字楚金。有《说文解字韵谱》5卷，《说文解字系传》40卷。

［8］雍熙年间：指宋太宗雍熙时期（984—987）.

［9］徐骑省：徐铉撰有《骑省集》30卷。因曾官散骑常侍，故以名书。后以“徐骑省”代称徐氏。挍（jiào）：同校。

［10］佗（tuō）：通“他（tā）”。

［11］耑（duān）：同“端”。又同“专（zhuān）”。

［12］晁氏：指晁公武，宋钜野人，字子止。著有《郡斋读书志》、《昭德文集》。

［13］末：无，没有。《论语·子罕》：“如有所立，卓尔，虽欲从之，末由也已。”此处“末由也已”，意谓没有可能。

［14］虞山毛氏：指毛晋（1599—1659），明末清初常熟人，字子晋，号潜在。好收藏图书，建汲古阁目耕楼，藏书八万多册。多宋、元善本。又刊刻多部古籍。为汲古阁本，也称毛本。虞山在常熟西北，为县主山。大兴朱氏：指朱筠（1729—1781），清顺天大兴（今属北京市）人。字竹君，号笥河。乾隆进士，官学政。总纂《目下旧闻考》。著《十三经文字异同》，未成。诗文有《笥河集》。

［15］新安鲍氏：鲍廷博（1726—1814），清安徽歙县人。字以文，号渌饮。家中藏书极富。向皇帝进六百余种。校刊《知不足斋丛书》30集，每集8册，共200余种。阳湖孙氏：孙星衍（1753—1818），清江苏阳湖人。字伯渊，一字渊如，号季述。乾隆进士，曾任山东布政使。文学与洪亮吉、黄景仁齐名。后专攻经史文字音韵训诂之学。著有《尚书今古文注疏》、《周易集解》等。辑刊《平津阁丛书》、《岱南阁丛书》。

［16］洵（xún）：诚然，实在。殊绝：特出、独特，超越今古。

［17］生子之文：由母体衍生出的新文字，其母体就成了“生子之文”。
［18］疏：原文作“疎（shū）”，通“疏”。疏通之意。
［19］稡（cuì）：聚集。同“萃”。
［20］劭凯雍泰：此典太生僻，待查。
［21］仓：之《仓颉篇》，古代字书。雅：指《尔雅》，古词书。

《周易属辞》序[1]（庚申三月[2]）

孔子之赞《易》也，曰：“圣人系辞焉，而明吉凶；圣人系辞焉，以尽其言。”系辞焉所以告圣人，以言者尚其辞。又曰：“圣人之情见乎辞，鼓天下之动者存乎辞。”又曰：“其辞文，其辞危。辞也者，各指其所之。详哉于辞乎！[3]”所以谆复诏人者[4]，以庖羲氏画六十四卦[5]，浑浑然无文字，学者欲了其象，贯其数，会通其理，以成己而成物，非求之文王、周公所系爻、象之辞不能也[6]。宋儒谓有伏羲之《易》，有文、周之《易》，有孔子之《易》者，吾惑焉。爰是由孔子之辞以求文、周之辞。而孔子之辞所谓“十翼”者，自吕成公更次王弼本[7]，朱子据之作《本义》[8]，如其说于古似合。然张守节《正义》[9]称“上彖卦下辞，下彖爻卦下辞”，“上象卦辞，下象爻辞”，以校扬子《太玄》[10]，用方、州、部、家拟卦，七百二十九赞拟爻为经，其八十一首拟彖者，与首、冲、错、测、攡、莹、数、文、掜、图、告[11]诸拟孔子象传、文言、系辞、说卦、序卦、杂挂者，并在经外，似扬子生而西京所见即张氏云者，比之吕、朱本为确。而思之数十年，所谓“卦下辞”、“爻卦下辞”，究不知于今《易》中何居也？然则，其为辞且不能辨，何由知所以为辞？噫！读《易》綦难哉[12]！

吾友同里孝廉肖君吉堂[13]，乃独能冥精擘思[14]，执经、传所用字凡一千三百三十六，析之合之，这之遣之[15]，纵横钩鉱，谓文王、周公、孔子用字各有定数，因推著其所以为辞者，成《周易属辞》十二卷、《属辞例说》七卷。余读其书，徒惊怖其都与言《易》者异，所说盖十之八茫如也。夫力数十寒暑乃得之，而余欲知之旬日间，其茫如也固然。然亦有知为说《易》家所不可无者。如初上往来例：《困》初往《丰》上，故同云“三岁不觌”[16]；《贲》初往《涣》上，则《贲》五为《涣》四，故《贲》五云“邱园”，《涣》四云“有邱”[17]；《贲》上来《归妹》初，则《贲》二为《归妹》三，故《贲》二云“贲其须”，《归妹》三云“归妹以须”[18]。余以此例求之，多合。又以《乾》五天道称“天”，《坤》二地道称“无不利”[19]。唯《大有》上爻兼系“天祐”、“无不利[20]”。周公以此爻兼乾坤，故孔子曰：“《易》穷则变，变则通，通则久。是以自天祐之，吉，无不利。黄帝、尧、舜垂裳而天下治。盖取诸《乾》、《坤》[21]”。而天祐一爻，又于《系辞》上传特明之，意盖以此。《系辞》传所以特说“鹤鸣在阴”七爻[22]，“憧憧往来”十一爻[23]，即《离》十三卦而三陈《履》九卦，又始《履》终《巽》者[24]，皆有说。至为曲奥。因画成《大有图》，以《中孚》七爻为一六居下；《履》九卦为二十七居上；《咸》十一爻为三八居东；《离》十三卦为四九居西；《大有》上爻兼《乾》《坤》为天五地十居中。即孔子之言，具《河图》之数，无余无欠，不假强为。有莫知其然者，可不谓之独得乎哉！

仲翔氏之言《易》也[25]，世推于汉魏最精，而为其学者，如“终日乾乾，夕惕若厉”，意以夙夜忧勤云尔，而谓《离》为日，《坤》为夕、《坎》为惕，《否》三体，接《乾》生乾，故曰“乾乾”。又“首出庶物，万国咸宁”，亦兆赖一人之力云尔。而谓“《乾》为首、《震》为出、《坤》为国、为众、为安”。诸他例解若是。一似文王、周公、孔子之于辞，字字必有一定排置而不可略假者，恐圣人立言诏天下后世之心，不拘曲若是[26]。而以其例求之，又似苟不如是，即其辞不必如是云云者，吾不及见圣人之面而问之也。

今吉堂此书，其求圣人之法不与仲翔氏同，而求得于辞之意则仿佛与之等，于《易》家是名一氏也已[27]。虽然，中如傅合天文、地理、四灵、鸟兽、二十八宿、十二律辰及六书诸说[28]，余颇疑为凿[29]，可割汰，不令芜精善[30]。吉堂虽长余两岁，精力十倍于余。学养诚笃，逐年以增，于里中独所畏敬。其学《易》必不以此书为止也，可知矣。

【校注】

［1］《周易属辞》：肖光远撰。光远（1803—1885），字吉堂，晚号鹿山，遵义人。道光五年（1825）举人，选青溪县教谕，未赴，留家讲学撰述，主讲湘川、育才、培英诸书院。毕生研究《周易》，除《周易属辞》12卷、《周易通例》7卷外，尚有《周易通说》8卷。另著《鹿山杂著》、《鹿山诗钞》、《韵语》等。

［2］庚申：咸丰十年（1860）。

［3］以上所引的论述，摘自孔子的《周易系辞》，中有省略。

［4］谆复诏人：反反复复地谆谆明示人们。

［5］庖羲氏：即伏羲氏，古代传说中的部落酋长，即太昊，风姓。相传他开始画八卦，教捕鱼、畜牧，以充庖厨，故名庖牺或包羲。

［6］《周易》又称《易经》，相传周文王被纣王拘囚期间推演《易》，其子周公姬旦加以完善。这是我国古代有哲学思想的占卜书，是儒家的重要经典。其内容包括经、传两部分：六十四卦，三百八十四爻，附卦辞、爻辞为《经》；上彖、下彖、上象、下象、上系、下系、文言、说卦、序卦、杂卦称“十翼”为《传》。主要通过象征天、地、风、雷、水、火、山、泽八种自然现象的八卦形式，推演自然和人事的变化，以阴阳二气的交感作用为产生万物的本源。西汉时期，《经》、《传》分别单行，后来才合而为一。汉儒言《易》，多取向占。但三国时魏国王弼，开始以义理言《易》。现在通行者有唐孔颖达《周易正义》（注疏本）、李鼎祚《周易集解》。爻辞：指说明六十四卦各爻象的文辞。卦辞、爻辞的作者，据孔颖达《周易正义序》有二说：1. 卦辞、爻辞皆为文王所作；2. 卦辞文王作。爻辞周公作。皆不足信。《易》本卜筮之书，以爻象、卦象来推测人事吉凶，必然经过长时间许多人才能整理成文。文王、周公，仅仅作了重要的整理工作而已。彖（tuàn）辞：《易》卦辞。如《乾》卦下“元亨利贞”四字，即为彖辞。也有称彖传为彖辞者。《周易》有《上彖》、《下彖》两篇，相传为孔子作。本自成篇，附于经后，与《象》、《系》、《说卦》等称《易》之十翼。今通行注疏本附于《经》下，凡卦内“彖曰”皆是。

［7］吕成公：指吕祖谦（1137—1181），宋代金华人，字伯恭，人称东莱先生。曾任国史院编修。一生著述极多，有《书说》35卷，《家塾读诗记》32卷、《春秋集解》30卷、《左氏博议》20卷、《吕祖谦集》29卷、《皇朝文鉴》150卷。卒谥“成”。王弼（226—249）：三国时魏山阳人。笃好《老》《庄》。著《道略论》，注《易》、《老子》，扫弃旧文，专言义理。开魏晋以后玄学的先声。卒年二十四。

［8］朱子：即朱熹。著有《周易本义》。

［9］张守节：唐代人。其学长于地理，所著《史记正义》极赅博。又有《周易正义》。

［10］《太玄》：底本、花近楼本均作《太元》。清代因避康熙玄烨讳，改玄为元。今更正。扬子：扬雄（前53—18），西汉成都人。字子云。长于辞赋，有《甘泉》、《长杨》、《羽猎》、《河东》四赋。博通群籍。仿《易经》作《太玄》，仿《论语》作《法言》，又编字书《训纂篇》、《方言》。

［11］以上各字，底本、四库备要本、花近楼均有错落，写为“攡(chī)、莹、捝、图、告、测、文、数、衝、错”，次序紊乱。按《四库总目》卷一零八，子部数术类《太玄经》十卷云：“雄书本拟《易》而作……其本传则称《太元》。三方九州二十七部八十一家二百四十三表七百二十九赞，分为三卷。曰一二三，与太初历相应。又称有首、衝、错、测、攡、莹、数、文、捝、图、告十一篇。”另有《巢经巢遗文》刻本，与《太玄》一致。故据此更改。

［12］綦：极，甚。

［13］孝廉：对举人的敬称。汉代有举孝廉的荐辟制度。

［14］撢（tàn）思：探索、寻思。撢，同“探”。

［15］这（jiāo）：交会，交错。遣（cuò）：同“错”，交错。

［16］《困》初往《丰》上：《坤》卦的初爻，爻辞云：“臀困于株木，入于幽谷，三岁不觌。”《丰》卦的上爻辞云：“鸿渐于阿，其羽可用为仪，吉利。”

［17］《贲》初往《涣》上：《贲》卦的五爻，爻辞云：“贲于邱园，束帛戋戋。吝。终吉。”《涣》卦的四爻，其辞云：“涣其群，元吉，涣有邱，匪夷所思。”

［18］《贲》上来《归妹》初：《贲》卦的二爻，爻辞云：“贲其须。”《归妹》的三爻，爻辞云：“归妹以须，反归以娣。”

［19］《乾》五：《乾》卦之五爻，爻辞云：“飞龙在天，利见大人。”《坤》二：《坤》卦二爻，爻辞云：“直、方、大；不习，无不利。”

［20］《大有》上爻：其辞云：“自天祐之，吉，无不利。”

［21］孔子这段话，见《系辞》下“神农氏没，黄帝、尧、舜氏作”一段。

［22］“鹤鸣在阴”：见《系辞》上。原文“鹤鸣在阴，其子和之。我有好爵，吾与尔靡之。”

［23］“憧憧往来，朋从尔思”，为《系辞》下原文。

［24］离、履、巽：三者皆卦名。陈，有陈述之意。

［25］仲翔氏：虞翻（164—232），三国时吴国余姚人。字仲翔。被贬往交州。虽处罪放，讲学不倦，门徒常数百。为《易》、《老子》、《论语》、《国语》作训注。

［26］拘曲：拘泥曲折。

［27］名一氏：成一家之言，可跻入言《易》名家之列。

［28］傅合：牵强凑合。

［29］凿：穿凿附会。《孟子·离娄》下："所恶于智者，为其凿也。"

［30］芜精善：把精彩美好之处给掩没了。

送黎莼斋表弟之武昌序[1]（庚申[2]）

人之制于天、权于人者不可必[3]，惟在己者为可恃[4]。格致诚正以终其身[5]，是不听命于天人者也。功名事会之倘至[6]，起而行之，吾乐焉；不则胼胝于畎亩[7]，歌歗于山林，亦乐焉。此所谓豪杰之士，不待文王而兴者也[8]。非是，则必待上之有以劝之[9]，而后仕有所恃[10]，得专志于学，而成其为身[11]，而后天下治乱乃有所赖。

国家养士二百余年矣。读书者自束发受"五经"、"四子书"，学八股文[12]，应选举，由府州县学生，试省闱、礼部以成举人、进士[13]，遂授官而食禄。次则由廪生、副贡、修行选贡于京，就别头试[14]，亦得停车循资而授官焉[15]。是为入仕正途，外此则以赀进[16]。顾或不足之，宁常年眵目伏脑以从事于学[17]，以应三载岁科乡会之选[18]。诚恃有劝之之道也。

自盗贼起粤西[19]，蹂躏吴越秦楚，边省亦寇攘骚然。在上修文不暇给[20]，为士者乃始失所恃矣。吾贵州已两科废省试，府州县科岁考至有停十年者。生童望前途无去处，力不能提刀杀贼建军功致尊显，复不能钻营长官，借奏疏屠名保举[21]，又不能因缘勾当公事，稽团务、佐厘局，中间乾没以苟且养妻儿[22]。城乡富家子弟徜徉玩岁月莫就师[23]，贫者舍策而易业[24]，则欲倚舌耕求束修之奉[25]，又贱且难也。

吾意此当有权宜之法以收士心而振士气。如宋因军兴，诏川陕类试[26]，未尝必至京师也。宋、元、明乡试，皆即台秩选聘属官[27]，及家居士大夫或儒士主考，亦未尝必遣京朝官也。或可仿其意行之，而无一二府为足蒇事地[28]。然则士生此邦、值此时，如之何不怨！

吾又意：士诚志圣人之道，听命于天人者诚无如何矣，自修其可恃而亦无如何哉！是固难为一概道也。

表弟黎莼斋行谨而能为文。自弱冠补廪膳生，久屈于不试，将适武昌省其从兄[29]，拟兄资遂北附顺天府乡试，过我言别。此计良苦。然计此行，至綦市登舟出涪陵、鱼腹下三峡、秭归、夷陵[30]，顺流趋荆州，经洞庭之口，及大别而拜汝兄[31]；若复前去，更过雪堂，观庐岳，北历徐兖，瞻光日下[32]。水陆不止万里，帆樯轮辙之间，睪然[33]想望孔、孟之所为教，程、朱之所为学，以及屈、宋、李、杜、欧、苏之所发为文章，必有相遇于心目间者，则斯行也，诚快！彼听命于天人者，虽不可知，而在己者所得多矣[34]！况子之才，又在必售之数乎[35]！行矣！吾虽衰，犹能待他日归而观子之所得也。

【校注】

［1］黎莼斋（1837—1898），名庶昌，莼斋为其字，自署黔男子。遵义人，黎恺第四子，为郑珍中表弟。同治元初，上皇帝书言时政改革，得赏知县衔发往曾国藩大营差遣委用，因得拜曾氏为师习古文，为“曾门四大弟子”之一。后随郭嵩焘出使英法，历时5年，先后任英、德、法、日斯巴尼亚（今译西班牙）参赞。升道员衔，两度出使日本为钦差大臣，授二品顶戴。在日期间，与日本朝野文士广泛交游，深受敬爱，出色完成外交使命。又出资辑印《古逸丛书》200卷。嘉惠士林。返国后出任四川川东道道员，振兴文教，推进经济，政绩颇佳。治学以经世济用为指归，精研“四史”与《通鉴》，专攻古文，以文载道，以辅教化。编选《续古文辞类纂》28卷，可补姚鼐《古文辞类纂》所不备。著述20多种，主要有《拙尊园丛稿》6卷、《西洋杂志》8卷、《海行录》1卷、《丁亥入都纪程》2卷、《曾文正公年谱》12卷、《黎氏家谱》1卷，编选《黎氏家集》40卷，《黎星使宴集合编》8集。其学术与文学成就与郑珍、莫友芝齐名，时称“郑莫黎”三家，跻身全国名家之林，是遵义“沙滩文化”的代表人物。

［2］庚申：咸丰十年（1860）。

［3］制于天、权于人：受天命所制约，受权势者所抑制。不可必：不可能事先作出肯定判断。《论语·子罕》：“子绝四：毋意，毋必，毋固，毋我。”必，必然、固执。

［4］在己者可恃：指自身的修维可以靠自己来主宰。全句意谓：在天人等客观条件方面，个人无能为力，而主观条件却可以努力争取。

［5］格致诚正：格物、致知、诚意、正心。是儒家修养的“八条目”的前四条。这是个人主观的修养，不受天命人事的制约。

［6］功名：功绩和声名。《荀子·强国》：“上下一心，三军同力，是以百事成而功名大也。”后来科举时代，科第为功名。即考中秀才、举人、进

士，便算有了功名。事会：事机。《三国志·蜀·先主传》："表不能用。"《注》引《汉晋春秋》："今天下分裂，日寻干戈，事会之来，岂有终结乎?"

［7］胼胝（piánzhī）：手掌脚底因长期从事体力劳动而生的硬茧。此处指从事农事劳动。

［8］"文王"句：引姜太公磻溪垂钓遇文王而见用的故事，反用其意。

［9］劝：勉励。

［10］仕：作官。

［11］身：指立身成业。

［12］"五经"：儒家的五部经典。即《诗经》、《尚书》、《易经》、《礼经》、《春秋》。"四子书"：即"四书"——《大学》、《中庸》、《论语》、《孟子》。朱熹《四书集注》，明清两代被定为科举考试的主要内容。八股文：科举考试的论文体裁，又叫制艺、制义、时艺、时文、八比文。因题目取自《四书》，故又称四书文。文章有一定程式，发端部分由破题、承题和起讲，正论部分分四段落：起股、中股、后股、末股；每个段落都有相比偶的文字，合共八股，故有八股之称。

［13］科举考试的程序：生童参县州府考试及院试，取中者为生员，分别入府州县学攻读。生员俗称秀才，参加省的乡试（省闱），取中者为举人。举人赴京参加礼部会试，考取者称贡士。贡士参加由皇帝主持的殿试，分出等次，统称为进士。进士可直接授官。

［14］别头试：唐宋科举考试，因应试者与考官有亲故关系及其他原因，为避嫌起见，别设考试，称别头试。《新唐书·选举志》上："初，礼部侍郎亲故移试考功，谓之别头。"也叫别试。本文借指朝廷为各类贡生举行的朝考。贡生有五类，称"五贡"：岁贡、恩贡、拔贡、优贡、副贡。可分别参加朝考（也称廷试），考取者可分配官职，或任知县，或任学官。未中者称废贡，没有再试机会。但可以参加乡试，走由举人而进士的入仕途径。

［15］停车：指不再"驰驿公车"，参加考进士的会试。清制：举人赴京会试，由各驿站护送，可享受膳食及乘车马，故称举人为"公车"。

［16］以赀进：用捐钱物买官，进入仕途。

［17］眵（chī）目：用眼过度，眼角结白色物体。眵（chī），目汁凝结，俗称眼屎。韩愈《短灯檠歌》："夜书细字缀语言，两目眵昏头雪白。"

［18］岁科乡会：指岁考、科考、乡试、会试。各省学政去各府，对在学生员进行考试，按成绩做黜陟，称岁考（或岁试）。每届乡试前，对参加乡试

的生员做一次甄别性的考试，称科考或科试，合格者可参加乡试。

[19] 盗贼起粤西：1851 年，洪秀全在广西发动起义，建太平天国，1853 年在南京定都，地跨长江南北诸省，由此引发全国各地的农民起义和各少数民族起义。

[20] 不暇给：来不及进行。给：及。贵州从此停止科举考试十五年之久，到同治七年（1868）才补考。

[21] 属（zhǔ）：楔。此指楔人。保举：旧时大臣举荐人材，给朝廷任用，并为其作保。清代对于保举的名额、程序都有严格的规定。

[22] 勾（gòu）当：办理。稽团务：考核团练事务，即督办团练（地方武装）。佐厘局：在税收部门办事。乾（gān）没：侵吞公家或私人的财物。言以公家的财物入己，如水之淹物，沉没无迹。不水而没，故曰干。

[23] 徜徉（chángyáng）：徘徊、彷徨。

[24] 舍策：放弃书本，不再读书。策，简，连编者谓之策。借指书籍。

[25] 舌耕：旧时学者授徒，恃口说谋生，犹如农夫耕田得粟，故曰舌耕。束修：也做"束脩"。十条干肉。脩即脯。古时朋友间互赠的礼物，也作给老师的酬金。《论语·述而》："自行束脩以上，吾未尝无诲焉。"

[26] 军兴：汉制，朝廷征集财务以供军用，谓之军兴。此指南宋王朝与金国开仗。类试：即类省试。宋代科举制度名称。相当于省试的考试。《资治通鉴·宋高宗绍兴五年》："戊午，诏：'川陕类省试合格第一名，依殿试第三名例推恩，余并赐同进士出身。'"陆游《老学庵笔记》卷六："自建炎军兴，蜀士以险远，许就制置司内试，与省试同。间有愿赴行在省试者，亦听之。"《宋史·选举志二》："（绍兴）九年，以陕西举人久蹈北境，理宜优异，非四川比，令礼部别号取放。川陕分类试额自此始。"类试中试者为举人，即可直接参加殿试（由皇帝在殿廷亲自主持）。

[27] 台秩：即台官。明、清称布政使为藩台，按察使为臬台等。

[28] 蒇（chǎn）事：事情完成。

[29] 从（zòng）兄：同一祖父的叔伯兄长。此指黎兆勋，黎恂长子。时在武昌作官，任藩磨照兼盐库大使。庶昌先赴武昌，求从兄资助，再赴北京应顺天乡试。

[30] 綦市：今綦江市。涪陵：今涪陵市。鱼腹：地名。应为"鱼复"，在今重庆市奉节县东部，春秋时为庸国的鱼邑。秦置鱼复县。后为白帝城，三峡从此地开始。秭归：县名，属湖北省。古夔国，明清为归州。民国改县。

夷陵：今湖北省宜昌市。

［31］荆州：今湖北省荆州市。大别：山名。《史记·夏纪·索隐》称在六安国安丰县。即今武汉市汉阳区东北。这里借“大别”指武昌。

［32］雪堂：宋苏轼在黄州，寓居临皋亭，就东坡筑雪堂。故址在今湖北黄冈市东。庐岳：庐山，在江西九江市西南。徐兖：徐州、兖州，在江苏和山东境内。日下：指京都（北京）。封建社会以帝王比日，因以皇帝所居之地为日下。

［33］睾（gāo）然：高旷的样子。睾通“皋”。《孔子家语》：“自望其广，则睪人也。”睾，又同“睪”。

［34］听命于天人者：指受到天命和人事所主宰者。在己者：指个人的修养、阅历。

［35］售：卖。《诗·邶风·谷风》：“买用不售。”引申为考试的得中。韩愈《祭虞部张员外文》：“司我明试，时维邦彦，各以文售，幸皆少年。”

《桐笙》序[1]（庚申四月[2]）

善言地理者无他，目到也，足到也。览记尽古今之书，是谓目到；而远近又无不亲涉，是谓足到。二者有未及，不或遗焉，即或误焉。

余者之缉郡志，阅三年乃成，力亦勤矣。而《物产》不采《茶经》[3]，《祠庙》不摭《宾退录》[4]，杨氏事不载《清容集》[5]，则目之未遍也；鼓楼隘之水，误指为渭河，乐安江混叙其源处，则足之未周也。其他舛漏类若是。至今在他邦博洽者[6]，固无暇勘及此，即本郡人，或亦未之详也。然余固深悔之。

桐梓赵君晓峰，在当时独任其县采访。其时晓峰年方壮，喜蓄秘钞，健登历，不畏僻远。网络搜剔，视他县为多，而晓峰意未慊也[7]。以后目之所经，足之所至，凡其县为郡志之所阙者、略者、讹者，日稽而月有积焉。因分为天、地、人、物四部，彙为《桐笙》若干卷。县之故实，度竭尽而无余也矣[8]。

夫人之学力，亦何有止限。昨日见为是，今日见为非；去年以为详，今年以为略，亦用心无已者乃有然也[9]。若束书不观，而役其神智于无益，与傲然执寸知粟获[10]而即以为尽之者，岂足以与于此哉[11]！惜乎吾郡知交中，独吾晓峰一人也，使五州县皆有晓峰其人者[12]，令其旧文轶事历历与后人有可征考，而又足以纠补郡志之不及，岂不大善？可惜乎独吾晓峰一人也！

借阅其稿，将还之，为识数行于首。

【校注】

［1］《桐筌》：赵旭辑。内容为桐梓县历史掌故，涉及天文、地理、人物、物产等诸多方面。筌，捕鱼的竹器，又称鱼笱。这里喻指网络无遗之意。赵旭，见本卷《偃饮轩诗钞》序注［1］。

［2］庚申：咸丰十年（1860）。

［3］《茶经》：唐代陆羽撰。3 卷。论茶的性状、产地、采集、烹饮等方面。记载详实，是我国论茶最早的专著。明代张应文撰《茶经》1 卷，分茶、烹、器三篇。清代陆廷灿有《续茶经》3 卷，记历代茶法。为陆羽《茶经》修订补辑。

［4］摭（zhí）：拾取。《宾退录》：有两种：1、宋赵兴时撰，10 卷。书中考订经史，辨析典故，精核处颇多。2、明赵善政撰，4 卷。书录闾里风俗、民生疾苦，及旧闻时事。

［5］《清容集》：元代袁桷撰。全名《清容居士集》。桷字伯长，庆元人，曾任翰林国史苑检阅官，升侍讲学士。当时朝廷制册、勋臣碑铭多出其手。所写《杨安抚神道碑铭》，记述杨汉英事迹甚详。

［6］博洽：知识广博。洽（qià），周遍，广博。

［7］歉（qiàn）：同“慊”，满足。

［8］度（duó）：估计，揣测。

［9］用心无已：专心致志，永不停息。

［10］寸知粟获：喻知识短浅，所获极微。

［11］与于此：与此同类。与，同类，同盟者。

［12］五州县：遵义府辖地，有一州四县：遵义县、桐梓县、仁怀县、绥阳县、正安州（原为真安州）。

《秦晋游草》序[1]（辛酉三月[2]）

父母之于子也，能见其崇明德[3]，祇厥父事而念鞠子哀[4]，怡怡然前襟后裾[5]，相视若金玉，则其身之安、意之乐，孔子读《常棣》之诗[6]，所为神往其际也。自世教衰，兄若弟能若是者盖难，而为父母者盖益难，吁！诚难矣！

吾友仪轩蹇君[7]，世单传，至君而有三丈夫子[8]。其冢子一士[9]，自幼异群儿，后果捐躯死国事，食于大烝[10]，国人咸称愿然，谓之“君子之子”。而其仲子子和，季子子振奉嫠嫂[11]，抚诲其遗孤，求所以慰死兄之灵，而忘老人盡然[12]之隐者宛宛焉[13]，又常若不及也。

今年，子和宰彭山，促子振为刻一士《游秦晋诗草》，而以点定责余。夫一士不负父母教，成忠烈，已足不朽，两弟复并其语言之末传之[14]，其为金玉厥兄也何如哉[15]！

勘竟，持以语吾友曰：“生子皆如此，可以日饮而忘老矣！”因识之于卷首。

【校注】

［1］《秦晋游草》：蹇谔著。蹇谔，字 士，蹇臣之子。道光丙午（1846）举人。大挑二等。咸丰四年（1854），桐梓杨龙喜起事，兵围遵义府城四月余。蹇谔组织乡兵百余名，抵抗农军。杨龙喜败走，后死于石阡境。余部返桐梓抗清。谔率团练进剿，在柿冈中伏身亡。

［2］辛酉：咸丰十一年（1861）。

［3］崇明德：发扬完美的德性。《礼·大学》：“大学之道，在明明德。”

［4］祇（qí）厥父事：让父亲得以安适。祇，安定、安心，安适。鞠（jū）子：稚子。《书·康诰》：“兄亦不念鞠子哀，大不友于弟。”

［5］怡怡然：和顺貌。《论语·子路》：“朋友切切偲偲，兄弟怡怡。”后用来指兄弟情谊。

［6］《常棣》：《诗·小雅》中的一首。传说为召公所作。颂扬并珍惜兄弟友爱之情。

［7］蹇仪轩：即李蹇臣，先世孤，抚于李氏，遂姓李。蹇臣起改原姓，兼保持李姓，以后子孙姓蹇。蹇臣初名栖凤。道光乙酉（1825）举人，任务川教谕。有《守拙斋诗钞》1卷，《守拙斋训语》1卷。

［8］丈夫子：古时子女通称子，男的叫丈夫子，女的叫女子子。

［9］冢子：长子。

［10］大烝：同“大祀”，盛大的祭祀。

［11］子和：蹇訚，字子和。因军功由廪生保同知，出任四川彭山知县，升知府。因镇压贵州号军有功，升道员，加布政使衔。著有《净庵杂著》诗

文集，《援黔日记》、《论学语》等。其孙是蹇先艾。子振：蹇铣，字子振。曾任四川越巂、江北厅同知，有政声。著有《醒庵诗钞》等。

［12］衋：(xì)：悲伤痛苦。《说文》血部：“衋，伤痛也。”

［13］宛宛然：回旋屈曲的样子。

［14］语言：指诗文句子；也指书面语。古人重视经论，轻视诗文，因而视诗文为语言之末。

［15］金玉：喻贵重之意。

张子佩琚诗稿序[1]（辛酉五月[2]）

道光乙酉，程春海侍郎主贵州学政[3]，所拔贡士凡七十五人，余猥与其列[4]。于是，始是始识黔西张君子佩。

子佩身不盈五尺，方颐广颡[5]，目光射人。与人交，言语姁姁[6]，洞示胸臆。意苟不屑[7]，终日处或不及一词。时余在同谱中齿最末，诸君咸以弟媸之[8]，见则相提笑语。独子佩为贫儿相若；其兀傲不可一世之气、狂大不求众听之论又相若，故尤相爱也。尝语余曰：“富贵包裹中物，所不知者学耳。”

其年乡试，乃以拔贡中副榜。侍郎视学湖南，因挟之去[9]。子佩故工诗文，喜博览，至是朝夕得亲炙侍郎[10]。时复从沅湘间名宿欧阳磵东、邓湘皋、张蓉裳诸君上下议论[11]，才气日益横发。又酷摹侍郎书作屏障联篁[12]，神体毕肖。观者如郭天锡、吴楚侯之于赵、董[13]，不能别也。侍郎交旧率海内胜流[14]，每占旨属牋答[15]，顷刻数封，辞意兼至，虽自为无以过之。谈者咸诧谓黔中有人。

丁亥秋九月，余拏舟访侍郎于巴陵[16]。至则已试竣先发。子佩方檥舟偃虯堤下[17]，见余，喜极，遂相携登岳阳楼、游君山[18]，上古楼绝顶，纵观赤沙、洞庭，而北趋澧州，回帆于武陵[19]。以母老久别，先余归。

自是，子佩岁岁馆于外。余以母多病，躬耕读书于竹溪[20]。而值乡试，必皆集于省门，率三年一曾面[21]。逮丁酉余乡举后，不相见且十年，而子佩终不能脱副贡籍[22]。

丁未冬过水西[23]，乃踰月相聚。回忆廿年前所傲睨谓为无奇绝，时皆称文章宗匠、钜公，或为方伯、连帅，声焰炫然[24]。顾两人相视，皆所谓无闻、不足畏者。当年意态，殆十去八九矣。

越二年，子佩来馆吾县，意尤郁郁不乐。明年春，余往权教威宁，别时，乃把臂谓曰："蠢蠢者皆不肖[25]，君过家，幸留数日，为余思所以教之。"过其家，徒惋叹去。

继后权镇远教[26]。明年归，子佩已去县。又明年，余送儿至省乡试，子佩亦来，同寓河神庙。试毕，余以儿归，子佩送及庙左石桥上，曰："此苏李河梁也[27]。"观其意尤悽然。逾年，贵州乱作，蔓无安地[28]。出入艰险六七年，踪迹各不相知。至己未腊尽[29]，余自蜀还及仁怀，值黔西人，曰"子佩秋间死矣！"

嗟乎！士子抱才守洁，遗佚厄穷终其身[30]，而复短气象贤[31]，曾不一稍慰暮年余望，师友中如子佩者，可不谓命之衰乎？天之生黔中人士，遇出乎类萃者[32]，其生平无一如志，何以类如是哉？若之何不锢缚摧丧以老死，而莫由尽其量也[33]！

今年，老友山阴王个峰馆黔西，于汪子屏大令许得其诗稿一册[34]，钞寄属为点勘，云将醵而刻之[35]。所钞多无聊应酬之作，曩余与商改者乃无有。以个峰至交，搜且力，而得止此，知此外更无存矣，不益可叹哉！

子佩为诗，摇笔千言，清拔自肆。然才豪语易，往往蛟蚓互杂，决去范围[36]。余就此稿略删定，仅存一百余首，都为一卷。庶使后世知黔中有张子佩其人者，则子佩可借此不朽，而余亦可以谢子佩矣[37]。故历序生平离合之迹，用寄余哀，亦使观者略见子佩梗概云。

【校注】

［1］张子佩：张琚（？—1859），字子佩，别号白玉品居士，清黔西州（今黔西县）人。乡试副榜。曾入湖南学政程恩泽幕，充文案，与湖湘名士交游，才气日著。返乡后长期教馆，穷厄以终。现存《焚余诗稿》1卷。

［2］辛酉：咸丰十一年（1861）。

［3］乙酉：道光五年五年（1825）。程春海：名恩泽。行历见本卷《上程春海先生书》注［2］。

［4］拔贡士：俗称拔贡。乾隆定制，每十二年在各省甄选贡士若干名，由学政主持考选。贡士可赴京参加朝考，取者分配官职，落选者为废贡。猥（wěi）：谦词。辱。

［5］方颐广颡：方腮宽额。颐（yí），下颌，腮帮。颡（sǎng）：额。

［6］姁姁（xūxū）：和好的神态。《汉书·韩信传》："项王见人恭谨，言

语姁姁。”

［7］不屑：不放在心上；不在意。

［8］谱：此指同一拔贡的名表。同谱指同科拔贡。嫭（jù）：骄（同娇）。

［9］挟（xié）：本义为夹持。此处借作带领。

［10］亲炙（zhì）：谓亲承教化。《孟子·尽心》下：“奋乎百世之上，百世之下，闻者莫不兴起也；非圣人而能若是乎？而况于亲炙之者乎？”《集注》：“亲近而熏炙之也。”

［11］欧阳磵东：欧阳辂（hé，原名绍洛），湖南善化人，字念祖，一字磵东。乾隆举人。博学多通，书过目不忘。以诗为世所重。灏气流转，含章内映，时称韩、苏以后一人。有《磵东诗钞》。邓湘皋：行历见本卷《上邓湘皋先生书》注［7］。

［12］屏障联箑（shà）：屏障（又作幛），即屏风，其上常作书画。联：联语，楹联。箑（shà 或 jié）：扇。文人常在扇上题书作画。

［13］赵：指赵孟頫，元代著名书画家，常以郭天锡代其作书画以应酬。董其昌：明末艺坛泰斗，吴楚侯曾为之代笔。

［14］胜流：名流。

［15］占旨：口授意旨。牋（jiàn）：对上级或尊长者的书札。

［16］丁亥：道光七年（1827）。拏（ná）舟：乘船。巴陵：岳阳古名。

［17］檥（yǐ）：附船着岸。同“舣”。偃：停。虬（qiú）堤：如虬龙盘曲的湖堤。或指堤坝名。

［18］岳阳楼：古今名楼，在岳阳城郊洞庭湖畔。君山：在洞庭湖中，又名湘山。

［19］赤沙：湖名。又称赤湖、赤亭湖。在湖南华容县西南。夏秋水涨，与洞庭湖相连。澧州：清代隶常德府，今为澧县，属湖南省。武陵：汉武帝置武陵郡，宋改常德府，今为常德市。

［20］竹溪：斤竹溪，乐安江的别名。

［21］曾（céng）面：重见面。

［22］丁酉：道光十七年（1837）。副贡：乡试，除正授举人外，录有几为副榜，称副贡。可以参加朝考，落选后，可再参加乡试。取中举人者为脱副贡籍。

［23］丁未：道光二十七年（1847）。

［24］宗匠：大师。指学问技艺为大家所宗仰的人。钜公：同“巨公”，犹伟人。方伯：古时指一方诸侯之长。《礼·王制》：“千里之外设方伯。”后来泛称地方官为方伯。一般指布政使为方伯。连帅：古代十国之长为连帅。《礼·王师》：“十国以为连，连有帅。”柳宗元《封建论》：“于是有方伯连帅之类。”后泛指地方长官。唐代多指观察使、按察使。炫然：光彩明亮。

［25］蠢蠢者：指儿辈。蠢蠢，愚而不恭顺。

［26］权镇远教：代理镇远府学训导。

［27］苏李河梁：汉代苏武与李陵相友善，以诗湘酬答而著称。二人相别河梁，离情怏怏。

［28］蔓：蔓延。

［29］己未：咸丰九年（1859）。

［30］遗佚：遗弃。厄穷：面临困境。《孟子·万章》下：“（柳下惠）遗佚而不怨，阨穷而不悯。”

［31］短气：丧气。《淳化阁帖》王羲之帖：“当今人物眇然，而艰疾苦此，令人气短。”象贤：《书·微子之命》：“殷王元子，惟稽古，崇德尚贤。”言后嗣子孙能象先贤。后来成为称美父子事业相承的套语。这里反用其意，子不贤，事业无继。

［32］出乎类萃：即“出类拔萃”。《孟子·公孙丑》上有“出乎其类，拔乎其萃”之语。后指卓越出众的人。

［33］锢缚：束缚禁锢。摧丧：摧残凋丧。量：指才识的限量。尽量：谓尽量发挥其才智。

［34］王个峰：见本卷《与王介臣书》注［1］。

［35］醵（jù）：凑集金钱。

［36］蛟蚓互杂：喻好诗、劣诗混杂在一起。决去范围：突破诗格的规范，意味有些诗作不和格律。

［37］谢：告别。

张节妇题词序[1]（辛酉九月[2]）

前三十年，同里张白高茂才持其伯嫂唐节妇殉夫事状，遍乞求人题词，继又为请旌于朝，树绰楔，矜式闾里[3]，而以仲兄子其诗为之后。今白高殁已久，其诗始检得稿之未残失者数十家，乞余编次为卷。余嘉白高为叔、其诗为子，两能尽爱敬之道。次迄，乃为序之。

昔文王之系卦也，于《恒》之六五曰[4]：“恒其德。贞，妇人吉。”孔子释之曰：“夫人贞吉，从一而终也[5]。”《礼·古昏礼》曰：“壹与之齐，终身不改，故夫死不嫁。”由此观之，妇人之不再嫁，常也，正也，再嫁非圣人之所许也。而世之再嫁者，或逼于父兄，或迫于孤惸，或胁于强暴。三者以《礼》意推之，《丧服经》有从继母嫁之服，又有服继父同居异居者。子夏曰：“夫死，妻稚子幼，子无期功同财之亲[6]，与之适人，所适者为子筑宗庙使祀焉，故为之服[7]。”若然，则惟孤惸无所依活，其为夫之宗祧，出于万不得已而再嫁，圣人亦闵其意，权而通之[8]。然犹没其文于亲母，而寓其微于继母继父[9]，圣人之为妇女全其羞恶之良者至矣！若既无子，或有子而非绝不可存，是犹不得以此借口。张子所谓虽饿死亦不可者也[10]，更何云为父兄所逼、为强暴所胁而再嫁哉！有值此者，婉弱之质自不能拒，即周公、孔子为之计，亦惟曰“无求生以害仁，有杀身以成仁”而已矣。舍此，别无自全之道也。

今唐节妇婚甫逾岁，遽殒所天[11]，亦既茹泣承颜，期于立后，相安矢靡它矣[12]。乃其祖母问至，而剪发寄之；迨其兄至，遂赴井以死。是时父兄之间，必有处心积虑浸逼而来者，节妇以一死以尽其自全之道焉已耳，夫岂计其贞徽芳躅揄播人口哉[13]？乃人人乐长言嗟叹之不置如是，其连章累牍者，亦足见所恶有甚于死，为人心之所同然，而得之妇人女子，尤可慕可风也[14]。世之夫死而再嫁者，何面目立于天地之间哉！

余因思古贤媛如杞梁妻、齐义母、巴郡三贞[15]，与夫焦仲卿、阮元瑜、任之咸之妻[16]，诸若人者，其志行后世不少相类，而以有刘子骏之颂，左九嫔、曹子建之赞，及王仲宣、丁正礼、潘安仁等之赋若诗[17]。其《孔雀东南飞》一篇，更推为五言长作之祖，故千载下流连叹诵，觉其事其人彪炳夐出于冽日寒风之表[18]，有非他人所能及者。文字之力之耸植彝伦[19]，固如是乎！顾安所尽得曹、刘诸子之作为能历久而弥传也！

然余又有感者，自兵兴到今十年，吾贵州绅吏师武臣死城守战阵者，盖不止百数，卒未闻有一人胪存始末[21]，俾来许有所征[22]。后数十年，将有求其姓名里居且不可得者矣！况歌咏之云乎！则如节妇一女子，视死如归，而犹得此帙传之无穷，可不谓非盛事也已！

【校注】

［1］张节妇唐氏：《续遵义府志·列传·贞烈》有传。云：“张某之妻唐

氏·氏年十八适张，逾年，夫客滇死。其祖母呼归劝慰之，氏誓守节奉翁姑，甚欢。后五年，叔既婚，翁姑遂遗爱新妇，渐贱之，令再醮。氏叹息人心之不古，不如从地下亡人，遂投井而死。张琚有《张节妇》诗，李蹇臣有《题张节妇唐氏死节状》一首。"

［2］辛酉：咸丰十一年（1861）。

［3］旌：旌表，表彰。绰楔：古时立于正门两旁，用以表彰孝义的木桩。矜式：尊重效法。

［4］《恒》之六五：《易经》恒卦之第五爻六五，所引为"爻辞"。

［5］"孔子释之"一段，为六五爻的"象辞"。

［6］期（jī）功：古代丧服名称。期，服丧一周年。功，指大功和小功，大功服丧九月，小功服丧五月。同财：有共同财产，借指较为亲近的亲戚。

［7］为之服：为继父服丧守孝。

［8］权：权宜变通。

［9］《礼·丧服》中没有儿子对出嫁母亲服丧的明文。但在关于继父母的孝服中，寓以微意。

［10］张子：指张载，北宋理学"五子"之一。有"饿死事小，失节事大"的说法。

［11］天：此指丈夫。旧时，以天为至高的尊称，因而称君为天，称父为天，称夫为天。《仪礼·丧服传》："夫者，妻之天也。"

［12］矢靡它：誓死无他心。

［13］贞徽：贞洁的风徽（风范）。芳躅：高尚的德行。揄播：揄扬流播。

［14］可慕可风：足以仰慕，堪作风范。

［15］杞梁妻：春秋时期过大夫杞梁，在齐兵袭莒城时战死。其妻枕尸而哭，极悲伤，过者莫不挥泪，十日而城崩。后来演化为孟姜女哭倒长城的传说故事。齐义母：应是"鲁义姑"。齐兵侵鲁。发现一妇女逃跑时，丢掉抱着的婴儿，牵着大一点的小孩奔走。捉住后，将军问她为什么丢弃婴儿，她说，婴儿是亲生的，牵着的是她兄长之子。齐兵为她"持节行义"所感动，认为鲁国是行义之邦，报请齐君停止伐鲁。巴郡三贞：巴郡有寡妇怀清、怀贞等三人，先世得丹穴（朱砂矿）而擅其利。清等守其业而人不敢犯。秦始皇以为贞妇，为筑怀清台。

［16］焦仲卿：汉庐江小吏，《孔雀东南飞》咏其夫妻情爱受挫，坚贞不

渝。阮元瑜：阮瑀，字元瑜，三国魏尉氏人。“建安七子”之一。任之咸：任昉。南朝·梁博昌人，文学家。藏书极富，著有《述异记》等。

［17］刘子骏：刘歆。东汉人。刘向之子。集六艺群书种别为《七略》，为目录学之始。左九嫔：左芬，晋人，左思之妹。有才思，武帝纳为贵嫔。武帝有方物异宝，必诏左芬为赋颂。曹子建：曹植，汉末魏初文学家。王仲宣：王粲，三国魏三阳人。著名文学家，“建安七子”之一。丁正礼：丁仪，三国魏沛人。与曹植友善。潘安仁：潘岳，晋中牟人。文学家。善辞赋。

［18］彪炳：文采焕发貌。敻（xuàn）：远；高，超出。冽日寒霜：形容寒冷的样子，给人以冷严之感觉。

［19］彝伦：天地人之常道。

［20］胪：陈述，傳告。征：证验。

贤母录序（壬戌十一月[1]）

自丙辰与黄君子寿别于贵阳[2]，子寿侍其尊上琴坞先生及左淑人宦燕、晋间[3]，南北相望者盖七载。今年冬，子寿驰书自成都以来，言为淑人疏齐衰布缨已释矣[4]，比始稡当代名公先生所撰铭诔、志、传之属数十篇，都为一录，子其题目焉，且为序。余乃发所述事状，吹灯读之[5]，往复再三，辄咽然泪涔涔下不止。

盖其所次淑人事亲之孝敬，教子之慈毅，处亲党厚孤惸之仁恤[6]，与夫贫苦劳瘁，有百其艰者[7]，大抵与吾母同；而其年仅六十五，为寿又同；其生也，岁阳在丙，卒岁在庚，而卒又三月，复日逢八，更无不同。《记》曰：“见似目瞿[8]。”况似之似者乎！此中路之婴儿[9]所以哭无常声也，其有万不可解于心者然也。子寿之为此录，其万不解于心者，殆又与余似耶？然而子寿贤矣。

夫父母之爱子也，无不欲其富且贵，而恒不敌欲其子常在左右之心。至子心则恒夺于富贵焉[10]，所谓欲常在左右者，口焉而已。子寿当入翰林编修官，年且未壮；同时科目之士，十余年间登侍从而膺棨戟者[11]，不少其人。而子寿自通籍以来，视清华若寄焉[12]，不以跻尊显为荣，而惟日侍夫左右为乐，一旦天夺所恃，其何为心！

然视余方俱存时，则饥驱不遑息，岁或无一二日在视食上，至枯鱼索蠹，徒率妻子守一抔之土[13]，不能如子寿若此借手名流，发摅慈德，则子寿虽捧帕而悲，心亦可一二少解矣！子寿诚贤矣哉！

抑余闻子寿令室刘安人[14]，少习其尊甫宽夫君之教[15]，昔年曾刲臂起大疾[16]，至淑人苦终前复为之。淑人不起，以悲慕旋卒[17]。是淑人不惟有子，又有妇矣。此集宜目为《贤母录》，以传淑人之贤，他日更当以铭志安人者附诸后，使俱传焉。

漏下三鼓[18]，听窗，知雪。率意书之复子寿，匪以为序！

【校注】

［1］壬戌：同治元年（1862）。

［2］丙戌：咸丰六年（1856）。黄子寿：黄彭年（1824—1890），字子寿，号陶楼。贵阳人，道光二十五年（1845）进士、翰林院编修。直隶总督李鸿章聘他主纂《畿辅通志》，成书三百卷。历官山西按察使、江苏布政使和湖北布政使。为官清正，平反冤狱数十起，结京控按 40 余起，墨吏逃逸。博学多识，尤长舆地之学，著有《陶楼文集》14 卷、《陶楼诗钞》6 卷，另有《东三省边防考略》、《金沙江考略》、《历代关津隘梁考略》、《运铜考略》等。与郑珍情谊极厚，相互唱酬，为郑珍整理刊行《郑学录》一书。

［3］琴坞：黄辅辰（1801—1870），字琴坞，彭年之父。祖籍醴陵，落籍贵阳。家贫苦读。道光十五年（1835）进士。为官刚正，敢忤上官，有“硬黄”之誉。累官冀宁道员、陕西凤汾盐法道。主持屯田事务，辑有《营田辑要》。擅书画，著有《小酉山房文集》。淑人：封建王朝命妇的封号。清制，三品及宗室奉国将军之妻为淑人。燕、晋：今河北、山西一带地域。

［4］齐衰（zīcuī）：丧服名。为五服之一，次于斩衰。用粗麻布做成，因其缉边缝齐，故称齐衰。为继母、慈母服期衰三年，为祖父母、妻、庶母服齐衰一年，为曾祖父母服齐衰五月，为高祖父母服齐衰三月。齐，衣的下摆。布缨：通“布巾”，覆盖在祭祀物上的巾。也指布冠。释：释服，除去孝服。

［5］发：打开。吹灯：点亮灯。

［6］惸（qióng）：同“茕”，指无兄弟的人，或孤苦无依的人。恤（xù）：救济。

［7］有百其艰：经历无数艰辛。有，助词。

［8］瞿（jù）：惊愕貌。《礼记・杂记》下：“见似目瞿，闻名心瞿。”

［9］中路婴儿：指中道而丧父母，犹如婴儿般独慕父母。也作“婴儿子”。《墨子・公孟》：“夫婴儿子之知，独慕父母而已。”

［10］恒夺于富贵：意谓常被只求富贵之念而夺走。

［11］科目之士：唐代考进士等有不同的科目，明清只有进士一科，都称科目。进士得取中之士为科目之士。此处指同榜进士。侍从：宋代称翰林学士、给事中、六尚书、侍郎为侍从。中书舍人、左右史以下，叫小侍从。外官带诸阁学士名号的叫外侍从。棨戟：有缯衣或油漆的木戟，用为官吏出行时前导的仪仗。唐制：官吏三品以上，得门列棨戟。

［12］通籍：考取进士。清华：清高显贵的门第或官职。

［13］枯鱼索蠹：同“枯鱼衔索”。干鱼串在绳索上，形容处境困窘。《韩诗外传》：“枯鱼衔索，几何不蠹。二亲之寿，忽如过隙。”一抔（póu）之土：指母亲的坟墓。

［14］安人：封建王朝给命妇的称号。明清制：六品之妻封安人。

［15］尊甫：对他人父亲的尊称。宽夫：刘位坦。

［16］刲（kuī）臂：即割臂肉煎汤以疗亲。封建社会为崇高孝行。并无科学依据。

［17］悲慕：悲伤孺慕。旋卒：不久死去。

［18］漏下：漏壶下滴以计时。三鼓：更鼓击三下，表示三更天。一夜分为五更，半夜子时为三更，即二十三时至临晨一时。

《遵义府志目录》序[1]

右卷凡四十八，为目三十三，成书八十余万言。其为体例，匪依旧编；亦云纂集，匪一家言。溯古究今，必著厥原。毋敢身质[2]；以欺世贤。地理水道，图经之根；批郤导窾[3]，亦夥𬃠陈[4]。诤友可为，敢佞古先[5]！近多不备，缘牍靡完[6]。义从盖阙，观者孰怨？粤在作鄂，言还于滇[7]。平公时守，实为郡循[8]。尝喟巨缺，兹焉釐然[9]。平公谓言：“是宜有文；子盍鸠搂？吾主而肩[10]。”言旋计偕[11]，明秋南还。屡简乃来，权舆已春[12]。惟言实罷[13]，生晚鲜闻。世有目巧，匪言之伦。唐肆無材，其奚斧斤[15]？天辅其衷，乃孙乃陈[16]。乃底厥基，待我后人。亦惟旧记，咸羼咸臻[17]。惟谱惟碣，亦惟德邻[18]。重光赤奋，已事而竣[19]。惟俶于兹，有百其旬[20]。成者黄公[21]，创者实平。呲言謭𫗥[22]，时惟莫君。爬乱罝遐[23]，之子实勤。乃兹麤粗[24]，首末可观。禾记倦翁，未成而迁[25]。石湖志吴，以议阻刊[26]。兹成兹刊，以弛鲜民[27]。抚今伤怀，潸焉永叹。天刑人祸，乃中所亲[28]，出知所为，谂就惟门[29]。兀兀谓何，悠悠百年[30]。后有贤者，亦从掊焉[31]。

东里　郑珍谨识

【校注】

［1］《遵义府志》：郑珍、莫友芝总纂，遵义知府黄乐之主修。而志局开办者为平翰。从道光十八年（1838）冬至二十一年冬，历时三年有余。成书四十八卷，分33目，凡80余万言。时人比之为《华阳国志》，梁启超评为“府志中第一”，为全国名志。

［2］身质：以身家名誉为质证。

［3］批却导窾（kuǎn）：《庄子·养生主》：“批大却，导大窾。”《注》：“有际之处，因批之令离；节解窾空，就导令殊。”却，隙。批开骨节衔接之处，其他部分就随之而分解。比喻处理事务，贵在得间中肯，就可以顺利解决。

［4］𧨧（zhǐ）：指斥过失。即纠前人之错失。

［5］佞：讨好，献媚。

［6］缘牍靡完：因为简牍等资料不完备。

［7］“粤在”两句：本来在粤省，而视作鄂省之事物，有时又弄到滇省里去。意谓记载不确。

［8］平公：平翰，字樾峰，浙江山阴人。道光十七年（1837）出任遵义知府，创设府志局。聘郑珍主纂府志，莫友芝为佐。平翰下交文士，创设培英书院、养育堂。因温水汛农民起义，被降调。

［9］喟（kuì），同“喟”，叹息。𦈢：古“缺”字。齾（yà）然：本义为缺齿，引申为事物缺损。

［10］鸠搂：搜求，聚集。肩：担负主修之责。

［11］计偕：指赴京应会试。《史记·儒林传》公孙弘奏云：“郡国县道邑有好文学、敬长上、肃政纪、顺乡里、出入不悖所闻者，令相长丞上属所二千石，二千石谨察可者，当与计偕，诣太常，得受业如弟子。”这是说应征召之人，偕同计吏同行入都。后来把举人赴会试称作计偕。道光十七年（1837）秋，郑珍中举，当年冬入京会试。

［12］权舆：起始。《诗·秦风·权舆》：“今也每食无余，于嗟乎！不承权舆。”《大戴礼·诰志》：“夏之历，正建于孟春，于时冰泮发蛰，百草权舆。”

［13］䍜（bó）：南楚方言，对农夫的丑称。这里是郑氏谦称。

［14］“目巧”两句：意谓有一类人只会用眼看，不会用言语（文字）表述。

［15］“唐肆”两句：谓没有材料，无法挥动斧子。即“巧妇难为无米之炊”。指没有写志书的资料。唐肆，市集。唐有“空”义。

［16］天辅其衷：天助其善。衷，福，善。孙陈：指两部志书。明万历年间，孙敏政任遵义知府，创修《遵义军民府志》。清康熙年间，遵义知县陈瑄，奉诏修志，时遵义知府李师沆创纂未集，以事出，瑄乃召集文士程崇等，据孙敏政旧志重加编集，成《遵义军民通志》。贺长龄《遵义府志序》中，记述其门生郑珍谈修志搜集资料实况：“郑生尝以采著颠末告余云：‘议之始，盖茫然无剌手处；留心一年，乃始知有《孙志》、《陈志》即各州县草志而搜得知；又一年，乃悉发荒碑、仆碣及各家所遗旧记、事状。知不可复有得，乃始具稿。稿盖数间事耳。’”

［17］麕（qún）：成群。臻（zhēn）：达到。此句谓资料不断积累增多。

［18］德邻：《论语·里仁》：“子曰：‘德不孤，必有邻。’”何晏《集解》：“方以类聚，同志相求，故必有邻，是以不孤。”后指有德之人，相聚为伴。

［19］重光赤奋：即辛丑年。以十干纪年，辛别称重光。赤奋，即赤奋若。太岁在丑的岁名。《尔雅·释天》：“在丑未赤奋若。”《遵义府志》完工于道光廿一年，岁次辛丑。

［20］俶（chù）：开始。有百其旬：即一百个旬，约千多天，也就是三年。意谓修志自开始到完成，经历一千多天的日子。

［21］黄公：黄乐之，广东顺德人。道光十九年（1839）出任遵义知府，继续支持府志局，使《遵义府志》编印得以完成。

［22］毗言谫笈（jí）：毗（pí），辅佐。谫，浅薄；笈（jí）疲倦。意谓：对我浅薄与疲乏有所辅助者。

［23］爬乱：梳理杂乱的资料。罝遐，网络遐方文献。罝（jū），捕兔网。

［24］麤（cū）粗：粗糙，粗浅。《管子·水地》：“心之所虑，非特知于麤粗也。”王充《论衡·正说》：“略正题目麤粗之说，以照篇中微妙之文。”此指《府志》粗具规模，首尾可观。

［25］倦翁：岳珂，宋代汤阴人，岳飞之孙，岳霖之子。字肃之，号倦翁。著《金陀粹编》、《愧郯录》、《桯史》、《玉楮集》、《棠湖诗稿》等。著

《禾记》未成。

［26］石湖：范成大，宋吴兴人。字致能，晚号石湖居士。官至参知政事。工诗词，有《石湖集》。别著《吴门志》、《揽辔录》、《桂海虞衡志》等。

［27］弛：忘却，丢开。《礼·坊记》："君子弛其亲之过而敬其美。"鲜（xiǎn）民：孤子，无父母孤穷之民。郑珍纂辑府志之初，母亲病逝，守孝期间坚持著书，志成得以刊成，使孤子得以慰其亲。

［28］天刑：天的法则。乃中所亲：指郑母去世。

［29］谂（shěn）：思念。《诗·小雅·四牡》："岂不怀归，是用作歌，将母来谂。"

［30］兀兀（wùwù）：勤勉不止貌。韩愈《进学解》："焚膏油以继晷，恒兀兀以穷年，先生之业，可谓勤矣！"

［31］掊（pǒu）：掊击。此处有指瑕、批评之意。

题 识

题移写韩诗批本（庚申三月[1]）

世行穆彰阿道光戊午重刊顾侠君补注本[2]，是依朱竹垞、何义门两先生评点者，原本竹垞用墨书，义门用朱书[3]，并就顾本评点。庄谧莽得之姚江黄稚珪[4]，其兄伯埙馆西斋博明家[5]，西斋因转抄得。穆为西斋外孙，得其本，谓时有假手，不无误，加年久，多所缺蚀，从他处得一本增入数条，又附义门《读书记》中批韩诗一卷，仍分朱墨，合刻此本。

余通阅之。义门为批评专家，确出其手无疑。竹垞深于韩者，乃平生力追处，似多有所不惬[6]，何邪？岂一时之见邪？避乱桐梓魁岩下[7]，近谷雨，犹寒，不可出，因以三日力迻录两批本于方扶南笺本上方[8]，于朱书者弃数条，其首加圈者皆是。何则不及半，标“何云”焉。

【校注】

［1］庚申：咸丰十年（1860）。

［2］穆彰阿（1782—1856），满族镶蓝旗人，姓郭佳氏，字鹤舫。嘉庆进士，官至大学士、军机大臣。咸丰元年被革职。顾侠君：见卷一《柴翁说》注［2］。

［3］朱竹垞：见卷一《柴翁说》注［10］。何义门：何焯（1661—1722），清长洲人，字屺瞻，号茶仙。康熙进士，兼英武殿纂修官。多藏书，长于考订。著有《义门读书记》58卷等。

［4］庄谧莽：疑为庄澹莽之误。名同生，字玉骢，号澹菴。清武进人，顺治进士，官右庶子兼侍读。有《澹菴集》、《长安春草》等。黄稚珪（珪，底本作“圭”，误）：黄璋，清黄宗羲玄孙，字稚珪，号华陔。乾隆举人，官沭阳知县。有《大俞山房集》。

［5］博明：清满洲镶蓝旗人，姓博尔济吉特氏。字希哲，乾隆进士。官云南迤西道员。博学多识，有《西斋偶得》、《西斋诗辑遗》等。穆彰阿为其外孙。伯埙：黄伯埙，为黄璋长兄。

［6］不惬：不恰当。

［7］魁岩：咸丰十年（1860）二月，号军入遵义境，郑珍逃到桐梓，得赵旭帮助，在魁岩杨家河赁屋居住下来，历时半年有余。

［8］方扶南：见卷一《柴翁说》注［11］。

题移写《春秋繁露》卢氏校本[1]（庚申七月[2]）

汉人旧籍，今存者仅廿余种，而讹脱，无一种完善，甚者几无一叶可畅读。此《春秋繁露》十七卷，自乾隆间开“四库馆”[3]，搜得《永乐大典》中所载宋楼攻媿校定本[4]。已为三四百年间绝无仅有之秘籍。馆中编校后十二年，卢绍弓复加考核[5]，尤极精详。

余贫，不能购也，从人借移录。此何镗本[6]，中通照卢本改正，求可读而已。贼方出境，官又括村里如火烈，而余尚苦为此，殊自怜。后人有能一读者，尚知此心。

【校注】

［1］《春秋繁露》：汉董仲舒撰。17卷。发挥《春秋》之旨，多主公羊之学，杂阴阳五行之说，宣扬天人感应之论。董仲舒（公元前179—前104），汉广州人。武帝时以贤良对策称旨见重。拜江都相、胶西王相。讲学推崇儒术，废黜百家，开以后二千年封建社会以儒学为正统的局面。

［2］庚申：咸丰十年（1860）。

［3］“四库馆”：即四库全书纂修馆。乾隆三十七年（1772）开馆，经十年完成。收书3503种，79330卷。分经、史、子、集四部，故称“四库”。抄写七部，分别藏于北京、沈阳、扬州、镇江和杭州。

［4］《永乐大典》：大型类书。明成祖永乐元年（1403）令解缙、姚广孝等编辑。采各种图书七八千种，历时五年完成。全书正文22877卷，凡例和目录60卷，字数三亿七千万左右。楼鑰：宋代人，隆兴进士，历官翰林学士，同知枢密院。贯通经史，文辞精博。自号攻媿主人。有《范文正年谱》、《攻媿集》。

［5］卢绍弓：卢文弨（1717—1795），清杭州人。字召弓，一作绍弓，号抱经。乾隆进士，官翰林院侍读学士，提举湖南学政，力主江浙各书院讲席。潜心汉学，好校书。校刊《抱经堂》丛书十五种，以精善著名。自著《抱经

堂集》34 卷、《仪礼注疏详校》17 卷、《钟山劄记》4 卷、《龙城劄记》3 卷等。

［6］何镗：明处州卫人。字振卿，号宾岩。嘉庆进士，官至江西提学佥事。有《括苍彙集纪》、《古今游名山记》。

题珂雪师《雪斋读易图》[1]（壬戌）[2]

《图绘宝鉴》称珂师山水师赵文度[3]，一树一石俱有别致。竹垞先生[4]《论画师》自注云："董文敏疲于应酬[5]，每倩赵文度及雪公代笔，亲为书款。诗云：'隐君赵左僧珂雪，每替容台应接忙。泾渭淄渑终有别[6]，漫因题字概收藏[7]。'以明真鉴，非抑之也。"

此图古雅超绝，又经杨龙友先生手题[8]，尤可宝。其灭去珂字，当称雪斋先生。杨似称某高士，不识为谁珂云。雪斋先生隐居赤松溪。溪在华亭，知为松江人耳。俟后考。元褬已敝。

同治改元八月，重装弆[9]，因记之。

【校注】

［1］珂雪师：明末清初书画家，华亭人。佛门僧人；拜赵左为师。

［2］壬戌：同治元年（1861）。

［3］赵文度：明末华亭（今上海市松江县）人。名左，字文度。善画山水。曾为董其昌代笔，名盛一时，是首创松江派主要画师之一。

［4］竹垞：朱彝尊，号竹垞。行迹见卷一《柴翁说》注［10］。

［5］董文敏：董其昌（1555—1636），字玄宰，号思白、香光、思翁。松江府华亭人。明万历进士。官至礼部尚书，谥文敏。书法、绘画皆精，为"明末四大家"之一，对明末清初画风影响很大。

［6］泾渭：指泾水和渭水。《诗·邶风·谷风》："泾以渭浊，湜湜其沚。"《传》："泾渭相入而清浊异。"《释文》："泾，浊水也；渭，清水也。"《释文》解说有误。两水清浊有别，后便以泾渭比喻人品的清浊，或比喻事物的界限分明。淄渑（zīshéng）：齐国境内两条河名。相传二水味道相异，齐桓公的臣子易牙能分辨二水之味。

［7］漫：随意，枉然。

［8］杨龙友：杨文骢（1597—1646），字龙友，号山子、雪斋、阿龙。贵

阳人。流寓南京。明万历举人，崇祯年间任青浦、江宁知县，弘光王朝为兵备副使，隆武王朝任兵部侍郎。抗清殉难。工诗文书画。曾拜董其昌为师，得董氏很高评价。吴伟业列其为“画中九友”。其书画作品流传至今者近百件，部分流落海外。

［9］弃：底本作“弃”，据花近楼本改。

巢经巢文集

卷第三

记

斗亭记[1]

地，旧圃也。余居竹溪之十二年，始化蔬为花木。其前割田三之一为方池，源于檐而冬夏常不涸[2]。因种夫容其中[3]，缘以绿节，遂为外屏[4]。其中多鲋鱼[5]，可玩可饵。手植柳四五株荫之，上列杂树，四时皆有花，而亭适当枣下。

大人嗜钓[6]，非深冬，常在溪。太孺人善病而好劳，不可拂[7]。每日暄夕佳[8]，携妻若妹若小儿女奉孺人坐亭上。或据树石诵书詠诗。思昔贤随遇守分之遗风[9]；或偕儿女黏飞虫、呼蝼蚁，观其君臣劳逸部勒[10]；或学鹊楂楂鸣[11]，投掇花惊潜鱼[12]：为种种儿戏。孺人虽笑骂之，而纺甀、絮檵未尝一辍手[13]。夏荷秋兰[14]，梅萱冬春，盖三年于此矣！

咸曰：亭无名何？因以“斗”谥之[15]。或问故，为之歌曰：“斗兮斗兮，不余乎期。亭之存兮系余怀，亭之不存兮余之悲。而余惟亭之存兮。斗兮，斗兮！”歌终，咸不能复问名亭之故，竟无知者。

［校注］

［1］斗亭记：郑珍青年时代写的散文，被多家散文选本采用，为近代散文名篇。为茅亭，位于郑氏僦居之地尧湾。亭早毁，池尚存。

［2］涸（hé）：水乾竭。引屋檐水灌池，水常满而不涸。

［3］夫容：即“芙蓉”，荷花的别名。其实为莲：其地下茎为藕。

［4］绿节：菰的别称（俗称茭白）。汉刘歆《西京杂记》：“太液池边，皆是彫胡、紫萚、绿节之类。菰之有米者，长安人谓之彫胡；葭芦之未解叶者，谓之紫萚；菰之有首者，谓之绿节。”菰（gū）生于河边、陂泽，可作蔬菜。菰之大者为菰首，即茭白。实如米，称彫胡米，可作饭。屏：屏藩。

［5］鲋鱼：宋陆佃《埤雅·释鱼》谓鲋似鲤，色黑而体促，腹大而脊隆，即鲫鱼。黔北俗称鲫壳鱼。

［6］大人：指郑父文清先生。文清字雅泉，处士。精医道。“一著指、病

所在立辨，不爽毫发。求治者，无贫富必赴，值有酒费一壶而已。性好洁，喜饮，晚更嗜钓，非锄花课孙，日常在溪。”（《播雅·郑文清传证》）

［7］拂（fú）：违背。

［8］日暄：天气晴和。夕佳：夜色美好。

［9］随遇守分：随遇而安，安分守己。

［10］部勒：部署约束。蚂蚁觅食运物，各有分工，有劳有逸，各遵职守。

［11］楂楂（zhāzhā）：借作“喳喳”，鹊鸣声。

［12］挼花：把花瓣揉碎。挼（ruó），揉搓。黔北土音为（ruá）。

［13］纺甎：同“纺砖”，古代纺线的陶制纺锤。絮橶：纺线用的铁轴（俗称铤子），长约一尺，筷子粗细，一头尖削，上穿数枚五谷子。由纺车的弦带动铤子飞速转动，从而牵引絮条变成细线，如此一手一手地积聚在絮橶上，等到大如长尾鸭梨，便取下，叫作“絮儿”。

［14］秋兰：底本及各参校本均同。疑“兰”字为“菊”字的误写。

［15］谥：旧时，帝王、贵族、大臣、士大夫死后，依其生前事迹给予的称号。谥号由礼部议定，十分庄重。士大夫死后，由亲族门生故吏为谥者，称私谥。此处给茅亭立谥，含有戏谑意味。

重修魁星阁记

今天下求售文者[1]，必尸祝魁星[2]。横宫之左右[3]，试院之门前，乡城之吉秀所在，比比楼阁而像祠之，士大夫家则图弃焉。问其神，咸曰“魁也”。观其像，则魃眼狰狞[4]，拳一足立[5]，手操笔，若斗上曳七星，盖肖“魁”字而为之也。或曰：“食此者为唐进士钟馗[6]。”或曰：“本奎星，后讹为魁。”是皆不足致诘。

余按：魁星乃南北二斗也。《说文》训“魁”为“羹斗”，则魁乃器名。《春秋运斗樞》曰：“北斗第一至第四为魁，此就其形言之也。”器具魁杓，魁因有首义，《书》“渠魁”，《礼》“不为魁”，皆首也。故张守节注《史记》[7]，又谓魁斗第一星，南斗与北斗位相值[8]，星象同，惟勺少一星，其第二星亦称天魁。要其似羹斗者，南北并可称魁也。

其祀典，三代不见经文。按《周礼》祀司中，司命、司民、司禄及风师、雨师，并以系民生，专特祭。斗建昏旦[9]，均五行[10]，于授时犹关重[11]，知必不与列星合布。《幽宗通考》云："秦始皇时，雍有南北斗庙[12]，以岁时奉祀。汉宣帝立南斗祠于长安城旁。《史记》载武帝祠泰一[13]，其坛下有北斗。"是秦、汉重祀斗矣。魏、晋后唯《通典》言隋令太史署常以二月八日于署廷中以太牢兼祀北斗[14]二十八宿[15]。唐以后无闻者。要其祀南北斗，本以北斗运中央、制四方。南斗为玄武经星，復尊并北斗，故重祀之，非若今之主文也。

今祀为主文者，其始必因魁榜魁天下之名，谓其中必有主宰也。爰乎为"魁"。祷祈之后，因改"魁"字图像之，而不知为即古南斗北斗之祭。亦犹祀城隍者，不知为古八蜡之水庸[16]；祀文昌者，不知为古天子为群姓诸侯为国所立之司命耳[17]。

至魁主文章。则亦有说。按《文耀钩》云："斗者天之喉舌，《易》、《春秋》六经，圣人代天而言者也。"世之文章，至八股极矣，然作者苟不悖乎六经所言，是亦取出乎天之喉舌而言之耳。言者心声，诚能肖天，天必福之，则于祀北斗宜。若南斗，据《史记正义》云："六星主薦贤良、授爵禄。"是正今之主司房考官也，其祀也亦宜。

由此言之，北斗之喉舌，在我者也；南斗之薦授，在人者也。而北斗第五星曰衡，正殷南斗，然而其当人者，乃即我之自为衡也歟？观于天文而人文可以悟矣！

道光十四年，遵义府学左重修魁阁成，因撰此文，即以为记。

[校注]

[1] 售文者：指参加科举考试的人。考中者称得售，落选者称不售。

[2] 尸祝：尸指神像。尸祝，谓设尸而祝祷，以表崇敬。古代祭祀时，代死者受祭、象征死者神灵的人，以臣下或死者的晚辈充任，这就叫尸。后来逐渐改为神主牌、画像等。

[3] 横宫：学宫，学校。横通"黌"。

[4] 魌（qí）：《说文·鬼部》："魌，小儿鬼。"

[5] 拳：通"蜷"，弯曲。

[6] 钟馗（kuí）：神名。俗传善捉鬼。唐明皇病，梦终南进士钟馗捕食小鬼，醒而病愈，命吴道子画其像。时翰林例于岁暮进钟馗像，并以赐大臣。民间亦贴钟馗像于门首。宋、元、明之际犹如此。按《周礼·考功记》、《礼·玉藻》中，有终葵逐鬼的记载，后来化为人名。

［7］张守节：唐代人。官诸王侍读、率府长史。所著《史记正义》，极赅博。

［8］北斗：在北部天空排列成斗形的七颗亮星。即今大熊星座的七颗较亮的星。此外，作为斗宿之称，为二十八宿之一，玄武七宿的首宿。即今人马座中的六颗星，作斗形，称北斗，又叫南斗。《诗·小雅·大车》："维北有斗，不可以挹酒浆。"《疏》："箕斗在南方之时，箕在南，斗在北，故言南箕北斗。"

［9］斗建：即农历的月建。古代以北斗星斗柄的运转计算月分，斗柄所指之辰谓之斗建。如正月指寅，为寅建之月，二月指卯，为卯建之月。《汉书·律历志》上："斗建下为十二辰，视其建而知其次。"昏旦：黄昏与早晨。也指黑夜与白天。

［10］五行：水、火、木、金、土。古代称构成各种物质的五种元素。

［11］授时：《书·尧典》："乃命羲、和，钦若昊天，历象日月星辰，敬授人时。"谓敬记天时以授人，如同后世的颁行历书。

［12］雍：即"辟（bì）雍"。周王朝为贵族子弟所设的大学。四周有水，形如璧（同辟）环为名。大学有五：南为成均，北为上庠，东为东序，西为瞽宗，中为辟雍。

［13］泰一：天神名。《史记·孝武纪》："天神贵者泰一，泰一佐曰五帝。"泰一为天皇大帝。也作"太一"。

［14］太牢：盛牲的食器叫牢，大的叫太牢。太牢盛三牲，因此，也把宴会或祭祀时并用牛、羊、豕三牲，叫太牢。后专指牛为太牢，羊为少牢。

［15］二十八宿：古代天文学家把黄道（太阳和月亮所经的天区）的恒星分成二十八个星座，称为二十八宿，四方各有七宿。《淮南子·天文》："五星、八风、二十八宿。"《注》："东方：角、亢、氐、房、心、尾、箕；北方：斗、牛、女、虚、危、室、壁；西方：奎娄、胃、昂、毕、觜、参；南方：井、鬼、柳、星、张、翼、轸。"

［16］城隍：神名。《礼·郊特牲》"天子大蜡八"中所说的蜡祭八神，其七为水庸，相传就是后来的城隍。历代封建王朝均把祀城隍列入祀典，多为求雨、祈晴、禳灾之事。

［17］司命：星名。文昌的第四星。即屈原《九歌》中的"少司命"。《史记·天官书》："斗魁戴匡六星，曰文昌宫。……四曰司命。"《索隐》："司命，主灾咎。"

游大觉寺记

戊戌之冬十月几晦[1]，听莺轩朝梦方熟[2]，侍者呼“书至”。熨眼观之[3]，曰：“昨约游大觉寺，忘耶？外及饭矣。”披衣出，与诸人会于寓，遂行。出北门，缘龙山麓缓步。霜气初散，旭日入江；不热不寒。

里许，得道左刻，余“至正元年闰”五字[4]，不審何记也。旁记万历十九年卧龙坊高杰妻司氏舍钱修道尺寸，俱因石刻之[5]。里许，得崇祯十三年修冷水孔道碑[6]。里许，得石鼻泉当道左，穴出，灌可四五百亩，岁不涸。其上有洞，口仅容胸；梯下，有人物象，病乳求嗣者惑焉。昔年曾入，阴凛甚，故不乐再往。

数十步至后川桥，一名普济桥，俗呼高桥也，有店焉。桥、宋杨忠烈建[7]，竹䶄溪至此入穆家川。溪上石壁平莹，根多明人记涨到，漫不可尽识。白飞霞曾沐此，壁书“水溮溮”十二字。《省志》载：石壁，仙题“山齿齿”云云，误也[8]。旁刻《溪山青》一诗，草款无识者，然似三丰流矣[9]。上为普济庵，明弘治中建[10]，李敬德有《记》[11]，旁三刻皆重修者。

观已，与诸人饮，更沽酒及午食，傭一童携之。折西北行二里许，得螃蟹井，穴有异蟹。能晴日泛水溢田，实清浅一泓也。里许，下度红边桥，桥东一古树，为巨藤缕络垂青，若罘罳，若鳞鬣，峭蒨可玩[12]。復上坡陀[13]。回忆乘驿北去时，舁者遇如此，必阁篼请松肩，楚人谓“代步”也[14]，因相与大笑。汗微出，脱裘衩令童披之，则居然富贵者也。

复行三里许，不悉地名。四山善生蕨，无他材，石炭出其中，郡城火食大半仰此。耳中水轮声渐来。南折，得杉林，栗溪经其下。水自海龙囤流来，下会穆家川。稍憩杉下，度石杠[15]，入大觉寺。本旧刹，康熙初资中人闵相诛植庄严[16]，时极伟丽。今存木樨、紫薇之属，盖无几。佛室木联三，明程副使书[17]，郡人也，得北海意，求志轩遗墨仅见此。

左出小门，缘丛竹，一岩出溪上。其根虚无，其树皆胎石[18]。缘石东出，经仙洞，久无入者。所谓“山腹奇踪，岩悬梵景”，俱无自得。

北折，大穴闓然[19]。石离奇斜下，极于潭，日光罅入渲之，水非金非碧，似井西晴岚，暖翠山头。鱼数群，倏来倏去，坐观鱼台睨之，似游晴窗下玻璃瓨中[20]。穴口刻隶书“石穴游鳞”，填其廓，因明白矣。旁刻《栗溪吟》，并闵相书。东不十武[21]，复一小穴，景同，惟俯视异。缘小穴旁北上，得朱萼岩[22]。外折上为映月台，俯潭之深碧。入臀后，石势盖象莲花峰也。缘岩唇西折上，为灵碧峰。至巅，度天桥屈曲下，俱险绝。倚石坐卧，观竹列湖山。大觉寺之胜，尽此一岩矣。余因诵“俯仰之间，已为陈迹”，恐此生不再至。乃独往小穴，复玩久之。小篆“观我生”于石。

至寺后，观闵相墓。荆棘罗生，为之怅惘。复入寺饮酒，下以葵子；饭水饮，肴以肚菌[23]。菌比鸡纵味等，腴嫩过之；其盖不圆。无心中途售者。噫！天下事孰非无心而得者哉！同游者为傅四、黎一、莫五[24]。独傅四骑马，马上如舂锄[25]，绝可笑。

［校注］

［1］戊戌：道光十八年（1838）。几（jī）晦：接近月尾。几，通“仉”，近也。《说文·人部》：“《明堂月令》：‘数将仉终’。”晦：农历每月的最后一天。

［2］听莺轩：在遵义府署内，为府署八景之一。《遵义府志·公署》云：“府治，大堂后为二堂，左右有翼室。……堂后一荷池，中达以红桥。桥北为听莺轩。轩据池三面。堂左一间馆，馆下为来青阁。”郑珍、莫友芝纂辑《府志》时，志局设于来青阁，二人下榻于听莺轩。郑珍有《郡署八景》诗，其中有《轩窗听莺》、《杰阁来青》。

［3］熨（yù）眼：悦目。苏轼《喜刘景文至》：“尺书真是髯手迹，起坐熨眼和有无。”

［4］“至正元年”：元顺帝年号，元年为公元1341年。

［5］万历十九年：公元1591年。高杰：明代米脂人。初从李自成，后投明军。弘光王朝为总兵官，守江北。被许定国诱杀。

［6］崇祯十三年：公元1640年。

［7］杨忠烈：杨粲，播州杨氏第十三代领主。死后赐庙号忠烈，封威毅侯。

［8］白飞霞：明代人，道士。《贵州通志·古迹》：“石壁仙题，在府城北三十里石壁上”，刊有“山齿齿，水沵沵。白飞霞，曾到此”十二字。下有清泉一道，初传白真人曾于此沐手。至今取以療疾，颇验。按：“三十里”应为三里，衍“十”字。又“水沵沵”在句首。又按：杨斌（颠仙）《紫霞石室记》云：“戊寅春，始从飞霞白仙师游，相与半载。”石刻在正德十四年

己卯（1519），上一年正是戊寅。

［9］三丰：张三丰，明初人，传为仙家。

［10］弘治：明孝宗年号（1488—1504）。

［11］李敬德：无考。

［12］罘罳（fúsī）：设在宫阙上交疏透孔的窗槅。宋程大昌《雍录》十《罘罳》："罘罳者，镂为之，其中疏通，可以透明，或为方孔，或为连琐，其状扶疏，故曰罘罳。"峭蒨（qiàn）：鲜明貌。左思《招隐诗》："峭蒨青葱间，竹柏得其真。"

［13］坡陀：不平坦。此指小山坡。

［14］乘驿：即驰驿。举人入京会试，享受驿传提供的车马膳食。舁者：轿夫。箯（biān）：箯舆。竹编的舆床。黔北俗称"滑竿"。

［15］杠（gāng）：小桥。

［16］闵相：明末清初四川资中人，字弼亭，隐居遵义城北山间，创建大觉寺，死后葬于寺右。程云生为其作墓表。诛植：伐木开山。庄严：佛家指庄饰美盛。此指建造华美梵宫，雕塑精美佛像。《无量寿经》上："又讲堂精舍，宫殿楼观，皆七宝庄严，自然化成。"

［17］程副使：程云生，字愚古，遵义人。明崇祯间拔贡，授铜仁知县，累官监军副使。循声著闻。终年八十。有《求志轩集》。北海：李邕，唐代江都人。玄宗时官北海太守。著名书法家，时称"书中仙手"。

［18］胎石：指树的根干抱裹石头。

［19］閜（xiǎ）然：大开的样子。

［20］瓨（hóng）：陶器。又音（xiáng）：长身的瓮罐。

［21］武：古代以六尺为步，半步为武。

［22］朱萼岩：红花色的岩石。朱萼：红花。

［23］饮：原文作"引"，据陈本改。按："饭水饮"为"饭疏食饮水"之省。《论语·述而》"饭疏食饮水，曲肱而枕之，乐在其中矣！"肚菌：即冻菌。《遵义府志·物产》引郑珍《田居蚕室录》："又一种，名冻菌，形半圆，肉之软嫩胜杨妃乳，生树头上，四时有之。不能干蓄。"

［24］傅四：待考。黎一：黎兆勋。莫五：莫友芝。

［25］舂锄：形容骑马者走动时的姿态。

游回龙山记（己亥[1]）

遵义环城山水，岩壑之雄峭，树木之挺异，莫右于回龙山[2]。其山自碧云峰支出，蜿蜒东行十里许，穆家川趋其足，遂峙为此山。

其山阴肉而阳骨[3]。骨者石也，外著者也。以负蓄厚，故其石硌硌角角[4]，壁者、窟者、窒者、突者，脊而下迤者，脟而上累者[5]；攲菑丕思，若隳若飞者[6]：靡不骈駮闠辩[7]以合为此山。上干青天，下临沉渊，而其气一洩于树。故其树直上数仞而不拔[8]，横出数丈而不折；随其石之高下，楚楚莽莽[9]，而柯茎棽离可数[10]。每与高风相遭，则枝叶上下，若江之潮、海之涛。其中朝晖夕曛[11]，若螺蚌摇光于方丈、圆峤也[12]。

有伏泉息于踵，冽而清[13]，其声泠泠，尝之则甘，使人忘机[14]。唯智者别之，外人徒震眩于岩壑树木之足骇异而已。余以有倦，与一二人游此。颇负知山，故说之。

［校注］

［1］己亥：道光十九年（1839）

［2］右：古时以右为尊，故称所重者为右。

［3］阴肉阳骨：北面肥厚多土，南面瘦削多石。

［4］硌硌（luòluò）大石磊叠貌。角角：四角突兀的样子。

［5］迤（yǐ）：地势斜延。脟（luān）：切肉成块。通“脔”。

［6］菑（zì）：插入，树立。《汉书·沟洫志》汉武帝《瓠子歌》：“隤林竹兮揵石菑，宣防塞兮万福来。”《注》：“石菑者，谓插石立之。”丕思：大。思为语助词，无实义。两句大意是：巨大的石块斜斜地插在石堆中间，好像要坠落，又好像要飞去的样子。

［7］骈駮闠辩：骈列错杂，混乱无章。骈，并列。駮（bó），混杂，不纯。闠（bīn），繁多杂乱貌。辩（bān），颜色驳杂不纯。

［8］仞：长度单位。八尺（或七尺）。拔：移动。

［9］楚楚：茂密貌。莽莽：草木深密貌。

［10］棽（shēn）离：同“棽丽”，盛貌。

［11］晖：日光。曛：日落的余光。

［12］方丈圆峤：传说中的仙山。《史记·秦始皇纪》：“齐人徐市等上

书，言海中有三神山，名曰蓬莱、方丈、瀛洲，仙人居之。"《列子·汤问》方丈作"方壶"，又增"岱舆、员峤"为五山。底本中"圆峤"的"圆"字有误，应为"员"。

［13］冽：寒冷。

［14］泠泠：形容声音清脆。忘机：忘却与人计较得失、巧伪敷衍的心思，进入一种万事无争、恬然自如的境界。李白《下终南山过斛斯山人宿置酒》："我醉君复乐，陶然共忘机。"

辛丑二月初三日记[1]

晨寤复寐[2]，莫五礼阁上文昌神亦不觉也[3]。起，见架下书《苍苍竹林寺》诗，念开岁来三十余日，昨夕始提笔作此字，视前时每元日即繙写满几案，自疑是前生。噫！可涕也已。

记去年今朝，母病愈数日，春和天晴，能偕孙儿女屋荣篱角坐[4]暄光中，观菜台、果蕾以为快，余亦快，庀少行李，计明日赴兹阁[5]。母曰："吾以病久，稽汝事[6]，至是得无虑。及汝生日且归耳。"呜呼！岂知今之今日，视去岁之今日，竟成两世耶！

当日以窭人子发愤读书，意有在焉，今皆大非而奚以读书为也[7]？昔时谓读书不误人，而今知特误人。如田家儿目不识一字，足终身不出十里，黧面赤骭[8]，以勤以劳，以日夕唯力是奉，得有余今日之悔哉？

视新购《皇清经解》十巨堆插架上[9]，亦感念用此奚为也！莫五方整理未已。心境之相悬，可胜数耶！书以为是日记。

［校注］

［1］辛丑：道光十一年（1841）。郑母逝世的第二年。

［2］寤（wù）睡醒。寐（mèi）：入睡，睡着。

［3］文昌神：即"梓潼帝君"。道教神名。传说名为张亚子，住蜀中七曲山，仕晋战死，后人立庙祭祀。唐宋时封英顺王，元代封为"辅文开化文昌司禄宏仁帝君"，道家称玉帝命梓潼掌文昌府及人间功名、禄位事，因此称此为梓潼帝君，也称文昌帝君。

［4］屋荣：屋檐两端上翘的部分，今通称飞檐。

［5］庀（pǐ）：具备。兹阁：指来青阁。时郑珍在此编撰《遵义府志》。

［6］稽：稽迟，延误或耽误之意。稽，底本作“嵇”，误，据花近楼本改。

［7］奚：为何，如何。问词。

［8］骭（gàn）：骭，胫骨，小腿。

［9］《皇清经解》：阮元辑，汇集清代学者的经解，共188种，1408卷。

汉三贤祠记（辛丑[1]）

惟皇帝二十有一年三月二十七日，郡校师莫公与俦创祠汉三先生于学宫左之阁上[2]，珍甫练衣冠、不敢奉币从荐饔酌奠于三先生[3]。越数日，莫公呼来告曰：“孔子之道，载在‘六经’，自经秦坑焚[4]，历汉高、惠、文、景，皆武夫功臣用事，徒黄老清静以与民休息，诗书礼乐之教，殆如草昧[5]。二三大师各抱其遗，私教授乡里，久乃稍稍为章句传[6]。故建元之际[7]，弟子著录者渐多，齐、鲁、秦、晋、燕、赵、吴、楚、梁、越之间，乃始诸儒云烂霞蔚，‘六经’赖以復传。于时西南远徼，文翁为之倡，相如为之师，经术文章灿焉与邹鲁同风[8]。而文学盛公[9]，即以其时起于犍为、牂牁。东汉以后，儒者始不专一家讲说。至许、郑集汉学大成[10]，而尹公乃即起于毋敛[11]。仆尝独居，深念‘六经’堂构于汉儒[12]，守成于宋程、朱诸子，而大败坏于明人。及我太祖、圣祖崇朴学[13]，教化海内，一时朝野诸老宿，痛惩前代空疏文巧佛老吾道而力挽回之[14]，事必求是，言必求诚，支离惝恍之习扫弃净尽[15]。于是汉学大明，‘六经’之义若揭日月。至今二百年来，数天下铿铿说者[16]，一省多且数十人，独西南士仅仅[17]，意无乃渊源俎豆之不存欤[18]？而何其洽肌肤沦骨髓者之难破也[19]？仆厕此二十年[20]，无足为多士师者，为多士求足师[21]。谓此邦而萌芽文教，断以文学公为祖[22]，而以盛公、尹公左右之。今祠成，子其为我序遵义当祠三先生之意。”某再拜。

谨案：文学公为犍为文学卒史，当汉景武间。时犍为治鳖[23]，鳖即遵义地。汉制：诸曹椽吏自除郡国中[24]。文学公即不定鳖产，要是下县人无疑。时《尔雅》一经，尚未名学[25]，文学公为创作《注》。且在衆经注之前。实遵义正祀乐祖[26]。盛公为司马相如友，称“牂牁名士”。尹公召陵许君弟子，以经义教南中。二公于贵州当通祀，于遵义有文学公为主，二公且后辈，其左右之也诚宜。《小戴记》曰：“凡释奠者，必有合也。有国故则否[27]。”郑君《注》：“国无先圣先师，则所释奠者当与邻国合。若周有周公，鲁有孔子，则各自奠之。”今论先师，三公皆国故；于郡县，则尹、盛二公为邻国，谓合否皆合礼制。莫公此举钜而当焉。

谨又附为说曰：国朝经学，能上接汉儒者，壹以诚字为本。凡字有声、有形、有义。六经联字以成文，字之声形义明，其于治经，如侍先圣贤之侧，朗朗然闻其耳提面命也[28]。文学公深明雅故，不待言。盛故与相如游，尹公从许君学，《凡将》、《说文》之传[29]，必熟闻其终始。在他邦犹将馨香之[30]，何况为乡先哲？今日生其后者，尚景响其风而求焉，学之盛何递后于他省？吾知都人士必有高望而奋起者也。是莫公祠三先生之意也夫！亦三先生所望于后贤也夫！

［校注］

［1］辛丑：道光二十一年（1841）

［2］郡校师：即府学教授。莫与俦：见卷二《郘亭诗钞序》注［6］。

［3］甫练衣冠：指穿上孝服。练：古丧服。小祥主人练冠，故小祥之祭为练祭。郑母逝世一周年，举行小祥之祭礼。币：即缯帛，古人以束帛为祭祀或赠送宾客的礼物。薦籑（zhuàn）：进献食物；酌奠：斟酒祭奠。

［4］坑焚：指秦始皇焚书坑儒。

［5］黄老：黄帝与老子。道家以黄、老为祖，也称道家为黄老。西汉初期，倡黄老之术，主清静无为，与民休息。对恢复和发展生产有一定作用。诗书礼乐之教：儒家倡导的教化之本，要求“兴于诗，立于礼，成于乐”，实现以仁为本的局面。草昧：天地初开时的混沌状态。

［6］章句：分析古书的章节句读。如《尚书》有欧阳、大小夏侯《章句》，《春秋》有公羊、穀梁《章句》。传（zhuàn）：解说经义的文字。如《春秋》之《左传》，《诗》之《毛传》。

［7］建元：汉武帝刘徹年号，即公元前140至前135年。

［8］文翁：汉景帝时任蜀郡守，于成都创建郡学以培养人才，卓有成效，景帝下令天下郡国均设学。相如：司马相如：著名辞赋家。成都人。武帝时为中郎将以通西南夷。南中士子多从其游。邹鲁：邹县为孟子出生地，鲁国曲阜为孔子故里。后人以邹鲁喻指文化昌隆之地。

［9］盛公：盛览，字长通，西汉牂牁郡人，牂牁名士。曾向司马相如请教作赋之法，相如云：“合纂组以成文，列锦锈以为质，一经一纬，一宫一商，此赋之迹也。赋家之心，苞括宇宙，总览人物，斯乃得之于内，不可得

而传。”览乃作《合组歌》、《列锦赋》而退，终身不复敢言作赋之心矣。（见託名刘向《西京杂记》）。邵远平《续宏简录》：按《汉书》，司马相如入西南夷，土人盛览从学，归以授其乡人，文教始开。

［10］许、郑：许慎、郑玄。许慎（30—124），东汉召陵人，字叔重。曾任洨长、太尉南阁祭酒。从贾逵受业，博通经籍，时人谓之“五经无双许叔重”。著《五经异义》10卷，已佚，《说文解字》15篇，以“六书”推究文字本义及声音训诂，为我国最早的文字学专著。郑玄（127—200），东汉高密人，字康成。曾入太学习《京氏易》、《公羊春秋》、《三统历》及《九章算术》，又从张恭祖受《礼记》、《左传》、《古文尚书》等。后从马融游学十余年。回乡后聚徒讲学，遍注群经，著有《天文七政论》等书，共百万余言。子弟来自远方至数千人。时孔融为北海相，特令高密县设“郑公乡”。其著述至今仍存者，有《毛诗笺》、《周礼注》、《仪礼注》、《礼记注》，其《易注》及《春秋》之《箴膏肓》、《发墨守》、《起废疾》，皆后人所辑佚书，已残缺不全。清郑珍撰《郑学录》4卷，卷一为《传注》、卷二为《年谱》、卷三为《书目》、卷四为《弟子录》。于郑玄生平及学术辑述甚详。

［11］尹公：尹珍，字道真，东汉毋敛县（约今黔南一带）。曾远赴京师洛阳，从经学大师许慎学五经；后又从应奉习图谶。回乡教授。被推荐入朝，先后任尚书丞、郎，后出任荆州刺史。其教书遗址务本堂，在今正安县境。民国年间，割正安县地设道真县，以资纪念。

［12］堂构：立堂基，造屋宇。后以其喻祖先遗业。此处借喻儒学的开创。

［13］太祖：此指清世祖顺治帝；圣祖，为康熙帝庙号。朴学：本指上古朴质之学。汉代，泛指经学为朴学。清代乾嘉学者继承汉儒学风，致力于治经考据，以区别于宋儒性命之学，也称朴学。

［14］佛老吾道：指援引佛家、道家的思想观念进入儒学之中。

［15］支离：分散，破碎。惝怳（chǎnghuǎng）：模糊不清。

［16］铿铿（kēngkēng）：本指钟声的响声，比喻言词明朗。这里借喻名声响亮。

［17］仅仅：少而又少。

［18］渊源：指事物的本源。此处指学术的本源。俎豆：本为祭祀的礼器，借指祭祀。

［19］洽（qià）肌肤沦骨髓：析用成语“浃髓沦肌”、“浃髓沦肤”或

“沦肌浃髓”。指感受之深，如彻入骨髓。洽，浃（jiā）洽，贯通之意。

［20］厕：插足，置身之意。

［21］多士：众多士子。《诗·大雅·文王》：“济济多士，文王以宁。”

［22］文学公：指舍人。西汉犍为郡鳖县（约今遵义一带）人。曾任犍为学卒史。著有《尔雅注》3卷，为汉儒释经之始。曾被荐入京，为待诏。郑珍《遵义府志·舍人传》评云：“文学以郡人应学史选，诣阙上书。既挺生古所未臣之地，而即注古所未训之经。其通贯百家，学究天人，与相如、张叔辈上下驰骋，同辟一代绝诣。淑文翁之雅化，导道真之北学。南中若奠先师，断推文学鼻祖。前人数典，皆竟忘之，故详著为人物传首。”

［23］犍（qián）为郡，西汉建元六年（前135）置，治所初在鳖县，后迁至僰道（今四川宜宾市西南）。

［24］曹掾吏：曹，古代分科办事的官署。州县也设曹，为其属。掾吏，应为“掾史”。汉代长官的属官。除：拜官授职。

［25］《尔雅》：古代释词的专书。相传为周公所撰，或谓孔门弟子解释六艺之作，实为秦汉间文士之作，非出一时一人之手。原有20篇，今本为3卷19篇。前3篇《释诂》、《释言》、《释训》，后16篇专门解释名物术语。有汉犍为文学、樊光、李巡、三国魏孙炎、晋郭璞注。今行者为郭璞注。汉代《尔雅》尚未列入学官，后来才成为“十三经”之一。

［26］乐祖：音乐的祖神。《周礼·春官·大司乐》：“凡有道者，有德者，使教焉，死则以为乐祖，祭于瞽宗。”《注》：“死则以为乐之祖神而祭之。”

［27］释奠：置爵于神前而祭。《礼·文王世子》：“凡学，春，官释奠于其先师；秋冬亦如之。凡始立学者，必释奠于先圣先师。”《注》：“释奠，设荐馔酌奠而已，无迎尸以下之事。”国故：国家遭受的凶、丧、战争等重大变故（《辞源》）。此处的“国故”，指对学术文化有贡献的人物，即先师、先贤。

［28］耳提面命：《诗·大雅·抑》：“匪面命之，言提其耳。”《疏》：“又我非但对面语之，我又亲提撕其耳，庶其志而不忘。”是说教诲恳切，如面对面亲自教示。

［29］《凡将》：《凡将篇》字书，司马相如撰。《说文》常引其说。《隋书·经籍志》、《新唐书·艺文志》作1卷，已佚。现有清任大椿《小学钩沉》、马国翰《玉函山房辑佚书》本。

［30］馨香：香美。这里表示敬仰之意。

［31］景（yǐng）响：如影随形，如响留声。《荀子·富国》："三德者诚乎上，则下应之如景响。"

游城山记（辛丑[1]）

自道光以来，邑多野狗，实曰豺，通四乡，日必食三四人。往来倏忽[2]，一嗥群应。物虽百斤者必尽一食。一村有逐者，数村戢焉，盖互相通也。豚蠢物，搏即负而走。搏犬，必先与之狎[3]，使之信而不疑也，衔其颈牵之行，若曰"是尔自愿就饱我者"。然犬有能者，知不敌，即集两三来，通力死之。是犬也，虽蹈田浮于溪，其死必矣。

是日，出游郡署之右山，遇四五人执挺逐野狗，且进且却，旋相呼"食且尽矣"！"且踰城下矣"！周视之，无所见，唯一妇人依败墙哽哽眙城堞[4]，不敢哭。问故，曰："是吾儿也，方五岁而如此。观山下左墙内坐槐阴雍容茶话者，似吾守令；提画眉寻蚱蜢往来右墙内者，似吾营官也：故不敢哭也。"为怆然久之[5]。

行过市，则有环而观者，或讥、或怒、或笑骂。跕足于人肩隙窥之，则木为磨，上扇横置一铁条，末为圈。一狗旁立，呼之磨，则纳首圈中行，磨因转。与钱一即转一，而其帖耳缓步，意若不乐者。多与之钱，呼者声益壮，狗昂首举尾，争旋而奔，势如风车。与多者于侪人中亦扬扬[6]，以为人不如也。

自诧生将四十年，始见人间有此事。及暮归，残秋初寒灯影，黄叶瑟瑟，坐空楼下，思日间所遇，卧不成寐。起而叹曰："嗟夫！不谓狗之在今日，其患如此！其野者肆爪牙、犷黠贪饕[7]，相求相应，以我黄童白叟供一啖之快。城社尚且不免[8]，他何如也？而其为人畜者，又复出其狡獪以助人之谲鬼[9]，使愚者不知其技止此，而乐群逐出资钱，唯恐不一见此狗为不幸。世道可胜叹耶！于时，鼠出入米瓮中，盖不屑喝之也。

［校注］

［1］辛丑：道光十一年（1841）。

［2］倏忽：疾速貌。

［3］狎（xiá）：亲近。

［4］眙（chì）：直视。城堞：城上女墙，如锯齿状。

［5］怆然：忧伤貌。

［6］俦人：同在一起看热闹的人。同类型者。

［7］犷黠（guǎngxiá）：猛悍而狡猾。贪饕（tāo）：贪婪，贪食。

［8］城社：城池、社庙。即城邑所在地。

［9］谲（jué）鬼：怪诞狡诈。

游海龙囤后书记[1]

无定者其即所以为定乎[2]！不事焉，事事焉；不事事，无事也，无事事也[3]。

百年有穷哉？天而云，云而天；土而木。木而土，人何独非是也？老氏谓此为名，佛氏谓之为缘[4]，吾儒曰此我也[5]。无此非我，无我无此；我也，此也，一也。而浅者心生拟议焉。异哉！宜百年皆苦忧也。

然不苦而忧，又非事；事事焉不忧，焉不苦？苦焉，甘焉，忧乐焉；甘乐相寻[6]，而吾以生，吾以死；视生死诚不当杯酒耳。

三日之游，吾诚有心乎？既游矣，焉无定心也。游者诚我乎？既我矣，焉非我也。无此无三日，三日复三日，遂成为我焉，亦焉往而不得哉！思之可一笑。

道光辛丑八月廿二，余登海龙囤。明日，由白云顶而下，过茂实家[7]，留一日。将去，灯下对酒。忆荒茅绝顶中有一须髯丈夫，落落拓拓[8]，仰天而嘘[9]。未知是我非我。因书一篇付存之。子午山孩。

［校注］

［1］海龙囤：播州杨氏土司所建的军事堡寨。明万历中叶，杨应龙反叛，据此为顽抗的要塞。《方舆纪要》载："在府北三十里，四面斗绝，后有侧径，仅容一线。杨应龙依为天险。"明军八路围攻四十余日才破囤。

［2］无定：义同"无常"。佛家认为世间一切事物都不能久住，都处于生灭变异之中。这是固定不变的规律。从这一角度来看，这就是"定"了。

［3］事事：作事。无事事：无所事事，无事可作。

［4］名：指事物的称号。《老子》有"名可名，非常名。"名也常处于变化之中。缘：佛家讲缘起，讲因缘。认为宇宙一切事物皆待缘而起。事物变

化而产生结果，有其直接原因，这便是因缘。

［5］我：儒家强调自我的修为，我行我素。《礼·中庸》："君子素其位而行，不愿乎其外。素富贵行乎富贵。素贫贱行乎贫贱，素夷狄行乎夷狄，素患难行乎患难。君子无入而不自得也。"

［6］相寻：相继。

［7］茂实：杨华本，字茂实，郑珍姨夫，即黎湘佩的丈夫。家住海龙坝青龙嘴。

［8］落落拓拓：穷困失意，景况十分零落的样子。

［9］嘘（xū）：呼气，叹息。

四囤记（壬寅[1]）

遵义东界大山，望之隐天若长墉[2]。其南为三度闗。由遵义通湄潭者出三度，由绥阳者出板角。二处山稍平展，中距八十里，皆乱峰斗壁。其间长坡坎者，间道也。自坎行，若虱循衣缝，以达湄潭境。

余家至长坡坎盖仅二十里。此山西，皆乐安里地，地皆陂陀平远[3]。登高俯视，数十里如微风动波也。其去郡，西限标崖诸山，又西限玛瑙孔，復十里度清乘桥。即登山，越山坳达郡[4]，四十里皆坦途矣。

此东来山数重，独清乘桥西诸山用兵时尤险要。山盖《图经》所称"水囤"者[5]。洪江三面环而过，江两岸皆悬壁一二百尺，而西岸又群峰若削，山缝中今尚无牛羊径。旧时，距今桥上里许岸稍缺处，桥平石今犹有二齿存。东来者，意度桥必仍沿岸下，直今桥越山，盖舍今山坳，左右望皆穷也。

今桥，康熙初当极险狭处建。据碑，乃易旧清水名清乘桥。余往来必流览桥上，思当日措手之难，至坳也必小息。顾坳广仅二丈，而一畔旧砌依稀关门然，余隐露土中，皆似门圮之石，尝疑之；又不解桥名清水意。

今年初夏，携妻儿种菜子午山[6]，目极百里余，历指某某地示之。因拟议"清水"，说皆不安之甚。子知同旁植紫苏，曰："人呼此祖师叶，焉知清水、清乘非青蛇乎？"余思久之，曰："是也。当八路师之平播也，陈璘军由偏桥进[7]。《明史·璘传》曰：'璘次湄潭，贼悉聚青蛇、长坎、玛瑙、保子四囤，地皆险绝，而以青蛇尤甚。璘乃先攻三囤，次及青蛇。督将攻三日，三囤遂下。青蛇四面陡绝，璘围其三面，购死士从玛瑙孔后附葛至山背，举炮，贼惶骇；诸军进攻，贼退入囤内，木石交下。将士冒死上，前后击之，贼大败，乘胜抵海龙囤下。’由此推之，蛇与水俗读同，仅分平上，清水即青蛇也。”

桥以地名，建者吴之茂，武夫，非纪碑不得其字，苟从俗改清乘以文之乎？山坳类似关门者，非杨氏之雄关乎？保与标声亦近，今标崖非即保子囤乎？然则长坡坎即长坎囤，玛瑙孔即玛瑙囤，其名盖至今存也。当时璘既破板角，四囤不破，终不能抵海龙；长坎、保子、玛瑙三囤不破，终不能攻青蛇。青蛇既破，此时李应祥破黄滩三关入[8]，在青蛇之南；马孔英破朗山关入[9]，在青蛇之北。逆酋心腹四溃，无巨险可恃，宜璘之鼓行至海龙如走康庄矣[10]。

嗟夫！数十年往来熟习之地，一旦启悟于黄孺之口而始得古名，天下事千百年以上、千百里以外可以影响论断，即自诩得之乎？故记以告考地理者。

［校注］

［1］壬寅：道光二十二年（1842）。花近楼本在壬寅二字之后，刻有细字二行：“原注：后知青蛇囤，在遵义东里，与湄潭接境处，地极险要，微通一径，今仍旧名。”

［2］长墉：长城。墉（yōng），城墙。

［3］陂（pō）陀：倾斜貌。

［4］山坳：山之凹陷处。坳（āo），头凹。见《玉篇》。

［5］《图经》：指弘治《贵州新志图经》。

［6］子午山：郑珍望山堂故居所在地，山正为子午向，因更名。

［7］八路师：万历二十八年（1600），总督李化龙誓师平播，分八路进军播州，每路三万人马。由四川南进者四路，由贵州北进者二路，由湖广西进者二路。陈璘，字朝爵，广东翁源人。征播时，任湖广总兵官，由偏桥进。副将陈良玭（pín）由龙泉进，受璘节制。璘与良玭破江外四牌及江内七牌苗军，在龙溪击溃杨氏伏兵，渡过袁家渡，收復苦菜关，进驻湄潭城。攻下四囤后，进军海龙囤下。各路共破海龙囤，平定播州。

［8］李应祥：湖广九溪卫人。以武生从军，官至都督同知。平播战役，任贵州总兵官，率军由兴隆卫（今黄平县）进。渡过乌江，攻取黄滩三关，长驱直抵海龙囤。

［9］马孔英：宣府塞外降丁，积功官至总兵。征播战役，孔英由南川进军，最险远，得监军高折枝、石柱土兵之助，鼓行而前，接连破寨夺关。由

朗山口进蒙子桥，破贼伏兵，直至高坪，夺取养马城，直抵海龙第二关下。按：底本中“朗山关”，疑为“朗山口”之误。

［10］鼓行：古人行军，击鼓则进，鸣金则止。因称进军为鼓行。

望山堂记（壬寅九月[1]）

望山堂，子午山旧名也。其义莫可根诘[2]。山韶兴隐秀[3]，抱以二臂：右者宛宛乎若垂腕侧掌，而裆其脐也[4]。太孺人墓于脐。其腕圆平如石鼓，东去墓六十七貍步[5]。下于墓八尺，广袤不及四丈[6]。上为屋：前堂后室，楼其上而周阑之[7]。成，郡守为顺得黄仲孝给事[8]，问所以名者。仲孝曰：“望山，子之志也，名之定久矣，数可违哉！”因分署“望山堂”以颜其楣[9]。建时，盖毕葬越七月，至是释服[10]，乃记之。

呜呼！太孺人东迁以来，借母家宅以居。十年来尝顾余叹曰：“吾欲广数椽屋，种一果一树，百年他人物，吾何望而掷此力乎[11]？”时余方求免家人冻馁之不暇，虽心悲其言之苦、意之伤而思副所愿[12]，无术也。后数年，岁获稍厚，忍疏耐缕，铢余而累蓄[13]，方思买四五亩地，结茅植楥[14]，俾乐其自有，提孙挈妇，朝暮按行[15]，怡怡然指新栽稚接，谓某可及身食之，某可及子孙食之，庶几辛苦一生，至是暮年而稍慰其意。而岂欲为此者，乃持以给敛殡屯夕之费也[16]。

自去年营葬既竣，山中旧垦悉委闲地。凡松、梧、竹、桂、樱、榴、梅、桃之属，无不相所宜植之，高高下下，百卉咸集。于时犹有余赀，计贫士积百金大不易，不及此为一屋，旋耗于衣食矣。遂亟构斯堂，匪雕匪饰，惟豁惟洁。太孺人精灵往来斯堂也，必有悲余之悲而叹者。

昔太孺人病亟[17]，犹愿谓曰：“葬我必于近卜庐[18]，相望见为佳也。”今吾寓贫此邦，无祖宗、田庐、坟墓可恋，随身长物[19]，惟书卷纸墨，裹负来此易易，更缚一团瓢，增一釜一灶即足耳。计后是四五年，环山必蔚成园林，四时皆有花果，诸儿诸女摘果簪花，喧沸墓下，而大男冢妇坐堂上补衣诵书，犹侍太孺人破篱纺绩时，则谓太孺人尚存可也。

呜呼！余不及乐其志于生前，而收望山之名于其生后，虽在数似无可逃不死[20]，余之憾无终穷矣。

谈形家者谓此堂非宜[21]，余于诸俗术不知晓，惟以遗言，故执墓旁地购入者，心宜之，他非所敢计也。语云：“衣饭粗有，子平挂口；官贵粗有，青囊挂手[22]。"以太孺人之贤能盛德，后宜有食其报者[23]。然焉知毁斯堂者之非即斯人也耶？即不然，其爱祖曾之心，必不敌其爱父母之心也。则榛檜蔓砌[24]，亦惟乞儿牧竖纵歌鼾乎其中，而望山者复谁也耶？此余所攀宰木而涕泗横流也[25]。

［校注］

［1］壬寅：道光二十二年（1842）。

［2］根诘：追问根由。

［3］韶兴隐秀：景色幽雅秀丽。

［4］裆：本指裤腿相连处。此借指两"臂"交合之处，有如人体的肚脐。

［5］貍步：古代射礼量度距离的单位。《仪礼·大射》："司马命量人，量侯道，与所设乏，以貍步。"《注》："《乡射记》曰，侯道五十弓。《考工记》曰，弓之下制六尺，则此貍步六尺明矣。"

［6］广袤（mào）：东西曰广，南北曰袤。广袤泛指宽度和长度。

［7］周阑之：周围的栅栏。

［8］黄仲孝：黄乐之，时任遵义知府。给事：给事中，各部的稽察官员。清代隶属都察院，与御史同为谏官，故又称给谏。

［9］署：题字。颜：匾额。楣：门框上的横木。

［10］释服：守孝期满，脱去丧服。

［11］掷此力：为种果木而投出力气。

［12］副所愿：称其所愿。

［13］忍疏耐缕：意谓忍饥耐寒，节衣缩食。铢余累蓄：义同"铢积寸累"，一分一文地节约、积累。

［14］结茅：建造简陋的房屋。植楥：树立栅栏。

［15］按行：巡行。

［16］敛殡屯夕：指治丧安葬。屯夕，同"窀穸"。

［17］病亟（jí）：指病势较急。

［18］卜庐：指择地建房。

［19］长（zhǎng）物：剩余之物。

［20］数：命运。

［21］谈形家：也称堪与家，也就是相地看风水的迷信职业者。俗称风水

先生或阴阳先生。

［22］子平：即子平术。俗称“算八字”。一种占卜星命之术。宋代徐子平撰有《珞录子赋注》2卷，以人的出生年月日时八字，配对干支，来推算附会人的吉凶祸福，世称子平术。青囊：青囊术。堪舆术士有《青囊经》，原题《九天玄女青囊海角经》，有讬名郭璞序。故称相地者之术为青囊术。

［23］食其报：食先人盛德之报，义同“食德”，即享受先人的余荫。《易·讼》：“食旧德，贞，厉终吉。”《疏》：“故食其旧日之德禄位。”

［24］榛檐蔓砌：丛木长齐屋檐，蔓草掩覆阶砌。形容荒芜落寞。

［25］宰木：冢木，坟墓上的树木。《公羊传·僖》三三年：“若尔之年者，宰上之木拱矣。”宰，坟墓。涕泗：眼泪和鼻涕。《诗·阵风·泽陂》：“寤寐无为，涕泗滂沱。”《传》：“自目曰涕，自鼻曰泗。”

松崖记（甲辰二月[1]）

不知者自内观之，屺如曲眉、如偃月[2]，高不逾五寻，谓其阳必逶迤于前山属也[3]。及登屺而下视，乃墙立四五十丈，斩斩然落于溪[4]，始诧非意计所及。斯崖之奇也，崖石而戴土，绝险处牛羊不能迹。藻米溪源北四十里而西出，南浴子午山左臂之阴，折东北来漱崖下，复屈曲南拗而西走乎林之牙[5]，萦青入绿，不见其尽。上下梯塍，汪汪一白[6]。南之诸山，腾伏崚峭，隈隐原露[7]；留溪若客，庭牵户遮；西会北山，辏为大环。是其山水之妙，皆于斯崖也览之。

每临崖而坐，山静溪莹，中涵太虚[8]。群木飔青，迎送鸟背。俯仰四望，举凡耕人之苦乐，牧钓之暇逸，霜烟雨月之极状，朝暮晦明之变态，靡不纤巨毕呈，灿在襟袖。轩轩然殆忘在牂牁万山中也[9]。

初，其主悭不可售[10]，去年始得。半都种松，期益其奇。爰名之，复记之。

［校注］

［1］甲辰：道光二十四年（1844）。

［2］屺（qǐ）：不长草木的山。《说文》：“屺，山无草木也。”也作“峐（gāi）”。偃月：半弦月。凡物形状似半月的，多称为偃月。

［3］寻：古长度单位。八尺为一寻。后来，凡物之长、宽、高都叫寻。

逶迤：弯曲而延续不断貌。属：连属。

［4］斩斩然：整齐貌。黔北方言有“齐斩斩”。

［5］林之牙：林木间呈锯齿形交错之处。

［6］梯塍：呈梯形的田塍，即梯田。汪汪：深广貌。《水经注》三十《淯水》：“陂汪汪，下田良。”

［7］隈（wēi）：山水弯曲处。原：宽阔平坦之地。

［8］辏：辐辏（còu）：车辐集中于中心。此指群山环合相连。

［9］太虚：此指天空。

［10］轩轩然：自得貌。《初学记》十二晋傅玄《傅子》：“王黎为黄门郎，轩轩然得志，煦煦然自乐。”

［11］悭（qiān）：吝啬。

梅垓记（乙巳正月[1]）

垓，即所谓侧掌而裆脐者也。南于墓径可百步，高与脐等；而掌末适直墓门。山盖得此乃环合而雄深；其中始圆窊[2]，可田可池。无则枯短直露，举不足观也。

初，土人铲腰为田。庚子秋余得之[3]，始复旧。相其势，若植巨木，则婉秀为所夺，且前山之云委波属者皆蔽矣[4]。乃种梅焉。至今四年，于是，垓之上乃无非梅者。

梅之初也，府君蓄盆梅一[5]，修逾尺，大如指，千叶而白花。一日，先孺人抚而言曰：“凡物皆有全量，使夭阏不尽其性者，皆人为害之也[6]。”因出植篱间。越年，其条大发，又越年，行树下而冠已无碍。余因雨水前削枝之近土者，半挟以石，深拥之[7]；期年发拥，其根者三而得一或二焉，乃斫而树之，树者又如是分之[8]。因是，尧湾多有梅。其祖树当丁酉六月花一枝[9]，是秋，余举于乡。及庚子先孺人弃养[10]，遂不花，明年乃枯以死。木之可感也如是。今此垓之或乔或雉者[11]，皆其子孙也。

忆余在十年前结草亭于寓东大枣树下，左右植梅五六株，割前之田为方池，中菰莲而上萱柳[12]，每春夏叶茂，枝撑相交，一亭皆绿。先孺人或坐梅下纺棉绩麻，或行梅边摘花弄孙子；及秋霁冬晴，则又架竹槎枒间，曝衣襦，乾旨蓄[13]，徐徐然来往其际。亭之外皆圃，中植者患防菜，则以余酤护也；时余出，稍芟之，家人间举以为笑。至今皆移来此。其某株为所倚而抚者，某枝为所芟者，某槎枒为所架竹者：宛宛皆能记识。而据峐北望，累然一邱[14]，音容莫复，徒使兹峐为瑶林、为雪海，过焉者啧啧道山中之胜[15]，能无悲乎！

详述之，以见诸梅之能尽其性者，皆出自先孺人手也。峐者，寓陟瞻之意。屺、峐同字，义盖依《毛诗》云[16]。

［校注］

［1］乙巳：道光二十五年（1845）。

［2］圆窊（wā）：圆环而低陷之地。

［3］庚子：道光二十年（1840）。

［4］云委波属：像云一样委曲变幻，像波浪一样连属。形容远山动态之美。

［5］府君：汉魏时，太守自辟僚属如公府，因尊称太守为府君。自唐以后，不论爵秩，碑版通称死者为府君。此指郑父文清先生。

［6］全量：顺应自然，以尽其生存的最大限量。义同“全生”。夭阏（è）：夭折阻遏。

［7］雨水：廿四节气之一。公历为2月18、19或20日。此时，我国各地严寒已过，降雨渐多。《礼·月令》：“仲春之月，雨始水，桃始毕。”拥：同“壅”，以土堆埋之。

［8］分之：这是种植技术的分蘖法。

［9］丁酉：道光十七年（1837）。

［10］庚子：道光二十年（1840）。弃养：谓父母死亡。人子当奉养父母，因而称父母死去为弃养。

［11］乔：乔木，木之高而上曲者曰乔。今通称枝干长大在二三丈以上者为乔木。稚：幼小的梅树。

［12］菰：俗茭白，生于河边或水池陂塘中。萱：萱草，又名鹿葱、忘忧、宜男、金针花。古人种萱草于北堂，以萱堂为母亲或母亲居处的代称。

［13］旨蓄：储备过冬的食品。《诗·邶风·谷风》：“我有旨蓄，亦以御冬。”《笺》：“蓄聚美菜者，以御冬月乏无时也。”后泛指储藏美味。

［14］累然：堆集貌。

［15］啧啧（zézé）：咂嘴声，表示赞叹。

［16］峐（gāi）：无草木的山。《诗·魏风·陟岵》：“陟彼岵兮，瞻望父

兮。……陟彼屺兮，瞻望母兮。”屺，见上文注［2］。

巢经巢记（乙巳冬[1]）

非居盛文之邦，或游迹遍名会，或应朝省硕官[2]，其人自负学、好事而雄于财[3]。又亲戚僚友子弟力为罗擿、贵鬻、转钞无不如志[4]，不能名藏书家也。

余幼喜泛览，见人家稍异者，必尽首末。稍长，读《四库总目》[5]，念虽不得本，犹必尽见之。裹足牂、犍丛山中[6]，家赤贫，不给饘粥[7]，名闻不到令尉，相过从不出闾里书师[8]，齐、秦、吴、越、晋、楚之都，又无葭莩之因可藉摅蓄念也[9]。

冻馁迫逐，时有所去，去即家人待以食，归而愿担负，色喜也，解包，乃皆所购陈烂[10]。相视爽然[11]。而余常衣不完，食不饱，对妻孥脉槁寒栗象[12]，亦每默焉自悔。然性终不可改易。迄今二十年矣，计得书万卷，汉魏后金石文字，暨宋元来名人真迹又近千卷。虽不能名藏书家，吁，亦多矣！其得书之难何如哉？

玉川子欲拾遗经巢之空虚[13]，诚贵之也。以余得之之难，视玉川子之贵之又当何如？僦寓夷牢水上[14]，若羁禽无定棲[15]，因以巢经巢名所寄之室。

嗟乎！书犹财也。当其无，百方期有之；有而仅摄缄固鐍[16]，不为己用，不若不有不为累。或用而仅罄之居服饮博，淫荡无益[17]，亦未见为能用也。聚书而不读，与读之而不善者何以异是？夫聚而不读，犹不失为守财之俗子；至读而不善，斯毁家辱宗之尤矣[18]！致足于外而不求足于内[19]，则是外物者，又安见其可贵哉！昔陆务观为“书巢”[20]，入其中，不辨奥窔[21]，而卒以浮文诞词名。至记“南园”，为世诟病[22]。“下民侮予”[23]，或亦不善读书招之也，可无惧乎！

［校注］

［1］乙巳：道光二十五年（1845）。

［2］盛文之邦：文化教育兴盛之区。名会：著名都会。应：承担。朝省硕官：朝中大臣或地方大吏。

［3］负学：以学识自负。好（hào）事：喜欢多事。《孟子·万章》上：“好事者为之也。”雄于财：资财雄厚。

［4］罗擿：网罗搜索。擿（tī），搜索。广泛周密地求索。贵鬻：高价购买。

［5］《四库总目》：全称为《四库全书总目提要》。

［6］牂犍：汉代设犍为郡、牂牁郡。遵义一带属牂、犍两郡地。

［7］饘（zhān）：厚粥。《礼·檀弓》上：饘粥之食。“《疏》：”厚曰饘，稀曰粥。”

［8］过从：相互往来。闾里：乡里。泛指民间。书师：塾师。

［9］葭莩（jiāfú）：芦苇中的薄膜。喻关系疏远淡薄。又泛称戚属为葭莩。摅蓄念：指实现早就盼望的藏书之念。

［10］陈烂：陈编烂简，指古书旧籍。

［11］爽然：默然失意的样子。

［12］妻孥（nú）：妻室儿女。脙槁：瘦弱干枯。脙（xiū），瘦。槁（gǎo），干枯。

［13］玉川子：中唐诗人卢仝，别号玉川子。家贫好读书，初隐少室山，不求仕进。有《玉川子集》。孟郊《忽不贫喜卢仝书船归洛》诗：“我愿拾遗柴，巢经于空虚。下免尘土侵，上与云霞居。”

［14］僦（jiù）寓：租佃房屋寄居。夷牢水，乐安江古名，又名斤竹溪。

［15］羁禽：漂泊无依，居无窠巢的鸟。

［16］摄缄固鐍：收紧绳索，加固门锁。《庄子·胠箧》探囊发匮之盗，而为守备，则必摄缄縢，固肩鐍。”缄（jiān），绳。鐍（jué），锁。

［17］“仅罄之居服饮博”两句：只有居宅、服饰、饮宴、博奕方面花尽工夫，追求淫逸浪荡、无益身心的生活情趣。

［18］尤：罪过，过失。

［19］“致足于外”句：致力于外在的物质方面的追求，而不求内在的精神情操方面的充实。

［20］陆务观：陆游（1125—1210），宋山阴人，字务观，号放翁。著名诗家。曾入范成大幕，官至宝章阁待制。著有《剑南诗稿》、《渭南文集》等。他将书斋取名“书巢”，撰有《书巢记》一文。

［21］奥窔：室内深暗的角落。《荀子·非十二子》；“奥窔之间，簟席之上，敛然圣王之章具焉。”《注》：“西南隅谓之奥，东南隅谓之窔，言不出室堂之内也。”窔，底本作“窞”，查无其字；花近楼本作“窨”，笔画有误。《汉语大字典》作“窅”（yǎo），《说文·穴部》：“窅，冥也。”段玉裁《注》：

“冥，窈也。”今据《荀子》改为“窔（yào）”。

［22］记南园：《宋史·陆游传》载，陆游晚年为权相韩侂胄撰《南园阅古泉记》，“见讥清议”。诟（gòu）病：侮辱，耻辱。

［23］下民侮予：《诗·豳风·鸱》：“今汝下民，或敢侮予。”受下民的侮辱。

记朱烈愍公祖系（乙巳[1]）

黎平朱烈愍公万年[2]，其祖系实出自朱子之长子塾。塾生钜，钜生洽、洽生文贵，文贵生宗烈，宗烈生英，英生仁甫，仁甫生福。福已上，已自婺源迁南康，再迁庐州之无为矣[3]。

福字朝卿，少值元末乱，出亡，为常遇春将杨景所得，因从明太祖，以功得官。洪武十二年，诏随征五开蛮。平之，命以卫百户指挥[4]留守，世袭。后卒官，归，与其妻魏合葬无为郭北。今濡须朱氏，皆魏出思诚、思敬、思忠后也。

福在黎平，更娶邓，生隆，隆以袭父职，不归，生谅，谅生昶，昶生勇，勇生鑑，鑑生祥，祥生琉，琉生绍勳；以上皆袭职。绍勳是生烈愍。则公于朱子盖十八世孙也。

自公死莱事后，如毛霦、朱昂等传，记公生平多矣，乃皆不略及先世，若不知为大贤之后者何欤？而其曾孙毓英撰《雍正丙午省莱祠记》，乾隆间其郡人陈文政编《表忠录》，溯上世皆止云“祖福”，亦似不识为出自朱子，尤可怪也。故详著之，且系以图，使世咸知烈愍公之尽忠，其来有自；而朱子之支裔在贵州者有所考云。

［校注］

［1］乙巳：道光二十五年（1845）。

［2］朱万年（？—1632），字鹤南，黎平府人。明万历三十七年（1609）举人，历官山东定陶知县、中城兵马司指挥，户部主事、员外郎、郎中，外任山东莱州知府。崇祯五年（1632 年）孔有德叛，攻莱州。万年率众固守，叛军久攻不下，乃诈降。巡抚令其出城招抚，为叛军所擒，押赴城下。万年呼守军对敌开炮。守军开炮，杀敌精骑过半。万年被杀，后追赠太常卿，谥烈愍。

［3］婺源：今江西婺源县。南康：明清为南康府，今为江西南康市。无

为：明代为无为州，属庐州府。今为无为县，属安徽省。

［4］百户：明制：卫所军。一郡设所，连数郡设卫。卫为最军事单位，下辖五个千户所；约5600人；千户所辖十个百户所，约1120人。每百户所辖两总旗，约112人。洪武年间设五开卫。治所在黎平开泰县。卫设指挥使，正三品。千户所、百户所均设长官。千户长正五品，百户长正六品。

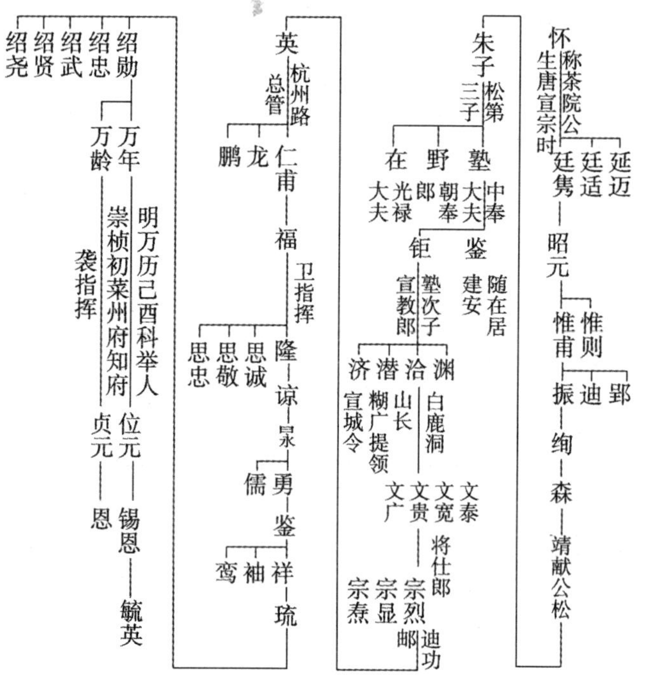

望山堂后记（丙午秋[1]）

由墓左迤东行，得一小峦，復屈曲而西南，得一巨峦，是为子午山。左臂当曲中，有平阿焉[2]，因实之屋，夹堂以箱[3]。闲以门塾尽平之地[4]。是年九月讫成，移前记望山堂者名之。

呜呼！伤矣！忆去年冬仲，归自古州[5]，束修粗余，府君以喜。居十日，即计材致工[6]，府君尤喜。先归时，已自约亲友为是月二十二日七十寿，实今年始七十也。是日，客尽会，歌舞侑酒。府君乐甚，持酒盏又约客曰："明年此日，寿我于望山堂新居矣！"

尽冬入春，土木功作，无日不持酒走视。或去钓山下溪中，旋复来。至二月二十五日架就[7]，余眩，不能侍客，府君酬接酣燕，乐如前也。自后乃噎作[8]，食饮日减，然犹日钓于溪。卒前六日，尚理钓竿筒欲出也。忽意怠[9]，遂卧，卧遂不复起。越四月朏[10]，乃弃余长逝矣。

呜呼！余痛先孺人之志及其遗言，日夕谋挈家墓下者六年矣。贫子纵富，为赀几何！顾衣食且不足，非思及府君健在慰其意念，安其居处，吾结屋如是为之耶？又如是其急耶？志愿近遂而若此[11]，必吾获罪于天，有不可祷者矣[12]！苍苍者曷自而问耶[13]？度始时，计为先孺人享堂，府君厌世后同之，守祠终吾身[14]，即以祔别置一屋[15]，视常亲尽而祧[16]，今未及能，权于中，準朱子四龛之制[17]，终当改奉两亲居中，别屋制一视此。并记之，恐或年力不待，俟后人也。

[校注]

［1］丙午：道光二十六年（1846）。

［2］阿（ē）：曲隅，曲处。

［3］夹堂以箱：在正堂屋两边修建厢房。箱，通“厢”。

［4］门塾：指闾门两侧之堂，为乡里教化之所。古代二十五家合设门塾，以供教学或议事之用。这里指朝门两侧之地空着。

［5］古州：古州厅（今榕江县）。郑珍出任古州厅儒学训导，兼掌榕城书院。

［6］计材致工：计划好建筑材料，招请工匠开工。

［7］架就：房屋架子搭成。民俗：房屋立高架，谓之上梁，亲友要前来庆贺，主家设宴招待，颇为隆重热闹。

［8］噎：咽喉阻塞，食物难以下咽。

［9］意怠：神色有些疲倦。

［10］朏：农历每月初三日。朏（fěi）：新月初见貌。《书·召诰》：“三月，惟丙午朏。”《传》：“朏，明也。月三日明生之日。”后以每月初三日的代称。

［11］志愿近遂：志愿接近完成。遂，成功。

［12］祷：祈神求福。

［13］苍苍者：指天。

［14］享堂：祭祀祖先或神明的厅堂。厌世：死亡的委婉说法。

［15］祔：祭名。新死者与祖先合享之祭。止哭之次日，奉死者之神主祭

于祖庙，叫作袝祭。祭毕，仍奉神还家。至大祥（死后两周年）后，再迁入祖庙。

［16］常亲尽：指固有的孝亲节仪奉行完成。祧（tiāo）：祀远祖、始祖之庙为祧。把神主迁藏于祧，也叫祧。

［17］权于中：权衡变通，折中而行。四龛之制：龛（kān），盛著佛像或神主的小阁。《宋史・礼制・明堂》："郊坛第一龛者在堂，第二第三龛设于左右夹庑及龙墀上。"朱子的四龛适用家设神龛，以双亲神主居中，别为一龛。

乌桕轩记[1]（丁未[2]）

山之木皆手种，惟此乌桕故有之。躯齿俱雄长诸木[3]。余之种山也[4]，必可观而有实用[5]，又成于十年之内者。樗、柞丑可薪[6]，桃、李、榴、杏丑可荐[7]，桑、柘可蚕[8]，桐、蕉可蒸饼[9]，梅可睹[10]，棕可绳、可蓑、可拂[11]，子肤烟，可文蛤[12]，松、桂可荫[13]，竹可百制[14]，桐可读书油[15]，柏可祠祀之烛。俱不似枫楩之类，难遽成者[16]。

而此柏适当左塾外，枝叶分敷，压于梁槅[17]，收子及禽饗之先[18]，可获斗，笮油可七斤。正月自朔及望[19]，墓前灯燎可取给于是。春夏之密阴，秋冬之疏黄，其余美也[20]。爰系以兹轩而记之。

［校注］

［1］乌桕轩：乌桕树下的小室。乌桕，落叶树，实如胡麻子，大如玉米粒，色白多脂。俗称棬子，可榨油，油在常温下凝成块状，可制腊烛，或作肥皂原料。

［2］丁未：道光二十七年（1847）。

［3］躯齿：指树的躯干及树龄。雄长（zhǎng）：称霸。

［4］种（zhòng）山：在山间种植树木花果之属。与种田义近。

［5］可观而有实用：既有观赏价值，又有实用价值。

［6］可薪：可作柴薪（或烧木炭）。

［7］可荐：指果实可作进献祖先的祭品。荐（jiàn），献，进。

［8］可蚕：桑叶和柘叶可饲蚕取丝。柘（zhè），木名。桑属。木材密緻坚韧，可制弓。叶饲蚕取丝，称柘蚕丝，可制琴弦，清鸣响徹。木汁可染赤

黄氏，称柘黄，自唐以来，为帝王的服色。

[9] 蒸饼：油桐叶或芭蕉叶片，包裹稠膏以蒸粑，如包谷粑、麦粑、米粑等。饼、粑义同。

[10] 可睹：意谓可供观看赏玩。“睹”字，底本、花近楼本、四部备要本皆作“诸”，词义不谐，疑为“睹”之形近致误，因改。

[11] 可绳、可蓑、可拂：棕树上部有网状的黄褐氏包裹物，俗称棕片，拆成丝，可制绳索，缝合成遮雨的蓑衣，棕丝可做驱蚊的拂子。

[12] 子肤烟可文蛤：文蛤（gé）为蛤蜊的一种，其壳为烧制蛤粉，入中药，又可调墨，色近黑而青，俗称螺青。棕树结子大约肤寸（一指宽度），烧制成烟灰，色如文蛤粉，可调墨。

[13] 可荫：树下成荫，可避日乘凉。

[14] 百制：可制各种器物。

[15] 桐：油桐籽可榨油，作灯油之用。旧时，黔北民间普遍用桐油灯。

[16] 枫：又叫枫香，落叶大乔木。叶在深秋变红。楩（pián）：《玉篇》：“楩，楩木，似豫章。”即今黄楩木。这类树木，木质较坚，生长成熟期缓慢。

[17] 塾：家塾。分敷：分开铺展。梁樀（dí）：屋梁及屋檐。

[18] 禽饗：禽鸟啄食。乌鸦最爱食其子，乌柏由此得名。

[19] 朔至望：初一至十五日。

[20] 疏黄：乌柏叶深秋呈红色，然后变黄而落，显出疏黄的景象，给人以美的享受。

甘廊记（丁未[1]）

府君好种花，太孺人喜树蔬果，故所居其园圃杝落间，乔者、繇者、华者、蔓者、毒而刺者[2]，诧种异名，百十其状。其寝室则竹筒、纸包，盛菜仁、花子，杂悬壁柱，各有识别。人之求所需者曰：“郑氏无，乃信无也。”

前年余官古州[3]，州治王山麓，面王口砦[4]，地气冬暖。潭水合毋敛水下通南粤[5]，人家植者故多粤产。嶺东西风土异宜[6]，试盆归佛手柑一[7]、公孙橘一[8]，以新府君之玩。

公孙橘者，树叶皆似橘子，大如金柑。彼枝实，此枝花，不间冬夏。每一番子黄熟，则第三番子方如青珠，若祖孙然，故名，谱录未见载者。府君甚悦之。故结子，归已震坠，枝复劳，日数摩桫，冀急见其实。今盈枝累累而不及见矣！

太孺人近六十时，得围尺之柑[9]，食而美之，唾一核，随种篱下，生阅五年而实，实二年而太孺人终。是三种者皆柑也。今以错置廊之内外，而廊因以之名。《记》曰："父没，其书手泽存焉；母没，其杯圈口泽存焉[10]。"三柑者，非吾父母手泽、口泽之所存乎！倚其树，抚其枝，念我先人不一见之、长味之，徒为儿女子所嬉弄而涎视也[11]。《诗》曰："维桑与梓，必恭敬止。"[12]吾于此则不独恭敬而已也。

［校注］

［1］丁未：道光二十七年（1847）。

［2］杝（lí）落：篱落，篱笆。杝，也作"樆"。贾思勰《齐民要术序》："樆落不完，墙垣不牢。"乔：高大。繇（yáo）：草茂而条长。蔓：藤蔓。

［3］官古州：任古州厅学训导。古州、今榕江县。

［4］王山：又名老王山。与雷公山齐名。王口砦：即车砦。

［5］潭水：发源于今黎平，古为镡成县境。即今寨蒿河。母敛水，发源于今独山境，为都柳江上游。下流汇入柳江。即珠江的西江上段，在广州入海。

［6］岭东西：指苗岭山脉东西。气候、土质，互相差别。

［7］佛手柑：芸香科植物，柑橘属，常绿小乔木，高约 2.5 米。初夏开花，果实于秋冬黄熟。上端分裂为十指，故称佛手柑。可供观赏。柑果可食及供药用。

［8］公孙橘：名金橘、金柑、金橙，又名给客橙、卢橘，产于蜀中。《太平御览》九六六《魏王花木志》："蜀土有给客橙，似橘而非，若柚而香，冬夏华实相继，或如弹丸，或如拳，通岁食之。亦名卢橘。"宋韩彦直《橘录》上《金柑》："金柑在［比］他柑特小，其大者如钱，小者如龙目。色似金，肌理细莹。圆丹可玩，噉者不削去金衣。若用以渍蜜尤佳。"莫友芝有《公孙橘二首》，特为望山堂之橘而写，有《序》，对它作了考证。

［9］围尺之柑：五寸为围。柑的围圆五寸左右。又一说："径尺为围"，则此柑直径三寸多。

［10］《记》曰句：手泽，指手汗；口泽，指口中津液。《礼记·玉藻》："父没而不能读取父之书，手泽存焉尔。母没而桮圈不能饮焉，口泽之气存焉尔。"杯圈：也作"桮棬"。

［11］涎视：望着流口水。

［12］桑梓：《诗·小雅·小弁》："惟桑与梓，必恭敬止。"桑与梓为古代住宅旁常栽的树木。后来以桑梓喻故乡。

米楼记（丁未[1]）

自轩而廊，委蛇南至于山口[2]，是当两臂之会。先子在时，诏移前所记望山堂，向墓据之[3]，以补口之缺，故本楼也。登而望，面湖纫峐[4]，果得四山之环也，乃肉好若一[5]。

今年夏，于母孺人墓右营先子兆竣[6]，日多闲暇，乃分张图籍，排洁几案，读书课子其中。四窗静绿，山鸟无声，树影湖光，晃漾阑桷[7]。素蓄米元章大书《木兰诗》横绢本[8]，心赏为米第一书，常伴左右，有所会则展玩之。遂谥斯楼为米楼，非仅若"米庵"志也[9]。

元章家本襄阳，葬其母丹阳县君于黄鹤山，后又以其考中散公祔[10]，因定居甘露寺下，别建海岱楼为啸詠之所。余于元章品行学问，不敢望其万一，独此，似不无旷世之同者[11]，庶以借口轻去先坟之憾。抑余尤有感者，蔡天启称元章平居退然若不能事事[12]，而元章亦以狂名[13]。质之东坡[14]，则受佳山水固其天性，殆有固结不解难与众言者存[15]。宜东坡交三十年尚知之不尽也。余于斯楼，盖日遇之矣[16]。

［校注］

［1］丁未：道光二十七年（1847）。

［2］委蛇（wēiyì）：也作"逶迤"、"威夷"、"委佗"等。绵延曲折貌。

［3］诏：告。上对下，有命令之意。移……据之：把先建的望山堂房屋，移在山口处。

［4］面湖纫峐：此楼面对团湖，左边与梅峐相连。

［5］肉好（hào）若一：有孔的圆形物，其边叫"肉"，其孔为"好"。《尔雅·释器》："肉倍好谓之璧，好倍肉谓之瑗，肉好若一谓之环。"

［6］先子兆：指郑父文清先生之墓道。兆，界域。韩愈《祭十二郎文》："终葬汝于先人之兆。"指墓地的界域

［7］阑桷：阑杆与房椽。桷（jué），方形的椽子。方为桷，圆为椽。

［8］米元章：米芾（1051—1107），字元章，号鹿门居士、襄阳漫士、海

岳外史。祖籍太原，迁襄阳，世称“米襄阳”。宋徽宗赵佶召为内廷书画学博士，擢礼部员外郎，人称“米南宫”。能诗文，善书画，为“宋四家”之一。画法创“米家皴”，独辟蹊径，有“米家云山”之称。行、草书法博取众长，自成一家。有“风樯阵马，沉着痛快”之评。

［9］米庵志：米芾题所居为“米老庵”。志，谓志趣。

［10］丹阳县君：米芾母亲的封号。中散：米父的爵位为中散大夫。祔：合葬。

［11］旷世：隔世，指历时长久。

［12］蔡天启：蔡肇，宋丹阳人，字天启，徽宗时编修国史，知明州。工绘画，能诗文。有《丹阳集》。退然：柔和貌。《礼记·檀弓》下：“文子其中退然，如不胜衣。”

［13］狂名：米芾知无为军时，见一奇石，便整衣冠下拜，留下“米颠拜石”的典故。因而有“米颠”的别号，也作“米狂”。元好问《换得云台帖喜而赋》诗：“米狂雄笔照万古，北宋草书才九人。”

［14］质之东坡：向苏东坡咨询，请其评定。

［15］固结难解：指米氏心性中有坚定执着的一面，难以解开，也很难对众人谈说。足见米氏的深沉宏博。

［16］日遇：日日与之神交。

阳明祠观释奠记[1]（丁未）

余以丁未九月廿九日至黔西治谒新昌俞先生[2]。诘旦[3]，适为明王文成公生日[4]。先生偕校官师及州之士释奠于东山阳明祠。祠盖创自前牧东乡吴公[5]，至是实肇修祀事[6]。事竣，遂燕于祠下十柏山房。先生倡四诗记盛，州之士咸咏而和之。余不敏，沐浴文成公之教泽，又幸获观诸君子从州大夫雍容进退之美[7]，则岂敢以不文默默者[8]。

夫徒祠焉而不知所以祀之，此有司之阙也[9]；㬬祀焉而不思何以祀之，抑吾侪之惧也[10]。人之俎豆前哲，与蒸尝其祖宗等耳[11]。秋豚冬雁[12]，岂诚畏其馁哉？祖宗贤而子孙苟不肖，虽日荐三牲[13]，鬼吐之矣[14]，何论前哲？

我文成公之讲学，陈清澜、张武承、陆稼书诸先生详辨矣[15]。此严别学术则尔，至其操持践履之高，勳业文章之盛，即不谪龙场，吾侪犹当师之，刱肇我西南文教也[16]！今吾黔莫不震服阳明之名，而黔西与遵义，于龙场仅隔一延江，其希向之念，宜愈于远隔大贤之居者。俞先生鼓舞是邦而俶斯举[17]，殆所云因而导之为势易欤！

然余窃谓：人于前哲，当无徒震服其名，而贵致思乎其学，致思而得其人之真，跃跃然神与之游[18]，古人且将引弟子为友者。如是，乃为能师其人而尽其学。程子敬邵子者也，而不甚重其说《易》[19]；朱子敬张子者也，而不尽醇其《正蒙》[20]：斯程朱之所以为程朱欤！文成公殆张、邵之亚欤[21]？当日既不以吾黔为荒徼而陋之，夫岂不殷殷后世之有学为程朱者欤？

吾既欲报文成公之德，其竭志尽力于是乎在；若仅拜而酒脯之，曰："吾后生小子之忠敬已至也。"是则文成公所不屑吐矣，又岂俞先生今日此举之意哉？愿与诸君子共勖之[22]，诸君必更有以绳楚余也[23]。退，因书为记。

[校注]

[1] 释奠：祭奠先师的仪式，用馔，酌酒以祭奠。

[2] 俞先生：俞汝本，郑珍乡试中举的荐卷房师，时任黔西州知州。行历见本书卷二《上俞秋农先生书》注［1］。

[3] 诘旦：明旦，明朝。王阳明生于明成化八年（1472）九月三十日。至清道光二十五年（1845年），恰为375周年诞辰。

[4] 王文成：王守仁（1472—1528），明浙江余姚人。字伯安，世称阳明先生。弘治进士。正德初，因忤刘瑾被贬为贵州龙场驿丞。后累官兵部尚书，封新建伯，卒谥文成。在龙场悟道，提出"求道于吾心"的知行合一说，形成阳明学派，影响极大。著有《王文成公全集》38卷。

[5] 吴公：吴嵩梁，字兰雪，江西东乡人，晚年出任黔西州知州。工诗，有"诗佛"之誉。著有《香苏山馆诗钞》。莫友芝、陈钟祥均出其门下。

[6] 肇修祀事：首次举办祀典。

[7] 州大夫：指知州。雍容进退：在祭奠仪中，行礼者容仪温文尔雅，行止有节，从容裕如。《史记·司马相如传》："相如之临邛，从车骑，雍容闲雅甚都。"

[8] 默默：不言。

[9] 有司：官吏。古代设官分职，事各有专司，故称有司。阙：缺失，不足。

[10] 臮（jì）及、与。同"暨"，吾侪：我辈。

［11］蒸尝：同“烝尝”。本指春、秋二祭，后泛指祭祀。

［12］豚雁：较佳的祭品。

［13］三牲：牛、羊、豕，最珍贵的祭品。

［14］鬼：迷信说法，人死后灵魂为鬼。

［15］陈清澜：陈建，明东莞人。号清澜。嘉靖进士。精通理学，不赞成王阳明致良知之学，著《学蔀通辨》一书予以驳斥。张武承：张烈，清大兴人，字武承，康熙进士，授编修，专攻程朱理学。著《王学质疑》，举王阳明《传习录》条析而辨难之。著《读易日钞》。陆稼书：陆陇其，清平湖人，字稼书。康熙进士。其学以居敬穷理为主，推崇程朱，力辟王守仁。著《二鱼堂集》。

［16］矧（shěn）：何况。肇：开启。

［17］俶（chù）：开始。

［18］跃跃然：喜悦的样子。神游：在思想与精神方面同古人交游。

［19］程子：指程颢、程颐兄弟。邵子：邵雍，宋代共城人，字尧夫。好《易经》，以太极为宇宙本体，有象数之学。著有《皇极经世》、《伊川击壤集》。

［20］张子：张载，宋凤翔人。字子厚。教学关中，人称横渠先生。精研理学，为“宋五子”之一。反对以“理”为万物的本源，主张气为充塞宇宙的实体，承认物质先于精神而存在。著有《正蒙》、《西铭》、《易说》等。

［21］亚：次一等。

［22］勖：勉励。

［23］绳楚：绳，纠正。楚，责罚，策励。

荔波县举贡题名记（乙卯五月[1]）

余到荔波学官，见住室后楣间黯然一匾[2]。下涤视之，则学博开州李立山同楷[3]，以嘉庆癸酉为邑之举、拔五人者题名[4]，阅四十三年矣。多当续增，木太晦，不可。因鏁新其版[5]，合诸贡者都四十一人更书之。

嗟乎！荔波自明洪武甲子析思恩地置县[6]，历三百三十九年，至国朝雍正癸卯始设学置弟子员[7]，又四十年至乾隆癸未，始设廪、增，定拔贡[8]。视他州县，迄今未及百年，可书者已若此。非列圣文教衍溢，使疏逖冒爽暗昧得辉乎光明故耶[9]？

然余窃怪焉。今上距克谦陈公之乡举七十六年矣，何落落无继者也[10]？岂山川之不灵欤？抑远行省就试者鲜欤？其无或文学少逊欤？然当陈公时，固同此山川也；其时，省试者尤鲜矣，而陈公固以文学获举也。谁欤为使我续陈公而书之者欤？秋律行及[11]，余为执笔俟之。

[校注]

[1] 乙卯：咸丰五年（1855）

[2] 学官：这里指校舍。《汉书·文翁传》："又修起学官于成都市中，招下县子弟以为学官弟子。"《注》："学官，学之官舍也。"楣：门楣。门框上的横木。

[3] 学博：唐制，府郡置经学博士各一人，职掌以五经教授学生。唐人贵进士，不重明经，故此职多由寒门浅学的人担任。后来泛称教官为学博。李同楷，字山立，开州拔贡，嘉庆十年任教官，十八年告假回乡。

[4] 癸酉：嘉庆十八年（1813）。举、拔：举人、拔贡。

[5] 鏶（jí）：金属薄片。用金箔贴匾上字迹，使之焕然一新。

[6] 洪武甲子：洪武十七年（1384）。思恩：思恩州，属广西。

[7] 雍正癸卯：雍正元年（1723）。

[8] 乾隆癸卯：乾隆二十八年（1763）。设廪、增；设置廪生、增生名额；确定拔贡生的名额。《荔波县志稿》："设廪生二名，增生二名。定四年一贡，选拔贡之年取拔贡一名。"

[9] 衍溢：满布。疏逖：疏远。《史记·司马相如传》；《难蜀父老》："将博恩广施，远抚长驾，使疏逖不闭，阻深暗昧得耀乎光明。"《索隐》："逖，远。言其疏远者不被闭绝也。"昒爽：天色未明之时。

[10] 陈克谦：荔波县第一位举人。落落：孤独貌。

[11] 秋律：秋天。乡试在秋天举行，每三年一届，为正科；恩科另加。

怡怡楼记[1]（乙卯十二月[2]）

高心泉、秀东兄弟，家贵筑学宫之前[3]。宅后有楼，名怡怡焉。庳而洁，狭而通，明致而不华[4]。上刊图籍，可卧可繙，可坐玩。庭中罗花竹兰茝之属；盆池有鱼，高树有瓦雀十数辈，气寂寂然清。

登楼而望，左挹东山，右顾相宝、黔灵，暨迤南雪洞、石林诸峦壑[5]，皆若拱若揖。于四时朝暮、阴晴风雨之交，千态万状，各献其变。善乎！避器地也。

乙卯冬末[6]，招余饮楼下。举杯径醉，醉而思，思而不无言。因扬觯[7]祝主人曰：君兄弟弃青书先生早[8]，至今三四十年，于于喁喁，无少改前襟后裾气象[9]。视世之同气如路人[10]，或经年不相见，或相见相待若宾客，而徒号于人，谓吾于某乃兄弟者，其相去诚不可以道里计。

然亦思二程子、两苏公之所以为乐乎[11]？以道德相师，以仁义相友，气节高乎一代，言行法乎万世。及今想其在时，夜眠共被，朝游相携，仰不愧，俯不怍[12]，与天地各物相浑合，于谈笑寝饭之际，其为怡怡者更何如也[13]！

吾与君皆垂老矣，欲学二程子、两苏公，迟暮恐不及。二三垂髫婉娈拜揖乎吾前者[14]，其有望于斯乎！愿君兄弟时以此意勖之，毋使吾今日徒为醉斯楼也。

［校注］

［1］怡怡楼：在高家花园内，为高氏藏书楼。今存。现为贵州省革命纪念馆。

［2］乙卯：咸丰五年（1855）

［3］高心泉：高以廉，字心泉，号凤樵。廷瑶子。因协办贵阳城守功，保至补用道、布政使衔。平生好施予，性友爱。高以庄，字秀东，心泉弟。曾任四川云阳知县，有政声。著有《怡怡楼诗集》。

［4］明致：明朗雅致。不华：不豪华。

［5］东山、相宝、黔灵：皆山名，在贵阳城东及东北角。雪洞：雪涯洞，在城南南明河畔。石林在西城郊。

［6］“乙卯冬末”：咸丰五年深秋，郑珍挈家从荔波奔广西南丹，得土知州莫树棠相助，派兵丁护送至罗斛（今罗甸），经定番（今惠水）抵达贵阳。寓居唐氏待归草堂，与黄彭年、唐炯、莫友芝及高氏兄弟交游唱酬，直到次年春天才返回子午山。

［7］觯（zhì）：酒器。圆腹侈口，圈足。《礼·礼器》：“宗庙之祭……尊者举觯，卑者举角。”《注》：“凡觞一升曰爵……三升曰觯。”

［8］青书先生：高廷瑶（1759—1830），字雪庐，又字青书，贵筑（今贵阳市）人。乾隆举人，历官肇庆、广州知府，署肇罗道。体恤民情、平反冤狱，政声著闻。著有《从事录》。

[9] 于于喁喁：相和声。《庄子·齐物论》："前者唱于，而随者唱喁。"喁（yōng），应和之声。前襟后裙：襟，衣的前幅，裙（jū），衣的后幅。前后顺序不变，以喻兄弟和乐相处，长幼有序，兄呼弟应。

[10] 同气：有血统关系的亲属。《后汉书·东平宪王苍传》："况臣居宰相之位、同气之亲哉!"后来多指同胞兄弟。

[11] 二程子：指程颢、程颐兄弟，北宋著名理学家。二苏公：苏轼、苏辙兄弟，"唐宋八大家"之二。

[12] 怍（zuò）：惭愧。

[13] 怡怡（yíyí）：和顺貌。《论语·子路》："朋友切切偲偲，兄弟怡怡。"后因指兄弟的情谊。

[14] 垂髫（tiáo）：古时儿童不束发，头发下垂。髫，儿童下垂的头发。因称儿童或童年为垂髫。婉孌（luán）：年少美好貌。[附：这批垂髫婉孌中，有高秀东的儿子高培谷，后来任四川资州知州，他出资刊刻了《巢经巢遗文》和《巢经巢遗诗》，为艺林一段佳话。]

访杨价墓记[1]（庚申闰三月[2]）

宋威灵英烈侯杨公价善甫之墓，旧无识者。道光庚子，赵石知旭与余言：曾见《杨氏谱》[3]，称价墓在桐梓治西胡卢坝，尝迹之。坝无他古冢，惟山下有石椁，上六下三，在民田中，甚宏致[4]，其外砖犹存。即杨氏后人，亦有以为先世当是也。

余时辑《府志》，据载入《邱墓》中。历二十年矣。今日独戴笠游蟠龙洞，归，溯溱溪南岸行。约去洞三里，地名宅头，果得如石知所云者。秧针绕椁，顶外无余土。不可蹊田逼视，徘徊陌上者久之。思石知未一见碑碣[5]，独据《谱》；《谱》为其家世传，故不虚。吾郡凡今存大石冢，率为前代有势力人，其规制精壮逾此者颇众，而侯之藏但似此。以别求坝中，又不復有踪迹，则其《谱》所传者，信谓是矣。然上下两列椁大小同，何者为侯墓亦不可定。

余观其兆，当未垦前，高平之原，体势宏称，葬宜不止一世。若上而侯也，下盖其子播国公文乎[6]？如下也，上盖其父威毅侯粲乎[7]？论三世之贤，其墓皆宜为后人护惜，而掘垡令暴露若是[8]！袁清容撰《杨忠宣神道碑铭》[9]云："宋社逾南，间道以前。是生忠显，擐甲开先。三帅缔欢，痛不有年。立庙赐封，岁时牲牷[10]。”忠显，宋理宗赐侯庙号也。时勳褒丰伟如此！岂意其墓似今日哉？

嗟乎！以侯与父若子当宋末造[11]，世为忠贞。而侯尤极志化民厉俗[12]，请于朝，岁得贡播州之士三人。播之人才科目，骎骎比内州县自是始[13]，其所造于兹土者为大。越六百年，曾不得周椁之土以荫其朽骨，是诚可悲也已！不知者不足责，知者而亦听之，将若之何！

余昔在黎平，谒何忠诚公墓[14]，悲其芜圮侵践也[15]，赋一诗，以为空言何补？后数年，今楚抚胡公林翼为守[16]，见余诗，慨然即蒞封树，制兆域，创祠亭，一如余意所料量处分[17]。至今牧儿不敢近焉。以杨侯之忠于宋，视何公之忠于明，其时事、劳绩各相等。安知今復不有胡公者乎？石知邑人，又好古慕忠孝，侯墓之于邑，与其有责。苟遇能如胡公者，余望其告之也。

[校注]

[1] 杨价（jiè）：字善父（一作善甫），杨粲之子。播州杨氏第十四代领主。英伟沉毅，自少不群。当蒙古兵南侵四川，价率兵赴川北，戍守蜀口，多立战功，授雄威军都统制。后又数度领兵驻防泸、渝间，数败蒙古兵，以功迁右武大夫，文州刺史。重视文教，建孔庙，崇儒学，请得岁贡士三人入朝会试，有八人先后中进士。卒赠开府仪同三司，威武宁武忠正军节度使，赐庙号忠显，封威灵英烈侯。今发现，杨价墓在桐梓县西四公里燎原镇大柏香树石坟嘴。石椁高大，前三后五墓室，建筑雄伟。“农业学大寨”夷为平地。（据新编《桐梓县志》）

[2] 庚申：咸丰十年（1860）。赵旭：见卷二《偃饮轩诗钞录》注［1］

[3] 道光庚子：道光二十年（1840）。《杨氏谱》：《杨氏家谱》。

[4] 宏致：宏壮精致。赵旭《杨价墓诗并序》，序云：“据《杨氏谱》，墓在胡卢坝，今他冢无足当，惟盘龙口田中有两墓，共石椁九，上六下三，制极宏壮，殆即价与其子孙乎？”

[5] 碑碣：石制碑刻，方者为碑，圆者为碣。

[6] 播国公文：杨文，字全斌，价子。播州第十五代领主。多次派兵遣将入蜀抗击蒙古军，曾在大渡河擒蒙将秃懑，加封左卫大将军，此后，又俘蒙将阿里等人，受封播州沿边安抚使等。元朝追封为播国公。近数十年间，在遵义县高坪珍珠山，发现杨氏土官墓群，其中杨文墓位于地瓜堡山腰。用白沙石筑砌，三室并列，室间有隔墙，占地 42 平方米。该墓早年曾遭破坏，

仅在右室出土《田氏墓志铭》一方，墓门外有《杨文神道碑》残碑。

［7］威毅侯粲：杨粲，字文卿。自幼熟读儒家经典，为政简和，寓兵于农。统一上下两州、开创播州最盛时代。官至武翼大夫，累赠吉州刺史、左卫大将军。赐庙号忠烈，追封威毅侯。杨粲墓在遵义县龙坪镇皇坟嘴。是目前发现的黔中最佳宋墓，规模宏伟，石刻精美绝伦。现为全国文物保护单位，就地开放，供游人观赏。

［8］垡（fá）：耕地起土。

［9］袁清容：袁桷，元代鄞人，字伯长。荐授翰林国史院检阅官，迁翰林侍读学士。朝廷制册勳臣碑铭多出其手。有《清容居士集》。为杨汉英撰有《神通碑铭》。

［10］“宋社逾南”一段：“宋”字，底本、花近楼本、四部备要本均作“宗”。据《续遵义府志·艺文志》改。意指宋王朝南迁。前面的铭文历述杨氏自唐末入主播州史迹。“是生忠显”以后，记述杨价事迹，赞扬为宋王朝建立的功勳。

［11］末造：末世，末代。

［12］极志：最大的志愿。厉俗：振奋时俗。

［13］骎骎（qīnqīn）：疾速。

［14］何忠诚：何腾蛟（1592—1649），字云从。明代五开卫（今黎平县）人。南明王朝，官至东阁大学士兼兵部尚书，组织义军抗清，给清军重创。被俘后坚贞不屈，遇害。赠中湘王。清代谥忠诚。郑珍在黎平，见何墓已荒废圮毁，写有《三月廿四，西佛岩拜何忠诚公墓》等诗。诗中有句云：“墓后崖势长若眉，既不与墓偪，亦无他葬之，上盖一亭还一祠。祠以奉春秋，亭以列巨碑；碑刻谱传使众知，又令来者得憩息，可蔽风雨兼炎曦。”后来，知府胡林翼读诗后很感动，按此设计建墓道和祠、亭。

［15］芜圮：荒芜毁坏。侵践：侵占践踏。

［16］胡林翼：湖南益阳人。号润之，嘉庆进士。先后署理安顺、镇远知府，补黎平知府，补贵东道，升湖北巡抚。谥文忠。

［17］莅：亲临。封树：聚土为坟叫封；植树为标记叫树。这是古代士以上的葬礼。制兆域：划定墓地的界限。创祠亭：创建祭祠和碑亭。料量：犹言预料，断想。处分：处置，办理。

游蟠龙洞记

桐梓县治北负虎峰，前皆娄山之支麓。其中间始园田坝，经治前以尽西南山，袤四十里，皆广平无坡垅[1]，为田约二千顷，岁出谷六七万石[2]，足饱男女二万余人。而斋郎水流自北，黑石溪自西，南溪自南，杨家河自东，皆来会于南门外。屈曲行坝间二十余里，为西南山所关，山即寿国山也。层盘联络，不露牙鏬。一洞閜其绝壁[3]，水乃入焉。缘壁西半里许，是为蟠龙洞。高可建十丈旗，方容田一井[4]，后稍低；更深二百余步，水经其右，明尽流伏；越十里许出马江坝；乱流数里，又復入山；十里许始出，合水坎河以达于赤水入江。

旧时，春夏两集，洞及坝中坑窞吞消适其量，故无水患。历久，木石沙滓多阏塞[5]。及道光中，每水潦张王[6]，如食下而胃不传受，遂逆上淹氾[7]。或冒女墙更丈余[8]，依山民居，篙不及其屋，极数十里若湖泽然。荀旬月水退，则种腐陌朽，垣庐漂坏，相顾叹泣。令若守请帑劝捐[9]，相势穿导，盖费数十万金钱，汔无成功以止。近七八年，洞似略畅，而岁或漫浸数日，灾败减前者半，皆蟠龙之为也。

余尝以山川古迹，耳闻不如目见。今年春避乱寓魁岩，于兹洞非独其殊诡已也，将以躬谛夫所以致水患者[10]。道远，难得朋，闰月九日，乃独游焉。时初涨，不及盛时十之二，而观绝壁下水入处，其口已几无余空。若增益，则口之上有堤防也。又深入蟠龙，阴阴然鬼气沁毛发[11]，水轰轰来自暗缘石壁霱沦[12]。趋伏所即而听之，其声如龙吟，如缚豕鸣；或自上而下，或自下而上。盖伏去浸以低，中必大谽[13]，故其发声也有然。夫下所受之多少，视夫上之所与焉。诚使中谽低大十倍于外之所容，而盈口以与之者止此数，则受者不能夺口之所堤防而充其腹也，虽有余量何用？昔之治水者，亦精度于此否耶？若曰病尤在其内，则非余所及知也。游归，书此为记。

[校注]

[1] 坡垅：山坡和田间土堆。

[2] 顷：百亩为顷。石：十斗为石。

[3] 閜（xiā）：同“谺”，山谷空大貌。

[4] 井：指一井之田。古代以三百步为里，名曰井，井田九百亩，八家

共一井，每家一百亩，公田八十亩，二十亩为庐舍，每户二亩半。

[5] 阏（è）塞：阻塞。

[6] 张（zhǎng）王（wàng）：壮盛。王，通“旺”。此指水势高涨。

[7] 淹汜（shì）：水头回流，上涨。

[8] 女墙：城墙上凹凸形的墙体。

[9] 帑（tǎng）：库藏金帛。

[10] 躬谛：亲自细察。

[11] 阴阴：阴暗的样子。沁：渗透。

[12] 渰（yān）沦：水波深广貌。

[13] 谾（hōng）：长大貌。

重修启秀书院记（壬戌七月[1]）

吾县入国朝六七十年，前代十四社学[2]，其沿废盖无考。康熙乙酉[3]，令邱公纪始于城南面北江流创湘川书院[4]。越三年丁亥，守赵公光荣又创育才书院[5]，即此介在府署、试院间者也。历五十六年至乾隆壬辰，守于公芳柱乃重葺此而併湘川[6]。时孙文正公士毅来视学[7]，始易名启秀书院。越十六年丁未，刘公诏陞别建湘川于县学宫左，而易旧者名培英[8]。自是，乃号三书院。

及咸丰甲寅之乱[9]，独此以在城中，免于燬[10]。然久不治，又至于今。上距乾隆重葺时已九十年矣。师弟子不必居，当事者不必问，听存餼羊[11]，日即腐落。自去年余主湘川讲以后，舍犹壁立，遂假以居。然经其堂者未尝不惴惴焉，惧其崩压而趋过也[12]。

伯英于公钟岳以候补道知遵、绥、湄三县事[13]，学而才，仁而沉毅，斤斧盘错，力求所以衽席士民[14]。一日枉过[15]，顾且叹曰：“嘻！甚矣坏！及吾不治，谁当治之者?”爰出财度功期趣修[16]，属县人刘学博际昇敦其役[17]。增庳捎秽，周墄平燥[18]，新讲堂四楹，其序左右为夹室[19]，余皆补牮增构[20]，有逾旧规。阅两月落成。观者咸啧啧于公贤。

余独以为自白号贼寇吾东里[21]，于公今日受事，明日治军，越今年二月，东里平，贼旋自江外寇南里[22]，而粤贼复出綦、桐寇吾北而西[23]。公走贼于西，虮甲于南[24]，筹食料战，纷不暇给。于此时图与文教，鲜不谓迂阔非切务。而卒克成其愿者，非其才诚意量有以决丛贼之必破于吾手，讲武修文之可以并行不悖，而厌乱之天心遂听其挽回，有隐隐相合者，乌能若此哉！

然此非徒美观而已，自今待问者足间三席[25]，鼓箧者亦无忧后至而侠坐[26]。顾瞻榱宇[27]，思于公之所以戎马倥偬中而亟治此为何[28]？正学之兴，邪慝之亡[29]，当必有厚副贤大夫之厚望者。二三君子以余颇识邦故，又巢焚无归，突兀见此，为先受其庇，宜有文以纪之。遂不辞，令来许有考焉[30]。

［校注］

［1］壬戌：同治元年（1862）

［2］社学：明清设于乡社间的学校。清制：各州县于大乡巨镇，各置社学，凡近乡子弟，年十二以上，二十以下，有志学文者，皆可入学肄业。入学者得免差役。

［3］乙酉：康熙四十四年（1705）。

［4］邱纪：字玉谷，广东程乡人。康熙中任遵义县令，治镇颇佳，民得安生。

［5］丁亥：康熙四十七年（1707）。赵光荣：陕西神木人。康熙末任遵义知府，倡建书院，置考棚田，收租为院考之费。

［6］壬辰：乾隆三十七年（1772）。于芳柱：字中斋，山东人。赈济灾民，全活甚众。为书院置学田，为生童解决膏火费、试卷费等。

［7］孙士毅：清仁和人。字智怡，别号补山。乾隆进士，官至文渊阁大学士。性爱石，督学贵州时，得文石百有一枚，因自署书斋为百一山房。有《百一山房文集》。

［8］丁未：乾隆五十二年（1787）。刘绍陛：字行检，号研莊。湖南衡山人。任遵义知府时，竭力振兴学校，新创湘川书院，规模宏广，讲学日盛。遵人于讲堂左偏建祠祀之。

［9］甲寅之乱：咸丰四年（1854）八月，杨龙喜在桐梓起义，攻破娄山关，兵围遵义城达四月之久。

［10］燬（huī）火焚。

［11］餼（xì）羊：用以告庙之生羊。《论语·八佾》：“子贡欲告朔之餼羊。”此指书院只保留告庙的祭奠仪式。

［12］惴惴：恐惧的样子。趋（qū）：跑，疾走。

［13］于钟岳：字伯英，汉军镶红旗人。多次抗击号军和太平军，年轻有为。死于贵定农军之手，仅三十余岁。工诗，常与郑珍、黎兆勋等唱和，著

有《嘻笑山房诗》若干卷。

［14］斤斧盘错：斤斧义同斧斤，指斧头。盘错指文理曲折交错。比喻尽心处理事务，为民兴利。衽席：卧席，引申为寝处之所。此处指为士民谋求安居之所。

［15］枉过：枉驾过访。

［16］度（duó）功期：计算完功期限。趣（cù）修：催促修缮。

［17］刘际昇：字子遇。同治举人。以军功保同知衔，五品封典，淡然置之。主讲湘川、育才、培英各书院。敦（duī）其役：治理此一工役。

［18］增庳：增设矮小房屋。捎秽：捎带建厕所。秽：本义为污秽，也指粪便。借指厕所。墄（cè）：台阶。班固《西都赋》："于是左墄右平，重轩三阶。"

［19］序：隔开正堂东西夹室的墙。又：东西两厢也叫序。夹室：古代宫室制度，中央为正室，正室左右为房，房外为序，序外为夹室。

［20］栫（jiàn）：屋宇倾斜，用物支撑。

［21］白号：指刘仪顺、朱明月领导的农民军，也称教军，活动在思南、凤冈、湄潭一带。

［22］江外：指乌江以南地域。

［23］粤贼：指进入川黔的石达开太平军。

［24］虮甲：虮蝨生在战甲中，喻作战行军劳苦。虮（jǐ）：蝨卵。

［25］三席：指讲席、坐席、衽席。指学习安居的场所。

［26］鼓箧者：古代击鼓召集学士。令启箧出书以授学。后因称劝学为鼓箧。侠（jiá）：通"挟"，挟坐于二人之间。

［27］榱（cuī）宇：指房屋。榱为椽子。

［28］戎马倥偬（kǒngzǒng）：指军务急迫，困苦。

［29］邪慝（tè）：邪恶。

［30］来许：指将来。

跋[1]

跋《古文四声韵》[2]

郭宗正《汗简》收古文七十一家[3]，夏英公《四声韻》收古文标目九十八家[4]。其增多《汗简》者：

《云台碑》、《杂古文》、《字略》、《古汉书》、《古世本》、《夏书》、《古案经》、《亢仓子》、《三方碑》、《邱光庭序文》、《祝尚丘韻》[5]、《比干墓铭》、《石槨文》、《马田碑》、《荆山文》、《天台经幢》、《蔡邕石经》、《道德经》、《庾俔字书》、《马日磾集》、《周书大传》、《李守言释字》、《庾俨衍说文》、《玉篇》、《籀韻》、《黄庭经》、《唐韵》、《崔希裕纂古》、《滕公墓铭》、《阴符经》、《南岳碑》、《马日磾集》。

上标目三十二家。《马日磾集》重出，《马田碑》即《马日磾集》之误。《庾俨衍说文》即《演说文》；《滕文公铭》即《石槨文》；《三方碑》即《云台碑》；《天台经幢》，《汗简》作《天台碑》，即《道德经》；《蔡邕石经》即《石经》；《庾俨字书》，《汗简》作《庾俨字说》，即《庾俨集》。《夏书》、《古案经》二家，《韻》中无其字。除上重出标目及《韻》中无字者十家，又除《汗简》共十一家，是实多《汗简》一十六家。

全谢山谓英公《古文编》八十八家[6]。校《汗简》未尝多一种，实取《汗简》而分韻隸之，绝无增减异同，于《汗简》是书，虽不作可也。盖全氏实未尝细勘是书、故敢作大言欺诋[7]。观其言北宋雕本当有全《序》，而今失之，则似因未见序文、标目而始云然者。即各字下所列书目，其增多《汗简》者，亦可勘见。而亦似未尝寓目，何也?

[校注]

［1］跋：即跋尾。在文末署名。《新唐书・褚无量传》：“贞观御书皆宰相署尾，卧位卑，不足以辱请与宰相联名以跋尾。”后称题文字于书卷之后为跋尾。

［2］跋《古文四声韵》：底本夺“跋”字，据花近楼本补。

［3］郭宗正：郭忠恕，宋洛阳人，字恕先。周朝曾官宗正丞。宋初，授国子监主簿。著有《汗简》、《佩觿》，为谈字学者所称许。

［4］夏英公：夏竦，宋德安人，字子乔。累官樞密使，封英国公。多识古文字，有文集百卷。

［5］丘：原文作“丘”，讳孔子之名而缺笔，今更正。

［6］全谢山：全祖望（1705—1755），清浙江鄞县人。字绍农，一字谢山。乾隆进士。博学多识，尤专史学，保存南明史科很多。著有《鲒埼亭集》。

［7］诋（dǐ）：诬蔑，毁谤。

跋《学部通辨》[1]

读《学部通辨》四编终，作而叹曰[2]：“嗟乎！今所谓燕窝、海参等矣[3]，尝之不成味，食之不可饱。三代圣人不知其名，而世忽群焉贵之。诚朴之家，盖终其身未尝一入口，惟知食饭而已。心侈力富者[4]，乃以食饭为不足尊者，宾享燕会惟此等之是尚[5]，伙颐错列[6]，东歠西挟[7]，使人与己皆恍恍惚惚于腥羶丑恶之中，一赞群和以自快意。然而号于人曰“食饭、食饭”，固未尝曰‘食燕窝、海参’等也。及至食饭，而已为腥羶丑恶者塞其脏腑，苟且告饱，亦终不知饭为何物也。

佛实而儒名者，何以异是？嗟夫！亦其心侈力富使之然也。若象山、阳明诸子[8]，其可惜乎！既慕佛老之术为深妙，不仙佛则恐虚此一世也，而又虑不孔孟则得罪于世教[9]。竭大过人之才力，使佛老昏塞其脏腑，而号于人曰：“吾孔孟之道。”实亦不知道为何物也，不大可惜哉！

程子曰：“参也竟以鲁得之[10]。”吾观朱子自道其资质，要不过中人，视象山四岁时即思及天地穷际者[11]，固远不及矣，乃卒得圣人之纯正，非以其鲁欤？大抵质纯者，为其易不敢为其难，守其一敢望其二；心细而用力者，故其究足底于道，而于异端也亦无不洞悉毫末。高明者天下事不足难其心，则懒生焉；懒而又欲一己兼天下之数[12]，粗粗之心，昏昏之行，宜其佛实儒名，终不知道，而亦未尝即佛。朱子之主敬[13]，其劝矣乎！象山之养神[14]，懒焉而已。故学者宁鲁钝而勤，毋高明而懒。

［校注］

［1］《学蔀通辨》：清陈建撰。陈氏行迹见卷三《阳明祠观释奠记》注

［15］。

［2］作：兴起。《易·乾》："圣人作而万物理。"

［3］燕窝：金丝燕所营的巢。以海藻及所唾津液掺和作成。为一种金贵的食品。海参：可供食用的海产品。味鲜美。

［4］心侈力富：心情宽松，财力富厚。

［5］尚：崇尚。

［6］伙颐错列：大量的食品纷列杂陈。

［7］歠（chuò）：喝，饮。

［8］象山：陆九渊（1139—1193），宋抚州金溪人，字子静。乾道进士，官至知荆门军。后还乡，讲学象山，学者称象山先生。与朱熹在鹅湖会讲，互不相让。朱认为"理在气先"；陆认为"心即是理"，只须切己自反，理即自然而明。明代王阳明对陆氏理论进一步发挥，世称"陆王心学"。王阳明：行迹见卷三《阳明祠观释奠记》注［4］。

［9］世教：指当时的正统思想。《汉书》—上《叙传》："既击挛于世教矣，何用大道为自眩曜？"世教指孔孟之道，大道指老庄之道。

［10］程子：指程颢和程颐。参指曾参，孔子弟子。《论语·先进》："柴（子羔）也愚，参（曾参）也鲁。"《注》"孔（安国）曰鲁，钝也。曾子性迟钝。"曾子因鲁钝，反而得孔门正道。

［11］"视象山"句：《宋史·陆九渊传》："生三四岁问其父'天地所穷际'？父笑而不答。遂深思，致忘寝食。总角，举止异凡儿，见者敬之。"

［12］天下之数：指天下的道理。

［13］主敬：朱熹倡导的修养方法为"主敬涵养"，是"理学"修养的集大成者。狭义的主敬涵养专指未发工而言，与穷理致和相对；广义的主敬涵养则贯通未发已发，贯通内外动静的全过程。其基本要求是要做到内无妄思，外无妄动。

［14］养神：陆九渊主张"收拾精神"、"自作主宰。""收拾精神"即把精神收摄向里，不要尽花费在对外部事物包括人物传注的追求上面。"自作主宰"就是不要依傍外在权威包括圣贤的经典，要以自己的本心作为判断和实践的准则。人只要能反身自求，明得本心，就可主宰，就不会受外物的干扰。

跋《补汉兵志》[1]

鲍廷博刻宋钱文子《补汉兵志》一卷[2]，《跋》云："陈元粹为《注》。"按，此书载陈元粹《序》云[3]："少小时执经师从，曾备讨阅，因获闻纂集大旨。"并未言作《注》。后载王大昌《跋》[4]，言"襄从先生游，得见此书，即手抄为家藏，忽得刊本于同门友陈令君。大昌于是九年锓本，益广其传。"若《注》是元粹撰，大昌抄时必尚无《注》，见此加《注》之本，何以都不略及？且元粹《序》復立纲目，使学者易明其《戍边》止"汉之用兵殆不过此"，《农都尉》止"其制边守塞大略如此"。若《注》是其所作，则其分节当用纲目，而志文"汉之用殆不过此"连"而天子推恩之言复者"为一段，其"制边守塞大略如此"连"然后困之于匈奴之强之言属国者"为一段。又，《序》中谨按汉制各件并自注按语，而两处《注》"已详《补志》并《注》"，是明以《注》为皆其师作。鲍氏以为元粹撰，殆误，故明之。

［校注］

［1］《补汉兵志》：宋孙文子撰。文子，乐清人，字秀文，入太学有盛名。嘉定后诸儒无存者，文子岿然正学宗师。仕至宗正少卿，退居白石山下，自号白石山人。有《白石诗传》。

［2］鲍廷博：见卷二《说文逸字序》注［15］。

［3］陈元粹：无考。

［4］王大昌：无考。

跋《堂溪典嵩高山石阙铭》

此文刻在登封启母庙石阙[1]，铭下方云："□时□五官中郎将鄢陵堂溪典伯并[2]，熹平四年来请雨[3]，崇高庙典。大君讳协，字季度，自为郡主簿[4]，作阙铭文。后举孝廉，西鄂长[5]，早终。叙曰：于惟我君，明允广渊。学兼游、夏[6]，德配臧文[7]。殁而不朽，实有立言。其言为何？"凡十七行，行五字，泐者六字[8]，可识者七十九字，前后缺多少不可知。

旧著家惟载赵氏《金石录》[9]，题为《堂溪典嵩高山石阙铭》。所言"请雨"、"崇高"，按《汉・灵帝记》："熹平五年四月，复崇高山名为嵩高山。"

《注》引《东观记》曰："使中郎将堂溪典请雨，因上言改之，名为嵩高山。"与此文合。此四年为请雨之年，明年乃依奏改复山名，不得如赵氏云"史误"。且题为《铭》，亦非其实，后人均不得解，故沿《铭》称。

余按文读之，盖为堂溪典请雨时表记其父协所作《开母阙铭》而叙赞之词也，故在阙铭之下，正如后世之跋尾、书后然耳。何以知之？古者，父没称考。皇者大也。秦后，皇为至尊之号，故汉人易称皇考为大君。《孔彪碑》"未出京师，遭大君忧"，《郑固碑》"大君夫人所共哀"皆是。然而此云"大君"是典谓父也。典，鄢陵人。《郡国志》："鄢陵属颍川郡，嵩高山在颍川之阳城。"典父协为本郡主簿。故止言郡。据《开母阙铭》前题名，兴阙时太守为朱宠[10]，则协为宠之主簿。阙铭前四言十八韵，后六言十一韵，皆协所撰文。至是，其子典乃刻此叙表之。

逆数延光二年刻阙铭[11]，下至熹平四年，已阅五十三年矣。是年为典与蔡邕、马日磾等奏正六经、书丹鐫石之岁[12]，此文当即典所书也。至典字伯并，其父协字季度，官西鄂长，早终。于此，文本明确，而自赵德甫后皆以《后汉·延笃传》注引《先贤行状》"典字季度，为鄂西长"；又《蔡邕传》注"典字子度"相证抵牾，此文义亦无了时，不知《范传》、章怀《注》皆误也。按《延笃传》云："少从颍川堂溪典受《左氏传》，又从马融受业，举孝廉，为平阳侯相，以师丧，弃官奔赴。桓帝以博士徵，拜议郎，迁侍中、左冯翊，徙京兆尹，病免。永康元年卒[13]"。是延传学之师，唯堂溪典、马融二人。融之卒，以本传推之，在延熹九年[14]，先笃死一年耳。笃死后八年，典请雨崇高，刻石，固无恙也。笃于桓帝未徵博士之前，何从得"师丧，弃官奔赴"？然则《范书》言篤之受《左传》，盖是其父协而非典也明矣。《笃传》注引《先贤行状》曰："典字季度，为西鄂长"。章怀下乃自云："典为五官中郎将。"与此文"字季度"、"举孝廉"、"为西鄂长"，"早终"皆合。若元是典，何不及"五官中郎将"之显秩，而仅言其筮仕邑长乎？然则，《先贤行状》之"字季度"者，本是典父协而非典也又明矣。《传》与《注》并作"典"，不知为《范书》传本先误而改《行状》从之，抑为《行状》传本先误而改《范书》从之？两书在唐并误为一，章怀固不能辨其不合也。要是，此刻决不得误，今当据以改定《笃传》注之"典"字为"协"，而易《邕传》注之"子度"为"伯并"。则纷纷世疑，皆无庸矣。

[校注]

[1] 登封：河南省县名，嵩山在县内。阙（què）：古代宫殿、寺庙及墓门立双柱者谓之阙，其上连有飞檐罘罳者谓之连阙。

[2] 堂溪典：后汉颍川人。为五官中郎将。延笃少从典受《左氏传》。

[3] 熹平四年：东汉灵帝熹平四年（175）。

[4] 大君：即先父。协，指堂溪协，其他行迹无考。主簿：官名。汉以后中央机构及地方郡、县官府均设主簿，负责文书簿籍，掌管印鉴。

[5] 孝廉：汉代选举官吏的两种科目名：一曰孝，指孝子；二曰廉，指廉洁之士。州举秀才，郡举孝廉。长：县长。大县为令，小县为长。

[6] 游、夏：子游、子夏；都是孔子门生，借喻儒学。

[7] 臧文：疑为"臧丈"之误。南朝陈徐陵《东阳双林寺传》大士碑铭："德秀臧丈，风高广成。"臧丈，《庄子》寓言人物，指姜太公。文王至臧地巡视，见一丈夫钓，乃授政于臧丈人，三年而国家大治。文王问可否扩而广之，以至统治整个天下，臧丈人当夜逃逸。（见《庄子·田子方》）。后以臧丈喻有德者。

[8] 泐（lè）：石头按脉理而裂散。

[9] 赵氏《金石录》：宋赵明诚撰《金石录》30卷。明诚，字德父（一作德甫），号侪鹤，山东高邑人。与妻李清照同好金石图书，以所藏三代彝器及汉唐以来石刻，仿欧阳修《集古录》例，撰成《金石录》。绍兴中，清照上表于朝。

[10] 朱宠：后汉京兆人，字仲威。迁颍川太守，治理有声。顺帝时拜太尉、尚书录事，封安乡侯。

[11] 延光二年：后汉安帝延光二年（123）。

[12] 蔡邕（132—192）：后汉陈留人，字伯喈。灵帝时拜郎中，与杨彪等奏定《六经》文字，立碑太学门外。后迁中郎将，死于董卓部将之手。通音律、工书画，著有《独断》等。马日磾：后汉马融族子，字翁叔，少传融业，以才学入仕。与杨彪、卢植、蔡邕等典校中书，历位九卿，献帝初为太傅。

[13] 永康元年：后汉灵帝永康元年（167）。

[14] 延熹九年：灵帝延熹九年（166）。

跋郑固碑[1]

碑云："琦、瑶、延以为至德不纪，则钟鼎奚铭？昔姬公□武弟述其兄综□□□□行于蔑陋独曷敢亡[2]，乃刊石，以旌遗芳[3]。"则碑乃固弟所立。琦、瑶、延其三弟名也。文凡十四行，行三十字，末行二十五字。

洪氏尚见全拓[4]，所阙字仅十三，不知何时断去最下三字一段。其置在济宁州学孔子庙戟门西侧，亦不详自何时。而旧从二十字下入地中，故旧拓皆行十九字。及雍正六年李鲲于济宁学泮池左发地[5]，乃得最下一段。越五十一年至乾隆四十年，定海蓝嘉瑄掘起升高，始见入地之八字一段[6]。今合断者读之，较洪释又漫灭六十余字矣。

应劭《风俗通志》[7]云："豫章太守、汝南封祈武兴、泰山太守周乘子居为太守李张所举[8]，函封未发，张病物故。夫人于柩侧下帷见六孝廉，曰：'李氏咨嗟休懿[9]，相授岁贡，今李氏终，诸君各怀进退，未肯发引[10]，正相追随墓柏，何若曜德王室，昭显亡者？'乘与郑伯坚即日辞行，祈与黄叔度、郅伯嚮、盛孔叔留随輀柩[11]。乘拜郎，迁陵长，意薄之。旋告退。"

所谓"伯坚"，即固也。以此知固系汝南郡人。其时，郡守李张举六孝廉，固居其一。封、黄、郅、盛以举主丧纪不行，惟乘与固至京师。固拜郎中，而固逾月即卒也。碑云："邦君珍玮[12]，以为储举。"储者，副贰也。此举或子居为首，固列第二，荐名已高，又迫夫人之命，故二人不得不行。而四人可从其志欤？拜郎之后，固当即辞荣[13]，周亦旋退。其为不得已应举甚明。碑云"非其好也"，良非虚饰。应氏识子居去丧即宠，殆不谅乎！

李、张于《史》、《传》无考，所举六孝廉者，周子居则陈仲举目为"世之干将"[14]；黄叔度则荀季和称为"国有颜子"；封武兴、郅伯嚮、盛孔叔事虽失传，即此服勤举主，甘弃名禄，其厚义高行已可概见。则固骖靳黄、周之列[15]，则碑称"孝友、文学、清修退让，好成方类"者[16]，皆其实录。宜此一石阅数千年，使其名义与叔度、子居同彪炳未沫也[17]，李张亦贤矣哉！

"先是君大男孟子"一段，盖固夫妇合葬，并迁其所爱殇子袝之。汉人坟前置一石龛，为墓祭时依神之所，谓之坟坛。牛氏《金石图》[18]言居、摄二坟坛[19]，其石龛并崇一尺、广二尺、厚一尺五分；椁四围而凿其中，刻字于内。是其制也。碑云"配食斯坛"，谓此。其称"父为耆君"，不可晓；洪释作“著”，验碑，实是“蓍”[20]。杨乌之杨从“木”，得此，而杨祖德谓“修家子云”者，益信[21]。

［校注］

［1］郑固：东汉汝南郡人，受薦入朝为郎，旋卒。其他事迹无考。

［2］蔑陋：微末荒陋。

［3］遗芳：遗留下的美德。

［4］洪氏：指洪适，宋鄱阳人，字景伯，与弟迈同中博学宏词科，官至同中书门下平章事，兼樞密使，封魏国公。以文著称于时，好收藏金石拓本，并据以订正史传错讹。著有《隸释》、《隸续》、《盘州集》等。

［5］雍正六年：公元1728年。李鲲（底本作“鶤”，花近楼本亦同，查《中国人民大辞典》作“鲲”，因改）：清济宁人，字化鹏。工行草篆隸，嗜金石，收藏钟鼎甚富。

［6］乾隆四十三年：公元1778年。蓝嘉瑄：无考。

［7］应劭：东汉末年汝南人。字仲远，父应奉。灵帝时举孝廉。曾任泰山太守。博学多识，著述颇丰。今存《汉官仪》、《风俗通义》。

［8］封祈：无考。周乘：后汉安成人，字子居。天资聪明，高峙岳立。陈番叹为“真治国之器”。举孝廉，为泰山太守，有惠政。李张：无考。

［9］咨嗟：赞叹。休懿：美好德行。

［10］发引：旧时出殡，柩车启行，送丧者执绋前导，称发引。引，輓车之索。

［11］黄叔度：黄宪，后汉慎阳人。字叔度。年十四，颍川荀淑与语，移日不能去，誉之为“国有颜子”。陈蕃、周举尝相谓曰：“时月之间，不见黄生，则鄙吝之萌复存于心。”郭泰少游汝南，称“叔度汪汪若千顷波，澄之不清，淆之不濁。”举孝廉，又辟公府。人劝其仕，宪亦不拒，暂到京师而还。天下号曰“徵君”。郅伯嚮：（嚮，《后汉书·郅恽传附子寿》：寿字伯孝。郑珍记误。）郅寿，后汉汝南西平人。字伯孝，善文章。举孝廉，稍迁冀州刺史，时诸宾客放纵，寿按察之，不稍容贷。三迁尚书令，擢京兆尹。待下推诚，皆愿效死。被窦宪谄害论徙，愤而自尽。盛孔叔：无考。輀（ér）：丧车。

［12］珍玮：比喻宝贵人才。

［13］辞荣：辞去荣禄，喻死亡。

［14］陈仲举：陈蕃，后汉汝南平兴人，字仲举。官乐安、豫章太守，迁至太尉、太傅，封高阳侯。为人刚正不阿，尚气节。后被宦官杀害。他曾称赞周乘为“真治国之器”，非“世之干将”。郑氏记忆有误。

［15］骖靳：喻并驾齐驱。

［16］方类：指正直之士类。

［17］彪炳：文采焕发的样子。沬：停竭，终止。

［18］牛氏：指牛运震，清滋阳人，字阶平，雍正进士。博涉群书，于金石考据尤深，有《金石经眼录》、《金石图》等。

［19］居摄：指暂居皇位，处理政务。如“周公居摄”。

［20］蓍君：底本及花近楼本均于篇末有案语：《汉书·地理志》济宁郡有著县。魏收《地形志》作“蓍”。盖其父为蓍令，故称蓍君也。

［21］杨修：后汉人，字祖德，曾任曹操主簿，聪明机敏，料事如神，遭忌被杀。

跋樊毅华修狱碑

碑云：“樊府君讳毅[1]。”欧公[2]《跋尾》云：“碑乃即时所立，而太守生称讳者，何哉？”

余考汉碑生称讳者非一：《修尧庙碑》济阴太宋孟府君讳郁[3]；《灵台碑》济阴太守审君讳晃[4]、成阳令管君讳遵[5]；《史晨飨孔庙后碑》相史君讳晨[6]；《韩敕后碑》府君讳勑[7]；《西岳华山碑》袁府君讳逢[8]、孙府君讳璆[9]；《华山亭碑》宏农太守樊君讳毅；《殽阬神祠碑》令□君讳□；《孙叔敖碑》期思县令段君讳光[10]；《唐公房碑》汉中太守郭君讳芝[11]；《西狭颂》、《郙阁颂》武都太守李君讳翕[12]；《周憬功勋铭》桂阳太守周府君讳憬[13]；《校官碑》溧阳长潘君讳乾[14]；《唐扶颂》君讳扶[15]；《刘熊碑》君讳熊[16]；《绵竹江堰碑》广汉太守沈君讳□，绵竹令樊君讳□。以上诸碑，皆即时纪功颂德所刻，而于守令并称讳。甚至《孔耽神祠碑》是耽作寿藏[17]，命其子飒所纪，而飒于现存之父云“君讳耽”。可见当时于尊上当书名者，不敢直斥其名，始加“讳”以见尊之之意。若其时与事之丞、尉则直书名字矣。此盖东汉人文例，不得以死乃称讳之义律之，惟《修尧碑》守令称讳之外，其丞、尉及府内百石，亦曰讳某，特异诸碑。然非当时通例矣。

[校注]

［1］樊毅：南朝陈湖阳人，字智烈。屡世将门，善骑射。陈后主时数立战功，官护军将军。封逍遥郡公。入隋始卒。

［2］欧公：指欧阳修。著有《集古录》。

［3］孟郁：无考。

［4］审晃：后汉魏郡人。灵帝时拜济阴太守。为政简静，撙节爱民，吏民歌之。

［5］管遵：无考。

［6］史晨：后汉河南人，字伯时。建宁间拜鲁相。善书，有孔子庙碑二。

［7］韩勑：后汉人，字叔节。永寿间为鲁相。有造孔庙礼器碑。其文杂用谶纬，不可尽通。

［8］袁逢：后汉人，袁汤子，字周阳，以累世三公子，宽厚笃信，著称于时。灵帝时官司空，终执金吾。

［9］孙璆：无考。

［10］段光：无考。

［11］郭芝：无考。

［12］李翕：无考。

［13］周憬：唐寿春人。从王同皎等谋杀武三思，事泄，逃入比干庙自刎。

［14］潘乾：后汉人，字元卓，光和中为溧阳长，政绩颇佳，振兴文教。

［15］唐扶：无考。

［16］刘熊：无考。

［17］沈耽：无考。寿藏：生时预造的墓穴。

跋范镇碑[1]

碑云："膺姿苏，靖共卫上。"洪氏释"管苏"谓管夷吾、苏忿生[2]。余谓：洪因上文云"韬律大杜，综皋陶、甫侯之遗风[3]"，知镇乃法家者流，遂以范史"律谢皋苏"言法家者比附[4]，此"管苏"亦同。不知非也。《新序》[5]："楚共王有疾，召令尹曰：'常侍筦苏与我处，常忠我以道，正我以义，吾与处不安也，不见不思也。虽然，吾有得也，其功不细，必厚爵之[6]。'”碑文盖用此。“筦”与“管”同。《州辅碑》亦云：“昔管苏之尹楚，以直见疏。”

[校注]

[1] 范镇：宋华阳人，字景仁，举进士第一，官翰林学士。因反对王安石新法致仕。哲宗时起为端明殿学士，固辞，封蜀郡公。其学本六经，终身不道佛、老、申、韩之说。与司马光齐名。

[2] 洪氏：指洪适，见本卷《跋郑固碑》注［4］。管夷吾：管仲（？—公元前645年）春秋齐国颍上人，名夷吾，字仲。相齐桓公，主张通货积财，富国强兵，九合诸侯，一匡天下，成就霸业。现存《管子》一书，为后人伪托之作。苏忿生：周武王时司寇，能尽狱事。封于苏。

[3] 韬律大杜：古代兵书有《六韬》，韬律盖指兵家谋略。大杜，此指杜预（222—284），晋京兆杜陵人，官河南尹、度支尚书，接替羊祜出任都督荆州诸军事，镇南大将军。率兵伐吴，功封当阳县君。博学，多谋略，人称“杜武库”。著有《左传注》。皋陶（yáo）：传说舜的大臣，掌刑狱事务。甫侯：吕侯的后代。周穆王命吕侯据夏禹赎刑之法更从轻，以布告天下，称之为《吕刑》。因吕侯后代为甫侯，又称之为《甫刑》。

[4] 范史：指范晔《后汉书》。“律谢皋苏”：坚守律令，逊谢于皋陶，苏忿生。

[5]《新序》：西汉刘向撰。

[6] 必厚爵之：必须给予高的爵位。

跋元赵仲光《桃源图》（己酉秋[1]）

右卷为胡子何旧藏[2]，属余审定。余定为赵仲光绘《桃源图》。仲光名奕，文敏公次子[3]。《元史》称其与兄雍皆以书画知名[4]，而国朝收弆之富如孙退谷、高江村、宋牧仲及渔洋、竹垞[5]，以讫乾嘉诸公所著录，俱未及仲光片楮。余又观明代如钤山、米菴等记书画亦无有仲光[6]。甚以士良夏氏序《图绘宝鉴》[7]，后此图十二年耳，于仲穆子若孙且著之，仲光名字复无有也。以知仲光遗墨在元代已少见者，何论明后！

是卷长逾二丈，存至今五百年而无稍捐缺，非希世之宝哉！至其笔墨高雅，异境叠出，视赵伯驌、伯驹兄弟所图未知何若[8]？每一展对，辄咏坡公

“不知人间何处有此境，径欲往买二顷田”。子何尚珍守之，勿易视也！

[校注]

[1] 己酉：道光二十九年（1849）

[2] 胡子和：名长新。见卷二《上贺耦耕先生书》注［7］。

[3] 赵奕：元赵孟頫子，字仲光，号四斋。隐居不仕，日以诗酒自娱。善画，工真行草书。虽不脱家法，而行墨结字，微有不同。文敏：赵孟頫谥号。

[4] 赵雍（129—1361）：孟頫次子，字仲穆，吴兴（今浙江湖州）人。官至集贤待制，同知湖州路总管事。晚年隐居在家，以诗文画画为乐。山水宗父法，参学董、巨、李、郭，萧散清逸，笔力劲健，有个人风格。人物、鞍马生动传神；书法亦精。传世作品多件，藏于中外。

[5] 孙退谷：孙承泽，清益都人，字耳北，号退谷逸史，明崇祯进士，入清仕至吏部左侍郎，收藏甚富，有《庚子消夏记》等。高江村：高士奇，清钱塘人，字澹人，号江村。为康熙帝赏识，旬日三试皆第一，供奉内廷，官至礼部侍郎。著述颇丰，有《江村消夏录》等。宋牧仲：宋荦，清代商丘人，字牧仲，号漫堂、又号绵津山人。康熙间官至吏部尚书。笃学好交游，淹通掌故，著名诗文家。著有《西陂类稿》50卷。渔洋：王士禛，山东新城人，字贻上，号阮亭，晚号渔洋山人。顺治进士，官至刑部尚书。清初诗坛盟主，倡“神韻”说，创神韻诗派。与朱彝尊齐名，有南朱北王之誉。著有《带经堂集》、《池北偶谈》、《渔洋诗话》等。竹垞：朱彝尊，清浙江秀水人，字锡鬯，号竹垞。康熙间以布衣举博学宏词科，授检讨，参修《明史》。藏书八万卷，室号“曝书亭”。学问博洽，工诗词，为“浙西派词”创始人，与陈维崧合称“朱陈”，刻《朱陈村词》。著有《曝书亭集》、《日下旧闻》、《经义考》等。

[6] 钤山：钤山堂，明严嵩读书钤山十年，著有《钤山堂集》。米菴：明张丑，原名谦德，后改今名，字青父，号米菴，有《名山藏》、《清河书画舫》、《真迹日录》等。

[7] 士良：夏文彦，元吴兴人，后居云间。字士良。精图绘，著《图绘宝鉴》。

[8] 赵伯驌：南宋人，宋太祖七世孙。字希远，伯驹之弟。官武功大夫、荥州刺史、和州防御史等职，治军有方。工金碧山水，人物、花鸟、界画亦

精。赵伯驹，高宗赵构朝宦浙东路钤辖。善青绿山水、木石、花鸟、人物。继承发扬唐代李思训、昭道父子画风，秀雅高迈，雅洁异常，一变唐人浓郁之风，独具面貌。其作品受到元代黄公望、明代文徵明的推崇。

跋文待诏书《赤壁赋》

右明文徵仲先生书《前赤壁赋》[1]。顺德黄爱庐藏物[2]。按先生己酉年《日记》云[3]："书东坡《赤壁赋》前后共五十本。"此五十本之一，末书："丙申冬十二月二日书[4]。"时先生六十六岁矣。

首行下有"己酉年记"一印，知沈确士以五十本皆己酉书[5]，非也。《日记》盖通记前后所书耳。此书先《日记》十三年，至七十九岁彙存手迹，故钤以"己酉年记"。本初藏文登于雪髯，继归东莱初颐园[6]。印文可考。

[校注]

[1] 文徵仲：文徵明（1470—1559），明代长洲（今苏州市）人。初名壁，字徵明，后以字行，更字徵仲，号衡山、停云生。少时学文于吴宽，学书于李应桢，学画于沈周；又与祝允明、唐寅、徐祯卿相切磋。人称"吴中四才子"。五十四岁以岁贡生荐试吏部，任翰林院待诏。工书，追二王，擅山水，有细笔绵密者，称"细文"；有粗放苍润者，称"粗文"，晚年粗细兼备，以工致胜。亦善花卉、兰竹、人物，名重当代，开创"吴门派"。与沈周、唐寅、仇英合称"明四家"。

[2] 黄爱庐：黄乐之。时任遵义知府。

[3] 己酉：指明嘉靖二十八年（1549）。文氏年七十九岁。

[4] 丙申：明嘉靖十五年（1536）。

[5] 沈确士：沈德潜，清长洲人，字确士，号归愚。乾隆时任礼部侍郎。工诗，创"格调"说。有《啸竹轩诗钞》等。

[6] 于雪髯：无考。初颐园：无考。

跋《机声灯影图》（丙辰三月）[1]

古人之于为父也，妻者即母之而尽子道，不必其生己也。于为夫也，子者即子之而尽母道，不必其己生也。故周制《丧服经》无君母为庶子、庶子为君母之条[2]，非阙也。《不杖期章》“为众子”，众子兼嫡庶，为之者兼父母[3]。若妾，不得有众子，为其子得遂见后条。则君母为庶子具此矣。《齐衰三年章》“父卒则为母”[4]；《杖期章》“父在为母”[5]。此服通贵贱，妾子有以厌降[6]，不得三年。及期者，可以君母包其母，是为之并兼嫡庶。则庶子为君母具此矣。若然，君母、庶子之名，特以其异出析言之，其为母子所当尽之道，与生己、异己无二也。

自世道衰，天理之公微，人心之私盛。为君母者曰：“是非吾生也，子焉而已。”于是，虽有母子之名，而母子之道鲜尽其实矣。

今大定章吉士子和[7]，庶出也。生甫周，其母谢安人殁，君母谌安人实百苦抚教之，见其成进士入庶常馆而始殁。殁后，子和悲慕无已时，作此图志恩勤以寓其痛，而持以示余。余嘉叹安人之为母、吉士之为子，皆能尽古人之道，而合乎周公之所以教。世之为君母、庶子者，闻兹风，其慈孝之本心或可油然而起也乎？故申礼意而书之。

［校注］

［1］丙辰：咸丰六年（1856）。

［2］《丧服经》：指《仪礼》中的《丧服》篇。君母：封建宗法等级制度中，庶子称父之正妻曰君母。庶子：妾所生之子。又，妻所生之子，除长子得为嫡子外，其余的也称庶子。

［3］不杖期：丧服中的第四种：服齐衰之服，不用丧杖，孝期一年。众子：古代称嫡长子以外的诸子。《仪礼·丧服》：“昆弟，为众子。”《注》：“众子者，长子之弟及妾子，……大夫则谓之庶子。”

［4］齐衰（cuī）三年：齐衰之服，疏衰裳齐，在丧服中次于斩衰，用粗麻布制作，但边侧缝齐。服三年之丧。父卒为母，继母如母。

［5］杖期：同用齐衰裳齐，用桐木削成的丧杖，丧期一年。父在为母服。为第三种丧服。

［6］厌（yā）降：古丧礼，子为母服三年丧服，父在母亡，则减服一年，叫做“厌服”。

［7］章子和：章永康（1831—1864），字子和，别号瑟庐，清大定府（今大方县）人。幼年父母双亡，由君母谌氏抚养成立。博通经史，尤工诗词。咸丰二年（1852）进士，选翰林院庶吉士，授内阁中书，升诗读，补知府。回籍奔丧，当号军攻破大定城时被杀。著有诗、词、文集十几种近百卷，

今仅存《瑟庐诗草》3 卷,《海栗楼词》1 卷。

跋张迁碑（辛酉[1]）

林亭顾氏[2]以碑中“荒远既殡”，“殡”字加“歹”为无礼；“爰既且于君”，更以“暨”字离为“既且”二字；“中謇于朝”，“忠”亦误“中”：因疑碑为好事者得古本摹刻，致斯讹谬。翁覃溪[3]又以“艺于从政”是用《论语》“求也艺”句，而“政”误为“畋”，乃书人非即撰人于草稿审视未真而茫然下笔，故成诸误。

余谓此碑字体浑厚，决非后人摹刻，亦非不识文理之胥吏所能[4]。汉人作书，有转注为各事专字而互相通用者，亦有本字与转注各字互相通用者[5]。诸碑及经典本不止千百，如此碑“宾”作“殡”；孙根碑“无猾不傧”，“宾”又作“傧”；皆用转注为本字也。此碑与魏吕君碑“君以中勇”，“忠”皆作“中”，此用本字为转注字也。学者不明此旨，遂概之假借也。《诗 · 陈风》“穀旦于差”，《释文》“旦”本亦作“且”，王音七也反。”是王肃本作“穀且于差”。此碑“且于”正用诗词，所据盖同王本。“爰既”犹于后也。顾氏必绳以爰及之义，离“暨”字为二文，诬矣。“政”之为“畋”，实出俗儿戏鑱使然。观“刊石立表”，“表”字之侧刻“衣”字；碑阴下列空处刻“付讫”二楷书，则知与此“畋”字皆为一时妄凿无疑。

[校注]

［1］辛酉：咸丰十一年（1861）。

［2］亭林：顾炎武，号亭林。行迹见卷二《与刘仙石太守书年书》注［27］。

［3］翁覃溪：翁方纲（1733—1818），清顺天大兴人。字正三，号覃溪。乾隆进士，官至内阁学士。精金石考据之学，亦擅长词章、书法。著有《复初斋全集》、《汉金石记》、《经义考补正》等。

［4］胥吏：官府中办理文书的小吏。

［5］转注：六书之一。许慎《说文叙》：“五曰转注。转注者，建类一首，同意相受，考老是也。”转注是互训，在指事、象形、形声、会意四种文字中，意义相同或相近之字，可以互相解释。如考老同义，老可注考，考可注老，故名转注。后人对转注有多种说法。郑珍有《转注考》，为学者所

称许。

跋吴荷屋刻《东坡诗稿》拓本（庚申十一月[1]）

南海吴荷屋方伯荣光[2]，酷爱古书画，富于赀。见名迹无不购也，家几于尽，以故旧藏家所未见者多归之。旬宣长沙时[3]，吾友宁乡黄虎痴本骥方教读某太守署[4]，荷屋偶与谭曰：“已知吾子所学矣。平生弆藏，乞为考订著录，令显于世。”虎痴诺之。遂携太守子就教于所居江上之香雪堂。

荷屋每三日自节署送书画十卷与之考定[5]，几一岁而书成。荷屋挟其稿归南海。殁后，其后人刻之未究[6]。虎痴当时不留副[7]，与余言，甚悔之。

此东坡先生墨迹十五石，荷屋所钩摹者。世刻苏书，莫美于戏鸿堂《寒食帖》[8]；以斯比之，又下矣。顺德黄伯垂统学使之尊人爱庐廉访乐之守遵义时[9]，伯垂来侍其亲，携此拓本。余以石在其乡，易得也，坚乞之，乃以赠余。自后，粤东为岛夷屡蹂躏，此刻未知无恙否？抚兹初拓，益深宝惜耳矣！

［校注］

［1］庚申：咸丰十年（1860）。

［2］吴荣光：清南海人，字荷屋，号伯荣。嘉庆进士，由编修擢御史，巡视天津漕务，肃清积弊。道光间官至湖南巡抚，兼署湖广总督。坐事降福建布政使。工书画，精鉴金石。有《历代名人年谱》、《筠清馆金石录》、《白云山人诗稿》、《吾学录》、《绿伽南馆》诸集。方伯：对布政使的敬称。

［3］旬宣：周遍巡视各地，宣布德教。《诗·大雅·江汉》：“王命召虎，来旬来宣。”《传》：“旬，徧也。”此处指吴氏任湖南巡抚事。

［4］黄本骥：清湖南宁乡人，字虎痴。道光举人，官教谕。精于金石考据之学。有《圣域述闻》、《嵰山甜雪》等书，都二十五种。郑珍游幕湖南时，曾在黄氏处观摩历代碑刻墨本数千卷，领悟隶楷书法。

［5］节署：指巡抚衙署。唐宋称节度使为节帅，节度使藏旌节之厅堂为节堂。清代的督抚也称节帅，故其衙署也称节署。

［6］未究：指书稿未刻完。

［7］不留副：未抄录留下副本。

［8］戏鸿堂：明董其昌书斋名。

［9］黄统：字伯垂，广东顺德人。其父黄乐之任遵义知府，前来遵义，

与郑、莫等交游。后出任贵州学政。曾为莫友芝《郘亭诗钞》作序。

跋《易林》[1]（庚申[2]）

今世有《易林》四卷，相传为汉焦延寿赣撰[3]。顾亭林以延寿在昭、宣之世[4]，其时左氏未立学官[5]，而《易林》引左氏语甚多，又往往用《汉书》中事，其曰："刘季发怒[6]，命灭子婴。"又曰："大蛇当道，使季畏惧。"则又非汉人所宜言。疑是东汉以后人撰，讬之焦延寿者。

愚按：赣事实见《前汉·京房》及《儒林传》，并不言著《易林》。顾氏以用事、措语疑之，此书不出赣，信矣。考《隋书·经籍志》有焦赣《易林》十六卷，费直《易林》二卷，许峻《易新林》一卷，郭璞《周易林》五卷，鲁洪度《易林》三卷[7]。《唐书·艺文志》又增多崔氏《周易林》十六卷，管輅《周易林》四卷，张满《周易林》七卷[8]。是作《易林》者凡八家。

崔篆乃駰之祖，建武中著《易林》六十四篇，见《駰传》[9]。许峻乃曼之祖，著《易林》，见《方术传》。篆，桓帝时人，峻当在明、章间[10]，二子皆不宜言"刘季"，则此书亦非崔、许所著。观其文，奇矞光怪，景纯优为之，然朴质自然，非汉魏人不能也。是其管公明之书乎？

唐会昌中王俞[11]序赣书云："四千九十六题，即是此本。"知其时赣书久亡，世遂以此当之耳。今之四卷，盖犹其旧也。

［校注］

［1］《易林》：旧题汉焦延寿撰。16 卷。此书以 1 卦演为 64 卦，凡 4096 卦。卦有韵文繇辞，用来占验吉凶。后来谈术数者以之为宗。唐宋以来，各家著录皆以为延寿撰。明赵晓《古言》提出质疑，清顾炎武《日知录》十八以延寿为昭、宣时人，而书多引昭、宣后事，疑为东汉后人讬名所作。清沈炳巽《权斋老人笔记》三，牟庭《翟云升易林校略序》考为东汉崔篆所作。本文，郑珍提出新的观点，疑为管輅所作。

［2］庚申：咸丰十年（1860）。

［3］焦延寿：东汉人，字赣。任小黄县令，有政绩。专治《易》学，自称孟喜之传，曾授与京房。专言灾异。于是，汉《易》有京氏之学。著有《焦氏易林》。

［4］顾亭林：顾炎武，号亭林。行迹见卷二《与仙石太守书年书》注［27］，昭、宣之世：西汉昭帝刘弗及宣帝刘询当政时期，即公元前86年至公元前50年。

［5］左氏：指《左传》，又称《春秋左氏传》或《左氏春秋》。相传为春秋时左丘明所撰。所记为自鲁隐公元至鲁悼公四年凡二百六十年间史事。汉初，研究《春秋》的只有《公羊》、《穀梁》二家，立于学官。东汉时逐渐通行《左传》。到晋代，才将《左氏·服虔注》立于学官。

［6］刘季：汉高祖刘邦，字季。汉代人要避皇帝的名讳，不能说“刘季”二字。只有汉以后的人才敢直称“刘季”。

［7］费直：汉东莱人，字长翁。治《易》，长于卦筮。仕至单父令。许峻：东汉平兴人，字季山，善卜占之术，时人比之京房。著有《易林》。郭璞：晋闻喜人，字景纯。博洽多闻，善阴阳历算、卜筮之术。曾释《尔雅》、《方言》、《山海经》等。鲁洪度：无考。

［8］管辂：三国时魏国平原人，字公明。精风角占相之道。官至少府丞。张满：无考。

［9］崔篆：后汉人。王莽时任建新大尹，上任后释狱囚二千多人，称病去职。建武初举贤良，以惭愧辞归。其孙崔骃，字伯亭，博学有伟才，善属文，与班固、傅毅齐名。著有诗赋铭颂二十一篇。

［10］明、章间：东汉明帝刘莊、章帝刘炟当政期间，即公元58年至88年。

［11］王俞：无考。

跋小王《洛神》十三行拓本

子敬手写《洛神》[1]，人间当存数本。至宋思陵极力搜访，仅得九行，后贾似道复得四行合为十三行[2]。自归赵文敏以后，邢、董亦不及见也[3]。后有柳跋者，文敏谓是唐人临本，明在项子京家[4]，思翁摹入《戏鸿堂帖》[5]。今其本亦不知存否？

紫泉莫友芝得此本淮阴市，出以示余。其源流不可考，于真迹未知何如？以项本视之，彼且奄奄无生气矣！昔人谓虞、褚笔法专得小王[6]，观此，颇见仿佛。旁有文氏父子印[7]、项氏“天籁阁”印，知其由来久矣。

［校注］

［1］小王：王献之（344—386），晋琅琊临沂人，居会稽山阴，字子敬。羲之第七子。幼时学书，羲之授以《笔阵图》。其书几可与父乱真。所作真书以《洛神》十三行最著名。草书有《十二月帖》，笔笔相连，一气贯通，笔势奔放。

［2］宋思陵：无考。贾似道：宋台州人。宋理宗、度宗时专擅朝政，与蒙古兵议和，假称得胜。受弹劾贬官，被杀。

［3］赵文敏：赵孟頫，元代著名书画家。字子昂，号松雪道人，湖州人。官至翰林学士承旨，死后追封魏国公，谥文敏。邢：指邢侗，明末著名画家。董：指董其昌。

［4］项子京：项元汴（1525—1590），明代浙江嘉兴人。字子京，号墨林。家富饶，广搜历代书画名迹，收藏之丰甲江南。工书画，为吴派名家之一。

［5］思翁：董其昌号。

［6］虞、褚：指虞世南、褚遂良。唐初著名书法字。

［7］文氏父子：指明代书画家文徵明、文嘉父子。

跋《梦余笔谈》[1]（道光辛丑三月）

珍舞勺之年[2]，及事外大父静圃公[3]。老人心慈，童孙肆女虘[4]，数数闻道育贤馆、青城墓等事[5]，始知有《梦余笔谈》。公殁后十年乃得读其稿，饥驱南北又十年。去年春，乃携稿至郡署，将梓之[6]，勘定，而先孺人逝矣。至是乃付剞氏[7]。

嗟乎！为不得力儿，何一事非至憾？鬼神幽明之说，信如公言，百年易尽耳。瞬顾间[8]，必即奉吾母言笑于公几案之侧[9]，特不知百年中所学所行之必能复见吾母否也？捧此编，惧而痛矣[10]！

道光辛丑二月望郑珍书[11]

［校注］

［1］《梦余笔谈》：黎安理撰。凡14篇。内容多所历所闻怪异之事，或梦境所幻觉之奇迹。从内容到形式，都同纪昀《阅微草堂笔记》相类，应属笔

记小说。此书的刊行，为贵州文学史增添了新的文学体裁，填补“笔记小说”这一空白。书前有莫与俦《梦余笔谈序》，书末才是这篇《跋》。莫《序》中说：“黎静圃先生以经术为循吏，出处进退，规规焉惟恐牴牾于圣贤；作为文章，宏通尔雅，乡人至今称诵之。复以平生阅历与夫耳目所及之足以骇观听、寓懲劝者，杂书之，曰《梦余笔谈》。夫人心之积蔽，壮言之不入，或嬉笑而解焉；专言之不喻，或旁推而悟焉。《笔谈》之作，其亦有经传警世之意乎！或曰：先生居近禹门山，旧丈雪道场，犹有其遗风焉；故所言多洞佛理、了生死去来。是则非余所敢知矣。”

［2］舞勺：古代文舞的一种。《礼·内则》：“十有三年，学乐、诵诗、舞勺；成童，舞象。”《注》：“先学勺，后学象，文武之次。”《疏》：“舞勺者，勺，签也。言十三之时，学此舞签之文舞也。”后称未成年时为舞勺之年，本此。

［3］外大父：《黎氏家集》（日本便署刊本）作“外王父”。静圃公：黎安理（1751—1819），字履泰，号静圃，晚年自号非非子。一生艰苦备尝，际遇坎坷。青年时代以教馆维持一家生计。29岁时中举人，直到58岁才大挑二等出任永从（今从江县）训导，迁山东长山（今邹平）知县，清廉为民，政声颇佳，任满返里，教导孙辈，享年69岁。著有《锄经堂诗文集》、《自书年谱》、《论语口义》。他是遵义“沙滩文化”的开创者。

［4］肆嫭：“嫭”，底本、花近楼本、四部备要本均用“姐”，误，据《黎氏家集》刊本改。嫭（jù）：娇。《说文·女部》：“嫭，娇也。”嵇康《琴赋》：“时劫掎以慷慨，或怨嫭而踌躇。”肆嫭，指孙辈孩童在老祖父跟肆意撒娇，如要求讲故事之类。

［5］《育贤馆》、《青城墓》：《笔谈》中小说篇名。

［6］梓：指印刷刻版。因刻版以梓木为上等木料，因以付刻印刷为“付梓”。

［7］剞氏：剞（jī），雕刻用的曲刀；曲凿为劂，合称剞劂，指书籍刻版。剞氏，指刻工。

［8］瞬顾：瞬，一眨眼工夫，形容时间短暂。顾，顾盼，回视，也指时间短暂。

［9］此句意谓母亲死后，前去侍奉外祖父。这是儿孙辈寄托哀思的幻想。

［10］痛矣：《黎氏家集》刊本作“痛已”。

［11］道光辛丑：即道光二十一年（1841）。这一行落款，底本原无，据

《黎氏家集》刊本补。

跋韩诗《谢自然》首[1]

陈商有《谢自然却还故居》诗[2]。此女信得道者邪？然以公所言观之，其去而复还，仍是为魑魅狐狸所弄，特彼不肯自承耳。否则，复还者即木怪狐妖所为，岂真自然哉！

［校注］

［1］原刻本标题下有小字两行，云："以下跋韩诸篇，非一时所成，不记先后，大约在辛酉以前。总录于此，依《韩集》次序编之。"

［2］陈商：唐繁昌人，字述圣。初隐居马仁山，以文谒韩愈，愈称其"语高旨深"。登进士第，历官礼部侍郎，秘书监。有文集。

跋韩诗《叉鱼招张功曹》首[1]

方扶南云："公祭张员外文云：'避风太湖，七日鹿角，鉤登大鲇，怒颊豕狗。'此叉鱼之一证[2]。合观祭李郴州[3]文'投叉鱼之短韵'，则俟新命于郴州作也。"余以为公祭张员外所谓太湖，即洞庭。故叙七日避风在观南岳之后[4]，非叉鱼处也。叉鱼在郴州城外西湖。湖今皆为田。余曾亲游其处[5]。方氏殆误。

［校注］

［1］查《韩昌黎全集》，无《叉鱼招张功曹》，只有《叉鱼》诗，为五言排律。张功曹，名署。由御史贬署郴州临武。而韩愈同时贬连州阳山。顺宗即位，二人遇赦，同在郴州待新的任命。

［2］方扶南：见卷一《柴翁说》注［11］。张员外：行迹不详。鹿角：小地名。在洞庭湖畔。豞（hòu）：豕叫声。

［3］李郴州：指郴州刺史李伯康。贞元十九年（803）守郴州，与韩愈交游酬答。

［4］"七日避风"：原诗题为《洞庭阻风赠张十一署》，中有"苍茫洞庭岸，与子维双舟"之句。因风雨阻隔，二人却没能相遇。"观南岳"：韩愈有

《谒衡岳庙宿寺题门楼》诗。

［5］亲游其处：道光八年（1828）春，郑珍随湖南学政程恩泽赴湘南校士，在郴州游北湖，写有诗纪其事。诗题为《游北湖怀昌黎公。湖在郴州北郭外，周广可四十里，今皆为稻田矣。去年，程春海先生属刺史、惠安曾钰于道侧蓄一池，祠昌黎于其上》。诗中有"湖地四边今叱犊，昔年中夜此叉鱼。长船大炬无留影，斗硕波澜有别潴"之句。

跋韩诗《合江亭》首[1]

合公过衡岳诸诗考之，此《合江亭》云："穷秋感平分，新月怜半破。"曰"平分"，则是秋中；曰"半破"，则已上弦。知公以八月初旬至衡州，与刺史邹君盘桓[2]，因赋《合江亭》诗。其过中秋亦在衡州。《八月十五夜赠张功曹》言"沙平水息"，正是江景。继乃登衡山、宿岳庙、访禹碑，所谓"委舟湘流往观南岳"，必非一二日事，然亦去中秋不远。

《宿岳庙》诗"夜投佛寺上高阁，星月掩映月曈昽"。是其时犹有月也。初八九尚在衡州，登岳又非一二日事，则中秋《赠张功曹》必不在游衡山之后。某氏以其诗为"俟命于郴州作"，方扶南沿之，编在《郴州祈雨》后，不知与公纪时不合也。衡州至潭州[3]，下水船仅五六日，而公游岳在八月二十前后，《至潭州泊船》诗云："夜寒眠未觉，独宿湘西寺。"云："是时秋之残。"又云："山楼黑无月。"则已是九月二十后者。意公《谴疟鬼》诗云："乘秋作寒热"，必即在游岳后、泊潭前。中间一二十日，以疟疾淹留故也。

九月下旬，公应发潭州，其至洞庭湖，已是十月，又在鹿角避风七日，及岳州[4]，当在初十前后。《洞庭湖阻风》云"十日阴风盛"；《登岳阳楼》云"时当冬之孟"。可考也。

［校注］

［1］此诗全题是《题合江亭寄刺吏邹君》。合江亭，在衡阳县北二里的石鼓山后，唐衡州刺吏齐映建。后宇文炫重建。邹君：指邹游，贞元晚期任衡州刺史。

［2］盘桓：徘徊留连。

［3］潭州：今长沙市。

［4］岳州：今岳阳市。

跋韩诗《赴江陵途中寄赠三学士》首[1]

右诗盖作于由衡至潭途中。诗云“江水清且急”，则在湘江也；云“凉风日修修”，则八九月也；云“胡为首归路，旅泊尚夷犹”，益见观岳之后、泊潭之前，中间必以故稽留一二十日。此诗之作，必在其时。宪宗之立，伾、文之贬在八月[2]，京使至湘中当在九月。此时公已闻诏，则诗作于九月无疑，宜编在《潭州泊船》诗前。方扶南编《岳阳楼别窦司直》后，误矣。盖风阻鹿角，地在潭州下流二百余里，时已是十月，与“凉风”句不合。若过岳阳，则是大江，更不得云湘水也。

[校注]

[1] 此诗全题为《赴江陵途中寄赠五二十补阙、李十一拾遗、李二十六员外翰林三学士》。这三位学士同韩愈一起遭到贬谪。

[2] 伾、文之贬：唐顺宗永贞元年，王伾、王叔文用事，实施改革，史称“永贞革新”，柳宗元、刘禹锡等参予其间。同年八月，顺宗残疾退位，皇太子李纯继立，二王被杀，刘、柳等八司马被贬。韩愈等遇赦还京。

跋韩诗《读皇甫湜公安园池诗书其后》首[1]

余玩此诗，大意谓人生百年内，当留心于大者、远者，孔、颜事业终身为之不尽，区区园池中景物，自然不及关怀。正犹晋人且一吷尧舜[2]，《春秋》且不诛其人，况肯以虫鱼花鸟累其笔墨乎？皇甫之《园池诗》，何异掎摭粪壤[3]？用心既误，臧否更不必论也[4]。公盖勉之及时进业，无復留连光景，费无益之心思耳。

刘贡父、叶石林谓讥持正不能诗[5]，劝使不作，并是臆谈。持正诗今存三篇（《题浯溪石》、《石佛谷》、《出世篇》），何尝非诗人吐属！特全集失传耳。

[校注]

[1] 皇甫湜（777？—830?），字持正，唐睦州新安（今浙江新安县）人。宪宗进士，任陆浑县尉，官至工部侍郎。积极参与韩、柳的古文革新运

动，今存其文6卷，38篇，诗仅存3首。《韩文公墓铭》为其代表作。

［2］一吷尧舜：事见《庄子·则阳》。吷（xuè），小声。惠子见戴晋人，认为他是“大人”，连圣人都不足当之，惠子说：“吹剑首者，吷而已矣。尧、舜，人之所誉也。通尧、舜于戴晋人之前，譬犹一吷也。”

［3］掎摭（jǐzhí）：选取，挑拣。

［4］臧否：品评，褒贬。

［5］刘贡父：刘攽，刘敞弟，字贡父。宋元祐中拜中书舍人。邃于史学，与司马光同修《资治通鉴》。有《彭城集》、《中山诗话》、《公非先生集》。叶石林：叶梦得，字少蕴，号石林居士。南宋文学家，学识广博，著述甚富。有《石林总集》一百卷。今存《石林词》、《石林诗话》等。

跋韩诗《崔十六少府摄伊阳以诗见投因酬三十韵》首

此崔十六，非崔立之也[1]。自东雅堂本某氏注《赠崔评事》诗云“立之初摄伊阳尉”，始误认此与立之为一人。方扶南不悟其非，又据此诗谓立之摄伊阳在为评事后，而于《西城员外丞》首详立之任履，直云“评事谪官伊阳尉”，迷谬已甚。

公寄立之诗《蓝田十月》首、《西域员外》首并“称崔二十六”，此称“崔十六”，行先不同，其为两人已明。又诗云“三年国子师”，此自是元和三年之作。考公年十九到京师，当贞元二年，其四年立之登第，八年公登第。公《赠崔评事》云：“忆昔尘埃两相逢，争场龃龉持矛盾。子时专场誇觜距[2]，予始张军严韊靮[3]。”则知与立之在贞元初年交好久矣[4]。而此诗前半所叙乃是公于元和元年以分司居东都[5]，因崔十六赁屋连墙，相识始惯，初尚安排借贷，久之乃觉真穷。明是新交情事。若公于立之相知，至此已二十年，与诗皆不合矣。某氏一误，扶南再误。不可不正。

［校注］

［1］崔立之：字斯立，唐贞元进士，元和初为蓝田丞。邑庭有老槐四行，南墙有巨竹千挺。立之日哦松间，有问则曰：“予方有公事。予且去。”韩愈为作《蓝田记》。

［2］觜距：鸟类的嘴和爪甲。左思《吴都赋》：“羽族以觜距为刀铍，毛群以齿角为矛铗。”此处指崔立之刚刚中进士，正可显耀自己的本领与实力。

［3］鞲靷（xiǎnyǐn）：鞲是鞍下系马腹的革带；靷是引车前行的革带，一端系于马颈，一端连在车轴之上。这里表示正准备严装待发。

［4］贞元初年：唐德宗贞元元年，为公元 785 年。

［5］元和元年：唐宪宗元和元年，为公元 806 年。

跋韩诗《寄卢仝》首[1]

诗云："立召贼曹呼伍伯"[2]，一作"五百"。余考"伍伯"有数义：《汉书》晁错言事曰："古之制，边县四里一连，连有假伍伯。"服虔[3]《注》："伍伯，帅名也。"是谓连帅为伍伯。《周礼·司服》《注》："今时伍伯缇衣，古兵服之遗制。"《疏》："伍，行也；伯，长也。谓宿卫者之行长。"是卫士名伍伯。又《宰夫八职》《注》："如今侍曹，伍伯，传吏朝也。"《疏》："汉时五人为伍，伯，长也。是五人之长，传在朝群吏诸官事务于朝也。"是传事者为伍伯。《神仙传》王敦郭璞，"璞谓伍伯曰：'吾命应在汝手中。'伍伯衔涕行法。"是刽子手为伍伯。《演繁露纪》：《后汉书·虞诩传》注："《续汉志》：'伍伯［公］八人，中二千石六人，千石、六百石皆四人，自百石下皆二人。黄绶，武官伍伯，文官避车铃下，侍阁门阑部置，走卒皆有程品，多少随所典领，率皆赤帻绛衭，即令行鞭杖者。"[4]《襧衡传》："黄祖怒衡不逊，令伍伯将出杖之。"《注》："五百，犹今之问事[5]。"《唐书》："苏世长为刺史，因民不率教，责躬自咎，自挞于都。街伍伯疾其诡[6]，鞭之见血。"《太平广记》载《戎幕闲谈》："申璀欲知未来[7]，或曰'公部中伍伯，判冥者也。'召问之，答曰：'某非幽冥主者，冥中伍伯能于杖数量人生死。'"《酉阳杂俎·语资类》谓魏收欲显名岩石，偶无笔，以伍伯杖画之。据此数事，是官中行鞭杖者为伍伯，要如《续汉志》所言伍伯程品，则今皂役、快役、壮役皆是也。今呵、导、笞、斩用皂，拘人、缉盗用快，守卫、传事用壮。公所指伍伯，是快捕皂隶，当属贼曹[8]，故曰"召贼曹，呼五百"、其字亦作"五百"。本《后汉·曹节传》及《襧衡传》。《晋〔书〕·舆服志》曰："车前五百者，卿行旅从五百人为一旅。汉氏一统，故去其人留其名。"则视崔豹、韦昭、孔氏义似胜[9]。公语必由古，知作"五百"之本是也。

［校注］

［1］卢仝：见本卷《巢经巢记》注［13］。

［2］贼曹：官名。西汉置三公曹，主断狱。东汉改以二千石曹，主中都宫水火、盗贼、讼词、罪法，亦谓之贼曹，重于诸曹。各郡皆设，为郡之佐吏。

［3］晁错：汉文帝的“智囊”。景帝时官御史大夫，建议削藩，引发吴、楚七国之乱，被杀。

［4］服虔：汉代经学家。著有《春秋左氏传解谊》。东汉元帝时，服虔《左传》曾立博士。

［5］这一段引语错落多处，致使语意难明。如“伍伯”后脱“公”字，“避”应为“辟”，“阑”应为“兰”，“置”应为“署”。这段注文，主要是对“走卒”一词的解释。《后汉书·虞诩传》的原注如下：“走卒，伍伯之类也。《续汉志》曰：‘伍伯，公八人；中二千石六人；千石、六百石皆四人；自百石以下至二百石皆二人。黄綬武官：伍伯；文官：辟事，铃下。侍阁门、兰部、署、街，走卒皆有程品，多少随所典领，率皆赤帻绛褠，即今行鞭杖者也。”黄綬：中国汉代官印的丝质黄色綬带。凡秩比二百石以上五百石以下的官吏，皆授予铜印黄綬。辟（bì）车：指前驱。《后汉书·舆服志》：“持节者，重导从：贼曹车、斧车、督车、功曹车皆两；大车，伍伯璅弩十二人；辟车四人；从车四乘。”铃下：指侍从、门卒。以在铃閤之下，有警则掣铃以呼，故名。阁门：指内阁门卫。兰部：指兰台，御史大夫官署。署：官署。街：指街道，有街使，管理巡查事务。程品：法定品级。赤帻：束发赤巾。《宋书·礼志》：“又有赤帻，骑吏武吏乘兴鼓吹所服。”绛褠：绛红色袖套。

［6］问事：执杖行刑的人。

［7］街伍伯：巡街的走卒。

［8］申瓘：应为“畅璀”。《旧唐书》本传作“畅璀”。《太平广记》卷三〇四《畅璀》條作“畅璀”。

［9］快捕：即捕快。旧时州县官署捕人的差役。皂隶：旧时衙门的差役。其服制是：穿皂盘领衫，戴平头巾，结白搭膊，带牌。

［10］崔豹：晋代人，字正能，惠帝时官至太傅。有《古今注》。韦昭：三国时吴国云阳人，字弘嗣。孙皓立，为侍中，领国史。以持正为皓所杀。有《孝经注》、《论语注》、《辩释名》、《国语注》、《官职训》等。孔氏：指唐孔颖达，曾撰《五经正义》。

跋韩诗《送无本师归范阳》首[1]

《刘公嘉话》记岛以炼“推敲”字误冲京尹事[2]，洪、樊诸子已辨其乌有，而《摭言》载岛因索句唐突刘栖楚被系[3]，迹颇相似。《新唐书》遽信，采以入传。以余考之，亦谬谈也。

《岛集》有《寄栖楚》诗云：“友生去更远，来书绝如焚。”通篇词意并见岛与栖楚为同辈旧交，何得有系岛事？《新书》殆失之不考。又以《岛集》与此《送无本师》参证，岛于韩公门亦可略见始末，益见《嘉话》之非。

岛携新文见张籍、韩愈，途中成诗云：“袖有新诗文，欲见张、韩老。青竹未生翼，一步万里道。仰望青冥天，云雪压我脑。失却终南山，惆怅满怀抱。”此知岛由幽都携所业来谒公[4]，先至长安见张籍，而后赴洛，故题与诗皆叙张先韩，而诗尚作于见张之先也。“雪失终南”，知见张在元和五年冬，至六年春[5]，走洛见公，遂从公游。故公《送无本》云：“始见洛阳春，桃枝缀江糁。”则《新史》谓“禁僧不出，为诗自伤之”云，亦不足信。

是年秋，公迁职方。岛或随公入京，及十一月告归范阳，公作此诗送之。是后至长庆四年[6]，公告病城南庄，岛复来见公。有《黄子陂上韩吏部》诗云：“石楼云一别，二十二三春。相逐升堂者，几为埋骨人？”盖从元和七年计至长庆四年为十三年也。公庄在黄子陂岸曲，张籍祭公诗所称“地旷气色青”者。籍诗叙池上侍公事云：“偶有贾秀才，来兹亦同并。”即是指岛。公泛南溪，岛亦陪侍，有《和韩吏部泛南溪》诗。

不久公卒，则岛必见公属纩[7]。此岛于韩门始末可考者。至岛于东野，似平生未一觌面[8]。其投东野诗云：“生平面未交，永夕梦辄同。前岁曾入洛，差池阻从龙[9]。”“萍家后从赵，云思长萦嵩。”岛入洛在元和六年，东野卒在八年[10]，此诗必作在七年八年之间。是孟、贾终未一见也。

［校注］

［1］无本师：指贾岛（779—843），字浪仙，范阳（今北京市附近）人。早年做过和尚，法名无本。青年时代离家外游，先后至洛阳、长安，拜见韩愈，与张籍等交游。做过司户参军的小官，贫病而死。有《长江集》。

［2］《刘公嘉话》：即《刘宾客嘉话录》，唐韦绚撰。

［3］刘栖楚：唐代人。敬宗时，历官刑部侍郎，改京兆尹。性诡激，敢

为怪行。峻诛罚，不避权豪。出为桂管观察使，卒。

［4］幽都：指幽州治，即范阳。

［5］元和五年、六年：即公元810年、811年。

［6］长庆四年：公元824年。

［7］属纩：《礼·丧大记》："疾病……属纩以俟绝气。"纩，新丝绵，质轻，遇气即动。人将死，在口鼻上放丝绵，以观察有无呼吸，叫属纩。后称病重将死为属纩。

［8］覿（dí）：相见。

［9］差（cī，chā）池：差错，不齐。从龙：《易·乾·文言》："云从龙，风从虎。"李白《江上答崔宣城》："水流知入海，云去或从龙。"旧时以龙为君王的象征，故以从龙为跟随帝王开创大业。这里以龙喻尊敬的长者。

［10］元和八年：即公元813年。

跋韩诗《人日城南登高》首

或问此诗中"佳节古所用"，古用人日登高，注家未详，于何征之？曰：晋桓温参军张望有《正月七日登高》诗[1]；李充有《人日登安仁峰铭》[2]；《寿阳记》"宋王正月七日登望山楼会群臣，父老集城下，皆令饮一爵"；北齐杨休之有《人日登高侍宴》诗[3]；乔偘亦有《人日登高》诗[4]；《景龙文馆记》"中宗景龙三年正月七日[5]，上御清晖阁，登高遇雪，令学士赋诗，李文、李峤、刘宪、赵彦昭、宗楚客、苏颋六人皆有作"[6]。是知人日登高自晋至唐皆有故事，故公诗云然。

［校注］

［1］桓温：东晋人，官大司马，专朝政，欲废帝自立，未成而死。张望：无考。

［2］李充：晋江真人，字弘度，善楷书，为王导记室参军，迁中书侍郎。

［3］杨休之：无考。

［4］乔偘：无考。

［5］景龙三年：指唐中宗景龙三年，公元709年。

［6］李文：无考。李峤：唐赞皇人，字巨山。累迁给事中，平反狄仁杰等冤狱。神龙中以特进同中书门下三品。富才思，与崔融、苏味道齐名。晚

为文章宿老。刘宪：唐宁陵人，字元度。累官给事中、太子詹事。赵彦昭：唐赵武孟子，字奂然。少豪迈，风骨秀爽。景龙中，累迁中书侍郎，同中书门下平章事。宗楚客：唐蒲州人，字叔敖，武后为其从姑。官至宰相。韦后时与纪处讷结党，后伏诛。苏颋：唐代人，字廷硕。幼颖悟，过目千言成诵。开元中，进同紫微黄门平章事，与宋璟同当国。以文章显于世，与燕国公张说名望相等，有"燕许大手笔"之誉（苏袭其父许国公爵）。

跋韩诗《示儿》首

东坡论此诗所示皆利禄事，浅视诗旨也。读"开门"一段，是所指为利禄者。深玩之，诗言身为卿相，持国钧轴[1]，而与同官往来，止以酒食相征逐，博槊相娱乐[2]，所为何如乎？则玉其带、金其鱼、峨其冠，皆行尸走肉耳。其所讲之唐、虞，亦止口中仁义，即公所云"周行俊异，来去皮毛"者也。"酒食"联下接云："凡此座中人，十九持钧枢"郑重作一指点，语似热眼，齿实冷极；重言其官职，正轻哂其所为。所谓赞扬甚于怒骂也。不然，上言"无非卿大夫"足矣，又著此二语，津津不置，不重复无谓耶？观"又问"四句，言过从讲道者，唯有张、樊[3]，则自两人而外，皆无一可与言者。愈见上文所云，并非艳于利禄，誇诱符郎也。坡公特未细思耳。

［校注］

［1］钧轴：钧以制陶，轴以转车。喻执掌国家大权，指宰相之位。

［2］博槊：博，博奕，下棋。槊：古代一种博戏，又名握槊。刘禹锡《观博》："初，主人执握槊之器……其制用骨，觚稜四均，镂以朱墨，耦而合数，取应朞月，视其转止，依以争道。"

［3］张樊：指张籍、樊宗师。张籍，见卷一《柴翁说》注［3］。樊宗师：字绍述，官州刺史、谏议大夫，有治绩。韩愈尝荐其材。有《樊绍述集》。

跋韩诗《符读书城南》首

黄鲁直尝以此诗劝奖之功与孔子同归[1]，正论也。陆唐老短之，谓退之切切然饵其幼子以富贵利达之美，若有戾于向之所得者[2]，非也。

读书通古今，行身戒不义，学行并进，文质相宜，达则富贵若固有，穷亦名誉不去身。为圣为贤，止是如此，论古今通理，有“潭潭府中趋”之俗子，必无“鞭背生虫蛆”之哲人[3]。子孙苟贤，藏身有术，即不为卿相，亦免人仆人奴。必欲饿不任声，寒而见肘，是其时命所极，决非父母之心。若伏猎侍郎[4]、弄獐宰相[5]，固韩公所不屑计较，于符岂有虑焉？如唐老者，吾知其教子孙作木石矣。

竹垞先生[6]评“文章经训”数联云：“论读书必归到经术行义上，此昌黎学有根本处。”最得其旨。

[校注]

[1] 黄鲁直：黄庭坚（1045—1105），宋分宁人。字鲁直，号山谷道人。曾谪居涪州，因号涪翁。治平进士，历任著作郎、起居舍人，知鄂州。屡遭贬谪。诗学杜甫，为江西诗派之祖。游于苏轼之门，为苏门四学士之一。世以苏黄并称。劝奖：劝导，奖励。《论语·为政》：“子曰：‘临之以庄，则敬；孝慈，则忠；举善而教不能，则劝。’”

[2] 陆唐老：宋会稽人，淳熙进士第一。有《增节音注资治通鉴》。戾（lì）违背。

[3] 潭潭府中：指深宅大院。“鞭背”句，指为人作奴，任人欺辱。

[4] 伏猎侍郎：指猎郎。北魏拓跋氏起于代北，俗猎，故置猎郎，以豪宅子弟有才勇者为之。相当于汉代的羽林郎之类。如叔孙俊、周几等皆以熟习弓马骑射为猎郎。此处借以讽刺有勇无文之辈。

[5] 弄獐宰相：指李林甫。《旧唐书·李林甫传》：“林甫舅子（姜）度妻生子，林甫手书庆之曰：‘闻有弄獐。庆。客视之掩口。”古代生男称“弄璋”之喜。璋为圭璋，美玉，獐为野兽。作为宰相，闹出如此笑话。苏轼《贺陈述古弟生子》诗：“甚欲去为汤饼客，惟愁错写弄獐书。”獐同“麞”。

[6] 竹垞：朱彝尊，号竹垞。见卷一《柴翁说》[10]。

跋韩诗《大行皇太后挽歌词》第二首[1]

太后者，庄宪皇后也[2]。后与顺宗同葬丰陵。顺宗元和元年葬[3]，先于后十一年。故诗云：“因山托故封。”“凤飞终不返”句即承“故封”，接下“剑化会相从”句[4]，言今日祔葬之得礼。王介甫不了诗意，讥“剑化”句为黩[5]。失旨甚矣。

[校注]

[1] 大行：一去不复返。臣下因讳言皇帝（或皇后）死亡，故用大行作比喻。帝死停棺未葬者为大行皇帝。

[2] 庄宪皇后：为唐顺宗李诵之后，宪宗李纯之母。

[3] 元和元年：即唐宪宗元和元年（806）。

[4] “剑化”句：用“剑化龙”的典故。西晋时，丰城令雷焕掘得双剑，一赠张华，一自佩。张华被诛，剑失所在。焕子佩剑过延平津，剑忽堕水，急命人下水打捞，不见剑，但见两龙各长数丈，光彩照水，波浪惊沸。知剑已化龙相合。这里有“剑化”比喻人去世。

[5] 王介甫：王安石（1021—1086）。宋抚州临州人，字介甫，号半山。庆历进士。主张变法，神宗朝任参知政事。变法失败，退居江宁。工诗文，为“唐宋八大家”之一。有《临川集》等。黩（dú）：玷污。

跋韩诗《闲游》二首

二首殆前后两游之作，编者类之。“柳花”句是春暮景，次首“竹长遮邻”，谓笥放梢，则是初夏景。且同时作两律，亦决无止向萍竹写状之理。可见春晚初钓此池作一诗，经旬再游作后一诗也。《长庆集》[1]卷十一有《陪韩侍郎游郑家池吟诗小饮》五言一篇，公必有作，今不传。此《闲游》二首及《独钓》四首，是孤游其地，未知即郑家池否？

[校注]

[1]《长庆集》：即《白氏长庆集》，白居易撰诗，由元稹编辑。

跋韩诗《谴疟鬼》首

此诗公实因病疟而作。其时当在永贞元年八九月[1]，公由郴至衡、潭中间。观《纳凉联句》公自叙云：“与子昔睽离，嗟予苦屯剥[2]。”“炎湖渡氛氲，热石行荦硞[3]。痟饥夏犹甚，疟渴秋更数[4]。”皆明是实事。曰“度炎湖、行热石”，则暑中行况也。

公贬阳山在贞元十九年十二月[5]，度湖经岭皆极寒之时，而二十年在阳山又无缘至湖岭，惟二十年由阳山俟命于郴，则越岭有热石之行。又由郴下潭州，则自衡以下皆湖地，其时又正当夏秋，与“度炎湖、行热石”合。而夏痟秋疟，即叙在度炎湖、行热石之下，又与此“乘秋作寒热”合。知公偶尔病疟，必在出郴口、泊潭州中间。故病中作此消遣。

其曰“江水清”，曰“九歌”，曰“清波”、“白石”、“芙蓉旗”，并就眼前景附合楚骚以为娱戏，非凭空拟撰也。韩醇谓此诗为皇甫镈、程异诸人作，诚无所取[6]。方氏又以移之李逢吉[7]、究是臆度。要之名门子孙，不修操行，以忝厥祖父者[8]，比比而是。公自嬉骂疟鬼，而使不肖子读之，自知汗背。此即有关世道也，何必定指斥某人耶？至方氏以“天殃鬼行疟”句为此诗缘起，因编此系《郾城联句》后，则小儿之见矣。

[校注]

[1] 永贞元年：即公元805年。

[2] 屯剥：《易》中二卦名，屯（zhūn），艰难；剥，剥落。后称时代动乱、遭遇艰难为屯剥。

[3] 荦硞（kù）：水石相激的情状。

[4] 痟（xiāo）：头痛病。

[5] 贞元十九年：即公元803年。

[6] 韩醇：宋临邛人，字仲韶，有《韩集集解》、《柳宗元文集音释》。颇详博。皇甫镈：唐临泾人，贞元进士。善聚敛，官至宰相，后被贬崖州司户。程异：唐长安人，字师举。任监铁使，善理财，官至宰相。

[7] 方氏：指方扶南。李逢吉：唐陇西人。字虚舟，宪宗时为宰相，国阻止裴度讨伐淮西，被贬为剑南节度使。

[8] 忝（tiǎn）：有愧于，羞辱。自谦之词。

跋韩诗《和席八》首[1]

方扶南谓“此诗未定何年作。然以落句观之，盖元和十五年春在袁州遥和之诗[2]。曰‘江海’则在南方，而阳山时不得老；曰‘未还身’则自在量移之后，而在潮州未尝遇春；且曰‘吹竽久混真’，盖指十一年为中书舍人时，则其为袁州时无疑矣。席八是时想亦以中书舍人知制诰[3]，旧与之周旋，因其诗来而和之。”

余按：诗中云“纶綍谋猷盛[4]，傍砌看红药”。席八之为中书舍人知制诰无疑。云“倚玉难藏拙，吹竽久混真”，明是与席八同知制诰。语末韵盖言此身老而无用，理合退休，与席久混，惟有自惭。“江海未还身”，犹云未还江海之身。对朝廷而言，江海、江湖、山林一也，不必定在大江大海。此诗应编次《人日登高》后。扶南误解末句，遂多生穿凿。编年既误，明白之诗反晦矣。

[校注]

［1］席八：行历无考。

［2］元和十五年：即公元820年。

［3］中书舍人：唐中书省掌侍进奏、参议表章的官员。定额六人，秩正五品上。其中一人专职草诏进画，列席政事堂会议为“知制诰”。

［4］纶綍（fú）皇帝的诏书、制令。

跋韩诗《咏灯花》首

诗云：“黄里排金粟。”注家未得其解。考《文选》注：“石中黄子，黄石脂也，宫额用之。”是黄子乃石名，以之饰额，故义山诗云：“低眉遮黄子。”[1]而梁简文诗“约黄能效月”[2]，更省称“黄”。是公以钗对黄，比物连类，的是正对。而此二句之拟状绝肖者，灯之火光内黄外赤，花在其中，恰是“黄里排金粟”。钗以比灯芯，花在其首、确是“钗头缀玉虫”。于此见公体物之精。

[校注]

［1］义山：李商隐，字义山。中唐著名诗人。

［2］梁简文：南朝梁简文帝萧纲。字世缵。为太子时，与徐摛、庾肩吾等倡“宫体诗”。文辞淫豔华丽，风靡一时。

跋韩诗《贺张十八秘书得裴司空马》首[1]

方扶南笺，编此诗于《同水部张员外曲江春游》首后。云籍此时已为水部员外。前题称之。此称秘书，或仍其旧，或传写误。

余谓：《香山集》卷十九有《贺张十八秘书谢裴相公寄马》诗[2]，亦称籍为秘书。其后有《喜张十八博士除水部员外郎》诗，编次在《遇芍药初开》首后，《食敕赐樱桃》首前。参互考之，知籍除员外必在长庆二年三月[3]，此诗作在除官前，故韩、白并称之秘书。李汉元编此诗在《游曲江》前[4]，不误。方氏移易旧次，自取葛藤，不知何由知得马时定为水部员外也？

［校注］

［1］张十八：指张籍。秘书：即秘书郎，秘书省属官，有三人，从四品上，掌经史子集四部图书。裴司空：指裴度（765—839），唐闻喜人。字中立。以讨伐淮西，擒蔡州刺吏吴元济立功，封晋国公，入知政事。后徙东都留守，建绿野别墅，与白居易、刘禹锡等名士宴乐其间。

［2］《香山集》：白居易晚年自称“香山居士”，所作诗为《白香山集》。

［3］长庆二年：即公元822年。

［4］李汉：唐李道玄后裔，字南纪，少事韩愈，通古学。为人刚略，愈以女妻之。第进士，迁左拾遗，后擢史馆修撰，宗正少卿。曾编次《韩昌黎全集》。

跋韩诗《病中赠张十八》首

右诗，方扶南谓为长庆四年为吏部侍郎以病在告作[1]。余考之，误也。此诗决非作于长庆四年。是年秋，籍转国子司业[2]，公疾，自中秋后日浸以加，至十二月而卒。中间籍每来省，迫于公事，不能久留。祭公诗云：“来候不得宿，出门每徊徨。”是也。

公既病至危重，必不能于风雪中与人纵谈数日，门人辈亦必不能如平时辩论，则诗中“籍也处闾里，抱能未施邦”，及“连日挟所有”，“将归乃徐谓，子言得无哤”[3]等句，并不合事情矣。

余细审之，当是贞元十四年孟冬公在汴州时作[4]。是年十月初，籍至汴始见公，公馆之城西。十一月汴州举进士，公为考官，籍应首荐，旋入京。其见公后，必至公所上下议论、连朝屡夕可知。籍未见公之前，已为东野等辈特识，犹云“学诗为众体，久乃溢笈囊。略无相知人，黯如雾中行”，则其傲睨一世，于公必负才盛气，久乃心服者。此诗“处闾里”联与人合；“隔雪风”联与时合；“半途喜开凿，子言得无哤”诸联，与《此日足可惜》首所谓“开怀听其说，往往副所望。少知诚难得，纯粹古已亡”，意正同。其“徐谓”、“言哤”二语，即籍祭公诗“观我性朴直，乃言及平生”也；“从此识归处”联，亦即“岁时未云几，浩浩观湖江”意。是知此诗皆实叙，非谈谐求胜于门人也。若在公卒时，籍学之纯已几于公。世号为“韩张”久矣。大言欺人，何为哉？“晓鼓朝”指董晋之衙[5]，非公朝。“将归乃徐谓”是连日宿公处，至是归城西馆。不得以归家疑之。

[校注]

[1] 长庆四年：公元824年。在告：官吏休假叫“告”，在休假期中称“在告”。此指韩愈因病告假。

[2] 国子司业：国子监副长官，定员二人。从四品下。

[3] 哤（máng）：言语杂乱。

[4] 贞元十四年：即公元798年。汴州：开封。

[5] 董晋之衙：董晋，字混成，唐虞乡人。贞元间，累官至中书门下平章事，为宣武节度副大使，后拜汝州刺史。为人谦厚简俭，事多循仍，故军粗安。卒谥恭惠。

跋韩诗《和李相公摄事南郊览物兴怀》及《和杜相公太清宫纪事陈诚》二首[1]

方扶南辨两诗为赝作，附在编末。大意谓《和李》首言“为仁朝自治，用静兵以销。惟彼颠瞑者，去公岂不辽！”吉甫不足当此。《和杜》首言“耒耜兴姬国，楯櫐建夏家[2]。在功诚可尚，于道岂为华？”不宜贬禹、稷之功，反不及玄元黄帝[3]。因断非公作，乃二相属和，不得已而假手代之。

余以理揆之，二诗原无可议。凡和人诗，必就彼题目装入己意，大抵赞人者多，或寓规于赞，体例自是如此。公《和李》作，题是《摄事南郊览物兴怀》，逢吉元诗必见倦于枢务，思息山林之意，所谓“顾瞻想岩谷，兴欲倦尘嚣”也。即此一念，视世之颠瞑富贵[4]、恬不知耻者[5]，讵不远甚？公既和其诗，可得曰“汝倾险小人，实愧宰辅，既思引退，理宜速去”乎？故即就其诗意慰勉之，谓相国总斡中外，尽职诚劳，然以仁待臣民，则朝廷自治，以静镇邦国，则兵革自销，祗勿惮吐握之勤[6]，举贤自辅，各任其职，已总其成，而阴阳燮理[7]，风雨调和矣，又何倦尘嚣之有？且圣君贤相，遇合甚难，以相公为上所倚任，郊天首重[8]，尤且代行，诚能如我所言，则明良共济，功德昭宣于今日矣，又何想岩谷之有？逢吉嫉功妒能，妨贤树党，实不仁不静，不能吐握者。公诗力砭其病，而浑无痕迹，言者无罪，闻之足戒，正温柔敦厚之旨。如方氏意，则此诗如出公手，必痛加斥詈始合，然则“濁水污泥清路尘，应许闲官寄病身”之言，何自贬损及尔耶？

至于《和杜》首“在功诚可尚”二语，言禹、稷之功可尚如此，而姬室、夏家于尊崇之道未极光华，不若我唐之追尊玄元黄帝也。“道”非道德之谓，“于道”承上姬国、夏家言，夏、周两朝之于道，“于”字不属禹、稷。题是朝享太清宫，自宜就事论事，何假以禹、稷、老子比较高下乎？“象帝威容大”以下八句，正极言其华处。方氏误解词义，遂疑非公作。不知苟属代笔，不出张、李之徒[9]，论道而贬三代，即张、李亦决不道。明明诗语，乃如此读之，可嗟也！

［校注］

［1］李相公：指李逢吉。唐陇西人，字虚舟。第进士，宪宗时累官同中书门下平章事。性忌刻险谲。敬宗时，其党有张又新等八人，傅会者又八人，号八关十六子，收受贿赂，无不得所欲。杜相公：指杜黄裳，京兆万年人，字遵素。贞元末为太常卿，累官门下侍郎，同平章事。封邠国公。

［2］耒耜（lěisì）：上古时翻土的农具。耜以起土，耒为其柄。原始时用木，后世改用铁。姬国指西周，为后稷后裔，以农耕起家。楯樏（shǔnléi）：楯同“盾”，古代武器。樏，登山用具。《史记·夏纪》：“泥行乘橇，山行乘檋。”《说文》，檋，作欙。《广韵》：“山行乘欙，亦作樏。”

［3］禹：夏禹，夏后氏部落首领，史称“禹”“大禹”、“戎禹”。姒姓。传说禹治水，疏通九河。继任部落联盟首长，都安邑，巡狩时死于会稽。稷：后稷，周的先祖。相传他的母亲曾欲弃之不养，因名弃。为舜的农官，封于邰，号后稷，别姓姬氏。玄元黄帝：黄帝应为“皇帝”。玄元皇帝，老子的尊号。唐高守乾封元年自泰山还，过真源县，诣老君庙，追号太上玄元皇帝。玄宗开元二十九年（741），命两京及诸州各置玄元皇帝庙，在京师者号玄元宫（后改太清宫），在诸州者，号紫极宫（后改太微宫）。宋、清两朝，因避讳，作“元元皇帝”。

［4］颠瞑：一作“颠冥”。迷惑。《庄子·则阳》：“以之神其交固，颠冥

乎富贵之地。”《释文》：“司马（彪）云：颠冥，犹迷惑也，言其交结人主，情驰富贵。”

［5］恬不知耻：安危处之，不以为耻。

［6］吐握：吐哺握发的省称。吐哺，吐出口中的食物。相传周公热心接待宾客，甚至一沐三握发，一饭三吐哺，停下来招呼客人。后以吐握来形容殷勤待士的德行。

［7］燮理：协调治理。《书·周官》：“立太师、太傅、太保，兹惟三公，论道经邦，燮理阴阳。”

［8］郊天：古代于外祭祀天地。周代冬至祭天称郊；夏至祭地称社。

［9］张、李：指张籍、李翱，均韩愈门人。

跋韩诗《陆浑山火》首

诗云：“女丁妇壬传世婚[1]。”注家皆不得所出。余读萧吉《五行大义》论五行相杂[2]，第二段引《五行书》云：“甲以女弟乙嫁庚为妻，丙以女弟丁嫁壬为妻，戊以女弟已嫁甲为妻，庚以女弟辛嫁丙为妻，壬以女弟嫁戊为妻。甲、丙、戊、庚、壬为男，刚强，故自有德，不杂。乙、丁、已、辛、癸为女，柔弱，不自专，从夫，故有杂义。”论合条云：“丙阳丁阴，壬阳癸阴，丁为壬妻，故壬与丁合[3]。”季氏《阴阳说》[4]曰：“火七畏壬六，故以妹丁妻壬[5]。”此公诗所本。

［校注］

［1］“世婚”：底本作“世婿”，误，据花近楼本及《韩昌黎全集》本改。

［2］萧吉：隋代人，字文休，博学多通，尤精阴阳算术。考定古今阴阳书。著有《金海》、《相经要录》、《宅经》等多种。

［3］丁为壬妻：据相关传说，丁为丁芊，壬为壬夫。韩愈此诗中云：“女丁妇壬传世婚，一朝结雠奈后昆。”宋方嵩卿《校注》：“董彦远曰：当作‘女丁夫壬’。引东山少连曰：‘玄冥之子曰壬夫，娶祝融之女曰丁芊，俱学水仙，是为温泉之神。’”

［4］季氏：指季本，明会稽人，字明德，号彭山。师事王守仁，能传其学。登正德进士，累迁长沙知府。落职归，潜心考索经传，著述甚富。有《四学四同》、《诗说解颐》、《读礼疑团》、《乐律纂要》等。

［5］火七畏壬六：丁属火，壬为水。按五行相生相克论，水可克火，故丁畏壬。

跋自书元章《志林》[1]（壬寅[2]）

极不喜作字，数日忽喜作字，似是经巢中当有此手书米老《志林》也。渠云："意欲贮之，随意落笔，皆成自然。"又云："折腰为米，大非得已。此卷慎勿与人。"于我今日极是有一分之契，惟心知耳。时下榻经历废署[3]，市人祭鬼，纸钱火照山，凉风吹败柳，声飒然，心境子午山左右。[4]

道光二十二年七月十五日子尹书

［校注］

［1］元章：米芾，字元章。行迹见卷三《米楼记》注［8］。《志林》是米氏论书法之著作。

［2］壬寅：清道光二十二年（1842）。

［3］经历废署：经历，清代于府下设经历，掌出纳文移。此时，郑珍在纂修《遵义府志》，借住于废经历署中。

［4］心境：心中的境界。

［5］此文后，底本有赵恺注。文云："是册数十页，书字无一定行式。或大或小，皆随意为之。或纸有破烂，又空数行，极无拘束。书册字为当时所谓绥阳纸。制册高约工部尺一尺一寸三四分，宽约八尺，共三十九页。每页面或字大五行六行，小者至十三四行。中纸有损破者，则或空寸许，有数处。末后毛晋跋一篇，郑跋一篇，字皆稍大。摩挲数日，为人取去。不能无恋恋也。恺注。"

跋自书杜诗（癸亥[1]）

老夫衰矣，恐子姪异时思我有不见手迹之恨，此写杜工部夔州诸诗，当以付内侄同寿藏之[2]。吾极不善书，然能知书之利病，大抵此事是心画，其本之正、气之大、风格之浑朴。神味之隽永，一一皆由心出，毫厘不可勉为。所谓学，只学其规矩法度耳。要书好，根本总在读书做人。多读几卷书，做得几分人，即不学帖，亦必有暗合古人处，何况加以学力。

吾无望矣。尔曹有志，勿谓此言迂阔也[3]。

同治二年，岁次癸亥正月十九日郑珍

［校注］

［1］癸亥：同治二年（1863）。

［2］同寿：指黎汝弼，字功甫。光绪举人。官开州训导。

［3］迂阔：不切实情。

跋内弟黎鲁新《慕耕草堂诗钞》[1]（辛酉[2]）

吾弟作诗，天资于宋人近，于唐人不近。即极力学唐，适成就一个好宋派。此关天资，不能强也。要只须诗好，何分唐宋？但造得好极难。譬如起屋，弟已造成了一个架子，只待你的装盖。要装盖个作么款式[3]，断要仿照古人规模。规模固有百般巧变，终是离砖瓦、枋片、颜料、油漆一点不得，则多读多看其要也。兄于风雅一道[4]，迴非作者，然识得利病也，是二三团中童生[5]。而今老矣，终年阁笔。得弟如此悟性，于弟辈中为第一。及我舌头尚健，其毋厌谈，可乎？

咸丰癸丑十一月朔子山柴翁识

集古之作，费心费手费目，无所不病[6]，始成一首。及得两句又工整又连贯，不胜其喜。他日读前辈之集，乃已被他先占，辄为之索然。故我平生绝不喜为此。还是自打自唱，转有乐趣。弟以后亦可莫用此心力也。

柴翁识

才不养不大，气不养不盛。养才全在多学，养气全在力行[7]。学得一分即才长一分，行得一寸，即气添一寸。此事真不可解。故古人只顾学行，并不去管才气，而才气自不可及。所谓源泉混混也[8]，如“日光如剑割云开”。倘韩、苏似此起句，接下七句断不是如此，此其验矣。看来终须熟杜。

柴翁识

近人涉笔，无槎牙直露大难[9]。遍[10]读诸作，喜婉约之旨于斯而有嗣响[11]。然斯道有利有弊。吾弟学胜于才，不得之静悟，即得之苦吟。故能刊落浮辞[12]，吐属沉挚[13]。只静悟则易增魔障，苦吟则易伤气格[14]。此一定之势所难免者。当试审之。此后更学养十年，海内精于论诗者，必有以处之矣。

庚申十二月[15]柴翁汗跌

初盛元气浑沦[16]，不可以句法求。韩、孟以后则可以句法求矣。故此事在我看来是唯喫紧第一微妙法。宋以后无论黄、陈[17]，全是靠此擅长，即欧、苏、荆公、圣俞[18]，亦力争在此。本朝王阮亭先生于诸老终胜一筹者[19]，究是有此法宝也。吾弟能静悟入，悟得时，当相视而笑。此不能言说也。

咸丰辛酉七月十一日　柴翁漫笔[20]

[校注]

[1] 黎鲁新：黎庶焘（1827—1865），字鲁新，别号篠庭。庶昌长兄。咸丰元年（1851）举人。受聘为遵义湘川、育才、培英书院主讲。著有《慕耕草堂诗钞》3卷、《依砚齐诗钞》4卷，《琴洲词》2卷。

[2] 辛酉：咸丰十一年（1861）。

[3] 作么：怎么样，什么。唐李咸用《依韻修睦上人山居》诗："生身便在乱离间，遇柳寻花作么看。"

[4] 风雅：本指《诗经》中的《国风》、《小雅》、《大雅》。这里借指诗歌创作。

[5] 二三团中童生：科举时代，童生参加县试，初试合格的名单，不分次第，团团书写、因而叫团案。复试时才分名次，叫长案。二三团即两三次参考都只入团案，仅初试合格，依旧是童生，未获秀才。这是谦虚的比喻。

[6] 集古：同"集句"，即集古人句以为诗。晋傅咸《毛诗》一篇为集句之始，后来文人有从经史成语摘为对句者，成为文字游戏之一种。王安石集句有多至百韵者，文天祥集杜诗，多至二百首。清代集古之作家也不少。遵义龚聪为集古名家。

[7] 养气：涵养气质、意志。《孟子·公孙丑》上："我善养吾浩然之气。"王充《论衡·自纪》："养气自守，适时则酒。"

[8] 混混（gǔn gǔn）：水奔流貌。《孟子·离娄》下："原泉混混，不舍昼夜。"

[9] 槎（chā）牙：错杂不齐貌。苏轼《江上看山》："前山槎牙忽变态，后岭杂沓如惊奔。"此处形容诗歌表现杂乱无章，不够含蓄。

[10] 遍：底本作"编"。据《黎氏家集》（光绪戊子秋日本使署板）中《慕耕草堂诗钞》原刻本改。

［11］婉约：宛转而柔美。指诗词的一种风格，与豪放相对应。嗣响：继承前人的事业，如响应声。

［12］刊落：删除繁琐无杂的文字。浮辞：虚饰多余的语言。《后汉书·伏恭传》："初，父黯章句繁多，恭乃删减浮辞，定为二十万言。"

［13］吐属：言论，文章。沉挚：深沉而真挚。

［14］魔障：佛家语，魔王所设的障碍。梵语魔罗，义译曰障。梵汉双举而云魔障。气格：气质风格。

［15］庚申：咸丰十年（1860）

［16］初盛：指初唐、盛唐。这是对唐诗发展划分的阶段。初唐指太宗、高宗、中宗时代，盛唐指玄宗开元、天宝之际。元气浑沦：本义是指宇宙形成前的迷濛状态。此处借指诗歌风貌浑然天成，气象浩渺。

［17］黄、陈：指黄庭坚、陈师道、陈与义。

［18］欧、苏：欧阳修、苏轼。荆公：指王安石。圣俞：指梅尧臣。

［19］王阮亭：王士祯，世称渔洋先生。

［20］漫笔：率意着笔。

跋自书《归去来辞》[1]（辛酉[2]）

余拙于书。自抄书外，亦懒作字。而人多喜其拙，是诚不可解者。今日贼氛及四境，间人、选壮、坐谈皆无所用[3]，聊籍纸墨送日，归莫郎伯㽞存之[4]。

咸丰辛酉六月八日，在郡中启秀书院　柴翁郑珍

［校注］

［1］《归去来辞》：陶渊明撰。

［2］辛酉：咸丰十一年（1861 年）

［3］间（jiàn）人：指探子、间谍。《汉书·韩信传》："信使间人窥知其不用，还报，则大喜。"选壮：挑选壮丁以充练卒。

［4］伯㽞：莫彛孙，字伯㽞。友芝长子。

书全谢山《鲒埼亭集》后[1]（壬戌四月[2]）

同治元年，岁在壬戌，四月晦前三日[3]，辄抽谢山先生《经史问答》通读一过，随即圈点。时贼据天旺之鸭溪[4]。冯氏姊、赵氏女、李氏姪女并至瓮海逃乱[5]，展转入城。男女大小，逼塞于启秀书院所住破屋。顾区区一县地，四面皆贼，听其蹂藉，而乡练数千、官练数千，钦差练又数千[6]，日糜食不知凡几[7]，以坐饱而远望。民间其何堪矣！而余犹得稍暇读此书，掩卷潜焉叹息[8]。

子午山柴翁书

[校注]

[1] 全谢山：全祖望（1705—1755），清浙江鄞县人。字绍衣，一字谢山。乾隆元年进士，曾主讲蕺山、端溪书院。学问甚博，尤专史学，保存南明史料颇多。著有《鲒埼亭集》8卷，外编50卷，诗集10卷。

[2] 壬戌：同治元年（1861）。

[3] 四月晦：四月三十日。

[4] 天旺：遵义县西乡天旺里，鸭溪：今鸭溪镇。

[5] 冯氏姊：郑珍大姐，适瓮海冯家。赵氏女：郑淑昭，适赵廷璜。李氏姪女：郑珏之女，适李镇。

[6] 练：指当时清朝的军队，有地方武装团练，有官府组建的练军；也有官绅武装如湘军、楚军、淮军等，主要为镇压太平军和农民军而组建的武装力量。

[7] 糜食：浪费军饷。

[8] 潜焉：暗中。

跋启秀书院壁书《弟子职》（壬戌八月[1]）

右《弟子职》一篇[2]，古之小学所以教童子之规条也。今为《管子》书之弟五十九篇。据班氏《艺文志》列此于《孝经》、《尔雅》之后[3]，则前汉时固以为经类而单行矣。

子家多非原书本有，《管子》尤掺杂。此当自汉人采增。应仲远注《班志》[4]，遂谓管子所作，实不然也。其书曲而尽，韵而易读。成周盛时[5]，盖无不熟诵而习行之，使人心性筋骸在儿时已驯化于礼法之中，德之所以易成也。唐房玄龄作《注》[6]，已十得七八，朱子因而分章句、补注文，纂入《仪礼经传通解》内，盖仍以为古经矣。

余惟朱子以此篇与《曲礼》、《少仪》、《内则》同为小学之支流余裔。今《曲礼》三篇赖编在《小戴礼》[7]，人人得而诵之，独此篇因难得传本，因罕读者，故为手书朱子章句于书院垩壁，俾相互传写，用课童幼，庶几子夏教门人小学之法[8]，不一二年将遍吾乡里小儿之口焉。至其注义，国朝有济阳张氏、浙中王氏、高密任氏，益推益详。成学之士，尚其由朱子参考之。

［校注］

［1］壬戌：同治元年（1862）。

［2］《弟子职》：《管子》篇名。分学则、蚤作、受业、对客、馔馈、乃食、洒扫、执烛、退习等节，均记弟子事先生之礼。近人谓此篇当是齐国稷下学宫的学则，因而被收入《管子》书中。清洪亮吉、庄述祖等则认为是古塾师相传教弟子之法。

［3］班氏《艺文志》：指班固《汉书·艺文志》。

［4］应仲远：应劭，字仲远，东汉应奉子。少笃学博览，举孝廉，拜泰山太守。著有《风俗通义》。

［5］成周：即西周的东都洛邑。《书·洛诰》："召公既相宅，周公往营成周。"本营之以迁殷民，在瀍水之东，与王城相去十八里。平王东迁，居王城；敬王避王子朝之乱，迁都成周。故址传说在今河南洛阳市东郊白马寺之东。

［6］房玄龄（578—648）：唐临淄人。随秦王李世民起兵，征伐多年。太宗称帝，任中书令，官宰相十五年，与杜如晦共执朝政，时称"房杜"。

［7］《曲礼》：《礼记》篇名。曲，细小的杂事；礼，行为的准则规范。《曲礼》指具体细小的礼仪规范。《少仪》：《礼记》篇名。记载贵族子弟应学的礼仪。《内则》：《礼记》篇名。主要记述家庭中所应遵循的礼则，如儿女孝敬父母，媳妇孝敬公婆，有关夫妇之间的礼仪等。《小戴礼》：即《礼记》，由汉人戴圣编定，共49篇。

［8］子夏：卜商，字子夏，春秋时卫人，孔子弟子，长于文学。相传曾讲学于西河，序《诗》传《易》，为魏文侯之师。

洒心寮跋[1]

斯庐面川背池，窗疏洞闉[2]，于名寮宜。芙柳怀风，桐蕉听雨，夕岚朝光，明妙无际。市南子谓“洒心去欲”[3]，斯其地也。遂署为“洒心寮”，且引书之。

同治改元，岁在壬戌，重九日　邑人郑珍跋。

［校注］

［1］寮：本指僧舍。陆游《贫居》：“囊空如客路，屋窄如僧寮。”后通称小屋为寮。

［2］洞闉：敞开。

［3］市南子：春秋时楚国勇士熊宜僚，曾帮助楚庄王战败宋国，称霸天下。熊氏居市南，其后裔以“市南”为姓。市南子为熊一潇，清南昌人，康熙进士，官至工部尚书。在朝四十年，以清慎称。著有《浦云堂诗文集》。

跋自书三赋后[1]（壬戌仲冬[2]）

焚荡之余，纸墨都尽。寄食破院，似僧有发。自入夏来，几不能炊。梦想故山，庶冀秋获。蚊蛙坌集[3]，楚蝗尤甚[4]。意其败矣，吾忧如若！篠皋五兄大人乃以纸三个索书[5]。余向来以拙八法[6]，自抄书外，不多作字。今日忽念四郊多故，吾篠皋隐隐然一长城[7]。我东里可谓有人，足以写我忧矣[8]。适莫九茎自祁门寄佳墨至[9]，遂为书三赋贻之。犹然抄书技俩也。此幅益书愈鬆薄，留以待继者。

同治改元，岁次壬戌仲冬十九日庚子　子午山柴翁郑珍

［校注］

［1］此文后有赵恺注，文云：“恺按：三赋为王子安《九成宫东台山池赋》，江文通《横吹赋》、庾子山《小园赋》。所云“破院”，盖其时贼犯乐安里，先生避之入城，借住启秀书院也。”

［2］壬戌：同治元年（1862）。

［3］坌（bèn）集：聚集。刘禹锡《山南西道新修驿路记》：“悦使之令

既下，畲行之徒坌集。”此处的“蚊蛙”并非实指，而是借喻坏人。如韩愈《与鄂州柳中丞书》：“比常念淮右以靡弊困顿三州之地，蚊蚋蚁虫之聚，感凶竖煦濡饮食之惠，提童子之手，坐之堂上，奉以为帅。”此以蚊蚋比喻淮右军阀门下的一批帮凶。蛙，指蛙歌，喻淫邪之声。唐傅奕《请废佛法表》：“曲类蛙歌，听之丧本。”按，《古今韻会举要·平府》：“蛙，陆佃曰：‘其声蛙淫。’又淫也。”这里以“蚊蛙”隐寓扰乱四境的号军。

［4］楚蝗：蝗，比喻贪婪的掠取者。清秦笃辉《平书·文艺上》：“然儒中邪僻贪婪者亦多，今谓之蝗虫。”这里的楚蝗，隐指湖南来黔镇压农民军的军队。

［5］篠皋：张师敬，字篠皋，遵义东里洪江人，性强很好武。咸丰四年杨龙喜起兵围遵义，师敬带领团勇随官军追勦，以后多次堵截白黄号军，多次立功，累擢至候选知府。个：计量单位，相当枚。纸的计量，通常叫“刀”，纸一百张为一刀。三个纸即三刀纸。

［6］八法：汉字书法有侧（点）、勒（横）、努（直）、趯（钩）、策（斜划向上）、掠（撇）、啄（右的短撇）、磔（捺），称八法。

［7］长城：喻倚重的人物或力量。《南史·檀道济传》：“道济见收，愤怒气盛……乃脱帻投地曰：乃坏汝万里长城！”

［8］写（xiè）宣洩，排除。《诗·邶风·泉水》：“驾言出游以写我忧。”《笺》：“我心写者，舒其情意，无留恨也。”

［9］莫九茎：莫祥芝，友芝九弟，字善徵，号九茎，晚号拙髯。以湖南县丞入曾国藩幕，管理军粮。后历任六合、上元、江宁、上海等县知县，升太仓直隶州知州，升知府，加三品衔。很有干才，尤善折狱。主修《上元县志》、《江宁县志》。出资刊刻郑珍遗稿《仪礼私笺》、《轮与私笺》等。祁门：县名，在安徽省，清代属徽州府。曾国藩率湘军与太平军作战时，其大营（指挥部）一度设在祁门。安徽素以产墨出名，时称“徽墨”。

巢经巢文集

卷第四

书　后

书《祭仲杀雍纠事》后[1]

吾观雍纠，一祭仲耳。不杀于祭仲，亦必杀于厉公[2]。厉公使纠也，以纠必不洩吾之谋，忍杀其妻父而不辞也。夫纠，非明大义者，而能密吾之谋以忍杀其妻父而不辞，岂无望哉？仲之专，以立厉也，杀仲则己即仲也[3]，故纠不辞也。虽然，厉公亦智矣哉！苟不深见乎纠之心，人虽至愚，有使婿杀其舅者乎[4]？故纠不幸不济、犹得厉公惜耳。不然，则厉之负心，其不待傅瑕而始见也夫[5]！

［校注］

［1］祭仲杀雍纠事：见《史记·郑世家》。郑国卿祭仲专国政，郑厉公患之。厉公四年（前687），阴使祭仲之婿郑大夫雍纠杀祭仲。雍纠妻知其谋，问其母：父与夫谁亲？母答曰：父一人而已，人尽可为夫。女乃告祭仲。厉公出居边邑栎。祭仲复迎昭公（厉公之兄）入郑，即位。

［2］厉公：郑厉公，名突，郑庄公之子。得宋国支持，被立为郑君。因谋杀祭仲不成，出居栎。十七年后，再入郑为君。

［3］“杀仲”句：意谓杀掉祭仲，自己便可代仲之位而为国卿。

［4］舅：此指外舅，即岳父。

［5］傅瑕：春秋时郑国大夫。郑子十二年（前682），祭仲死。十四年，厉公在栎（今河南禹县）使人诱执傅瑕（一作甫假）。瑕答应回去杀死郑子以迎厉公，订下盟约。傅瑕于六月杀死郑子及二子以迎厉公復位。厉公入郑后，责问其叔原不愿与己合谋复位，原说：“事君无二心，人臣之职也。我知罪矣。”送自杀。厉公又对傅瑕说：“子之事君有二心矣！”便把傅瑕杀死。由此推知：雍纠如能杀祭仲，必然也逃不出厉公之手。

书《韩集·与大颠三书》后[1]

韩文公元和十四年《潮州谢表》云："以正月十四日授潮州刺史，即日上道，以今月二十五日到州。"[2]今月无实证。洪兴祖[3]沿《韩集》或本《鳄鱼文》"维年月日"作"维元和四年四月二十四日"之误定为三月。方崧卿[4]解其决非三月。朱子深然之[5]，而又云："与大颠第一书石本云四月七日，似实为三月二十五日到郡。"复以洪氏为是。是洪氏者必欲以此三书为真韩氏作也，必欲实韩子之崇信佛教也。得此书以实韩子为崇信佛教，而韩子之人品学问乃始大裂。此朱子之心也。噫！朱子之心亦私隘哉！

苏文忠公谓此书凡鄙[6]，虽退之家奴亦不作。朱子亦诚见其凡鄙，谓有不成文理处矣，乃以旧本亡逸，僧徒所记不真，致有脱误当之。韩子由刑部侍郎贬潮。三书石刻后俱衔"吏部侍郎、潮州刺史上颠师"。欧阳文忠意此官称之谬当因流俗但知为韩吏部，重刻者遂以己见臆改[7]。朱子则谓时既谪刺，亦未必更带侍郎旧官。惟朱子之意，盖止妄改刑部为吏部，犹与人以疑问，不若直以"吏部侍郎"四字为后人妄增，使之伪迹尽灭，然后得人人信为韩作耳。

余谓此书之伪，但观其词鄙衔谬，已可断为妄人所假讬[8]。朱子虽坚与弥缝[9]，而第一书之四月七日万万不可弥缝也。考公《泷吏》诗云："南行逾六月，始下昌乐泷。"泷在韶州乐昌县。公以正月十四日启行，行逾六旬始下此泷，则公之过乐昌，已是三月望后，去月之二十五计，多不过七八日。由此而韶而广而始至潮。《泷吏》诗云："下此三千里，有州始名潮。"三千里岂七八日可到？《谢表》云："臣所领州，去广州虽才二千里，然来往动皆经月。"此公初到郡，据所新历以上告天子者，程期明白可据。上广至潮已须经月方到，韶之距广又一千里，其至亦必经旬日。公之到潮为四月二十五日，确无可疑，四月七日何由书召大颠也？方氏正洪《谱》"三月到潮"之非[10]，亦据韶以后道里计。惜道之不详，使朱子得依违洪《谱》，以全此书之伪。然方氏即道之详，朱子亦将不信。盖其心宁以此书之伪证日程之真，断不使以日程之真正此书之伪也。夫朱子岂不知此书出伪撰者哉！

［校注］

［1］大颠：唐代僧人，俗姓杨氏。初居罗浮山，后归潮阳灵山。韩愈称

其聪明识道理，能外形骸，以理自胜，因与之往来，造其庐，留衣服为别。

［2］韩文公：韩愈，谥文，故称文公。元和十四年：即公元819年。所引《表》文有省略。

［3］洪兴祖：宋丹阳人，字庆善。著有《周易通义》、《楚辞补注》及《考异》、《老庄本旨》等。

［4］方崧卿：宋莆田人，字季甲，隆兴进士，累官京西转运判官。有惠政。家藏书四万卷，皆手自校雠。尝校正《韩昌黎文集》，又为《韩诗编年》、《韩诗举正》。

［5］朱子：指朱熹。

［6］苏文忠：指苏轼。谥文忠。凡鄙：凡庸鄙陋。

［7］欧阳文忠：欧阳修，卒谥文忠。臆改：凭主观的想象而改动。

［8］妄人：无知妄为的人。《荀子·非相》：妄人者，门庭之间，犹可诬欺也，而况于千世之上乎！"

［9］弥缝：弥补缝合。也称掩饰不法行为为弥缝。

［10］洪《谱》：指洪兴祖所编《韩文公年谱》。

书《三贤遗迹》卷末

卷为定兴鹿简堂丕宗所藏[1]。前大书"三贤遗迹"者，新安高似孙景题也[2]。已失去"三"字。三贤者何？一高阳孙文正公承宗[3]，一定兴鹿忠节公善继[4]，一容城孙徵君奇逢[5]。遗迹者何？一文正书五言律诗四首，一忠节评语六条，一徵君八十七岁时书忠节评语跋尾。据跋，知评为忠节门人紫渊所彙，当不止六条，余亡矣。

所谓紫渊者，徵君称为从父兄。按忠节《四书说约》，初刻首列门人数纸，诸孙名雅者七人，并徵君子姪外，独有容城孙绍古[6]，字获甫。紫渊殆其人欤？

文正书舒和雅润，出文衡山[7]。忠节书圆挺，肖山谷[8]。徵君䙴扁信意，神逼朱子[9]。体皆真行也。敬对心画，穆然想其生平[10]。僭识岁月于后[11]。（戊申六月[12]）。

［校注］

［1］鹿丕宗：字简堂，清直隶定兴人。嘉庆十八年（1813）拔贡，授知

县。道光十二年（1832）拣发贵州，历知县、知州，于二十四年（1844）升都匀知府。咸丰二年（1852）护贵东兵备道。六年（1856），苗民军团攻都匀城，城破，鹿氏全家自焚身死。其子传霖在外，后为清廷大学士。

［2］高景：字似孙：行迹无考。

［3］孙承宗（1563—1638），明高阳人，字稚绳，号维城。万历进士，天启初，官至兵部尚书。时清兵破沈阳、广宁，承宗自请督师赴前线，练兵、屯田，修筑城堡，遣将防守锦州、松山和大小凌河。因忤魏忠贤去职。清兵入关，攻取高阳，承宗率家人守城，城破，全家皆战死。谥文正。

［4］鹿善继：明定兴人，字百顺。少读王守仁书，不肯与流俗浮沉。万历进士，授户部主事。后以职方郎中，从大学士孙承宗阅视榆关，拓地復城堡，善继筹画为多。崇祯初为太常少卿，告归。清兵攻定兴，善继入城抗御，城破战死。谥忠节。著有《白书约说》、《无欲斋诗钞》。

［5］孙奇逢（1584—1675）：清直隶容城人。字启泰，号钟元。明万历举人。晚年讲学于苏州的夏峰山，学者称夏峰先生。其学本于陆、王，对理学和经学均有创见。自明至清，屡徵不起。著有《理学传心纂要》8卷、《理学宗传》26卷、《夏峰先生集》16卷等。

［6］孙绍，字获甫，容城人。其他行迹无考。

［7］文衡山：文徵明，明代著名书画家。

［8］山谷：黄庭坚，号山谷。宋代四大书法家（苏、黄、米、蔡）之一。

［9］咼（wāi）扁：形态歪斜而扁平。咼，同“咼”，歪嘴。

［10］穆然：整肃貌。

［11］僭（jiàn）：超越本分。

［12］戊申：道光二十八年（1848）。时郑珍受鹿丕宗之请，前往都匀府署，为《无欲斋诗钞》作注。

书鹿石卿先生硃卷后[1]（戊申六月）

右明天启元定兴鹿石卿先生中顺天乡试硃卷一册[2]，为其裔简堂太守所藏。石卿即《明史·传》鹿善继之子化麟、安溪李文贞公表墓称为“明孝子鹿解元”者也[3]。册凡刻首场《四书》文三，《春秋》文四；次场《论》一、《表》一，《判语》五；三场《对策》五。

其式首标名籍，习经，次同考官、两考试官批，皆总评三场，二三场则惟同考批。并大字，在文前别叶。此当时刻卷试样，非赖是，末由见也。册阅今二百二十九年，字大纸厚、又子孙善弆，无少损烂，读其文，洞徹义理，策直斥时事，侃侃无避忌。各体条达，似唐宋人，坐言起行，无施不可。乃慨以近今视之，悬异矣。

决科者空空然[4]，先无识见，所作率言不由衷[5]。剿仿幸一得[6]；幸得之，即所恃尽为弃物也。比比如是，而犹饰之曰“籍知所学也”。至《论》、《表》、《判语》、《时务策》废[7]，天下学者以不必言，因不必知于朝章尉律[8]，国计民生，十九贸贸[9]。固宜内列阁部科道[10]、外膺民社封疆[11]，一奏议、一献鞫[12]，大半听之幕客、书吏之手，而己瞠乎其上[13]，其将于何责之[14]？天下方太平，固可耳，讵不无积重虑[14]？《易》曰：“穷则变，变则通。”取士至今日，穷乎，未穷乎？

摩挲斯册，意匪直敬为孝子之遗也！

[校注]

［1］鹿化麟：字石卿，善继之子。石卿举天启元年（1621）乡试第一。上京为父亲殉难颂德，踰年百死。

［2］顺天乡试：京城为顺天府，特设乡试，解额为省之冠。硃卷：硃笔誊写的试卷。明清科举制度，乡、会试卷考生用墨书写的叫墨卷，然后由专门誊录的人员用硃笔誊写，不书姓名，只编号码，使阅卷者不能辨认笔迹，叫做硃卷。

［3］李文贞：指李光地，清安溪人，字晋卿。康熙进士，官至文渊阁大学士。著述极富，卒谥文贞。

［4］决科：指应科举考试。空空然：空虚，无真才实学。

［5］言不由衷：说的话不出自内心，心口不一。

［6］剿仿：抄袭、仿效。

［7］论、表、判语、时务策：均为科举考试的科目。论，为文体之一，议论事理。表，用于下对上陈述衷情。判语：审定文字；或裁决狱讼的文字。时务策，对时世某些问题的对策。殿试时，只写一篇殿试策。

［8］朝章：朝廷的典章。尉律：汉初，萧何草拟律令，为廷尉所守，故称尉律。

［9］贸贸：目不明貌。此指盲然不识。

［10］阁部科道：指中央王朝中各类官署的官员。如内阁、部院、科道。清代，内阁分三殿、三阁大学士，位列宰辅；六部尚书、侍郎均为部院大臣。科道中有六科给事中，十五道御史。

［11］民社：人民社稷。苏轼《送张嘉父长官》：“徽官有民社，妙割无鸡牛。”封疆：封疆大吏，如总督、巡抚。

［12］奏议：官吏向皇帝上书陈事，条议是非。是官府文体的一种。谳（yàn）鞫（jū）：对狱讼审判定罪。

［13］瞠乎其上：瞪着眼睛高踞堂上，盲然无知。瞠（chēng），张目直视。

［14］积重：积重难返。积习深久，不易改变，必将为患。

书谢君采先生诗刻本后[1]（辛亥七月[2]）

山阴王个峰取莫郘亭钞次谢君采先生诗三卷本[3]，刻成。二君皆余素友[4]，把酒读新刻，并以不尽得《雪鸿堂》之全为憾[5]。个峰谓是后力访，当必得。余曰：“固愿，然大难。”为子孙者多不肯仅以“文苑”待祖父[6]，即一二著述，随亦朽散于腐鐀尘案间[7]。间有传刻获见者，又无张饰乡先生君子之风[8]，未粗过一卷，首尾辄已漫毁而蔑置[9]，不数十年，后生小子至且不识其姓名。此所以先辈诗之美如《雪鸿》，其至今不没于黔中者，止此。而个峰亦得为郭解，夺人邑贤士大夫权也[10]。然即《远条》一集，增以郘亭所裒及[11]，今布千百本遍海内，犹使仅不没者得以永传。二君功于君采多矣。

余将老，倦游四方，《雪鸿》之全恐无能为役，顾念竹垞先生据录《诗综》之本，百余年来，其誊迻转弆[12]，必有一于浙东西旧藏家。于是求之，庶将有所遇。而个峰方食于客[13]，又非能遽归者也，则余益重宝此三卷矣。

［校注］

［1］谢君采：谢三秀，明贵州前卫（今贵阳）人。字君采，别号元瑞。天资聪颖，博览群籍，尤工于诗。万历间以贡生出任教职。出外远游，广交天下名士，与汤显祖、李维桢等友谊尤笃，互相唱酬。在江南刊行《雪鸿堂诗集》和《远条堂诗草》，诗声远播，有“天末才子”之目。

［2］辛亥：咸丰元年（1851）。

［3］王个峰：名介臣。行迹见卷二《与王介臣书》注［1］。

［4］素友：情谊纯洁的朋友，旧友。

［5］《雪鸿堂》：指《雪鸿堂诗集》，凡4卷，已佚，莫友芝辑得其中部分诗作，和《远条堂诗草》2卷，合编为《雪鸿堂诗蒐逸》3卷，凡180首，由王个峰出资刊行。

［6］以文苑待祖父：国史传中有“儒林传”、“文苑传”、“忠义传”等类别。一般人心目中，重“儒林”而轻“文苑”，不希望自己的祖辈、父辈列入“文苑传”。

［7］腐鐀：腐朽的书柜。鐀（guì）同“櫃”、“匮”。《汉书·司马迁传》：“（太史公）卒三岁而迁为太史令，细史记石室金鐀之书。”尘案：积满灰尘的书案。

［8］张饰：张扬修饰。有推奖表彰之意。乡先生：年老辞官居乡的人。《仪礼·士冠礼》：“奠摯见于君，遂以摯见于乡大夫乡先生。”《注》：“乡先生，乡中老人，为卿大夫致仕者。又《乡饮酒礼》：　‘主人，乡中致仕者。……’古者，年七十而致仕，老于乡里，大夫名曰父师，士名曰少师，而教学焉。”

［9］蔑置：漫不经意地放置。蔑，轻视之意。

［10］郭解：汉代著名游侠，《史记》为其立传。郭解为人豪侠，常为人排难解纷。《传》中记一事云：“雒阳人有相仇者，邑中贤豪居间者以十数，终不听。客乃见郭解。解夜见仇家，仇家曲听解。解乃谓仇家曰：‘吾闻雒阳诸公在此间，多不听者，今子幸而曲听解，解奈何乃从他县夺邑中贤大夫权乎？’乃夜去，不使人知。曰：‘且无用待我，待我去，令雒阳豪居间。’乃听之。”雒阳的贤豪数十人居间调解无效，而郭解一言即曲听之。解虽夺邑中贤大夫权，然隐然让功。这里借喻王个峰为黔人做了未能做到的事。

［11］裒（póu）：聚集，搜集。据说谢三秀诗作千余首。明代陈允衡《诗慰》中选录谢诗78首，明末吴中蕃从中选录56首为《雪鸿堂诗选》刊行。清代朱彝尊（竹垞）辑《明诗综》，选谢诗13首。清末陈田辑《明诗纪事》，录谢诗22首。清代嘉庆年间，铜仁徐棨随父亲徐以进在京师官署，广搜黔人诗文集，编辑《黔诗萃》，就曾搜到《雪鸿堂诗集》原刻本，得知为谢氏门生所刻。惜该刻本后佚，不知流落何处。

［12］賸：底本作“腾”，误。据花近楼本改。弆（jǔ）：藏也。

［13］食于客：谓客寓他乡以求食。

书《上蔡语录》后[1]

此朱子校定《上蔡语录》三卷。道光初，歙洪氏所刻[2]，实即明王叙之订正、杨方震家钞而增入先儒辩论之本也[3]。

凡传刻前人书，宜止校还其旧，使不失本书面目。其后人发明、駮难，读他书自见之，必欲便学者类观，别录卷附末亦宜。王氏随条增入，盖未善也。且采载亦不备。至中卷据朱子绍兴间叙，是从胡文定家写本之损益曾氏记者[4]，而著曾氏本语及吴本异同注于其下。其式当原是别行低格，大字书曾本，小字著吴本。今概小字连书，即曾语、朱校攙隔不可读矣。下卷据朱子两序，初定者止二十四章，后始摄二手简附三篇之末，即不应终于"总老"一条。黄氏《日钞》论《上蔡语录》[5]，谓以"于意云何"条始，首尾与此本不合，其所称语亦多异。知所据盖朱子所谓板本，其"总老"条正是禅门机锋杂他书之甚者[6]，朱子必已刊去，不知何人复取附末。自王叙之后，皆沿而不考，宜删去，一还朱子之旧。

前二年，先生已从祀孔庭[7]，百世之师，一言一行，皆足使人兴起。当命儿子如上说别写一本，为朝夕服膺焉[8]。

［校注］

［1］《上蔡语录》：谢良佐语、胡安国等记。谢良佐（1050—1100），宋上蔡人。元丰进士，任应城县令。为程颐门人。著有《论语说》。为"上蔡学案"创始人，其学派以仁、天理为主体，掺杂禅学思想，讲究修身养性。宋胡安国、曾恬收集他的讲学谈话为《上蔡语录》。今本三卷，为朱熹所删定。

［2］洪氏：指洪上庠，清歙县人，字序也。官两浙盐运判。好学工书。

［3］王叙之：无考。杨方震：杨廉，明丰城人，字方震。成化进士，累官礼部尚书。与罗钦顺友善，为居敬穷理之学。学者称月湖先生，有《月湖集》。

［4］胡文定：宋代人，字康侯。太学博士，后除中书舍人，兼侍讲。卒谥文定。著有《春秋传》、《通鉴举要补遗》。有《上蔡语录》，所记皆谢良佐语。曾氏：指曾恬，宋代人，字天隐。为存心养性之学。有《上蔡语录》，记谢良佐语。

［5］黄氏：指黄宗羲（1610—1695），明末清初浙江余姚人。字太冲，号

梨洲。明亡后，隐居著述，著作极富。有《明夷待访录》、《宋元学案》、《明儒学案》等。

[6] 禅门机锋：机警锋利，为机锋。佛教禅宗用以比喻迅捷敏利、不落迹象、含意深刻的语句。宋代杨亿《景德传灯录序》："机缘交激，若挂于箭锋；智藏发光，旁资于鞭影。"

[7] "先生"句：指谢良佐已由朝廷颁诏，在孔庙中附祀。

[8] 服膺：牢记在胸中，衷心信服。《礼·中庸》："得一善，则拳拳服膺而弗失之矣。"

书《宜州家乘》后

黄山谷《宜州乙酉家乘》[1]，记事自四年正月朔起，讫于八月二十九日。范寥信中甲寅刻此书[2]，《序》云："崇宁甲申秋，余客建，山谷先生客居岭表，恨不识之，遂泝江趋八桂[3]。至乙酉三月十四日达宜州，翼日谒先生于僦舍。自此日奉杖履。至五月七日，同徙居南楼，跬步不相舍。凡宾客往来，亲旧书信，晦月寒暑，出入起居，先生皆亲笔记其事，名曰《乙酉家乘》，字画特妙。至九月，先生忽不起、子弟无一人在侧，独余为经理后事。及盖棺南楼上，方悲恸不能已。《家乘》仓卒为人持去。绍兴癸酉[4]，有故人忽录以寄，因镂版以传好事者。"据此，则《家乘》记于崇宁四年乙酉，刻于绍兴四年甲寅，相距止二十九年耳。其真本自南楼失去之后，不知归于何人。《老学庵笔记》[5]云："《家乘》其间数言信中者，范寥也。高宗得此书真本，大爱之，置御案。徐师川以鲁直甥召用[6]，上从容问信中谓谁，对曰：岭外荒陋，无士人，或是僧耳。寥时为福建兵钤[7]，终不能自达而死。"则南宋初为高宗宝玩矣。

《鹤林玉露》云[8]："山谷谪死宜州时，有永州唐生者从之游，为经纪后事，收拾遗文。独所作《家乘》为人竊去，了不可得。后百余年，有持以献史魏王者。史复以貺双井族人、蜀帅黄伯庸之行[9]。"是又不知何由出于民间，得以献史貺黄。以范信中误为永川唐生推之，或皆罗大经得之传闻[10]，不如放翁所记为确。但放翁记高宗与师川问答，亦可疑。《家乘》中明记："三月十五日成都范寥来相访"。自从二十一日，书"范寥同饭"；五月十六日，亦书"范寥"，以外书"范信中"者八，单书"信中"者十一。御案常物，前后相证，宜无不知信中姓范，即是范寥。山谷宜州往还之人，师川自不及知，然既曰“范信中”，明有姓字，何遽拟为僧？且山谷此书，师川理无不先阅过者，又岂不知信中即寥也？放翁此处盖亦传闻之失。信中生平，详见费衮《梁溪漫志》[11]。

［校注］

［1］黄山谷：黄庭坚，行历见卷三《跋韩诗〈符读书城南〉首》注［1］。《宜州乙酉家乘》为日记性质。家乘本指家族谱，相当于家族史。宋徽宗崇宁三年（1104年），黄庭坚被送往宜州（今广西宜山县）“羁管”。次年即乙酉年，写此《家乘》。

［2］范寥：字信中，宋代人。其他行迹无考。甲寅：绍兴四年（1134）。

［3］崇宁甲申：即崇宁三年（1104）。建，此指江西建昌县，属豫章郡。岭表：指五岭以南之地，即岭南，包括广东、广西。八桂：广西的代称。

［4］绍兴癸丑：即绍兴三年（1133）。

［5］《老学庵笔记》：宋陆游撰。

［6］徐师川：徐俯，徐禧之子，字师川。七岁能诗，为舅黄庭坚所器重。绍兴初，官至参知政事。有《东湖集》。

［7］兵钤：兵马钤辖，宋代武官名。高宗建炎初，要郡守臣带兵马钤辖。

［8］《鹤林玉露》：南宋罗大经撰，凡十六卷。杂记读书所得，体例诗语、语录之间。评论诗文，不以考证为事，而以议论为之工。其间所引史实与典籍，常有舛误。

［9］史魏王：疑指史弥远，曾受封为会稽郡王。赆（jìn）：以财物赠行者。黄伯庸：名俦若，宋丰城人，字伯庸。淳熙进士。吴曦叛，朝廷任命为成都知府。留蜀四年，政绩甚著，召权兵部尚书，以焕章阁学士致仕。有《竹坡集》。为黄庭坚（别称双井，因其故邑分宁产茶名双井。他常以双井茶赠友人，并有赠茶诗，因而有双井的别称。）族人。

［10］罗大经：宋庐陵人，字景纶。任容川法曹，有《鹤林玉露》。

［11］费衮：宋无锡人，字补之。所著《梁溪漫志》，旧典遗闻，往往而在。

书《补录张陶菴阳明像赞》后[1]（乙卯十一月[2]）

此王阳明先生燕坐小象[3]，后有门人王龙溪、钱绪山、邹谦之、姪正思赞及国朝袁简斋诸人题识[4]。曩为先生裔孙兰陔所藏。兰陔自其父某久客湖南，遂为善化诸生[5]。后携此册游黔，以存臬使唐镜海鉴处[6]，而食他所。镜海调官去，留之巡抚贺耕耦长龄[7]。道光甲辰[8]，耦耕遂以藏行省东郭外芙风山先生祠中。山阴王上舍个峰介臣为先生疏属裔[9]，与余言本末如此。余据简斋题语称“为无锡典史王裕猷属题”[10]，裕猷不知于兰陔何属，以知册由裕猷始传至兰陔父子。其前不能详也。

祠中别藏先生侯服大象。幅高六七尺许，上书《封新建侯敕》，亦不能详其传授。贵筑黄观察琴坞辅辰[11]，言自嘉庆初建祠时，有敖薌坪某从云贵总督菊溪百龄所[12]，乞弆于祠，后失去。道光中，为同里王观察梦湘玥购得[13]，仍奉归之。自是祠有大小二画象。

咸丰乙卯十一月初八日，余偕琴坞子编修子寿彭年、独山莫孝廉子偲友芝，携子知同谒祠下，肃观册帧，心向往久之。

个峰家藏有明张陶菴岱《三不朽图赞》。陶菴，南轩先生后，元忭曾孙[14]。此书乃与徐埜公图明代乡人立功、德、言者[15]，皆沿门乞遗象，仿成。而先生侯服侧面象居其首，以视祠中大象须眉权颡，神貌若一。益信陶菴精摹，而大象于先生尤肖也。余观此册，龙溪四公赞一纸，都一手书，盖后人自他帧移录者。因例此为录陶菴赞以补所不备。并记所闻，俾来许得稽焉。

[校注]

[1] 张陶菴：张岱，明末清初剑州人。侨寓钱塘。字陶菴，自号蝶菴居士。有《西湖梦寻》。

[2] 乙卯：咸丰五年（1855）。

[3] 燕坐：闭居安坐。

[4] 王龙溪：王畿，明山阴人，字汝中，号龙溪，阳明弟子，有《龙溪全集》，为“浙中王门”首席人物。钱绪山：钱德洪，明余姚人。阳明弟子，学者称绪山先生。有《平壕记》、《绪山会语》。邹谦之：邹守益，字谦之，阳明弟子。学者称东廓先生，有《东廓集》。邹正思：无考。简斋：袁枚，字子才，号简斋。清钱塘人。著名诗家，“性灵派”倡导者。

[5] 王兰陔：行历无考。

[6] 唐鉴：湖南善化人，字镜海。嘉庆进士，官太常卿，一度任贵州按察使（臬使）。后主讲金陵书院。有《国朝学案小识》、《唐确慎公集》等。

［7］贺长龄：见卷二《上贺耦耕先生书》注［1］。

［8］道光甲辰：道光二十四年（1844）。

［9］王介臣：见卷二《与王介臣书》注［1］。

［10］王裕猷：无考。

［11］黄辅辰：贵筑人，字琴坞。曾任道员。彭年之父。

［12］敖薌坪：无考。百龄：清辽东人，姓张氏。先世从入关，隶正黄旗汉军。字子颐，号菊溪。曾任云贵总督、两江总督、协办大学士。著有《除邪纪略》、《守意龛集》。

［13］王玥，贵阳人，字梦湘，道光进士，授编修。出任苏松太道，署江苏按察使。后返里主讲贵山书院。

［14］张南轩：张栻，宋绵竹人，号南轩。著名理学家，与朱熹、吕祖谦为讲学友，时称"东南三贤"。张元汴：明浙江山阴人。隆庆进士，官至翰林侍读，其学笃信王阳明。著有《绍兴府志》、《云门志略》、《不二斋文选》。

［15］徐埜公：无考。

书莫贞定先生《母教书》后[1]（咸丰戊午十月[2]）

右一纸，莫贞定先生嘉庆九年毕蜀闱同考，丁封公忧[3]，其明年，母张太君促书也。仕者之不廉，常出于父母妻子之欲所逼致。贞定宦蜀数年，而諗母无归费[4]。虽其素行砥节[5]，非封公及太君期以养善而然歟？即此书"但以了公项为喜，莅窶事为望[6]"。家人筐篋，语不一及，所以口授犹子者[7]，何其慈而正也。

世之恶子弟每以母所书谕倩人为之。一过眼即揉弃。不知字则人字，而言则母言也。孔、孟之书，岂孔、孟自写稿哉！此纸去今五十四年，如当时任意亵置[8]，安得此完洁也？观于此者，更可思孝。

［校注］

［1］莫贞定：莫与俦，卒后，门人私谥贞定先生。行迹见卷二《郘亭诗钞序》注［6］。

［2］咸丰戊午：咸丰八年（1858）。

［3］嘉庆九年：公元1804年。该年秋，莫与俦充四川省试同考官。考毕，得父亲病逝恶耗，报丁忧返里。封公：同"封翁"，因儿子的功名而得到

封赠的人。

［4］諗（shěn）：思念。通“念”。《诗·小雅·四牡》：“岂不怀归，是用作歌，将母来諗。”《注》：“諗，念也。”

［5］砥节：砥节砺行，磨炼节操与德行。

［6］公项：指公务用项。了公项，意谓了结公家事务，不欠公务款项。竁（cuī）：穿地为墓穴。《周礼·春官·小宗伯》：“卜葬兆甫竁亦如之。”《疏》：“既得吉，而始穿地为圹，故云甫竁也。”《小尔雅·广名》：“圹，谓之竁；下棺，谓之窆；填竁，谓之封宰冢也。”涖竁事，指儿辈亲临，营葬父母。

［7］犹子：兄弟之子，或称从子。

［8］亵置：随便放置，有轻慢之意。

书莫犹人先生《禀陈盐源县甲子夸豹子沟铜废厂稿》后[1]（咸丰戊午十月[2]）

治国如治家然。山之产铅铜，犹鸡豚之生子也。夷汉之分，犹僮隶之与子姓也[3]。鸡豚久畜，必少生或遂不生，杀之而更畜可也。僮隶与子姓讼，不必子姓直[4]，断之以理，皆服矣。今之为国者，必欲鸡豚至死生子，而子姓决不可曲于僮隶也。悲夫！

铜铅之产，病犹在官。若云南之回回，贵州之苗类，蜂屯蚁集，破郡屠邑[5]，至今数年，斯民涂炭极矣[6]，而祸犹未已。原其始，实皆伸子姓抑僮隶致之[7]。读莫犹人先生处分夷地请销败厂三禀稿，感喟世道，益增泫然。因识数行于卷末。

［校注］

［1］莫与俦：字犹人，号杰夫、寿民。行迹参见卷二《郘亭诗钞序》注［6］。莫与俦于嘉庆八年（1803）出任四川盐源知县，发现县属月花楼、捷兴硐二铅厂空废，甲子夸、豹子沟二铜厂衰败。但限于定例，前任仍照例虚报，再于他处买补挪借。上任后，于本年七月禀报实情，咨销豁减，以纾官民之困。

［2］咸丰戊午：咸丰八年（1858）。

［3］子姓：本指同姓。这里与僮隶相对举，则指主家、东家。

［4］讼：诉讼，打官司。直：正直、指理直得伸；与“枉”相对。

［5］此指云南的回民起义和贵州的各民族起义。

［6］涂炭：本义指烂泥和炭火，比喻灾难和困苦。

［7］这里的僮隶，实指受冤屈的少数民族，子姓，则指汉族中的奸民。是汉族奸民欺压作僮隶的人群，官府坦护奸民，因而激起民变。莫与俦在盐源，在处理汉夷关系问题时，据理而论，消弥了即将爆发的武装械斗。

书朱子诗卷真迹后（己未十一月[1]）

门外青山紫翠堆，幅巾终日面崔嵬。
只看云断成飞雨，不道云从底处来。

擘开苍峡吼奔雷，万斛飞泉涌出来。
断梗枯槎无泊处，一川寒碧自萦洄。

步随流水觅溪源，行到源头却惘然。
始悟真源行不到，倚筇随处弄潺湲。

白酒频斟当啜茶，何妨一醉野人家！
据鞭又向冈头望，落日天风雁字斜。

淳熙甲辰春日于武夷精舍[2]，晦庵朱熹[3]

（卷后有吴宽、王鏊、沈周、许初四跋[4]）

右朱子自书七言绝句四首。纸高虑虒尺一尺九寸，横长一丈一尺四寸五分[5]。字大径三四寸。纪年甲辰，盖淳熙十一年，为作武夷精舍之明年。时朱子已五十五岁，去今六百七十七年矣。据吴匏菴跋，卷曾为赵松雪藏，后归王叔明，继又归王齐之[6]，以后流传不可考。今藏同里唐鄂生炯家。余季姑之王舅汉芝先生[7]，鄂生大父直圃先生之从祖父也[8]。某十一二岁时，即闻先子雅泉居士言汉芝先生官黔西州学正时，有陈氏子从学，公视之犹子。后补学弟子员，其父厚谢，不一受；及奉旧藏此卷进，乃拜受之。公殁，卷已失去。因指壁上汉芝先生书《白酒频斟》一首，言是即公写卷中诗也。某时已心识之。后乃知在鄂生尊人子方先生所[9]。往来寤寐者数十年。及咸丰壬子秋[10]，子方先生自楚藩归，珍谒之待归草堂[11]，始出示此卷。言汉芝先生卒后，其家以售一隶人。迨直圃先生宰粤东[12]，乃以五十金购归。非盥洁焚香不展阅也。某于是具知此卷百余年流转之详。今年鄂生宰南溪[13]，余过署，再出敬观。其心画之妙，前人跋已尽。为识始末，俾后有所考云。

［校注］

［1］己未：咸丰九年（1859）。此年冬，郑珍经仁怀、赤水，到南溪县署，访表弟唐炯。

［2］淳熙甲辰：南宋孝宗淳熙十一年（1184）。

［3］朱熹：号晦庵。行历见卷《古本大学说序》注［9］。

［4］吴宽：明长洲人，字原博，号匏菴。成化中进士第一，授修撰。累官礼部尚书。工诗文书法，有家藏集。王鏊：明吴县人，字济之。成化间，乡、会试皆第一。授编修。累官户部尚书，文渊阁大学士。有《苏姑志》、《震泽集》等。沈周：明长洲湘城人，字启南，号石田。学识渊博，终身不仕。为明代著名书画家，为吴门画派领袖。与文徵明、唐寅、仇英合称“明四家”。许初：明长洲人，字元復，号高阳。嘉靖贡生，知湖口县，未之任，乞归。有文学，工书。

［5］虑（lú）虒尺：东汉章帝建初六年所造的一种铜尺。清李斗《扬州画舫录·草河录上》：“虑虒铜尺，建初六年八月十五日造。虑虒乃太原邑（后改五台县，故址在该县东北。），建初则东汉章帝年号也。考章帝时，冷道舜祠下，得玉律，以为尺，与周尺同，因铸为铜尺颁郡国，谓汉宫尺。”按：东汉铜尺，1 尺 = 23.75 厘米。照此计算，此卷高 45.125 厘米，横长 271.94 厘米。

［6］赵松雪：赵孟頫，号松雪道人。王叔明：王蒙，元代吴兴（今浙江湖州市）人，字叔明，号黄鹤山樵，黄鹤山人，香光居士。赵孟頫外孙。善诗文、书法，工人物，尤精山水。与黄公望、吴镇、倪瓒合称“元四大家”。王济之：即王鏊。

［7］唐汉芝：唐金，字汉芝。惟安三子，乾隆举人，任黔西州学正，授山西屯留知县。工诗，与傅玉书、田均晋齐名。

［8］直圃：唐源準，字以平，号直圃。嘉庆举人，授广东阳山知县。唐惟格之孙；树义之父。

［9］子方：唐树义，字子方，历官湖北布政使。

［10］咸丰壬子：咸丰二年（1852）。

［11］待归草堂：在贵阳城北，人称唐家花园。今贵阳市第十九中学，为该园一部分。唐树义、唐炯父子在此堂中与多位名士交游。郑珍、莫友芝、陈钟祥、黄彭年等为草堂中常客。

［12］宰粤东：指任阳山县知县。

［13］南溪：四川南溪县。清代属叙州府。

书唐子方树义方伯书札后[1]（己未十二月[2]）

咸丰癸丑春，子方唐公自家奉诏往安抚湖北，次年正月以身殉难[3]。其季子炯集所得手书谕及临难时书数十纸，都为一册。余得读之。其时劳勚排掣[4]，心迹历见，而词语闲暇、笔墨舒整又乃尔。余不知涕之泫然也[5]。

嗟乎！士君子临事，惟知有理，不知有身。理苟存，身不存可也；理苟不存，身存何益？读公第一札云："若万不能敌，惟一死而已。尸躯听其付蝼蚁鱼鳖，不必从荆棘业中寻不可得之残骨，效愚子之所为。"其视身为何物哉！观于此，亦可以知所轻重矣！彼当时使公志终不蒇，且必挤之于死者，而究何利哉？世方横流[6]，捧公书，益为天下叹。

［校注］

［1］唐树义：见卷二《雅播序》注［6］。

［2］己未：咸丰九年（1859）。

［3］癸丑：咸丰三年（1853）。该年春，唐树义奉诏出任湖北按察使。时太平军声势正盛，几次夺取武昌城。唐树义率二千余卒与太平军十数战，互有胜败。但巡抚调其兵卒，仅剩百十人，五年正月，太平军大部水师攻金口，树义率兵出战，兵溃，孤身投水自尽。

［4］劳勚（yì）：劳苦。《诗·小雅·两无正》："莫知我勚。"排掣：推挤牵掣。

［5］泫（xuàn）然：流泪貌。

［6］横（hēng）流：大水溢正道而泛滥，比喻动荡的局势。

传

聂将军传

明季之防水、蔺也，顺乌江而西，设九隘，简参将、游击驻守之[1]。余尝考其时将官，始知有聂将军抱保遵义，德至钜，迄今无一人道者，则纪述不可无也。

将军名文启，字绍江。先世豹，封重庆府内卫，世袭。至文启，任北川总戎[2]。明天启辛酉、壬戌，水、蔺两酋相继叛[3]，陷遵义，民多死亡。水烟、天旺一带地更相接，尽为兽薮。甲子，兵备道卢安世奉敕简全蜀能将，督师复遵义[4]，文启战功最。贼平，安世以中泽隘实要中，奏以守，招徕植养。十余年，四民各帖然就厥业。

崇祯己卯正月[5]，郡人张道兴以妖术聚丑数千，通水西倡乱，挥橙撒豆成骑卒，遵义岌岌然。文启亦愤与战，阵斩之，党以瓦解。

张献忠之败死也，部将马宝窜入遵义[6]，畏威甚，计图之。招饮桃源洞。妻石氏设请设备，文启拂髯曰："竖子何能为！"与子世昌单骑往。谕以大义，声色厉切。酒中，伏甲起，父子并遇害。随行一犬，带血归号于门。石氏惊曰："事必变矣！"其孙思圣生方周，私抱至蘨林中[7]，祝曰："聂氏不绝，儿不啼！"倏宝至，屠其家，收其军籍。儿竟不啼，为民间收养。其祖母张独逃免。后数岁，求得儿，赎归。生彪，为邑诸生。中泽镇址在今郡南五十里三望田。将台下存手植桂一株，父老至今犹摩挲不忍去。

论曰：遵义自天启之元至国朝顺治戊戌[8]，四十年间，若奢崇明、安邦彦、马宝、孙可望等[9]，纷纷蹂躏，蕞尔国亦极不堪矣[10]。意必有一二人维救其间。求之久，仅将军一人，以捍边丰功伟节若此，且春秋食昭忠祭[11]，而史志且没其名氏，血虽碧[12]，能无憾欤？然至今二百年犹能攟剩碣遗闻[13]，使不一切销灭，是可信忠烈之光之卒无已时也。然又安得如将军者，并书示来兹欤[14]！余尚当求之。

[校注]

[1] 水、蔺：指水西安氏土司和四川蔺州奢氏土司。简：简任，选拔任

用。参将：高级武官，位副将之下，游击之上，分守各路。游击将军，为镇守一方的将领，位于守备之上。

［2］总戎：总兵官。镇守一方之高级武官。位在副将之上。

［3］天启辛酉、壬戌：天启元年、二年（1621、1622）。蔺州土酋奢崇明起兵反明，接着水西土目安邦彦反叛。

［4］甲子：天启四年（1624）。卢安世：贵州赤水卫人。万历举人，曾任教谕。奢崇明反叛，安世从戎剿叛，屡立战功，迁四川副使，遵义监军，升右参政。

［5］己卯：崇祯十二年（1639）。

［6］张献忠（1606—1646）：明末农民起义领袖，延安卫人。先与李自成联合，进攻陕西、河南、安徽等地，后取武昌，下湖南，入四川，建立大西国，改元大顺。在西充被清兵射杀。马宝：张献忠部将，后投降吴三桂，随吴氏反清，受吴世璠封为伪国公，被清兵杀死。

［7］薮林：荨麻丛。薮（qián）：薮草，荨麻。茎叶有刺，触人肌肤，立即起泡，痒痛难忍。

［8］戊戌：顺治十五年（1658）。

［9］孙可望：明末延长人，张献中养子。张氏死后，可望率残部入滇黔，挟永历帝封秦王，初与李定国联合抗清，后分裂，降清，封义王，终被清兵射杀。

［10］蕞（zuì）尔：小貌。《三国志·魏志·贾诩传》："吴、蜀虽蕞尔小国，依山阻水……皆难卒谋也。"蕞尔国，此指遵义地域。

［11］"且春秋"句：将在昭忠祠中享受春秋两度的祭祀。

［12］碧血：《庄子·外物》："故伍员流于江，苌弘死于蜀，藏其血，三年化为碧。"后因指忠臣志士为正义目标而流的血。

［13］攟（jùn）：拾取。

［14］来兹：来年。《吕氏春秋·任地》："今兹美禾，来兹美麦。"高诱《注》："兹，年。"也泛指今后。此处作将来、未来解。

沥胆将军传

明崇祯中，御史富顺陈启相[1]，鼎革后僧服隐遵义南平水里之掌台山，号大友圣符上人者。著《平水集》若干卷，未详存佚。独里人相传所记《沥胆将军遗书》一篇，事甚壮。余惧其久而忘也，为扩而传之。

将军姓黎氏，名维祚，字名远。四川江津人。幼不肯竟学，独耽卜算星舆诸杂技[2]。崇祯末，遭乱转徙，即遵义家焉。其踪迹莫测之者。顺治己亥[3]，明永历王入缅甸[4]，诸爵将各拥众拒守滇黔间。维祚愤惋，遍往告以大义，皆忻动，密草迎銮奏[5]，令驰达。

庚子正月廿二日[6]，维祚合各奏本，窾木棓三尺许[7]，藏其中，以荷蓧铛诸物，挟术以行[8]。至辛丑九月十八日抵孟良府谒李定国[9]，备述艰苦及诸将志，破棓窾出示诸奏。定国大义之，为密达于王，兼奏称维祚忠肝贯日，义胆浑身，穿虎豹，趋辰极[10]，烈风劲草，殆无足喻。

时王在阿瓦城，城左右夹河，洪波浩渺，相距五六日程。主臣惟声息相通，皆无由见。十月十五日，王敕至，授维祚沥胆将军，令督理滇黔楚蜀，遍历诸勋将士，俟晋、巩两藩举师，即四路策应。并付空纸百、印三，令便宜填给。维祚乃为若担龙船乞食者[11]，藏敕印于箧底，小舟供置三四神像，击小钲[12]，肩唱以行。定国遣旌甲护至通界，始易装走诸营，报之。及十一月，更入缅复命。而王在腾越矣。

先是维祚行后，孟艮夷谋乱，事洩，定国怒，屠之。量不可居，驰约白文选同攻阿瓦[13]。阿瓦木城七重，已破其三。夷惧，遣人谓曰：乃不过欲见乃皇帝耳，姑止攻三日，当送出。定国从之。夷得整备，阅二日，右河船密如木叶，内外夹攻，晋、巩兵覆没几尽。定国徙他夷所，文选据腾越国图恢复。有马宝者，同文选事张献忠时素善也，诣其营，告以密谋，言吴三桂愿与合，文选受所绐[14]。时有艾将军亦欢附，遂相与鑽刃歃血[15]。未几，缅夷送王出，居草屋三间，文选兵环其外，三桂兵又环之。及维祚至，艾导入见王，大哭；维祚亦哭，曰："事已至此，臣惟疾奔告诸营，令于道要劫耳。"王曰："汝善语十王家等，果救我，我止愿修行去。"哽咽不能言。手裂衣一片，自书敕付之[16]。

维祚昼夜行，抵荆侯营，定谋劫之偏桥[17]。更入滇侦伺，而王已于壬寅三月死[18]。乃佯狂遁去，不知所终。

论曰：维祚，一匹夫耳，而以心存旧国，不计生死，屡出入绝域，冀回日于一倖[19]。则朱纯臣、魏藻德辈何肝肠面目也[20]。斯人已二百年，乃始得其姓字于方外遗老之手。非天道之终不欲泯其忠义哉！

［校注］

［1］陈启相：字枚庵，号晡谷。四川富顺县贡生，官河南御史。鼎革后

弃家为僧，法名圣符，号大友。遍游吴楚诸山，康熙壬寅（1662）来遵义，隐居县南平水里（今团溪一带）掌台山寺，自称“掌台老人”，足不出户将三十年。年八十卒，葬寺后。罗兆甡、谈亮等从其游，传其学。著有《平水集》若干卷，又有《紫云休夏集》、《摩诘诗评》。

［2］卜算星舆：指卜筮、算命、堪舆、占星象等杂学技艺。

［3］己亥：顺治十六年（即永历十三年，1659）。

［4］永历王：即南明永历皇帝朱由榔，原为桂王。当隆武王朝灭亡后，于1647年建永历王朝，在西南地域坚持抗清达十五年之久，后被吴三桂擒获，绞杀于昆明。

［5］迎銮奏：迎接皇帝銮驾的奏章。

［6］庚子：顺治十七年（永历十四年，1660）。

［7］棓（bāng）：通“棒”，棍棒。窾（qiāo）：孔，洞。此处作动词，打洞，凿空。

［8］篠（tiāo）：竹器。铛（dāng）：锅釜一类铁器。挟术：挟其占卜相命之术。

［9］辛丑：顺治十八年（永历十五年，1661）。李定国（？—1662）：明末延安人。参加农民军，在张献忠下为抚南将军。与孙可望转移云贵，联明抗清。曾攻取桂林，进兵湖南，逼死孔有德、击杀尼舆两位王爷。受孙可望排斥，后打败孙氏，拥永历入滇。明亡，忧郁而死。曾受封为晋王，故有“晋藩”之称。

［10］辰极：北极星。用以比喻皇帝。

［11］龙船：此指端公用的小神龛。约三尺长，中为船形小盒、上为龛，下有脚架。龛中放小神头像。端公常掮以游走四方求食。

［12］小钲（zhēng）：小铜锣。边穿孔，缀于木框，框左右施铜环，系小绳悬环，摇动以击锣。

［13］白文选：明末吴堡人。随张献忠起义，张死，随孙可望投明永历王朝。孙氏反明，与李定国联合击败孙氏，受封为鞏昌王，故称“鞏藩”。后降清，封承恩公，隶汉军正白旗。康熙时加封太子少师。

［14］吴三桂（1612—1678）：明辽东人，字长白。崇祯时，任山海关总兵，引清兵入关，并在云南绞杀永历帝，受封平西王。康熙间反清，自称周帝。病死长沙。其孙世璠为清所灭。给（dài）：欺骗。

［15］鑽刃侯：不知为谁。偏桥：明代偏桥卫，今施秉县，是云、贵通湖

南的要冲。

［18］壬寅：康熙元年（1862）。

［19］回日：同“回天”。此指迎回皇驾，恢复明王朝。

［20］朱纯臣：封成国公，曾以钦差巡视边关，庸懦无所作为。魏藻德：明通州人。崇祯进士第一，授修撰，疏陈兵事，召对称旨，骤擢东阁大学士，入阁辅政。居位一无建白，但倡令百官捐助而已。李自成破京师，被执，勒令输金，受酷刑五日夜，脑裂而死。

鄢节妇传（庚寅[1]）

余识儒人孙元哲时，询上下，知有祖母。问年，曰：“九十矣。”曰：“寿矣！”然不悉其事。今年秋，元哲服齐以来[2]，曰“祖母殁矣！然平生有卓卓者[3]，私意当不与俱殁。子且为我文之。”乃知孺人节孝者，故得扬摧传其事[4]。

孺人姓曾，平越湄潭人[5]，邑诸生名拔先母也。方笄字时，娩婉听父母教[6]，且绩织组紩、酒浆醯菹诸女事无不良[7]，而性贞静，不苟笑语，有弗善，不顾也。年二十，归于鄢。事夫子两寒暑，遽为嫠妇[8]，又无所有。舅姑谓之曰：“为再醮人[10]，孰若为未亡人难[9]？汝能为其难，甚善；为易，独可念吾子之负汝也。”顾孺人涕而咽。孺人曰：“君舅君姑乃不谅未亡人乎？夫子死犹不死也。怀有咳咳者[11]，为男女不可知，女也我嫁之，幸生男，则我任教耳。”

居夫丧逾五月而遗腹子生。孺人为夫下抚孤、上事舅姑，乃自此始。舅姑以儿子夭得此孙如见子，视他孙百倍其爱，而孺人待其子乃不稍假颜色[12]。就傅后，见偶懈，即折葼[13]随之，曰：“既生汝而不成汝，吾何面目见汝父也？”每裹泪笞，笞毕而泣。年四十七，即见子成茂才[14]。而其舅方愈欢然，忘子之早死。盖是时姑殁矣，舅存，老且耄[15]。孺人已异兄叔居，而舅喜即中妇养[16]，孺人辄善承老人指，即一饮盥，必柔色亲进之，数十年无少衰者。至养其舅寿九十一，无疾而终。

呜呼！勤矣。其舅之将殁也，呼孺人前祝之曰：“妇能守志成我孙，不绝我子后，又善事我。今死矣，无以报汝，天佑善人，使妇如我寿。”道光庚寅七月，孺人卒，计春秋得九十一，如其舅所祝云。呜呼！如孺人者，乃可以为女子矣！其风徽讵有沫哉[17]！元哲亦茂才，朴讷无妄[18]。述祖德多不出口，仅及此，予故略其细者。

赞曰：古称节妇人者，殆所谓求仁不怨者耶！抑徒知女道如是，虽常、变不为易。世之视其夫如传舍者无论已，至遇常而不能稍行妇道，抑又何耶？观孺人，其知愧矣。

[校注]

[1] 庚寅：道光十年（1830）。

[2] 元哲：行历不详。服齐（zī）：穿齐衰（cuī）的丧服。齐衰、丧服名，为五服之一，次于斩衰，以粗麻布做成，因其缉边缝齐，故称齐衰。为继母、慈母服衰期三年，为祖父母、妻、庶母服齐衰一年。为曾祖父母服齐衰五月，为高祖父母服齐衰三月。

[3] 卓卓：卓然特立。

[4] 扬推：举其大概。《汉书·叙传》："扬搉古今，监世盈虚。"《注》："扬，举也，搉，引也。扬搉者，举而引之，陈其趣也。"

[5] 平越：清代，湄潭县属平越州。平越，今福泉市。

[6] 笄（jī）：古代女子十五岁成年，举行笄礼。《仪礼·士昏礼》："女子许嫁，笄而体之称字。"《注》："笄，女之礼，犹冠男也。"字：古时女子许家曰字。娩婉：柔顺的样子。一作"婉娩"。

[7] 绩织组袟：指绩麻、纺织、缝纴、制书套等女工。袟（zhì），书套。酒浆醯菹：指饮食肴馔诸厨艺。醯（hǎi），内酱。菹（zū），也指内酱。《仪礼·士昏礼》："醯酱二豆，菹醯四豆。"

[8] 嫠（lí）妇：寡妇。

[9] 舅姑：儿媳称男方父为舅，或翁；称母为姑。

[10] 再醮：即改嫁。醮（jiào），古冠礼，婚礼时行的一种仪节。《仪礼·士昏礼》："若不醴，则醮用酒。"《注》："酌而无酬酢曰醮。"《礼·昏义》："父亲醮子而使之迎。"未亡人：旧时寡妇自称未亡人。

[11] 咳咳者：指小婴儿。咳（hǎi）：小孩笑。怀有咳咳者，指身怀有孕。

[12] 假：假借，宽容。颜色：脸色，情面。此指对儿子不稍加宽容，也不讲情面，要求严格。

[13] 葼（zōng）：树木的细枝。《方言》二："木细枝谓之杪……青、齐、兖、冀之间谓之葼。……"《传》曰："慈母之怒子也，虽折葼笞之，其

惠存焉。”

［14］茂才：对秀才的敬称。指入学为生员。

［15］耄（mào）：年岁八十九十叫耄。

［16］中妇：指二儿媳妇。

［17］风徽：风范，美德。讵（jù）：副词。岂，何。沫（mò）：停竭，终止。屈原《离骚》：“芳菲菲而难亏兮，芬至今犹未沫。”

［18］朴讷：朴实而不善言词。无妄：不虚假。

外祖静圃黎府君家传（乙未[1]）

某母为外祖第三女。其归也，视诸女远，家又先落[2]，故怜甚。告归越一年，呼来依而居，而外祖即以其年冬卒。至今十七年矣。

母命某曰：“尔外祖生平，大者不可不纪。尔文虽不足重于时，言之不犹愈于外人乎！”故敢再拜稽首，为作传曰：

公姓黎氏，讳安理，字静圃，晚自号非非子。贵州遵义县人。乾隆己亥举于乡，嘉庆戊辰大挑二等，训导永从[3]。癸酉选授山东长山令，丙子告归，己卯卒[4]，年六十九岁。诰封奉直大夫[5]。配杨宜人。二子：恂，进士；恺，举人。

公身长八尺，鸿声而凤举，目光若岩电。生而赤贫，少时医卜星相、负贩逐什一之术，无不业[6]。而以余隙读书，说义理，逼近大樽、钟陵[7]。其六世祖民忻，受知于来知德高弟，得来氏传，故公最精《易》学[8]。

继祖母夏，悍妬之尤者也。父梅溪公无所容，馆于外；更不容，因馆蜀灌县，卒。母邹宜人，亦时逐居外家。公甫十岁时，既躬劳役，事祖父母。而夏一切责之如成人。每春，力不起，则绳击碓首，令挽踏之。奇虐类如此。公衹剧[9]，无他念也。事祖父几四十年，至寿八十六岁；事夏几五十年，九十余岁乃死。夏之死，婴怪疾，公至刻不离，侍者数十昼夜。呜呼！难矣。

梅溪公之卒于灌也，门人葬之灌。邹宜人备夏虐，千磨百瘁，出公于死，致病哮喘终身。次弟在灌逃，三弟婚后亦逃。公乡举后始获往表志父墓[10]；出入黔蜀迹次弟，至老始得。抚三弟子如子，至愚，不能识一丁。公用是多隐痛，每祭荐望父母，必大号哭，不能起。归休时，至家一月即省灌墓，置祀田，往返数千里，忘其老。归，为弟姪买田庐，俾各足衣食；族若戚咸厚资之。呜呼！抑又难矣。

公令长山未三月，值李文成之乱[11]。邑当青、登、莱兵帅冲。赖公，民以无惊扰。沈三益者，邑周村镇贾户也。贼平后，都城于偶戏中获逆匪。刑讯急，因钮扣有沈字号，遂诬沈欲谋逆。部飞饬大吏，密拿全家近百口，极锻炼[12]。公力申其冤，兼为藏护其赀卷。沈卒获免。有邑绅与子妇通，谋死子于法[13]，公曲论之，乃以重贿进。公大骂麾之去，子竟免死。一绅家最富，其妻以意建生塋。人以僭制谋中之[14]。委勘者视若奇货[15]，公悯其无他肠[16]，先往毁其塋，巨祸赖以免。

呜呼！公之当官又如此。使不遭家多难，当壮强致荣仕[17]，出其平生学力与当世贤豪课殿最[18]，必愈出于寻常万万。顾劳饿困折，日出没于半生半死之中，及忧患余年，膺一绶，获薄禄，稍裨数十年天性闲力所不能，顾于所抱负何济？岂天之令苦志完忠孝者，意固别有在耶？呜呼！其可伤矣！

［校注］

［1］乙未：道光十五年（1835）。

［2］家先落：家道首先败落。

［3］己亥：乾隆四十四年（1779）。戊辰：嘉庆十三年（1808）。大挑：清代乾隆十七年（1752）定制，在会试后，拣选应考三次而不中的举人，由礼部分省造册，咨送吏部，派王大臣共同拣选。选取者分二等：一等以知县试用，二等以教职铨补，称为举人大挑。永从：今贵州省从江县。

［4］癸酉：嘉庆十八年（1813）。长山县：今山东邹平县。丙子：嘉庆二十一年（1816）。己卯：嘉庆二十四年（1819）。

［5］奉直大夫：文职官封赠的官品，从五品。

［6］负贩：指挑脚，做小贩。逐什一：追求十分之一的小利。

［7］大樽：陈子龙，明松江华亭人。字卧子，号大樽。崇祯进士，官兵科给事中。后组织抗清力量，被擒，投水死。工诗赋古文，取法魏晋。有《白云草庐居》、《湘真阁》诸稿。钟陵：熊伯龙，清汉阳人。字次侯，晚号钟陵。顺治进士，由国史院编修累官内阁学士，兼礼部侍郎，屡司文枋，皆得士。其制举文，雄深雅健，古文亦朴茂。有《贻穀堂诗文集》。

［8］黎民忻：怀仁之子，受业于来知德的高足胡某，精《易》学。后任广西河池州州判。明亡，隐于家。卒年八十一岁，学者私谥“文行先生”。来知德：明四川梁山人，字矣鲜。嘉靖时举于乡，归养不出。为著名易学家，著有《周易集注》、《省觉录》、《瞿塘日录》、《理学辨疑》等书。

［9］ 䟘剧：疲倦已极。䟘（jí），疲倦。

［10］ 表志：指刻石立碑为墓志。

［11］ 李文成之乱：指李文成领导的河南滑县起义，嘉庆十八年（1813）九月初旬，李文成领导天理教民起义，占领滑县城，山东定陶、曹县教民响应，攻占县城，声势浩大，数省震动。清廷急调大军镇压，年底平定。

［12］ 锻炼：罗织罪名。《后汉书·韦彪传》："忠孝之人，持心近厚；锻炼之吏，持心近薄。"《注》："《苍颉篇》曰：'锻，椎也。'锻炼犹成熟也。言深文之吏，入人之罪，犹工冶陶铸锻炼，使之成熟也。"

［13］ 死子于法：封建社会对不孝顺父母者，可判忤逆罪，重者处以死刑。

［14］ 僭制：僭越规定的制度。旧时，帝王公卿及庶民墓制大小有严格规定，僭制即犯法。谋中之：图谋中伤此绅。

［15］ 委勘者：受委派前往查勘的人。奇货：奇货可居。意谓此绅富有，可借此多榨油水。

［16］ 无他肠：没有别的心眼。肠，心地。

［17］ 强仕：《礼·曲礼》："四十日强而仕。"谓男子四十岁，智慧气力皆强盛，可以出仕。

［18］ 课殿最：古代考核军功或政绩时，以上等为最，下等为殿。《史记·绛侯周勃世家》："击章邯车骑，殿。……攻槐里、好畤，最。"也有以首要为最，末尾为殿者。《汉书·宣帝纪·地节》四年诏："其令郡国岁上系囚以掠笞若瘐死者所坐名、县、爵里，丞相御史课殿最以闻。"

唐介石公传

公唐氏，讳廉，字介石。故四川遵义人。祖以上居涪[1]。父一元，孝义载《蜀志》。张献忠之陷重庆也，避走，家遵义。是生公。

公性温毅，嗜读书，没身一卷不弃手[2]。自三四岁时，母杜口授《论语》、《孝经》，即成诵。长亦自力，不渔猎文句，闲思以所学实践行事，沉沉然人莫测也。康熙壬子举于乡[3]，王阮亭为座主[4]，甚重之。明年试春官[5]，不第。归教于城北龙山，有声。吴三桂以云南叛，遣以伪职召。时国家一统未久，贼焰猖炽，几据半天下，人人思攀附，以为真主[6]。公不应。或有以利言胁者，公曰："贼耳，受天子厚恩，不思报，又反，行虀粉矣[7]，如廉何?”杜门八年，卒无害。

辛酉，云南平[8]，权永宁卫教授。后截取知湖南鄜县[9]。海内方量田平赋役。鄜前宰力奉事图迁[10]，阴索民财，不与则虚丈尺增额，民苦之。公皆覈以陈，乃仍旧。事余，刻所订《毛诗正韵》进，士民一一给之，使咸知向学。年余，以母忧去鄜，皆称“唐菩萨”云。

服阕[11]，授山西阳曲令。公既至，以邑附省繁剧[12]，首除民害，民气以静。暇即舁入村，谕父老以力田孝弟，互敦勉[13]。于四门设义学，教邑之贫子弟，以时资之。月一试，以文之佳否考其勤惰，曲阳大化。为养济院，居贫妪其中。令民生男女不能自食者与之养，稽其数，月支以衣食。长成，仍令其父母归之。八十二都无弃幼[14]。

河西田自古渡口距烈石近六十里，皆濒汾水，岁泛溢坏尽。居民无丝毫获而税不已。公屡疏陈，得尽免。秋征自正赋外，旧耗取三之一，悉入己。公曰：“民代天子耕，出税赋供天子；官代天子收税赋，自有禄。若于民别取，则禄也何与?他人吮舐上官、文绣其妻子、奴仆者需此[15]，吾不须也。”尽除之。民间岁罢二十余万两，农用益裕。逾年，缘事降免，士民笮巡抚奏留[16]，复视事。

戊寅，噶尔丹不靖[17]。公于青黑、格达诸驿饲马待储，以供王师，一草粟不扰闾阎[18]。及凯旋[19]，民负锄倚道观望而已。

省城灾，百官督救火。公独跪污泥中，祝曰：“某为首邑，政不善，致天灾，乞烬某身，全民巨万财。”有顷，风愈烈，烟塞天地，百官走逃命。一侍者促曰：“势迫矣，请逃!”公屹不动。忽反风，以灭乃起。

凡五年，以老病告归。公至孝，两割股愈亲疾。母在鄜，颇思归，即解官乞终养[20]。行有日而母卒。尝诫子曰：“我事事求尽心，恐或未尽吾分，汝毋辄夸似人[21]。”年七十九卒于家。传至今六七世，皆端谨有家法，为遵义望族。

野史氏曰：世所目能明善为吏者，讲其事上详矣。求牧之道[22]，或者于公反乎?然此何足怪?当官之贤否，皆穷时所积志然也。昔传贤令长，其人类有学，守根柢[23]，故虽拙呐，不足病，何有于佞[24]?巨孽残残[25]，挥之大门，忘厥身，争诸天尊之勇[26]，不过耳。储画山作《晋乘》[27]，以列国朝儒吏首。知言哉!

[校注]

[1] 涪：清代为涪州，今涪陵市。

［2］没身：终身。

［3］壬子：康熙十一年（1872）。

［4］王阮亭：王士禛，即“渔洋先生”为壬子科四川乡试主考官。

［5］春官：指礼部会试。又称“春闱”。

［6］攀附：攀龙附骥。比喻依附皇帝立功业。真主：所谓的真命天子。

［7］齑粉：碎屑粉末。

［8］辛酉：康熙二十年（1681）。云南平：平定吴氏叛乱。

［9］截取：清制，根据官员食俸年限及科分名次，按其截止日期，由吏部核定选用，称截取。又凡举人于中式后经三科，由本省督抚咨赴吏部候选，也称截取。

［10］奉事：奉行其事。图迁：图谋升迁官位。

［11］服阕：古代丧礼规定，父母死后，服丧三年，期满除服，称服阕。阕（què），终止。

［12］附省：指省治所在县。繁剧：事务极其烦重。

［13］敦勉：劝勉，激励。

［14］八十二：十成中估八成，余二成。

［15］吮舐（shì）：吮瘫舐痔。《庄子·列禦寇》：“秦王有病召医，破瘫痤溃者，得车一乘；舐痔者，得车五乘。”此指巴结上官的谄媚无耻之行。文绣：绣有彩色花纹的丝织品或衣服。这里作动词用，意谓让妻子奴仆穿着艳装丽服。

［16］笮（zé）：迫使之意。谢肇淛《五杂组·地部》：“其士懦脆而少刚，笮之则服。”

［17］戊寅：康熙二十七年（1698）。噶尔丹：清初我国厄鲁特蒙古准噶尔部族首领，自称准噶尔汗，并勾结藏王第巴桑结和沙皇俄国，起兵反叛，攻占青海地区、新疆南部的维吾尔族地区和喀尔喀蒙古。康熙帝三次亲征。噶尔丹兵败西逃，最后自杀。戊寅是最后一次战役。

［18］闾阎：泛指民间。《汉书·异姓诸侯王表》：“适戍疆于五伯，闾阎偪于戎狄。”《注》：“闾，里门也。阎，里中门也。陈胜、吴广本起闾左之戍，故总言闾阎。”

［19］凯旋：得胜归来。

［20］终养：旧时官员辞官归家以奉养年老的亲人以终其天年。《晋书·李密传·陈情表》：“臣密今年四十有四，祖母刘今年九十有六，是臣书节于

陛下之日长，而报养刘之日短也。乌乌私情，愿乞终养。”

［21］尽心：竭尽心力。《孟子·梁惠王》上：“寡人之于国也，尽心焉耳矣。”夸似人：夸耀后嗣有人。似：嗣续，继承。

［22］求牧之道：探索治民之正道。牧：牧民，即治民。以牧民养畜，比喻人君之治民。《管子》有《牧民》篇，讲治民之策。

［23］类有学：大都有学识。类：大都。根柢：草木的根。引申为事业、学问的基础或底子。《汉书·仲长统传·论》：“百家之言政者尚矣，大略归乎宁固根柢，革易时敝也。”

［24］拙呐：才拙口呐。呐同“讷”。佞：奸巧谄谀，花言巧语。

［25］巨孽：大妖孽。此指吴三桂。残残：凶恶貌。

［26］争诸天尊之勇：比之于天尊的勇力。天尊，道家对所奉神仙的尊称，如“元始天尊”、“灵宝天尊”等。

［27］储画山：储大文，清宜兴人。字六雅，号画山。康熙进士，官编修。初以制艺名，归田后潜心古学，尤积舆地形势。著有《存砚楼集》，主纂《山西通志》。《晋乘》，指《山西通志》。

刘节妇传（己酉冬[1]）

道光乙巳，余权古州学官[2]，时刘生炳蔚试补弟子员，年二十八矣，一谒即归远乡。久乃来，奉钱四千文为贽[3]。余赧而受之，而生犹言甚愧，色其惧。盖州学设未久，训导师所取给，率科试取文武十四名者是恃[4]，苟下户贽亦每至一二十金[5]。生之愧也以贫也，其惧也不知余也。

自是未几，余归。及己酉岁儳终[6]，有担簦钉履风雪造余山庐者[7]。问之，则炳蔚弟义式也。问其家，则其母李氏今年甫五十七，以四月庚戌死。其兄守坟号，日夕不绝声，后二十一日亦死，无育。噫！毁瘠为病，君子弗为；毁而死，君子谓之无子。炳蔚亦不达于礼哉！然其至性可悯也已。

又问所以走千余里来者何？乃解包出一纸，跪而请曰：“此炳蔚纪母氏事状也，志不死，须乞先生文，冀终惠以瞑炳蔚之目[8]。”为蹙额酸鼻，竟阅之，乃始知生本姓冯，世籍石阡，自其祖食力于州，贫无何，因以息渊子刘氏[9]。而刘氏亦贫。渊自婚李，产二子，即病废，数年殁。所后父母[10]，李百方鬻其力养埋之。渊之死，李始三十岁，炳蔚略识字矣。不给就塾，令日挟书随挖蕨基、采薪、种吉贝[11]，有闲则令自读。复不给，至为人舂，且五年。傭规：日三食，晚辄襭其食归哺二子[12]。炳蔚稍长，学益力，寖课村童为生。而李艰苦，岁恒若是，以殁。此宜炳蔚痛极不可解于心而至于灭性也[13]。

嗟乎！自古为节妇，鲜不艰苦者。若炳蔚之母，其极矣乎！而子能列膠庠慰其意[14]，不可谓非天道。然卒母子不月同死，则天道者又安在哉？义式一粗读《论语》朴弱穷子，不惮越万山求彰母行，其志识乃迥出学人上。天之报施，或犹未可定耶！余因恨炳蔚往时不能告余以其母平生，竟使四千钱积自转役雇直而懵懵入吾橐也[15]。人之居官，不必尽渔榷其民以肥家饱僮仆[16]，即所谓分取其从来为甚艰苦难堪者，可胜问耶？书此，遣义式持归，章汝母，慰汝兄，亦以余懵懵者谢州县人也。

[校注]

[1] 己酉：道光二十九年（1849）。

[2] 乙巳：道光二十五年（1845）。权古州学官：其时郑珍代理古州厅（今榕江县）儒学训导。

[3] 贽（zhì）：见尊长时所送的礼品或礼金。此指考中秀才者送给学师的谢仪。

[4] 取给：取其物以供需用。是恃：以此为藉（依赖）。

[5] 苛：苛索，苛刻索取。

[6] 僟（jī）终：接近岁末。

[7] 担簦：挑担打伞。簦，长柄笠，即伞。钉履：底有铁钉的鞋，雨雪天外出使用。造：到。

[8] 志不死：立志（传）使之不朽。惠：惠赐。

[9] 息：子息，即儿子。子刘氏：为刘之子。

[10] 所后父母：指刘氏的父母。

[11] 不给就塾：钱不足供给塾就读。蕨基：蕨根。吉贝：木棉科植物，正名迦波罗。原产于东南亚，后传入我国。有草本木本两种。《梁书·林邑国传》："吉贝者，树名也。其花成时如鹅毛，抽其绪，纺之以作布，洁白与紵布不殊。"此处的吉贝为草本，即俗称棉花。

[12] 襭（xié）：将衣襟掖在腰带以上盛物。《诗·周南·芣苢》："采采芣苢，薄言襭之。"《释文》："一本作撷，同扱。"

[13] 灭性：旧时，称丧亲过悲而危及生命。《孝经·丧亲》："教民无以

死伤生，毁不灭性。”

［14］膠庠：周学校名。膠为大学，在国王宫之东，庠为小学，在国之西郊。后以膠庠为学校的通称。清代，弟子员（秀才）才能入儒学。童生只能进义学或书院。

［15］雇直：雇佣的酬值。懵懵：昏昧无知。

［16］渔：掠夺、骗取。摧：靠专卖以收取税赋。

王兰上小传（戊午冬[1]）

兰上先生惠，姓王氏，会稽人，居近古兰上里，故以为号。君于晋右军将军逸少为四十七世孙[2]。自少已习闻父兄读书作诗文法。其姊夫何琴山[3]，方以俪体文雄浙中。君久从之游，日与一时俊流相劘切，间会讲乡先生王、刘宗怡[4]，华实相副，诣日益深。而以余力为诗，群目之为诗人，非其意也。

阮芸台相国之抚浙，开诂经精舍西湖上[5]，遴有学者充经生，君与焉。家故贫，以举业授远近，经指导者多腾踏去[6]，易如操券取物。及君自试，必务为高深，不肯俯首巧言以悦人，故老诸生中，而亦终无忿怒之色。

道光丙申，年六十□矣，其子介臣上舍持名法家言食贵州[7]，因策杖观黔山而就子于遵义。余数过从于香雨堂，聆其言，朴而文，挹其容，静而虚，盖蔼然君子儒也。后□年，客死贵阳，其子即葬之郭北二十里之北衙，具田庐焉。

君所著《经学臆言》，时偶举一二，于古训皆有合。稿未携出，惜不见。又缉成《东皋家乘》。东皋者，会稽之村，其十世祖、宋德佑中丞相爚，始自新昌迁居地也[8]。所采精博，使逸少后人世世详实可传信。其为诗冲恬赡雅如其人。全稿具存家。其子集游黔诸什，合箧藏早作者，属余点定，仅得若干首云。

［校注］

［1］戊午：咸丰八年（1858）。

［2］逸少：王羲之（303—361），晋琅琊临沂人，后居会稽山阴。字逸少。官至右军将军，会稽内史。书法备精诸体、草、隶、正、行，皆能博采众长，自成一家，有“书圣”之誉。

［3］何琴山：行迹无考。

［4］劘（mó）切：切磋。喻相互间研讨。王、刘：指王守仁、刘宗周。

王守仁，见卷二《古本大学说序》注［15］。刘宗周（1587—1645），明山阴人，字起东，号念台。万历进士，崇祯时官南京左都御史。讲学于蕺山，学者称蕺山先生。治学与王守仁为近，提倡“慎独”。

［5］阮芸台：阮元，见卷二《轮舆私笺序》注［15］。诂经精舍：书院名。故址在杭州西湖孤山麓，嘉庆八年（1803）浙江巡抚阮元创建，延王昶、孙星衍为主讲。学生学习十三经、三史经义、小学、天部、地理、算法等。刻有《诂经精舍文集》。后有俞樾为主讲。

［6］腾踏：飞黄腾踏。指发迹。

［7］甲申：道光四年（1824）。王介臣：见卷二《与王介臣书》注［1］。上舍：对国子监生的称呼。名法家：名家与法家。《史记·太史公自序》：“其为术也，因阴阳之大顺，采儒墨之善，撮名法之要。”

［8］王爚：宋新昌人，字仲潜，一字伯晦。嘉定进士，理宗时累官左丞相。与陈宜中不协而去。生平清修刚劲。后为上蔡书院山长，成就多人。所著有《言子》。

詹节妇传（甲子）[1]

节妇吴氏，绥阳人，平越学训导朝东女[2]。年十八，适遵义东里詹氏。其母若姑皆余从母也[3]。詹从母持门户有法，家道益丰。年四十余，始生子钰，为早娶节妇。越二年，举一男；又越年，为道光癸卯[4]，钰死于溺。节妇仰天哭曰：“天乎，哀哉！”渔具擗地，泣不能出声[5]。旋起，慰其姑曰：“死者已矣！妇绝不重伤姑舅心也，愿两老见孙如见子。”咸曰：“汝诚然，子死，命也，吾何怨?”未几，遗腹更举一男。

自是，节妇见舅姑不敢有蹙容[6]，保抱两孤[7]，稍稍露头角。而节妇能持家又似其姑，傭奴甬婢奉指使肃然[8]。舅姑大慰。不十年，舅姑相继殁。詹氏于东里为单家，期功强近无几人[9]。节妇双手拮据两丧如礼[10]，乡人叹异。

然环顾门内，白日过庭，明月临窗，茕茕嫠影[11]，双孩诵侧，斯荼毒之极哀也已[12]！久之，始知舅在时多所负[13]，乃谋于亲曰：“不卖田，岁仰田偿其息，田犹无也，而负仍在。吾必割卖尽偿之，家计始可图也。”后数年，家足果如旧。

是后寇盗蜂起，节妇携二子年年避命，艰苦郁忧，遂酿腿疾[14]。去年来禹门寨居，今春二月卒。时同治甲子，得年四十三岁。

[校注]

［1］甲子：同治三年（1864）。

［2］吴朝东：绥阳人，嘉庆贡生，后任平越州学训导。

［3］從（zōng）母：姨母。《尔雅·释亲》："母之姊妹为從母。"节妇的母亲和婆母（姑）都是郑珍的姨母，姓黎氏。

［4］癸卯：道光二十三年（1843）。

［5］擗（pì）地：拆开渔具投地，搥胸而泣。

［6］蹙（cù）容：皱眉而显出忧愁的面容。

［7］保抱：抱持，抚养。保，同"褓"。《书·召诰》："夫知保抱携持厥妇子。"

［8］傭：雇工。奴：仆人。甬（yǒng）：通"傭（yōng）"，受雇用的人。《方言》："自关而东，陈、魏、宋、楚之间、保庸谓之甬。"

［9］期功强近：期（jī）功，古代丧服的名称。期服丧一年。功，指大功和小功，大功服丧九月，小功服丧五月。这都是亲属关系较近者。强近：强盛亲近。晋李密《陈情表》："外无期功强近之亲，内无应门五尺之僮。"

［10］拮据：本意指鸟之筑巢，口足劳苦。此处借指亲手处理艰难困苦的事务。

［11］茕茕：孤独的样子。嫠：寡妇。

［12］荼（tú）毒：荼，苦菜，引申为苦、痛。毒，螫虫，引申为毒害。此处喻痛苦。

［13］负：负债。

［14］腿：原文作"骽"，现改通行字。

行 状

诰授奉政大夫、云南东川府巧家厅同知舅氏雪楼黎先生行状[1]（同治癸亥十月朔[2]）

曾祖考国柄，妣赵氏，祖考正训，县廪贡生，皇貤赠奉直大夫，妣邹氏，皇貤赠宜人，考安理，乾隆己亥举人、山东长山县知县，皇封奉直大夫，妣杨氏，皇封宜人[3]。

先生讳恂，字雪楼，晚号拙叟，姶黎氏，本贯贵州遵义府遵义县乐安里人，年七十有九。其先自唐京兆尹干之孙槙，徙居江西新喻。宋初有得叙者，官昌州刺史，后因居蜀之广安。明万历中又迁遵义，遂为县人。传二世，为河池州判民忻，从来矣鲜高弟胡先生学，尽瞿塘《易》传[4]，学者私谥文行。六传而至先生。

先生质沉厚颖悟，自六七岁已自觊厉如成人[5]。时长山府君年四十余，恒授徒给事畜[6]，望先生切，教之严。视其日所背讽[7]，每溢恒授，于同塾子所务，傲然睨为不足为，知必克大成也，禁毋弄笔效帖括[8]。及省其私，则已蔚成文理矣，心窃喜之。

十六岁，补县学弟子员。逾年食廪饩[9]。每试必冠其列。中嘉庆庚午乡试举人，甲戌成进士[10]。引见以知县用，签发浙江，授桐乡知县。海内方承平，东南日益富庶。先生以不扰治之：正狱讼，弭盗贼，宽赋役，厘漕务[11]；洁躬率下，期事有益于民。

张考夫先生墓近郭，浸芜圮[12]，先生为修其茔，画兆域，理祀田。举杨园《愿学》、《备忘》诸篇，谓邑士："士学程朱，必似此真体实践，始免金溪、姚江高明之弊[13]。"时复讲论古今诗文辞，贤声著近远。长山府君喜有子，解组来观政[14]。杨太君亦挈妇孺至自家。先生公余辄怡然侍左右，承教唯唯如儿时。退则弹琴咏歌，声闻垣外。常曰："人以进士为读书之终，我以进士为读书之始。诚得寸禄了三径资[15]，事亲、稽古、吾志也。"

任桐乡五年，充丙子、戊寅、己卯考官[16]。所得士如李侍郎品芳、余侍郎焜、朱郡守恭寿诸人[17]，后皆著名绩。某抚军过境，阴廉属吏，适拾无名帖具诸劣状[18]，独言桐令贤。旋调知归安县。未行，丁长山府君忧，道光辛巳回籍[19]。明年，复丁杨太君忧。及释服，先生年甫强壮[20]，念两亲逝，无与为荣，淡然有守墓终焉之志，遂引疾家居。

尽发所藏书数十簏，环列仅通人。口吟手披，朱墨并下。经则以宋五子为准[21]，参以汉魏诸儒。史则一折衷于《纲目》[22]。论诗宗少陵、眉山，而自屈、宋至朱、王，无不含咀也[23]。于文尚韩、欧阳，而自庄、荀至方、姚，无不度权也[24]。如是者十余年，先生之学，乃始澔汗乎莫睹其涯涘矣[25]！

久之，顾食指日增，家啬时不给[26]。曰："远志其不免小草乎[27]！"因起病，赴部选[28]。拣发云南。甫至，即充乙未科同考官，旋权知平夷县[29]。县入滇首驿，缺瘠民犷，命盗案时发。任岁余，送迎勘讯，赔贷不赀[30]。

丁酉调权新平县[31]。未至，充本科同考官。及出关，县夷蔡刁氏煽邪教谋不轨事作[32]，大吏促之往。先生三昼夜驰至，已二更。即会新习营弁兵，兼调土练，黎明，鼓行逼夷寨。多方勦捕，获蔡母子三及伪置总督以下四十余人，槛解赴省。请于颜抚军伯焘[33]曰："此案实缘夷苦汉奸，图报復，非叛也。某若以多杀希大功，不仅缉此；即此亦宜轻论。"颜公然之。自蔡以外免死。

明年，权沅江州，旋补授大姚县。莅任四月，明年调权云州。时缅宁回匪与湖广客民械斗，回多死，志必报復，约州回亦杀所在湖民。先生至，谕服之。旋以细故期斗日[34]，又谕之，事寝矣。而镇道以安抚至[35]，回以买羊汉人起衅，拥众千余，胁镇道就理。镇道慑不出，势将变。先生坐堂皇呼其酋至[36]，叱曰："汝曹欲反耶?"佥曰："不敢。"曰："既不敢，为一羊故，孰曲直，当我诉，且一二人办矣，此纷纷者奚为?"挥众退，立与讯决，咸帖服[37]。乃大吏不以先生为能弭乱于俄顷，而反恚之[38]。旋撤任。

明年，领运一起京铜。故事，运员窃官铜，多或至报沉失二三万斤，部费私囊皆由此出[39]。先生曰："欺君事吾不敢为也。"及到部，果以费不足故困之，贷益始竣事[40]。

壬寅还大姚[41]，先生知天下之乱将作也，云南之回祸无已时也。至即缮城隍，庀团练，严保甲，制戎兵[42]，务为常变足时。以县故无志，属邑人刘编修荣黼辑稿[43]，手为点定。于山川、防隘尤详密，称善本焉。暇则课邑士文业，亲评改，无倦容。

甲辰[44]，川匪王某结众烧梅市堡，渡金沙入县境，据仁和街。先生督团攻之，斩首四百余级，擒二百余人，贼以溃。姚州回日益肆恶。丁未夏[45]，兼知姚州。花衣村回已期七月十三起事矣，闻官至，谬请入其寨。先生坦然往，论以利害，皆曰："唯"。私相谓："官胆略过人，且未刻[46]，吾党勿妄动。"踰月，新任甫亲事，回即烧诸村，围白盐井，氛逼大姚。先生督乡城防守，誓众以与城存亡。越两月，贼解。林文忠时督滇[47]，素知大姚团练整善，皆先生数年一手之力，至是始卓异入奏，并取其规条，令下县仿行之。

戊申三月，永昌回变[48]。文忠往剿，计雟益州待安辑，即委权州事。先生赴雟益，途经姚州，回以为他官也，捶其觅馆奴，及知，遽迎入寨，诉曰："所犯已至此，官非公不能容。"涕而送之。过省，见程抚军矞采[49]，陈办姚回事宜数十条。程公由八百里遞文忠。文忠后如所策，获其酋二百余名，姚回以平。己酉，仍回大姚。庚戌，题升东川府巧家厅同知，奉旨俞允[50]。先生叹曰："吾本为贫仕，以赔累牵率到今[51]，忽忽遂十六年，可休矣！"

明年，咸丰改元，称病归。时粤寇果发难，滇回益以不制，黔中事事弛纵，媒孽祸本[52]。先生每闻时政，则愀然终日[53]。而同时亲友旧交又死亡略尽，非復浙归时林下之味矣。

居三年，避桐梓贼乱，寓石阡，还。越四年，湄潭、瓮安贼岁犯境[54]，则避之板桥、桃溪源及城中。所到，扫地焚香，翛然对卷[55]，诸孙环诵于侧。其屋庐图籍虽尽毁，若忘也。去秋，里人结寨于禹门寺，因卜玉皇殿之右垣外居焉。帀一岁，以同治二年八月二十九日病终[56]。距生于乾隆五十年三月二十一日[57]，享年七十九岁。配周宜人，仁勤淑慎，偕臻耄耋，乡党以为难。子男五：兆勋，黎平府学训导，升湖北鹤峰州州判；兆熙，太学生，早死；兆祺，府学附生；兆铨，兆普[58]。女子子三：长即珍室，次适举人杨华本，安化县学训导；次适太学生朱正儒，早死。孙男十三人，女孙几人，曾孙男二。先生唯一弟，曰开州训导恺[59]，最友爱，中寿，卒官所。所遗诸孤，抚教同己子：庶焘、庶蕃皆举于乡；庶昌以廪贡生应诏上书陈时政称旨，优予知县，世论孅之[60]。

先生生平不苟言笑，立不跛倚，坐必端，行亹如流[61]。老无媵侍，暑无袒裼[62]；非靧不科头[63]，非疾不晏起；居处，虽微物度置必当；书卷经百十过常新整若未触手。从仕数十年，家无玩好之藏，案无棋槊之具[64]。子孙出入，多不识为宦家子也。其处宗族，茈有恤无，勉以仁厚。偶有横逆，不与校，犯者每自惭。其接人蔼蔼然；至不可意，则正言毅色，不稍假[65]。

其居官，不阿奉长吏，然又未尝傲之。故久不升迁，而恒免掣肘，得遂其利民事。任大姚时，其团练获镇南州劫案贼数十人，于例得送部引见候升。适永北厅李某降调，求报案附名，即以获全犯功归之，使免处分。其淡于荣利常类此。

先生天赋既优，而自少至老好学不倦。即写付子孙读本，积之当盈数尺。晚年学养尤邃。年几八十，耳目神明不衰，朝至暮无闲时。望其色、听其言，观其行动，粹然君子儒也。为古今文，冲夷典雅，常若有余，气息在庐陵、震川之间[66]。于古今诗尤所长，早年落笔千言，纵横自恣，后出入唐宋，不主一家。以前贵州诗人，未能或之先世。著有《蛉石轩诗文集》、《四书纂义》、《读史纪要》、《千家诗注》、《北上纪程》、《运铜纪程》诸稿。并藏于家。

先生临终之前日，命珍："以行状属汝。"珍自成童，即学于舅家，从先生数十年，亦以为能道先生，莫我若也。虽不文，其敢负遗命！故撮叙平生本末大概，以请于蓄道德能文章之君子，庶作志传得考而论定焉。谨状。

[校注]

[1] 行状：文体名称。记述死者生平行事的文章。也称行述。

[2] 癸亥：同治二年（1863）。

[3] 貤（yí）封：清制：职官以己所应得封诰，呈请改授远祖及伯叔或外祖父母等，谓貤封，妇人称貤赠。存者（五品以上）为诰封，没者曰诰赠。

[4] 瞿塘：来知德，字矣鲜，著名《易》学家，著《瞿塘日录》，世称"瞿塘易学》。

[5] 刓厉：专一严厉。

[6] 给事畜：意谓提供养家活口之需。

[7] 背讽：背诵。

[8] 帖括：指科举应试的文章。

[9] 廪饩（xì）：官府供给的粮食。生员中食廪饩者称廪膳生或廪生。明制，廪生月给廪米六斗；清代，月给廪饩银四两。

[10] 庚午：嘉庆十五年（1810）。甲戌：嘉庆十九年（1814）。

[11] 厘漕务：指厘清漕粮征运事务。清代，江苏、浙江、安徽、江西、湖北、湖南，在规定赋税除地丁外，另征收米豆，漕运京师，称漕粮。其中江、浙负担最重，居余省之半。

[12] 张考夫：张履祥，世称杨园先生，著有《杨园全集》。行历见卷二

《刻〈杨园先生全集〉序》注［1］。圮（pǐ）：毁坏。

［13］金溪：指陆九渊，字子静，号存斋，宋江西金溪人。在贵溪象山讲学，学者称象山先生。著名理学家，主张“心即是理”。是心学派的先驱。姚江：指王阳明，姚江学派的创始者，创“致良知”的心学，接续陆九渊而有所发展。张履祥等于清初重张程朱理学之帜，批判陆王心学。

［14］解组：解下印绶。组，印绶。意指辞去官职。观政：了解政绩。

［15］寸禄：微薄的俸禄。左思《咏史》诗：“外望无寸禄，内顾无斗储。”三径资：回乡隐居的费用。三径，指家园。西汉末，王莽专权，兖州刺史蒋诩告病辞官，隐居乡里，于院中避三径，唯与求仲、羊仲来往。后常以三径指家园。

［16］丙子、戊寅、己卯：即嘉庆二十一、二十三、二十四年（1816、1818、1819）。

［17］李品芳：清东阳人，字春皋。道光进士，官至内阁学士。陈情养母，不復出。余焜，朱恭寿；行迹无考。

［18］阴廉：暗中察访。适拾：专门搜寻。无名帖：未见姓名的揭帖。

［19］辛巳：道光元年（1821）。

［20］强仕：四十岁为强仕之年。

［21］宋五子：指周敦颐、程颢、程颐、张载、朱熹，为宋代著名理学家。

［22］《纲目》：指《资台通鉴纲目》。朱熹据司马光《资治通鉴》而作，由其门人赵师渊助编而成，凡59卷。

［23］“而自屈、宋”：自字，原文作“至”，花近楼本亦然。据前后文语意，以“自”字为宜，因改。含咀：含英咀华，指欣赏、玩味诗文的精华。

［24］方、姚：指方苞、姚鼐、清代“桐城派”散文大家。度（duó）权：揣度权衡，意谓品赏摹习。

［25］澔汗：盛大的样子。汗，一作“涆”。涯涘（sì）：边际。

［26］顾：眼看。食指：家中人口。明钱子正《溪上所见》诗：“家贫食指众，谋生拙于人。”家啬：家财悭吝。不给：不足。

［27］远志与小草：《世说新语·排调》：“谢公（谢安）始有东山之志，后严命屡臻，势不获已，始就桓公（桓温）司马。于时，人有饗桓公药草，中有远志。公取以问谢：‘此药又名小草，何一物而二称？’谢未即答。时郝隆（为桓温参军）在坐，声应答曰：‘此其易解，处则为远志，出则为小

草。’谢甚有愧色。桓公目谢而笑曰：‘郝参军此过乃不恶，亦极有会（领悟）。’”远志是一种中药，根称远志，苗叫小草。郝隆抓住谢安始隐居、终出山的特征，机智地与谢安的出处行为联系起来，加以嘲讽，謔而不虐。后成为隐居待时与出仕的典故。

［28］赴部选：赴京到吏部听候选官。

［29］乙未：道光十五年（1835）。平夷：今云南富源县，位于滇黔交接处。

［30］不赀（zī）：不可计量。

［31］丁酉：道光十七年（1837）。

［32］不轨：超出常轨，不合法度。

［33］颜伯焘：嘉庆进士，累官云南巡抚，闽浙总督。疏请练海军，并陈林则徐守粤功罪。英人陷厦门，坐夺职。

［34］期斗日：约定械斗日期。

［35］镇道：指总兵、道员。

［36］堂皇：官吏办事的大厅。

［37］讯诀：审讯裁决。帖（tiè）服：顺从。

［38］弭乱：制止变乱。俄顷：一会儿，顷刻。恚（huì）：怨恨。

［39］部费：指上交铜斤过程中，向部里各层管理官员上献的“礼金”等，不送礼则故意刁难，不给办理接收手续。私囊：指运铜官员中饱私囊。

［40］贷益：借款作补助。益：资助，补助。《战国策·秦》二：“甘茂攻益阳……三鼓之而卒不止，于是出私金以益公赏。”

［41］壬寅：道光二十二年（1842）。

［42］城隍：城壕。有水为池，无水为隍。庀（pǐ）治理。团练：在正规军外，就地选取丁壮加以军事训练的地主武装。保甲：旧时的户籍编制制度。北宋王安石推行保甲法，其法千家为一保，有保长，五十家为一大保，有大保长，十大保为一都保，有正副都保正。家有两人者，选一个为保丁，练习武艺。明清两代实行保甲法，内容略有改变。戎兵：指兵器衣甲等。

［43］刘荣黼：云南大姚人，黎恂同科进士，曾任翰林院编修。与黎恂同辑《大姚县志》，成书15卷。

［44］甲辰：道光二十四年（1844）。

［45］丁未：道光二十七年（1847）。

［46］未刻：未到（起事）限定日期。刻指刻期。

［47］林文忠：林则徐，卒谥文忠。时任云贵总督。

［48］戊申：道光四十八年（1848）。永昌：府名，治保山县。自道光二十五年以来，永昌回民接连三次起义，均失败。这是第四次起义，仍失败。

［49］程矞采：清新建人，字晴峰。嘉庆进士，授礼部主事。曾任云南巡抚，升湖广总督。太平军于广西，矞采前往衡州堵防，迭遭败绩，多处城邑失陷，坐夺职，戍新疆，越数年释归卒。

［50］己酉：道光二十九年（1849）。庚戌：道光三十年（1850）。俞允：皇帝允许臣下的请求。

［51］牵率：牵连而奉行职事。率，率职，奉行职事。

［52］媒蘖：媒，酒母；蘖、麯。媒蘖，酝酿之意。祸本：祸乱的根源。

［53］愀（qiǎo）然：忧惧貌。

［54］湄潭贼：此指白号军；瓮安贼：指黄号军。曾多次进入遵义境，杀死遵义知县江炳琳。

［55］翛（xiāo）然：自然超脱的样子。《庄子·大宗师》："翛然而往，翛然而来而已矣。"《释文》："向（秀）云：'翛然，自然无心而自尔之谓。'郭（象）崔（譔）云：'往来不难之貌。'"

［56］帀（zā）一岁：一周年。同治二年（1863）。

［57］乾隆五十年（1785）。

［58］兆熙（1810—1852），字仲咸，号寿农，雪楼次子。随父掌会计事务，并相随运铜入京。著有《野茶冈人学吟草》。兆祺（1820—1885），字叔吉，号介亭，雪楼三子。咸丰同治间，结禹门寨抗御农民军，积军功赏知府衔。有《息影山房诗钞》2卷。兆铨（1826—1895），字季和，号衡斋。雪楼第四子。曾任云南寻州知州，有政声。著有《衡斋诗钞》1卷。兆普（1828—1886），字少存。精医学和农学，著有《蓊芜本草》、《脉法正宗》、《瘟疫辨症》等。

［59］杨华本（1805—1889），字茂实，遵义北乡人。道光举人，后任云南石屏、寻甸等州知州。著有《如不及斋诗文》、《闻见录》、《聪聪录》等。黎恺：字子元。见下文。

［60］媺（měi）：好，善。同"美"。

［61］行齍如流：行走时，衣裳摆动如流水。齍（zī）长衣的下缝。

［62］媵（yìng）侍：妾和婢。袒衵（tǎn nì）：解去上身衣，只着近身衣。袒：去衣露上身。衵：近身衣。

［63］靧（huì）：洗脸。科头：结发不戴冠。

［64］棋槊：古代一种棋戏。犹如后世的双陆。棋为子，槊为局。

［65］假：假借，宽容。

［66］庐陵：指欧阳修。震川：归有光，明昆山人，字熙甫，人称震川先生。著名散文家。有《震川集》40 卷。

敕授修职佐郎开州训导子元仲舅黎公行状[1]

癸卯正月，内弟庶焘以其考子元黎公之柩来归，毕殡[2]，泣且拜，请于某曰："焘幼，不及悉先人之行，遽至大故[3]，惟先生知之深，乞道一二，使知所继述，又将以闻于闳识大雅，丐铭于幽[4]，以不忘吾父。先生幸留意。"某曰："然。是吾责也。"昔读国初黄向坚事及朱竹垞、韩慕庐所表状刘蓼萧之行[5]，尝叹为难。而我仲舅特类之。

嘉庆癸酉秋，滑县贼李文成倡乱[6]，其荄株盘蔓数省[7]，河南、北直隶、山东为震动。时外祖静圃公宰长山，余与伯庸内兄随父往，前后道梗，寄食于朱仙镇[8]。民逃市荒，日色凄薄，所在死者枕藉，昼夜唯闻城堡角声轩然。家中传言者曰："长山破矣，静圃公殉城矣，雪楼公殉父矣，自家去者都无存矣，惟两孺子存耳，且漂转吴楚间去矣！"公时侍外祖妣杨太宜人于家，闻信，北望痛号。旋决计去省父兄存殁，以请于太宜人，太宜人无难色[9]。旋奉太宜人西过天旺以语先孺人[10]，先孺人亦无难色。公归，急处置家事。至日，乡邻送者咸色沮[11]。公登堂拜太宜人曰："去矣！"间关万里，出没于白骨红燐间，以达长山，顾皆无恙。父子相持大哭。此事岂计利害、虑吉凶人所能？孰谓古今人不相及也！常思笔而存之，使谈者壮其志，忽忽未遂，而仲舅已成古人。以生平责余，则某其曷辞[12]！

公，遵义人，讳恺，字雨耕，以居近石头山，晚自称石头山人。诰封奉直大夫、静辅讳安理之次子，今大姚县令雪楼公恂之弟也。年二十二补县学弟子员，道光乙酉举于乡[13]。乙未大挑二等，补贵阳府开州训导[14]。壬寅十二月辛卯，以疾卒官，距生于乾隆戊申八月庚子，享年五十又五[15]。

公自幼警敏。静圃公以其善病，雅不强之学[16]。顾不屑伍庸庸[17]，日与雪楼相师友。诸子百氏一经目即能渔猎词要[18]。既长，雪楼公厚重寡言，气落落吞余子[19]；公则倜傥通易[20]，人咸目为双璧。静圃公早遭不造[21]，百历艰险，至是顾之，心慰甚。而两公于静圃公，食必佐餕[22]，行必持杖从后，如二苏之于明允[23]；公之于雪楼公，又如次公之于长公也。

雪楼公之自桐乡任以忧归也，家居十五六年，公与比垣居[24]，无晨夕不过候其面。雪楼公有说，必曰“然”；虽不是亦必曰“然”。徐婉理前说，雪楼公怡怡然亦不拂也[25]。苟有召，闻必即至；有他怒，得公片言即释。雪楼尝病喉痺，不可言食，状危甚。公终夜泣于祖考祐前[26]，请曰：“我不及兄，兄必不可死。苟死也，请以我代。”痺亦旋愈。其于嫂周孺人，亦如事雪楼公。去年，闻嫂之大姚，将纡道过开州，夜寝偶寤，犹呼其妾曰：“某物记为伯母留，某物记为伯母买也。”其至性如此。

丙戌会试在京师，珍同年友曾某死，庞然一巨尸，噤齿弩目，状可骇[27]。及敛[28]，同乡者骈观于门，其兄某绕四墙哭，亦畏不敢近。公呼余曰：“人孰不死？吾与若衣而冠，易耳。”乃就敛。今其兄得知县去，道及公是时，犹泣下也。

公性和，然介甚[29]。未补学官前，家颇艰，岁常一旧布衣出入，米不继，则杂蔬粥以饱，终不有所干于人[30]。卒之日，囊无十金之蓄。州人士识与不识，来弔者皆哽咽，伤其贤而不寿云。

娶张孺人，妾刘氏、吴氏。子四：庶泰、庶蕃、庶昌、庶诚[31]，皆妾吴氏出。嫡者出四女。著有《近溪山房诗钞》三卷，《石头山人词钞》一卷，《教余教子录》二卷。

呜呼！某幼受仲舅之抚教，不能为巨人钜儒，有言即取重于世。粗次崖略[32]，付庶泰，尚其存之《家乘》，思公之志行而继述之。他日有立言者，意亦将乐取乎此也[33]。

[校注]

[1] 勅授：封六品以下职官封爵，称勅授，五品以上称诰封。修职佐郎：从八品官阶所授称号。后因其子庶昌之官阶，诰封奉政大夫，正五品。

[2] 癸卯：道光二十三年（1843）。黎庶泰（1827—1865），字鲁新，号筱庭，恺长子。十六岁丧父，发奋自立。咸丰元年（1851）举人。因病废在家，主讲遵义湘川、培英等书院。著有《慕耕草堂诗钞》3 卷、《依砚斋诗钞》4 卷、《琴洲词》2 卷。毕殡：安葬完毕。

[3] 大故：重大事故。此指父亲死亡。柳宗元《与杨京兆凭画》：“自遭责逐，继以大故。”

[4] 铭：指墓志铭，刻于石碑，埋于地下。

［5］黄向坚（1609—1673），明末常熟人，字端木，号万里归人。其父孔昭任云南姚安知府，因兵乱不知消息，向坚于顺治中步行万里赴滇寻亲，终于把父亲迎回江南，沿途画了多幅山水作品，题名《寻亲图》。于是黄孝子之名流传遐迩，好事者作《黄孝子寻亲》传奇，四处搬演。朱竹垞：朱彝尊。见卷一《柴翁说》注［10］。韩慕庐：韩菼，清长洲人，字元少，别字慕庐。康熙间会、殿试均第一，累官礼部尚书，以文章名世，著《有怀堂诗文稿》。刘蓼萧：刘龙光，清长洲人，字蓼萧。诸生。父官明代益王府长史，清初道梗，不知父母存没，徒步往建昌。时益府旧人无存，又冒死历万山，展转寻访，终于奉母扶父柩归。母殁，得心疾以终。龙光好古学，尤精《尔雅》，作《音切笺释》。

［6］癸酉：嘉庆十八年（1813）。李文成：见卷四《外祖静圃府君家传》注［1］。

［7］荄（gāi）株：草木的根。盘蔓：盘结蔓延。比喻李文成的教徒遍布各地，基础深厚。

［8］寄食朱仙镇：郑父文清领着黎兆勋、郑珍两小孩前往山东长山，行至河南朱仙镇，正遇滑县起事，被迫停留客栈数月。

［9］难色：勉强不愿之意。王符《潜夫论·贤难》："及太子问疾，帝令吮癰，有难之色。"

［10］天旺：天旺里（今鸭溪镇一带），郑珍故居在天旺里河梁庄。

［11］色沮（jǔ）：神色沮丧。

［12］曷辞：何故要推辞！

［13］乙酉：道光五年（1825）。

［14］乙未：道光十五年（1835）。开州：今贵阳市开阳县。

［15］壬寅：道光二十二年（1842），戊申：乾隆五十三年（1788）。

［16］善病：多病。雅：平素。

［17］伍庸庸：与平庸之辈为伍。

［18］渔猎：比喻泛览博涉。词要：指词章要旨。

［19］落落：高超不凡貌。

［20］倜傥：卓越豪迈，洒脱自如。司马迁《报任安书》："唯倜傥非常之人称焉。"通易：通达平易。

［21］不造：《诗·周颂·闵予小子》："闵予小子，遭家不造，嬛嬛在疚。"造，成就。时成王丧父，故自称"遭家不造"。后泛指处身失所为不造。

［22］佐餕：吃剩下的食物。《礼·内则》："子妇佐餕。……甘旨柔滑，孺子餕。"餕（jùn）：食其余。佐餕谓侍奉父母饮食，待父母食完再食。

［23］明允：苏洵，宋眉山人。字明允，号老泉。著名文学家。苏轼之父。

［24］比垣：垣墙相邻。

［25］不拂（bì）：不加矫正。《荀子·臣道》："《书》曰：从命而不拂，微谏而不倦。"拂，通"弼"。

［26］祏（shí）：宗庙藏神主的石匣。每庙木主皆盛以石函，祭祀时取出，祭毕则纳于函中，藏于庙室之北壁内，以防火烧。

［27］丙戌：道光六年（1826），时郑珍选拔贡，与仲舅一起赴京会试。

［28］噤齿努目：紧咬牙齿，眼睛张大，眼球突出。骇（hāi）：惊吓。

［29］敛：同"殓"，给死者穿着入棺。敛，底本误作"歛"。

［30］介甚：很耿直。介，耿直，孤高。

［31］干：求取。

［32］黎庶蕃（1829—1886）：黎恺次子。字晋甫，别号椒园。咸丰二年（1852）举人。与从兄兆祺结禹门山寨，参与刘岳昭收復绥阳城，论功保知州。后居扬州，为候补盐大使。诗词皆工，有《椒园诗钞》6卷，《雪鸿词》2卷，为近代名词家。庶昌：黎恺第四子。行历见卷二《送黎莼斋表弟之武昌序》注［1］。庶諴（1841—1905），字和民，号夏轩，晚号夷牢亭长。黎恺第五子。国子监生。著有《夏轩诗稿》。

［33］崖略：大略，梗概。《庄子·知北游》："夫道，窅然难言哉！将为汝言其崖略。"

［34］立言者：30年后，曾国藩撰写《黎君墓志铭》，由李鸿章篆盖，丁宝桢书丹。其拓片近年发现，《贵州文史天地》2005年4期刊发其拓片影照，黄万机点校文字并考证写作书丹的历史背景。

墓　表

先妣黎太孺人墓表

先妣黎太孺人，以道光廿年庚子三月八日戊戌卒；明年三月庚子望[1]，葬县东八十里子午山；又明年季冬，其子珍乃手勒斯石[2]，用示后世。

太孺人姓黎氏，遵义县人。考长山令讳安理，封奉直大夫，妣杨宜人。乾隆卌一年丙申八月壬寅朏生山南梔冈下[3]。嘉庆庚申归我府君名文清公[4]。子三：珍、珏、珏[5]；女二：适冯、庹。寿六十有五。言行具《家录》、《邦志》。

呜呼！惟我八世祖益显公扞水、蔺，因家天旺里河梁[6]。传三世，忠孝唯谨。越我曾祖得琯公成进士[7]，亦越我祖从昆弟，十犹半焉诸生，嗣饮博弃耒砚，而族圮矣[8]！

太孺人事葬道讫，择仁违难[9]，己卯春，聿来山西南曰尧湾以宇[10]。衣皴食喘[11]，由梼蹶颠[12]，万苦千劳，哀哀终世[13]。居恒教小子珍曰："诫我子，必勤必正。苟酗于酒，言博，不力本[14]，不孝弟长厚，此非吾养，毋上我坟也！"呜呼！以小子珍之不肖，而犹粗晓人理，为儒流齿叙[15]，不致先德遂坠于地者，太孺人再造我郑氏之力也。后之上斯坟者，其敬承仁孝艰瘁之贻[16]，慎无忘所教。

太孺人尝曰："妇人舍言、容、功，无寻德处。言止柔敛，容止整洁，功则凡百当为，死而后已耳！"此太孺人自道也，并以语为妇女者。

[校注]

[1] 道光廿年：1840年。三月庚子望：三月十五日。

[2] 勒石：刻文于石。这方石碑，至今仍立于郑母墓前。墓文为颜体楷书，碑高五尺，宽二尺五寸。论者称它"裁构坚牢，文笔庄丽，为邑中金石第一"。(赵恺语)

[3] 乾隆卌一年：乾隆四十一年（1776）。卌（xì），数词，四十。朏

(fěi)：每月三日的代称，此时新月初现。

［4］庚申：嘉庆五年（1800）。

［5］郑珏、(1809—1878)，字子行。郑珍二弟。读书略通大义，终身布衣，淡泊自守。精堪舆之术。能诗，有《悦坳遗诗》，由黎庶昌辑入《黎氏家集》中。郑珏（1817—1859），字子瑜，郑珍季弟。精医术，也能诗。辑有《古医方》若干卷。其诗作收入《黔诗纪略后编》。

［6］郑益显：郑氏入黔始祖，明代江西吉水人。万历年间播州杨氏叛乱，郑益显以游击将军随刘綎总兵参加平播战役。平定后留守遵义城西六十里的水烟田屯垦，其子孙便落籍遵义。扞水、蔺：防御水西安氏土司和蔺州奢氏土司。天旺里：平播后改土归流，北部地域建遵义府，辖四县一州，南部设湄潭、瓮安、余庆三县，属平越府。又设龙泉县，属有石阡府。遵义县西部设天旺里，今鸭溪镇一带。河梁庄为郑氏世居地。

［7］郑瑄：字献虞，郑珍的伯曾祖父。乾隆进士，官黄平州学正。著有《湖洋诗文集》。

［8］“嗣饮博”句：后嗣好饮酒，嗜赌博，丢弃耕读传家的传统。耒砚，喻耕读。圮（qǐ）：断绝。《书·尧典》：“方命圮族。”圮，底本作“圯”，形近致误，因改。

［9］择仁违难：选择仁里以避难。仁，指仁里。指仁者居住的地方。《论语·里仁》：“里仁为美。”后泛指称风俗淳朴的地方为“仁里”。此处指郑珍外祖家所在的沙滩村落。违难，避难。《左传·庄》四年：“夏，纪侯大去其国，违齐难也。”《注》：“违，避也。”《国语·周》中：“虽吾王叔，未能违难。”郑母眼见天旺里一带社会风气恶劣，耽心祸及子孙，在安葬舅之后，变卖田庐，毅然迁居。关于迁居缘由，莫友芝《郑母黎孺人墓志铭》中有较详记述。如云：“时里氛极恶，博道饰骰巧囮（é，诈人财物），反掌牟人钜产。否则手画眉、黄雀语笑，三五间巷头，涎前后家、东西家肥鸡、老酿，醵以食；否则属游墟市，纵酒啖，袒博嚣躍，寻干戈。少长成风，厉嚣未绝耳。”郑父文清公为人朴实，免不了受人诓骗，如一位族人借给他几两白银，偿还时，族人多方回避，以便越期变成还不清的“阎王债”，将来总清算牟取全部家产。郑母气愤地说：“我园庐涎是旧矣，奈何必殉子孙坟、馁先人鬼乎!”于是决定迁居，择仁而处。

［10］己卯：嘉庆二十四年（1819）。聿（yù）：迅速。

［11］衣皴：穿粗衣。皴（cūn），毛糙。食喘：查无“食喘”一词，疑

为“食啖”之误。食啖，饮食清淡。啖一作“淡”。《史记·叔孙通传》：“吕后与陛下攻苦食淡。”《集解》：“啖，一作淡。”

［12］由枿厥颠：枿（niè），同“蘖”，树木砍伐后重新生长的枝条。颠：本根，此指砍伐后的木椿。《书·盘庚》上：“若颠木之有由蘖。”马融《注》：“颠木而肆生曰枿。”颠木，谓砍断树颠的木椿。由枿，再生的新枝。这里借喻郑氏再度新生。

［13］哀哀：悲伤不已。《诗·小雅·蓼莪》：“哀哀父母，生我劬劳。”

［14］酗（xù）酒：饮酒无节制，撒酒疯。言博：赌博。言，助词。不力本：不尽力从农桑根本之业。《论语·学而》：“君子务本。”古代以农桑为本，工商为末。

［15］儒流：儒家者流，义同儒林。齿叙：同“齿列”，意谓跻身儒林，与儒士齐齿叙列。

［16］仁孝：仁爱孝敬。艰瘁：艰苦劳累。贻：贻训。传于后人的格言。

墓志铭

王奇行墓志铭

平彝县南百里曰卑浙厂，其地籍罗平，在万山之中，块泽之水经焉[1]。四顾皆崇峦巨岩，赭然无生气[2]。中产铜、锡、黑白铅之属。云南铸局岁额取平彝铅二十余万斤。于是乎办四方之沙丁洞长者[3]，常数千万人，于是乎取食。左右居者亦各相矿脉，烛深鎚幽[4]，并力于此。

道光丙申，余客平彝[5]，尝因事一至，则三尺童子亦皆津津惟铅利之是言。余意，夫天地精英之气，毕终于五金矣。而奇行王君乃以儒闻其间。

君讳某，世为儒，至君特以奇质，甘淡泊[6]，专用力于六经，能得其精要。事继母四十年无惰色。子孙恂恂守其家范[7]。以岁贡生，年若干卒。呜呼！向疑山川之气毕钟于五金者，兹不仍在人也耶？可谓能自拔者矣[8]！

其子启图请为铭于墓。铭曰：

地之泽兮夬而皷[9]，块之山兮顽而婪[10]。山中之人兮矿锢其心，有君子兮玉愔愔[11]，泽上累累兮其宰[12]，不薜暴兮碣千禩[13]，畴襮德兮观于是[14]。

[校注]

［1］平彝：清代县名，今为富源县，与贵州盘县特区相邻。罗平，云南县名，在富源之南。块泽河由富源向南流，汇黄泥河，注入南盘江。

［2］赭（zhě）然：山无草木而呈赤褐色的样子。《诗·邶风·简兮》："左手执签，右手秉翟，赫如渥赭。"《疏》："且其颜色，赭然而赤，如厚积之丹赭。"

［3］沙丁：在沙田上耕作的民丁。广西、云南交界处有少数民族叫沙人，习俗和侬人相似。洞长：同"洞主"，古代南方少数民族首领。在矿山采矿冶炼者，多为少数民族民众。

［4］烛深鎚幽：指在幽暗深邃的洞中挖采矿石。

［5］丙申：道光十六年（1836）。时黎雪楼任平彝知县，郑珍入幕作

幕宾。

［6］奇质：非凡的品质。甘淡泊：甘于清贫。

［7］恂恂（xún xún）：恭顺貌。《论语·乡党》："孔子于乡党，恂恂如也，似不能言者。"

［8］自拔：自超于品类之上。《孟子·公孙丑》上："出乎其类，拔乎其萃。"

［9］夬（kuài）：决也。赚（xiān）：赤黄色。此指河水横流而呈赤黄之色。

［10］顽而婪：贪婪。爱财曰贪，爱食曰婪。

［11］矿锢其心：心为矿石所禁锢。玉愔愔：像美玉般安闲。愔愔（yīn yīn）：安闲貌，和悦貌。

［12］累累：连缀不断。《乐府诗集·紫骝马歌辞》："遥看是君家，松柏冢累累。"宰：坟墓。

［13］薜暴：破裂。《周礼·考工记·瓬人》："凡陶瓬之事，髻垦薜暴不入市。"《注》："薜，破裂也。"千祼：同"千祀"，千年。

［14］畴（chóu）：报酬。襮（bó）德：表彰功德；义同"褒德"。《梁书·孔休源传》诏："慎终追远，历代通规；褒德酬庸（功劳），先王令典。"

俞月樵先生墓志铭

月樵俞公没三十四年，遵义郑某始获读其子汝本所述《状》，且属铭其墓。汝本尝荐某于乡[1]，义不得辞。

据《状》：公讳桂林，绍兴新昌人。曾祖锡鉉、祖端士、考长发并诸生。公生五岁，妣鲁殁，依外家长，克自奋学，年四十一始补县校官弟子。自其考在时，家四壁立[2]，公命与学仇[3]，事蓄所资[4]，躬备艰苦。齿未艾[5]，致病咳血；枯树婆娑，终年闭户。顾憐幼子，饥色苍凉。仰屋无憀[6]，卧与指画。斯人生极遭也[7]。已年六十一，见汝本列于庠[8]，明年，嘉庆己巳二月壬辰遂卒[9]。葬东郊栗树墩。德配周[10]，少公十三岁，勤以补贫，慈以督子；如宾如友，以与成立。后越八年闰月己丑卒，葬公之左。

子二，其次汝锦；女一；孙三，曾孙二。汝本成道光丙戌进士[11]，授贵州镇远知县。覃恩封公文林郎，配孺人[12]。铭曰：

新之俞宗，唐刺史稠，俶来五峰[13]。宋元而下，二妙于台[14]，两食于社[15]。天孕家啬，六六之世[16]。公丁蓄极，木怒旁旁[17]。郁为曲错，瘿其青黄[18]。不于其躬，收之于子。孰云靡丰，我铭厥宰[19]。东武有移，兹邱不改[20]。

［校注］

［1］俞汝本：行历见卷二《上俞秋农先生书》注［1］。郑珍乡试中举，俞汝本为荐卷房师。

［2］家四壁立：同“家徒壁立”、“家徒四壁”，指家贫一无所有。《史记·司马相如传》：“相如乃与驰归成都，家居徒四壁立。”

［3］学仇：与学相伴，意谓立志向学。仇，同伴。《诗·周南·兔罝》：“赳赳武夫，公侯是仇。”

［4］事蓄：奉养家口。

［5］齿未艾：年未及五十。五十岁曰艾。

［6］仰屋无憀：仰望屋瓦，无所依托。憀（liáo），依赖。

［7］极遭：遭遇坏到极点。

［8］列于庠：指考取弟子员，入县学就读。

［9］己巳：嘉庆十四年（1809）。

［10］德配：德行堪与匹配。汉《李翊夫人碑》：“节行絜静，德配古之圣母。”后尊称别人的妻为德配。

［11］丙戌：道光六年（1826）。

［12］覃恩：广施恩惠。多指帝王普行封赏。文林郎：正七品阶官。命妇，七品封孺人。

［13］俶来：始来。五峰：山名。

［14］二妙于台：即：“一台二妙”。晋卫瓘与索靖都善草书，瓘为尚书令，靖为尚书郎，时人称“一台二妙”。此指俞氏先人有两人才艺俱佳，同为台省之官。

［15］食于社：入乡贤祠（社）受春秋祭祀。

［16］天孕家啬：天命使之家道艰啬。六六之世：《易·坤卦》，六爻皆为六。其“上六”（即六六）爻《象》曰：龙战于野，其道穷也。比喻人走到穷困的绝境。

［17］公丁蓄极：正处于极度的等待中，有蓄势待发之意。蓄：等待。木怒旁旁：树木生长气势强盛曰木怒。《庄子·外物》：“春雨日时，草木怒

生。”旁旁：强劲貌。

［18］郁为曲错：指树根枝叶盘曲错杂，勃郁有生气的样子。瘿其青黄：树木外部隆起如瘤，谓之瘿。北齐刘画《刘子·因显》：“夫樟木盘根钩枝，瘿节蠹皮，轮囷拥肿，则众眼不顾。”喻良材而病瘿，枝干青黄。

［19］厥宰：其墓

［20］东武：汉代有东武郡，在今山东高密县、诸城县一带。有乐府《东武吟行》，陆机、鲍照、李白等均有拟作，内容多咏叹人生短促，荣华易逝。兹邱：即这座坟邱。

诰授奉政大夫云南巧家厅同知舅氏雪楼黎君墓铭[1]

公黎氏，字雪楼，厥讳恂。唐尹干[2]，后数徙，家于遵。考安理，妣杨氏，畴洪源[3]。生乾隆，岁乙巳[4]。九九春，成进士[5]。令桐乡，称惠循[6]。晚仕滇，陟郡贰[7]，乃归田。七十九，卒仲秋，日晦前[8]。越五日，窆芝山，直艮坤[9]。综木末，言与行，朱张亲[10]。淑配周[11]，偕大耋[12]。子五人，曰兆勋，祺、铨、普、熙短年。女适杨，长郑珍，纪斯珉[13]。

［校注］

［1］奉政大夫：官员等级称号，正五品。同知：知府佐贰官（副职）。正五品，每府一二人，无员。同知分掌地方粮、盐、捕盗、江防、海疆、河工、水利，以及抚绥民、夷事务等。因地知制宜，以需而设。同知办事衙置称“厅”。

［2］唐尹干：黎氏先祖名干，唐代戎州人，善星纬术。玄宗时待诏翰林院，累擢谏议大夫，迁京兆尹。

［3］畴洪源：酬答祖德源洪流远。

［4］乙巳：乾隆五十年（1785）。

［5］九九春：春闱殿试放榜，正传“数九寒天”的第九个九天，即“九九”。

［6］称惠政：因有惠政而被视为循吏。

［7］陟郡贰：升迁为知府佐贰官，即同知。

［8］仲秋，晦前：即八月二十九日。三十日为晦。

［9］窆（biān）芝山：安埋于芝山。窆：葬时穿土下棺。直艮坤：指坟

墓方位为艮山坤向，即坐东北而向西南

［10］朱张亲：指其毕生立身行事，以朱熹、张履祥的学说为准则。

［11］淑配：尊称别人妻子。淑：美好。

［12］大耋：高寿。耋（dié）：六十以上曰耋。泛指年寿高。

［13］珉（mín）：似玉的美石。此指墓铭刻石。

赞

方正学楷书《千字文》赞（并序）[1]（辛丑[2]）

顺德黄爱庐乐之守遵义之明月[3]，出方正学手书《千字文》。字大方寸五分，末无款识，有“方孝孺”印一，“希直”印一；其下有“汲古主人”及“毛晋”二印[4]。上有“云坡珍赏”、“千夫胡氏家藏”二印。首行下有“云邱鉴定”、“光山胡氏家藏”、“壦务长”三印。末有嘉庆二年十月云坡胡季堂《跋》[5]，云“此册为家藏故物，今夏于役保阳，未暇载之行箧，竟为霉雨所侵。霜后重装，即遵古法，以正书补其阙文”。今按：缺者“千、字、文、天、地、玄[6]、星、明、歌、笺、骧、亡、妍、永、俯、助”十六字；半缺者“朝、省、殆、飘、目、扇、稽、详、凉、妙、晖”十一字。胡氏仅补“千、字、文、天、地、玄”六字，余并仍之。正襟肃对数晨夕，浩浩乎刚大之气塞两间矣[7]！敬系以赞曰：

维小韩子，以正学倡[8]。手扶建文，泣于高皇[9]。有明有公，天晶地光。小子庸儿，晚不及墙[10]。再拜遗墨，蘉若形相[11]。画与心传，韻挟气行。既掩欧、褚[12]，渠论素、英[13]！世殊莫追，精焉此藏。匪敢秽跌[14]，以志景望。

[校注]

[1] 方正学：方孝孺（1357—1402），明浙江宁海人，字希真，又字希古。宋濂弟子。其书室名正学，人称正学先生。建文时，任侍讲学士，燕王朱棣起兵夺皇位，当时朝廷诏书多出其手。朱棣占领南京，强令孝孺草即位诏书，孝孺不从被杀，并连诛“十族”（九族再加师友）。达847人。有《侯成集》、《希古堂稿》等。

[2] 辛丑：道光二十一年（1841）。

[3] 黄乐之：字爱庐，于道光二十一年出任遵义知府，继续支持《遵义府志》编纂工作，使该志得以完成。

[4] 毛晋（1599—1659）：明末清初常熟人，字子晋，号潜在。好搜罗图

书，建汲古阁目耕楼，藏书八万四千多册，且多宋元善本。又刻印多部古书，世称汲古阁版本或毛本。

［5］胡季堂：清光山人，煦子，字升夫，号云坡。嘉庆间官至直隶总督。首劾和珅二十罪。直声大震。

［6］玄：底本、花近楼本均作“元”。清代避康熙帝玄烨讳，改玄为“元”，今改正。下句中“玄”字，亦由“元”改。

［7］两间：天地之间。《宋史·胡安国传》：“使信于诸夏，闻于夷狄者，无曲可议，则至刚可以塞两间，一怒可以安天下矣。”

［8］小韩子：《明史·文孝孺传》：“孝孺幼警敏，双目炯炯，读书日盈寸，乡人目为‘小韩子’。”正学：汉武帝时排斥百家，独尊儒术，以儒家学说为正学。

［9］泫于高皇：高皇指洪武帝朱元璋。朱棣召方孝孺入宫草诏，孝孺穿孝服而至，号哭徹殿陛。

［10］小子庸儿：郑珍自称。墙：指门墙，意谓及门拜师。

［11］薆（ài）：香气浓重。同“馤”。司马相如《上林赋》：“肸蠁布写，晻薆咇茀。”

［12］欧：指欧阳询，唐潭州临湘人，官弘文馆学士，善书，创欧体，又称率更体（因他曾官太子率更令）。其《九成宫醴泉铭》，至今被采作法帖。褚：指褚遂良，唐河南阳翟人，字登善，累官中书令。工书法，少学虞世南，后祖述王羲之，真书颇得其媚趣。

［13］渠论：岂论。渠：通“讵”，岂，哪里。素：指怀素，唐代僧人，玄奘弟子，字藏真，俗姓钱。长沙人，迁居京兆。相传他种芭蕉万余株，以蕉叶代纸写字，因名其居曰绿天庵。勤学苦练，秃笔成塚。以狂草出名，继承张旭笔法，世称“颠张狂素”。英：指张芝，东汉敦煌酒泉人，字伯英，善草书。相传他临池学书，池水尽黑。被推为“草圣”。王羲之父子的书法，均受其影响。

［14］秽跌：弄污卷尾。指题跋。

桐壄先生荷锄像赞[1]（壬子）[2]

诗当康熙，如日正中。起问汉大，惟渔璜公[3]。桐壄一编，眉山放翁[4]。经纬宫商，继盛长通[5]。举颈相望，迺农其容。九原若作，负耒相从[6]。

[校注]

［1］桐壄先生：周起渭（1664—1714），字渔璜，又字载公，号桐野，贵阳人。康熙三十三年（1694）进士，历翰林院检讨、侍读学士、詹事府詹事。参予编纂《渊鉴类函》、《康熙字典》。工诗，常与京都名流唱和，备受推崇。有《桐野诗集》传世。周桐野荷锄像，在《西崦春耕图》中，此画由著名画家禹之鼎作，由著名书法家陈奕禧题额。是照苏东坡“野桃含笑竹篱短，溪柳自摇沙水清”的诗意作画。此图现存贵阳市文管所。

［2］壬子：咸丰二年（1852）。

［3］起问汉大：渔璜好友史申义赠诗中有句云：“孰与夜郎争汉大，手携玉尺上金台。”又据杨钟羲《雪桥诗话》载：“陈文贞（按，大学士陈廷敬，谥文贞）在直庐日，圣祖传问后进诗人为谁，文贞以史申义、周起渭对。一时翰苑有两诗人之目。”

［4］眉山、放翁：指苏轼、陆游。此二句谓《桐野诗集》的风神韻致与苏、陆相近。

［5］盛长通：西汉牂牁郡人盛览，字长通，有“牂牁名士”之誉。曾拜司马相如为师习辞赋写作，相如告诉他：“合綦组以成文，列锦绣而为质，一经一纬，一宫一商，此赋之迹也。赋家之心，苞括宇宙，总览人物，斯乃得之于内，不可得而传。”览乃作《合组歌》、《列锦赋》而退，终身不敢言赋之心矣。（见葛洪（讬名刘向）《西京杂记》）。

［6］九原：墓地。此指死后，追随桐野先生于地下。

芙风山藏王阳明先生小像赞[1]（乙卯冬[2]）

微雨洒竹，高楼冥冥[3]。扬休山立[4]，敬瞻先生。微昔居夷[5]，我宁有知？有知无用，仰公而悲。曷走而违，无国匪壑[6]。父母之旁，欲师石槨[7]。

[校注]

［1］芙风山：在贵阳城东，形如螺，俗名螺丝山。山半有阳明祠。

［2］乙卯：咸丰五年（1855）。

［3］冥冥：高远貌。

［4］扬休：谓阳气生养万物。扬，通“阳”。《礼记·玉藻》：“头头必

中，山立，时行，盛气颠实扬休，玉色。”郑玄《注》：“扬，读为阳……盛声中之气，使之阗满，其息若阳气之休物也。”孔颖达《疏》：“使气息出外，如盛阳之生养万物也。”

［5］居夷：王阳阳谪为贵州龙场驿丞，与夷民居处，其入黔诗作定名《居夷集》。微：非，无。《论语·宪问》：“微管仲，吾其披发左衽矣。”

［6］曷走而违：何不走而避开。无国匪壑：无处不是沟壑纵横。国：邦国，泛指各地。

［7］石槨：《王阳明先生年谱》：“时瑾憾未已，自计得失荣辱皆能超脱，惟生死一念尚觉未化，乃为古槨自誓曰：‘吾惟俟命而已！’”

母之猫赞

猫无名，以其为母之猫，仲若季若姊若妹皆呼为“母之猫”云[1]。毛黄如濡，间以窃黑，能制犬，其种也[2]。吾母爱之甚，每食瓜菘、雹突、黎祁之属[3]，猫无不厌餐者[4]。时出行圃，猫必与俱，或锄莳嵇留，猫则跳伏草日间[5]，拏花抓蝫为戏左右以待；归则又坐卧乎侧。虽过近亲舍，亦必送中道而后反。苟有获，非见母不食也。一夕，生衔鼠，逾时不食，且叫号。既寻见母，母与数语，即磔之。经巢主人慨然叹曰：“是诚母之猫也！”因为之赞曰：

吾母食尔兮孰与我班[6]，抚怜尔兮孰与我贤[7]。吾孰与尔兮左右我亲。猫兮猫兮，我犹为人兮。

［校注］

［1］若：连词。此处作和、与解。

［2］窃黑：浅黑。《尔雅·释兽》：“虎窃毛谓虦猫。”《注》：“窃，浅也。”制犬：制伏犬。其种：指其种属之特性。

［3］菘：蔬菜名。柄厚而色青者为青菜；柄薄而色薄者为白菜，别称黄芽菜。雹突：也作“雹葖”、“蘆菔”。即萝卜。黎祁：豆腐的别称。陆游《邻曲》：“拭盘推连展，洗釜煮黎祁。”自注：“连展，淮人以名麦饵；黎祁，蜀人以名豆腐。”

［4］厭餐：饱餐。厭，通“饜”，饱，满足。

［5］莳（shì）：栽种。嵇留：停留。嵇同“稽”。草日间：日字，疑为

“田”字之误。草田，未垦种的田地。

［6］食（sì）：以食与他人。也作“饲”。班：等同。

［7］贤：胜于，多。《国语·晋》九：“瑶之贤于人者五，其不逮者一也。”

铭

玉雨亭铭

《毛诗》草木，无梨之名。谁知睆实[1]，乃兹焉称。孰种是者，因为之廎[2]。更千百年，其识斯亭。

[校注]

[1] 睆实：《诗·小雅·杕杜》："有杕之杜，有睆其实。"杕（dì）杜，孤立的杜梨（即棠梨，野梨）。睆（huǎn），浑圆。睆其实，果实浑圆。

[2] 廎（qǐng）：小厅堂。

望山堂梁上铭

居无墓见，母之志也[1]。于兹筑室，为母遂也。呜呼！生以穷终，念何逮也。子妇相守，终吾世也[2]。后有作者，其修别祖之祭也[3]。

[校注]

[1] 郑珍《望山堂记》中写道："昔太孺人病亟，犹顾谓曰：'葬我必于近卜庐，相望见为佳也。'"

[2]《望山堂记》云："计后是四五年，环山必蔚成园林，四时皆有花果，诸儿诸女摘果簪花，喧沸墓下，而大男冢妇坐堂上补衣诵书，犹侍太孺人破篱纺绩时，则谓太孺人尚存可也。"

[3] 别祖之祭：《礼·大传》："别子为祖。"嫡长子之外为别子，别子对祖宗的祭祀，其仪节与冢子略异，以示亲疏。

祭　文

祭舅氏黎雪楼先生文[1]

呜呼！释氏论人，四大合成，当其散时，无影无因[2]。虽则云然，是气非理；气则有终，理则无止[3]。孔、曾、颜、孟，周、程、邵、张[4]，惟其理存，至今不亡。维我舅氏，我知不朽，没后思之，愈觉寡耦[5]。生顺没宁，乘化以游[6]。今日高堂，明日山丘。我未及死，情曷能已。痛念灵輀[7]、启期在迩。雪中谋食，负病而行；孰知更病，几不能生[8]。以舅之故，拌命驰归[9]。骨立如柴[10]，吾亦自危。幸抚公棺，是天我憐。所谓理者，止如此焉。吉日至矣，公何踟蹰[11]？薄酹于前[12]，鉴我病躯。师弟一生，舅甥一世。便此永隔，悠悠天地。

呜呼！哀哉！

[校注]

[1] 祭文：文体名。祭祀时诵读之文。《文选》有“祭文类”。依内容不同，可分四种：祈祷晴雨，驱逐邪魅（如韩愈《祭鳄鱼文》），干求福降，哀悼死亡。以哀悼死亡为主。其形式有散文、韵文、骈文等体。韵文中以四言为正体。

[2] 四大：佛教以水、地、风、火为四大，认为此四者广大，能够产生出一切事物和道理。《四十二章经》二十：“佛言，当念身中四大，各自有名，都无我者。”人身由四大合成，却无我之存在。当其散离，则形影俱亡。

[3] 气、理：是儒家哲学的两个重要概念。程朱理学以理气并称，以理为宇宙的本体，气为其现象。天地间先有理的存在，然后阴阳之气运行而生万物。

[4] 孔、曾、颜、孟：孔丘、曾参、颜回、孟轲，春秋、战国时儒家学者。周、程、邵、张：周敦颐、程颢、程颐、邵雍、张载，宋代理学家。

[5] 寡耦：少有匹配者。耦，同“偶”。

[6] 乘化：顺应自然的变化。陶潜《归去来辞》：“聊乘化以归尽，乐乎

天命复奚疑。”

[7] 輀（ēr）：丧车。运棺的车。

[8] “雪中”四句：此前，郑珍在遵义启秀书院任教，已患有病。“雪中”，喻处境艰窘。

[9] 拌（pàn）命：拼命。

[10] 骨立：指人体极为消瘦。《后汉书·韦彪传》：“彪孝行纯至，父母卒，哀毁三年，不出庐寝。服竟，羸瘠骨立异形。”

[11] 踟蹰（chí chú）：来回走动。《诗·邶风·静女》：“爱而不见，搔首踟蹰。”

[12] 酹（lèi）：以酒洒地表示祭奠。古代祭祖先，享大宾，皆先以酒灌地而后送爵。

祭贞定先生文[1]

呜呼！先生遂如此乎？吾谁与典型而勉跂前规[2]？论有生之常兮，七十已难，而况寿臻乎耋期[3]！仰不愧天人不俯怍兮[4]，庭阶又馘馘而簪簪[5]。夫何憾夫数兮，曰我必为莫邪[6]，历万世而不亏。惟我先生之刚粹兮，玉洁金坚莫或乎瑕疵。气则山之岩岩兮[7]，神则煦煦之春曦[8]。

蓝天不以孺子为不可教兮，自备员弟子而即语以定命之威仪[9]。我敬承而不敢暴弃兮，其进也又似不侪乎等夷[10]。大言则韩城、诸城之事业兮[11]，小则阳湖、河间之以余事为文词[12]。我何敢十驾而跛鳖之千里兮[13]，然亦遂忘肩赪膑折而以死为期[14]。比偃蹇而入官府兮，咫尺接灵光之巍巍[15]。我每过而必闻新获兮，念凌乱则我驰驱终日其奚为[16]？以后死而庀土训之道兮[17]，心惴惴乎人言多而众可怀[18]。告我以闌牛圈羊之论兮[19]，谓不与作缘者，惟刘尹能无峨[20]。我于此都太孤生而弱植兮，赖将牢世议得神张而骨支[21]。

自余负土毕以来兮[22]，乃先生善病而日衰。余脉代而忧肺气之将绝兮，先生亦欷歔感叹而累作身后之辞[23]。七月之将望兮，余将指子午山而将归。夕至横而省病状兮[24]，方凉月之晖晖。不欲入嬲其眠动兮[25]，倚东厢而听其言语咳唾，谓不减乎旧时。归十日而闻溘逝兮[26]，悔前宵不一见而去之。忆月头话我于东厢兮，撰杖吾呼夫庭芝[27]。临出户而迟回兮[28]，喜秋花其犹未萎。健历庭而上堂兮，屡顾我而含笑乎入楣[29]。岂知一生之相从兮，即是焉永诀而长离。

呜呼！人生各各有寿命兮，亦赋授万有其不齐。天与先生以才命之美兮[30]，又纵其志之所之。及我年已倦仕兮，念母之老矣而以养告归。乃尊慈即获年九十兮，先生亦六十矣而犹为有母之儿。我何幸而何罪兮[31]，识四十九万字而不可炊。岁负米而东西南北兮，干老泪于门畿[32]。谓劳饿忧患可永相为命兮，半菽亦竭夫鸟私[33]。乃至今而若此兮，虽九死其何裨？

天空高而梦梦兮，地蠢蠢其无知[34]。先生亦何福不除兮，乃今天而理廿年前之綵衣[35]。百年未满不得死兮，我何以破九地而奉管觿？谨临棺而奠一觞兮，师友至今日而只如斯也。魂归来其鉴我诚兮，知复有知无知，而只增余之悲也。

呜呼！哀哉！

[校注]

［1］贞定先生：莫与俦逝世，门人私谥为贞定。生平行历见卷二《郘亭诗钞序》注［6］。

［2］典型：也作“典刑”。典范，模范。跂（qǐ）：踮起脚尖。通“企”，有跂望、追摹之意。《史记·高祖纪》：“军吏士卒皆山东之人也，日夜跂而望归。”《三国志·魏·董昭传》：“然朝廷播越，新还旧京，远近跂望，冀一朝获安。”前规：前人留下的规范。

［3］臻（zhēn）：到达，至。耋（diē）期：犹言“耄期”。六十以上曰耋，八十九十曰耄，百年曰期颐。

［4］人不俯怍：即俯不怍人。怍：惭愧。

［5］彧彧（yù yù）：文彩斐然。觺觺（yí yí）：角锐利貌。清钱谦益《左布政使王公墓碑》：“公方羁贯，头角觺觺。”此处谓头角崭然。隐喻莫家子弟皆是有为人才。

［6］莫邪：宝剑名。传说春秋时吴王阖闾令干将在匠门铸剑，铁汁不下，其妻莫邪自投炉中，铁汁乃出。遂成二剑，雄名干将，雌名莫邪。干将进雄剑于吴王，而藏雌剑。雌剑思念雄剑，常悲鸣。后通称宝剑。

［7］岩岩：高峻貌。这里形容高朗的人格气度。《世说新语·容止》：“山公（涛）曰：‘嵇叔夜之为人也，岩岩若孤松之独立，其醉也傀俄若玉山之将崩。”

［8］煦煦（xǔ xǔ）：温暖貌。春曦：春天的阳光。

［9］定命：注定的命运。有宿命论的意思。《南史·顾觊之传》："觊之常执命有定分，非智力所移，唯愿恭己守道，信天任运。而闇者不达，妄意徼倖，徒亏雅道，无关得丧。乃以其意，命弟子愿作《定命论》。"威仪：礼仪细节。《礼·中庸》："礼仪三百，威仪三千。"

［10］暴弃：自暴自弃。《孟子·离娄》上："自暴者，不可与有言也；自弃者，不可与有为也。言非礼义，谓之自暴也；吾身不能居仁由义，谓之自弃也。"谓自己的言行背离仁义道德，以致不可收拾。等夷：同辈。《史记·留侯世家》："今诸将皆陛下故等夷，乃令太子将此属，无异使羊将狼，莫肯为用。"

［11］韩城、诸城：指宋魏国公韩琦；三国时蜀国丞相，武乡侯诸葛亮。古代王朝领地，诸侯封地、卿大夫采邑，都以有城垣的都邑为中心，皆称城。《诗·大雅·出车》："哲夫成城，哲妇倾城。"《笺》："城，犹国也。"韩琦，宋安阳人。宋仁宗时，西北边事起，出任陕西经略招讨使，与范仲淹率兵抗拒西夏，威名远扬，时称"韩范"。和议成，入朝为枢密副使，后为宰相十年，临大事、决大议，虽处危疑之际，知无不为。是史家所颂的千古名相。诸葛亮治蜀，任丞相，南抚诸夷，北伐汉中，功业为千秋景仰。

［12］阳湖：指阳湖派散文。清阳湖人钱伯坰从桐城刘大櫆受业，以其师说传授阳湖人恽敬和武进人张惠言。二人遂弃声韻考据之学，专治古文。于是阳湖古文盛行，世称阳湖派，与桐城文派并称，为清代散文两大流派。河间：指纪昀。清河间人，字晓岚，官至礼部尚书、协办大学士。博览群籍，总纂《四库全书》，为著名学者、文学家，著《阅微草堂笔记》。盛时彦《阅微草堂笔记序》云："河间先生以学问文章负天下重望。"纪昀曾被任命为贵州都匀府知府，未赴任即改调。莫与俦在翰林院庶常馆攻读期间，曾拜纪韵为师。

［13］十驾：驽马十驾。喻奋勉从事。《荀子·修身》："夫骥一日而千里，驽马十驾则亦及之矣。"驽马，能力低下的马。十驾，马驾车走十天的路程。马早晨驾车，晚上卸驾，因称一天的路程为一驾。跛鳖：跛鳖千里。喻勤能补拙。《荀子·修身》："故跬步而不休，跛鳖千里；累土而不辍，丘山崇成。"跛（bǒ）：一足瘸，或两足均瘸。

［14］肩赪：长时负重，肩膀发红。赪（chēng），红色。膑折：胫骨折断。膑（bìn）：胫骨，膝盖骨。以死期限：意谓至死不渝。

［15］偃蹇：困顿。《聊斋志异·之生》："后婿中岁偃蹇，苦不得售。"

巍巍：高大貌。《论语·泰伯》："巍巍打冷战，舜、禹之有天下也而不与焉。"

［16］奚为：为何。

［17］土训：官名。负责向帝王陈报山川地势、土地好坏及土地所宜生产。《周礼·地官·土训》："土训掌道地图，以诏地事，道地慝以辨地物，而原其生以诏地求。"庀：具备。此处"土训之道"，指对土质、农学方面的研究。郑珍著有《田居蚕室录》，其内容大部为《遵义府志》引用。

［18］惴惴（zhuì zhuì）：恐惧貌。怀：忧伤。

［19］阑牛圈羊：意谓受人圈养的牛羊，必将受人役使或作祭祀的牺牲。

［20］刘尹：晋代丹阳尹刘惔，字真长，人称刘尹。他为官清廉，为政信诚，力事镇静果决，不为流言蜚语所动摇。巇：巇险，艰险。

［21］太孤生：很孤独。由"太瘦生"一词化出。生，语助词。弱植：软弱无能，扶不起来。植，立。

［22］将牢：把稳，持重。世议：世间议论。神张：神气张扬。骨支：意同"骨直"言人的骨干挺立，性情刚毅果决。

［23］负土：负土成坟之省称。《晋书·许孜传》："俄而二亲没，柴毁骨立，杖而能起，建墓于县之东山，躬身负土，不受乡人之助。"郑珍母于上一年逝世，营葬毕又返遵义府志局。

［24］余脉代：我诊脉而呈代脉之象。代脉：廿四脉象之一。中医把间歇停止跳动的脉象，称作代脉。西医称间歇脉。晋王叔和《脉经》五《扁鹊诊诸反逆死脉要诀》："脉五来一止，不復增减者死，经名曰代。何谓代？脉五来一止也。"欷歔（xī xū）：哀叹抽泣声。

［25］横（héng）：通"黉"，即学舍。

［26］嬲（niǎo）：烦扰。

［27］溘逝：溘然而逝，忽然死去。溘（kè），忽然，疾促。

［28］撰杖：持杖。《礼·曲礼》："君子欠伸，撰杖屦。"庭芝：莫先生第六子，友芝胞弟。

［29］迟回：迟疑，徘徊。

［30］健历庭而上堂：健步登首庭院台阶而上至正堂。庭，堂前阶下之地。楣：门楣。

［31］才命：才情命运。

［32］辜：罪。《书·大禹谟》："与其杀不辜，宁失不经。"

［33］负米：《孔子家语·致思》："子路见于孔子曰：'……昔者由也事二亲之时，常食藜藿之实，为亲负米百里之外。亲殁之后，南游于楚，从车百乘，积粟万钟，累茵而坐，列鼎而食，顾欲食藜藿为亲负米者不可复得也……。'孔子曰：'由也事亲，可谓生事尽力，死事尽思者也。'"后同以负米作为竭力事奉父母之典。门畿：门内，门槛。《诗·邶风·谷风》："不远伊迩，薄送我畿。"《传》："畿，门内也。"

［34］菽（shū）：菽水。豆和水，指粗茶淡饭。《礼·檀弓》下："子路曰：'伤哉！贫也！生无以为养，死无以为礼也。'孔子曰'啜菽饮水，尽欢，斯之谓孝。'"后以菽水称晚辈对长辈的供养。乌私：旧称乌鸟反哺，故指侍养父母为展乌私，取其报本。

［35］九死：面临死亡的多次危险。屈原《离骚》："虽九死其犹未悔。"唐刘良《注》："虽九死无一生，未足悔恨。"

［36］梦梦（méng méng）：错乱。《诗·小雅·正月》："民今方殆，视天梦梦。"《释文》："梦，莫红反。乱也。"天，指周幽王。蠢蠢：骚乱貌。《左传·昭》二年："今王室实蠢蠢。"

［37］何福不除：《诗·小雅·天保》："俾尔单厚，何福不除？"意谓使您国家强大，赐你一切幸福。除（zhù），给予。綵衣：用"綵衣娱亲"的典故。传说春秋时老莱子事父母极孝。年虽七十，犹穿綵衣，作婴儿戏，一博父母一笑。这里指莫先生死后得从双亲于九泉，为父母尽孝忱。

［38］九地：地下最深处。同"九泉"、"九原"，指墓地。管觿：管指管鑰；觿指解结的角锥。此指奉事父母。

祭开州训导子元仲舅文[1]（道光癸卯正月[2]）

呜呼！长山公外孙二十人，惟某于舅情独深。幼小来依以长大，自后同贫苦，相依仗于艰难中。计二十余年，即远别，无隔岁不见也。

庚子三月吾母辞世[3]，五月舅之开州学官。我常叹吾母不复见矣，与吾母同生者两舅四从母，气象慈祥并相似。詹氏从母貌[4]更似，得时见，如见吾母也。而大舅远，仲舅较诸从母虽远，计岁见卒非难事，特抽半月之闲耳。

前年营葬甫毕，终岁为《郡志》，笔无停手。去年春撤志局，拟正月二日携印本过开州，使仲舅见祖父及吾母列传，喜仁孝贤淑之可讬以传。旋以校版增叶，入夏始竣。而大舅毕铜运来归，与居月余。六月之六，大舅道开州还滇，我以久旷掌院[5]，于人事须粗应酬，属告仲舅，迟半月必来相见。旋又稽留，经秋入冬，计腊月必果去。又以助葬莫公[6]，中寒而阻。自开州归者又传言：今年正月仲舅拟暂假归，心谓我不果去，仲舅旬月间来，我亦不果去。即舅不果来，我春间有必远出者，则至开州必矣。

呜呼！岂知今年正月，不生归而死归，而二十四日启棺一见，即块然面目亦与生时了不相似耶！

闻仲舅去年望我甚，举杯常念我，对食常道我，曰："若何时果来也？"彼时若略附数字曰："吾念甚，其一来！"则我去年必一来。而终不出此者，顾岂能自料死之即在去年也？人生一回相见，岂故有定数耶[7]？是实我气不副志[8]，迟迟一行，遂成千古之根，谓之数者，强词也[9]！

积善辈道病状[10]：腊月初四寒作。至初八日渐不了人事，舌木木时作呓语[11]；至十三遂失音不更语。此去开州，兼程不能两日。家人见呓语，宜驰信来，见不语更宜驰信来，而都不来。及十八日先死一二时，始发一老不堪走之使，行三日乃抵家。及兆勋兄奔开州，而敛已四日矣。

呜呼！将复谁怨耶！诸子幼，不识事，一妾弱不更事[12]。此十数日中间，昏昏一病人宛转于冷署老屋，而稚子弱妾，惟环守别无他计。使我今日病不知其何以病，死不知其何以死，敛不知其何以敛。呜呼！将复谁怨耶？

仲舅神骨渊矫[13]，其为人得春气多[14]，其事父母兄嫂有至性[15]，其遭境特得奇啬，是皆宜永寿[16]。闻一二年来，体较丰，颜较腴[17]。窃谓开州学虽穷，视僻居于家固胜[18]，宜其如此再耐守八九年，力积薪俸，教诸子有成立，年办至六十二三，归可矣，亦復焉所奢望？何此半领寒氈而亦无福终享也[19]。呜呼！是果命耶，抑非命耶？

病寒，传变百出，而卒不死者多矣。医药之失宜，调侍之不节，能无趋于死耶？谓果命也耶？以能延半月风寒之证[20]，而竟医药失宜，调侍不节，致日趋于死也。谓非命也耶？呜呼！至今即吾舅亦不可复见也已，可胜痛哉！

两年不见积善辈，今见之，积善已粗晓文义。继善，我素喜其跛扈有胆[21]。昨观其作字，益信[22]。是皆能世其家者[23]。则仲舅虽死，可以无恨[24]。冥冥之中，与吾母思及人间儿女，弟扶姊笑，其时归来。百年岁月，石火电光[25]，我即生命当活七八十年，其别吾母与吾舅，能更几许时也[26]？

毋歆，尚享[27]！

［校注］

［1］子元：黎恺，字子元，号雨耕，晚号石头山人。行迹见卷四《勅授

修职佐郎开州训导子元仲舅黎公行状》注［1］。

［2］癸卯：道光二十三年（1843）。

［3］庚子：道光二十年（184）。

［4］貌：底本作“儿”，误。花近楼本作“皃”，貌的古字，故改。

［5］久旷掌院：郑珍掌教湘川书院，因忙于《府志》的校勘事，缺旷较久。

［6］助葬：莫与俦先生去世，郑珍协助营葬事宜。

［7］定数：一定的气数。南朝·梁刘孝标《辩命论》：“宁前愚而后智，先非而终是？将荣悴有定数，天命有至极而谬生妍蚩？”这是宿命论者的说法，把人的生死祸福、国家的兴衰存亡，都视为某种不可知的力量在主宰，有“定数”。

［8］气、志：气指气质、气势；志指志向，立志。立定志向，必须有勇气和毅力付诸施行，力求志向的实现，体现豪迈壮阔的气势。这样则志、气相副。有志而无行动，则一事无成，气不副志。句前“实”字，有证实之意。

［9］强（qiǎng）词：强词夺理。即无理强辩。

［10］积善：黎庶焘的乳名。时年16岁。

［11］呓语：梦中的话。病重时无意识地说出的话语。

［12］弱不更事：由“少不更事”转化而出。不更事，指阅历经事不多。更（gēng），经历。

［13］神骨渊矫：神气风骨渊雅矫健。

［14］春气：春风和气，令人感到温暖亲切，受到教益。

［15］至性：纯厚的性情。特指孝弟之情。《世说新语·德行》：“王安丰（戎）遭艰，至性过人。”

［16］特得：同“特的”、“特地”，有特别、格外、特为的意思。奇啬：极善于啬气养神。苏轼《和陶饮酒》：“啬气贯其腹，云当享长年。”苏辙《再祭张宫保文》：“由是啬气养神，以终其身。”永寿：长寿。

［17］颜较腴：容颜较丰满。

［18］儝（jiǒng）：困迫。通“窘”。贾谊《鹏鸟赋》：“愚士击俗，儝若拘囚。”

［19］寒氊：指“青氊”，典出王献之遇小偷的故事。《晋书·王羲之传》附《王献之》：“夜卧斋中，而有人入其室，盗物俱尽。献之徐曰：‘偷儿，青氊我家旧物，可特置之。’群偷惊走。”后以青氊为士人故家旧物的代称。

这里喻教书职位。

［20］风寒之证：感受风寒的症状。证，通“症”。风寒病即感冒。如调理得宜，医药适症，会向好的方面转化，绝少死人的事故。

［21］跛扈：骄横不驯。《后汉书·冯衍传》：“诮始皇之跛扈兮，投李斯于四裔。”一般视为贬词。这里作“勇壮貌”解，有褒义。如张衡《西京赋》：“迾卒清候，武士赫怒，缇衣韎韐，睢盱跋扈。”张铣《注》：“跋扈，勇壮貌。”此处的继善，是黎庶蕃的乳名，时仅14岁。

［22］观作字：郑珍认为，字为心画，看其字迹，可以判断人的心性品格。“跛扈有胆”的评断，正与其书法体现的品骨相近。

［23］世其家：继承其家世（家阀世系）。《汉书·贾谊传》：“贾嘉最好学，世其家。”《注》：“言继其家世。”

［24］无恨：无遗憾。

［25］石火电光：佛家语。喻人生短暂。元代姬翼《恣逍遥词》之三：“昨日婴孩，今朝老大，百年间电光石火。”

［26］几（jǐ）许：多少。疑问代词。

［27］毋欷：勿须哀泣。尚享：同“尚饗”。尚，庶几。希望死者来享用祭品之意。

杂　文[1]

乞巧文[2]（丙申[3]）

郑子客平彝几半岁[4]，兀然醒，懵然睡[5]，晚步乎庭，凉月在地。客有突如其来者，戟吾手而唏曰[6]：“拙哉乎君！人皆恩恩[7]，子若不闻。”余曰：“何?”客曰：“牵牛兹夕，将宾织女[8]。乞厥灵者，厥巧可取。而不见总总稽首者，何为者也[9]?”余曰：“拙可治哉？诚拙，而吾治也，吾为牛兮马可也。再拜稽首，于吾何有?”

于是，抠衣升阶，仰天鞠跽[10]，吐心沥血，无所不至。词穷意尽，而拙犹是。起有愧色，汗流浃背。视诸乞者，亦复无异。斯时，余甚倦，即卧乎庭阴。

人散漏尽，见有白气踰绛河[11]，渡天船，自空而下，若人焉，届乎余前[12]，曰：“嘻！拙甚！人之一身，骨媚体妍。汝独木𥮾[13]，不宜盘旋。耳又若聋，人言如风。目復不转，舌团且短。人皆顾君，君不见人。人皆餂汝[14]，汝无一语。耳目口舌，巧之所存。子皆无根，巧于何生？必欲治之，其惟牵牛也可。”余曰：“敬受教。然吾不能致，乞神矜而致之[15]。”

移时，牛至，顾余学其步，袭其神。曰：“巧在是矣！物逸我劳，物华我朴。笞詈从人[16]，而吾耒自服，穀之有秋[17]，鸡犬亦足，吾不知为功也，而又何荣何辱?”余乃恍然有悟，起行中庭，承教言，拜双星。

［校注］

［1］杂文：古时的杂文，是各种文章的总称。刘勰《文心雕龙·杂文》：“详乎汉来杂文，名号多品：或典诰誓词，或览略篇章，或曲操弄引，或吟讽谣咏，总括其名，并归杂文之区。”此外，尚有对问、七发、连珠、客难、解嘲、宾戲等，均属杂文。今天则以杂感、随笔之类为杂文。

［2］乞巧：旧时民间的一种风俗。相传农历七月七日为牵牛、织女二星相会的日期。妇女于当晚结缕穿针，称为乞巧。南朝梁宗懔《荆楚风时记》：“七夕，妇女结綵缕，穿七孔针，或以金银鍮石为针，陈瓜果于庭中以乞巧。

有喜子（长脚蜘蛛）网于爪上，则以为得。”

[3] 丙申：道光十六年（1836）。

[4] 平彝：县名，今云南富源县。时黎恂任知县，郑珍前往省新，即留作幕宾，历时年余。

[5] 兀然：昏沉的样子。刘伶《酒德颂》：“兀然而醉，豁尔而醒。”懵然：模糊不清的样子。

[6] 戟手：用食指中指指点点，其形如戟。常用于形容斥责、怒骂时的情状。唏：笑也。唏唏哈哈，形容笑的声态。

[7] 悤悤（cōng cōng）：急遽的样子。

[8] 宾：作客。

[9] 总总：众多貌。柳宗元《贞符》：“惟人之初，总总而生，林林而拜。”稽首：跪拜时，头触于地，表示极其恭敬。

[10] 抠衣：提裳而行，以示敬谨之意。《礼·曲礼》：“抠衣趋隅，必慎唯诺。”抠（kōu），提起。鞠跽：曲腰小跪，表示恭敬。

[11] 漏尽：漏刻已尽。指夜深。古代以漏壶计时，至晚亥刻漏尽，鼓鸣。绛河：银河。也叫天河、天汉。

[12] 届：到，至。

[13] 頏（hàng）：颈直。木頏形容倔强而戆直的样子。

[14] 餂（tiàn）：用舌头取物。后作“舔”。

[15] 矜：怜悯。致：招致。

[16] 笞詈（chī lǐ）：鞭打、责骂。

[17] 吾耒自服：我只顾驾耒耜耕作。服耒：意谓拉犁。有秋：有收获，指丰收。《书·盘庚》上：“若农服田力穑，乃亦有秋。”

隶对[1]（己亥[2]）

客问曰：“邑之隶横恣有年矣[3]！今一二贤令长力思摧其锋而惩其前，而卒未之悛者[4]，何也？”曰：“子不视家之狞犬乎[5]？我之畜彼，责以防贼。脱或子来，为彼所噬[6]。彼计必杖，已纵而匿。番椒甘稍，亲为子屑[7]，谓何不妨，罪反在客。期期彼来，必即寸磔[8]！子去彼来，屈伏潜藏，御人终夜，狺狺狂狂[9]。及旦对之，怒归渺茫。畜隶者何以异于是也？”客曰：“妻悍出屋，牛瘦易牧[10]。子奚为哉，必是之畜？”

曰："斯犬也，以言足食，不若羊彘；以言可玩，不若狸狌、鸡凫之娱意[11]。惟是狡猾，兼其猛厉。捧首昼眠，喙常拄地。微闻足声，倏起眒视[12]。漆夜惊贼，启户胆缩。群嗾不前[13]。彼犭翏四逐[14]。尚有余力，爪地扑扑。子欲易之，必取驯伏，则畜犬奚为欤？且吾观其噬人，亦非无因。友如君辈，衣冠至门，屡招方来，童子代阍[15]。彼方起敬，妥耳圈豚[16]。三党旧姻[17]，岁时来宾，入门甫哓[18]，闻呼即遵。徐伏客畔，候骨舐唇[19]。戾颈媚睆[20]，亦知为亲。若夫龟视蛇行，施施兢兢[21]，自门及堂，喜彼无声。忽謈摸脚[22]，血流于胫。又有频来邻子，狎之贴耳，谓彼可恃。误蹴其尾，彼皈而起[23]，哐焉一嘴[24]，衣裂踝穿，忍泪为喜[25]。由此观之，犬亦何罪之有？虽然，有教之犬，夜司其职，无教之犬，昼龇过客。焉得不责怪其主人也。"

客笑而起，曰："吾以为必任其恣睢也[26]，主人亦有责乎？然则，为主人奚若[27]？"

曰："绳之则曲卷[28]，饿之则乞憐；逐之则藩篱无卫，肆之则咆咻、龇噬而众诅怨[29]。夫国犹家也。子试思：子之于家，欲墙虽卑而无逾，户虽闭而不栓[30]，于畜犬之驯暴，其有关乎？其无关乎？清心寡欲，中鲜居积[31]，四洞八空，破铜烂铁，则无所恃，犬虽猛何益？检及塒厕[32]，一夕数起，儿书女织，声不绝耳，则无几劳，犬备员而已。然后提犬之耳，告以至诚，不受挥叱，责在必行。彼于畜类，善解人心。不见乎戲犬者乎？猴冠而騎，逐钲应麾[33]，噣首入环，即徐磨而中规；奇技淫巧，且唯以随。安见犬之不可正教也？"

客倦而卧，隐几[34]长叹曰："亦尽矣！君子自反[35]，惟士为然。子身之不暇，而口多择言[36]。顾善论犬哉！"

[校注]

[1] 隶对：关于皂隶的对话。皂隶是官府差役，常依仗官吏之权势欺压百姓，瞒上欺下，作恶多端。

[2] 己亥：道光十九年（1839）。

[3] 横（hèng）恣：横暴恣肆。《汉书·赵广汉传》："郡大姓原、褚宗族横恣，宾客犯为盗贼，前二千石莫能禽制。"

[4] 懲其前：懲戒以往的恶行。悛（quān）：改悔。

[5] 狞（níng）犬：凶猛的狗。

［6］脱或：或许，倘或。用作副词。啮（niè）：咬。

［7］番椒：辣椒的别名。其叶有清火去毒性能。甘稍：甘薯嫩叶。稍，疑为“梢”字之误。屑：指捣为碎末。即将上述两种植物之叶捣碎敷狗咬的伤口。

［8］期斯（qī jí）：以约定日期限。此处是说：等狗哪时候回来。磔（jié）：古代指将祭品分成小块。

［9］狺狺（yín yín）：犬吠声。狂狂（kuāng kuāng）：犬吠声。

［10］出屋：同“出妻”、“出妇”，指休弃妻子。易牧：更换放养的人。

［11］狸牲：小兽。似狐而小。这里似指“狸奴”，猫的别名。

［12］眒（shēn）：疾速。倏眒，形容奔逐急速。左思《蜀都赋》：“鹰犬倏眒。”

［13］嗾（sǒu）：用口作声指挥狗。

［14］獢（xiāo jiāo）：犬杂吠。

［15］阍（hūn）：门。代阍：代为守门人。

［16］妥耳：垂下耳朵，表示服帖。圈（quān）豚：慢步趋行的样子。《礼·玉藻》：“圈豚行，不举足，齐如流。”《注》：“圈，转也，豚之言若有所循，不举足曳踵，则衣之齐如水之流矣。……此徐趋也。”

［17］三党：指三族：父族、母族、妻族。《尔雅·释亲》：“父之党为宗族，母与妻之党为兄弟。”

［18］哓（xiāo）：因恐惧而发出的叫声。

［19］舐（shì）唇：用舌头舔嘴唇。

［20］戾（liè）颈：扭转颈子。媚睨：显出媚态看着。

［21］龟视蛇行：形容走路时缩头缩脑，东张西望，左转右折的姿态，心存恐惧。施施（shī shī）：徐行貌。兢兢（jīng jīng）：小心戒慎的样子。

［22］謈（pò）：因痛而呼叫。《汉书·东方朔传》：“上令倡监榜舍人，舍人不胜痛，呼謈。”《注》：“谓痛切的叫呼也，……自冤痛之声也。”

［23］眅（pān）：反目的样子。眼睛眅白。

［24］啀（ái）：犬类相斗，龇牙裂嘴的样子。

［25］踝（huái）：脚跟。喜：通“嬉”。此处形容忍痛强作笑脸的样子。

［26］恣（cī）睢：狂妄，凶暴貌。

［27］奚若：何如。

［28］曲卷：身子弯曲。

[29] 肆：放纵。咆咻：同“咆哮”，大声吼叫。齕（hé）噬：咬。诅（zǔ）怨：诅詈抱怨。

[30] 栓（shuān）：门閂。同“闩”。

[31] 居积：囤积财货。

[32] 塒（shí）：凿垣为鸡窝。

[33] 逐钲应麾：随着小铜锣的响声和小旗的挥动而动作。

[34] 隐几：靠着几案。

[35] 自反：自我反省。

[36] 择言：经过挑选的话，言多恰切。《国语·晋语》九：“择言以教子，择师保以相子。”

巢经巢遗文

与莫友芝书[1]（道光壬寅[2]）

紫泉五弟苫次[3]：

日来意极不佳，懒云常不作出谷之念[4]，然奈何也！

装订时，我项可四五部不订，浪费无益，现在甚穷耳。付去北江著，五弟若欲补刻，宁插入，毋编后[5]，盖恐有笑我太谫者耳[6]。

闻郡县并有易局[7]，果否？为度人之事，我月内必走郡一遭否？纸项如此了事也罢了；但破坏者仍须左换[8]，如换得，贴此项亦无多耳。南枝助款交去[9]，然仍不足垫项。他处有实至否？板既移出，内尚有零件，亦必移否？

来卯儿一药单，付习忠拣好料，来资不足，欠之可也。

前诺作铭，屡念甚恧[10]。以我文章[11]，实不足为此举重也，见时当再商之。仇吾辈者，竟闹天宫去了。益信人之当为，然自此我虑患深矣。柳子之孤生，易为感[12]，不其然欤？

来时，为取架上《韩笺》一套[13]，便携至。阿八前日见之[14]，病以时感，药之，计愈矣。阿哀想学笑矣[15]。

校误有下得去者，并仍之，以太费工故耳。其单并在我处，拟自改一番，尚未尽，存足恃耳。

珍白　二十二日

（据凌惕安“笋香堂”所存墨迹整理。凌氏《郑子尹先生年谱》载此信。）

［校注］

［1］莫友芝：见本卷《答莫子思论〈佩觿〉书》注［1］

［2］壬寅：道光二十二年（1842）

［3］紫泉：莫友芝别号。苫次：旧时指居亲丧的地方。苫（shān），古人居丧时睡的草垫。友芝生母李氏于当年正月三十日病逝，正处服孝期间。

［4］“懒云”句：化用陶赋“云无心以出岫”句。以“懒云”作比，更觉妙趣。

［5］毋：原文作“母”，据上下文语意改。

［6］谫：简陋。

［7］易局：指府、县官员人事变动。

［8］左换：此指将破损纸张换成好纸。

［9］南枝：不知为谁，待考。信中所谈“换纸”、“助款”及“移板”、“校误”诸事，均指《遵义府志》刻印之事。

［10］甚恧（nǜ）：很惭愧。“甚”字，《莫友芝年谱长编》（张剑撰）作“屡”。

［11］章：《莫友芝年谱长编》无此字。

［12］柳子：指柳宗元。晚年贬谪边荒，生活孤苦。

［13］《韩笺》：指《韩昌黎集校笺》。

［14］阿八：指友芝八弟生芝，体弱多病。

［15］阿哀：友芝之子彝孙，因出生时，祖母去世，故取乳名为哀孙。

致翁祖庚学政书[1]

祖庚中允先生阁下[2]：

承赐叙贱稿[3]。珍以为当抵谬𧨏陋[4]，救所不逮；乃盛饰卷帙[5]，不啻口出。若退之所云“引之使至于是”则可也。然驽迟日暮[6]，恐遂不能到，惟有惭汗而已。敬逡授梓[7]，辄不自量，由莫庭芝奉数本，存记室。计先生犹屑教诲，海内学人，当不尽唾弃耶！

五年化雨，膏遍山国[8]。比来学者[9]，多知为文，宜略识字。北江导古学于前[10]，先生倡小学于后。阳湖教泽[11]，开我厚矣。封轺入觐[12]，拜庆述职[13]，尤跂希颜，敬夫干[14]，劳忠献[15]，庶太平粥布，施及荒伧[16]。区区之私，竊祝此耳。

遥叩旌旋[17]，延江悠阻。拟遣儿子走送，渠復善病，中盖歉然[18]。谨奉小诗四章，上呈尊览。龙门路远，花潭水深[19]，此后云泥相望[20]。倘先生不忘樗散，曲惠芰溉[21]，则他日获附艺林，粗中根椙[22]，亦未必非大匠之利也[23]。

肃泐寸启[24]，恭颂輶吉[25]，敬请道安，惟蕲电鉴[26]。

晚生　郑珍顿首再拜[27]

［校注］

［1］翁祖庚：翁同书（1810—1865），清江苏常熟人，字祖庚，号药房。道光进士，翰林院编修，任贵州学政达五年，识拔一批人才。后任安徽巡抚，

因奏报战况不实流放新疆。这封书信是送翁同书卸任返京时作，在咸丰三年(1853 年)，并有赠诗四首。

［2］中允：官名。太子属官，属詹事府。掌管侍从礼仪。

［3］赐叙：翁同书为郑珍《巢经巢诗钞》作《序》。

［4］抵谬諎陋：对其错谬浅陋予以指瑕摘疵，諎（jì），斥责别人过失。

［5］盛饰卷肿：过分地夸饰美好。卷：通“婘”，美好的样子。肿：浮肿，有虚饰之意。翁氏《巢经巢诗钞序》中，有“经师祭酒，词坛老宿”的评语，称许颇高。

［6］驽迟日暮：庸马迟缓而日暮途穷。喻年老力薄，难副期望。

［7］敬迻授梓：指将书稿抄写后雕刻印板。意谓刻印书籍。迻，同“移”，移写；梓，刻板的木料。

［8］“化雨”二句：颂扬翁氏掌教黔中的功绩，如春风化雨，滋润百谷。膏（gāo），滋润。

［9］比来：近来。《三国志·魏·徐邈传》：“比来天下奢靡，转相仿效。”

［10］北江：洪亮吉（1746—1809），清江苏阳湖人，字君直，一字稚存，号北江。乾隆五十五年（1790 年）进士，授编修。五十七年（1792）提督贵州学政，以古学造士，琢育大批英才。著述宏富，有《洪北江诗文集》。

［11］阳湖：今名武进，清代属常州府，常熟为府治。教泽：教化或教育恩泽。

［12］轺（yáo）：使车。封轺，大型的使者坐车。觐（jìn）：古代诸侯秋天朝见天子。后泛指臣工朝见君主。

［13］述职：诸侯向天子陈述职守。

［14］跂希颜：离开那些善于迎合别人，看人脸色行事的人。跂，通歧，分歧。希颜，迎合别人的脸色。敬夫干：警惕那些干进的人。敬，警戒。夫，语助词。干，干进。

［15］劳忠献：慰劳忠贤之士。劳（lào），劳问；献：贤者。《书·益稷》：“万邦黎献，共惟帝臣。”《传》：“献，贤也。”

［16］荒仓：同“伧荒”，指荒远鄙贱之人。以上几点，是郑珍希望翁中允拜谒皇帝、陈述职守时，向皇帝建言的事，也就是远小人，近贤臣的意思。

［17］旌旋：旌旗返还京师。

［18］中盖歉然：内心很抱歉。中，内心。盖，语气词。

［19］龙门：比喻声望高的人。此借喻翁氏。“花潭”句：化用李白“桃花潭水深千尺，不及汪伦送我情”诗意。

［20］云泥：云在天，泥在地，喻天地之别。

［21］樗散：也作“樗散材”，喻无用之材，多用为自谦之词。樗（chū），乔木，即臭椿，木质疏松，无大用处。芟溉：芟裁，浇灌，喻培育，奖拔。

［22］椳（wēi）：承托门户转轴的门臼。楣（méi）：房屋的横梁，即二梁。

［23］大匠：手艺高超的木工。《孟子·尽心》上：“大匠不为拙工改废绳墨。”后因泛指专家、学者和技艺高超的人为大匠。

［24］泐（lè）：同“勒”，铭刻，引申为书写。寸启：书函曰启。寸启，对自己书信的谦称。

［25］輶（yóu）吉：祝旅程平安。輶，轻车，使臣所乘之车。也称輶轩。

［26］蘄（qí）：求。通“祈”。电鉴：鉴同“鑑”，有明识、鉴定的意思。电，喻急速。

［27］顿首：《周礼》九拜之一。头叩地而拜。《周礼·春官·大祝》：“辨九拜：一曰稽首，二曰顿首……”《注》：“稽首拜，头至地；顿首拜，头叩地也。”《疏》：“二种拜俱头至地，但稽首至地多时，顿首至地则举。故以叩地言之，谓若以首叩物然。”后常用于书信的末尾，以表敬意。

与胡长新书[1]（咸丰四年甲寅[2]）

子何六弟足下[3]：

归柩一切，虚谷、柏容书及芷升书甚悉[4]，备知之。言附葬先茔[5]，意极善。只有空隙可容，不宜惑他人，别求风水也。

云须圆救贫者，想易就。旧款，虚谷已尽付到。此项贷不二年，已偿矣。原拟子何境顺，用助不时之需，遭此大变，而必了结。想是伯容言我近况拮据耶[6]！又如子拮据何也？

海内兵戈，骤难底定[7]。本省各处地方光景，并是潜伏变端[8]，有触即发。富儿不知死活，尚尔百计营谋；吾侪穷子[9]，欲曲突徙薪[10]，束手无计，只得纵浪大化中[11]，如海天一叶，任其波荡，会有止泊处也。

居家不必愁，即艰棘亦不过今岁。待大事告毕[12]，口少累轻，须于外府州觅一数十百金之馆，即可挈家行矣。黎平一带，终非安国。明哲者亦宜早计。《颜氏家训·杂艺篇》末段[13]，诚可味玩哉！

《刘节妇传》今写出，寄刘子莹[14]，并寄子何，言自亦无本，更寄一部，但须付订耳。

柏容闻受檄防御黔粤界[15]。珍诚怯弱，不敢言兵，又未知现今两界是何景象。柏兄生平喜事，好奇计，知必如所愿。然严仲子而今少矣[16]！

苦次，惟顺便自爱。不尽。

珍再拜　正月初十日

（此信原迹藏邢端“思适斋”。龙先绪搜集）

[校注]

[1] 胡长新：字子何。见文集卷一《上贺耦耕先生书》注［7］

[2] 咸丰四年甲寅：公元 1854 年。

[3] 足下：古代下称上或同辈相称的敬词。胡长新本是郑珍的学生，但郑氏视之如兄弟，故以足下相称。

[4] 虚谷：待考。柏容：黎兆勋字。芷升：莫庭芝字。

[5] 先茔：祖先墓地。胡子何母亲病逝，灵柩运回黎平故里安葬。

[6] 拮据（jié jū）：本指小鸟筑巢，口足劳苦。后以喻艰难困苦，或境况窘迫。

[7] 海内兵戈：指当时爆发的太平天国农民起义。底（zhǐ）定：达到平定。底，引致，达到。

[8] 变端：突发事变的祸端。

[9] 侪（chái）：辈，同辈。

[10] 曲突徙薪：成语故事：传说齐人淳于髡见邻人灶突（烟囱）直而灶旁有柴薪，劝告他直突改曲突，并把薪搬开，以防火灾。邻人不听，果然失火，得街坊及时扑救得息。于是杀牛置酒，而先言曲突徙薪者不为功，而待焦头烂额者为上宾。后以曲突徙薪比喻防患于未然。

[11] 大化：指社会和人生的变化历程。《列子·天瑞》：“人自生至终，大化有四：婴孩也，少壮也，老髦也，死亡也。”

[12] 大事：指营葬母亲之事。

[13]《颜氏家训》：北齐颜之推撰。成书于隋，现存明刊本卷 20 篇。述立身治家之法，辨正时俗之谬，以训子孙，兼论字书音训，考订典故，品评

文艺。内容充实，文笔朴实，后人多以为训子教材。

［14］《刘节妇传》：见本书第四卷。刘子莹：名之琇，古州厅人。郑珍门生，以制烛笼为生计。郑珍有诗相赠。

［15］“柏容受檄”句：黎兆勋时任黎平府开泰县学训导，值苗侗民起义，他参与防堵。檄：古代官方文书用木简，长尺二寸，多作征召、晓喻、声讨等用。若有急事，则插上羽毛，称为羽檄。后泛称这类官方文书为檄。

［16］严仲子：指严思义，宋代临川人，字仲和（人敬称严仲子）。乾道进士。诲人以践履为先。朱熹荐之。仕至宁国府倅。全活淮民流徙者甚众。以老告归，卒年九十四。

致王介臣书[1]（咸丰四年甲寅[2]）

个峰仁兄大人阁下：

得郘亭书，知檄牌文书已行[3]，承劳神也。已勘过兰上老伯诸稿[4]。为传世计，于当年不暇细检处，自宜收拾[5]，此后辈之责也。以此径率私臆[6]。中间有所塗Z[7]，僭妄之罪[8]，甚觉无逊[9]，幸加原谅！圈过者尽当刻，续于遗迹中更有取者，别纸列之。惟诸赋与《无双诗》，似可留作家集。诸文亦有所商。以元非一生全稿，自宜就里去留，存其精华为善。此更须郘亭细审一过。题目有稍繁处，须老兄耐与郘亭酌妥，即可早付剞劂[10]，以完孝思。弟以待到郡里面呈，恐更缓时日，故专力送诗稿一套、墨帖一本呈上[11]，得早酌定书写。拟一序，未脱稿，俟夏初走正[12]。

致梅秧五株，皆千叶白花者。署养就植，便致新居。种腴土，三年后可花。各株下[13]，皆本土相凝，分种时各离之，虽夏，亦活，七八年即大树矣。干燥时，微以水浇之。

动镇善摄为颂[14]！

愚弟　郑珍顿首　三月十六日

又：诸赋皆试体，纂组虽工，以与诗稿并存，究是古今体杂，不如留作家集，备弟子传诵。《无双谱》诗[15]，同是咏古，但此谱究是俗作，附以笔墨，殊觉减价，不若上下名媛[16]，自出手眼。且以“无双”比之诗，亦稍逊。此种径不可刻。

文、跋皆可行[17]，鄙意诸跋皆应酬之作，惟《琴山传》是认真文字，合而刻之，似不伦。必欲刻文，止此《传》亦得，本非全稿故耳。诗非全稿，自难编年，拟分体编之：四言若干首，五言古诗若干首，七言古诗若干首，五言律诗若干首（附排律），七言律诗若干首，五言绝句若干首，七言绝句若干首，杂言若干首。编年，踪迹易见。更酌。

（此书据王氏《竹里诗存》录出。）

［校注］

［1］王介臣：字个峰，浙江会稽人。太学生。游幕来黔，与郑珍、莫友芝等交游唱酬。工诗，有《竹里诗存》刊行。关心黔中文献，出资刊刻《雪鸿堂诗蒐逸》（谢三秀著，莫友芝辑）。

［2］甲寅：咸丰四年（1854）。

［3］檄牌文书：指任命郑珍为荔波县学教论的官方文书。

［4］蘭上老伯：指王介臣之父王惠，字蘭上。王羲之第四十七世孙。郑珍写有《王蘭上小传》，见本书第四卷。

［5］收拾：整理。

［6］私臆：个人的意想、揣测。

［7］塗Z：删改文稿时，抹去不要的字叫塗，勾添遗落的字叫Z。Z，画作Z形，不是甲乙的乙。Z，音（jué）。陆游《读书》："校讐心苦谨塗Z，吟讽声悲杂歌哭。"

［8］僭（jiàn）妄：超越身分的狂妄之行为。

［9］无逊：没有恭顺、谦逊的诚意。

［10］剞劂（jī jué）：刻刀。泛指雕刻书板。

［11］墨帖：墨拓的书帖。

［12］走正：走笔抄正。

［13］各株：原文作"名株"，各、名为形近致误，据语意改。

［14］镇：安定。摄：保养，即养生。

［15］无双谱：无双，本意是独一无二，无可比拟。《庄子·盗跖》："生而长大，美好无双。"这里的《无双谱》，是咏古代名媛的诗作。但是"俗作"，不如古今名媛自出手眼的作品有水平，不应以"无双"比之。

［16］上下：此处有古今之意。《史记·序》："驰骋上下数千载间。"

［17］跋：又称跋尾。足后跋，故题词于文后称跋。

致莫郘亭书（咸丰九年十月二十五日[1]）

郘亭亲家五弟足下[2]：

廿九之期，料不能果行。月内适东否[3]？分手独居，意绪真如枯僧[4]，辄五六日不踏庭下。每念此行，宦就，欲通一纸难[5]。赏奇析疑，徒怀强伴[6]，百年石火[7]，况今白发，此意颇神伤也。

前日草二律[8]，虽未畅言，望存之箧耳。近日始访得旌德一士吕茗薌[9]，曾及北江弟子孙心青太史之门[10]，年六十余，以家毁于贼，脱走入黔依所亲，而所亲作令处又不可去，因馆省，而馆又瘠[11]。概其人学养议论，俱非浅者。自云稿往他所，尚未见授。昨赠我一五古，句法字法，篇格声节，乃非时谩尔操觚者所知[12]。而落魄于吾口[13]，闭门煎鳝[14]，谁与共语？嘻！其吁矣[15]！

据云：《北江集》外，有《左传诂》数十卷[16]，只刷印四五十本。此行，厂中可访之[17]。此外，未刻稿尚多，据其存余者，已多刻集后之作也。

出门两月，不得家信。玉山中光景何如[18]？大小亦无甚挂念，所萦萦者雛孙耳[19]。此地贼氛逼近，新添、月名[20]，时间告急。所处置亦懒问其详。只是悠悠如此，究非好消息，客子不独常畏人也。吾辈不立严墙[21]，自是正法；谩云听天委命，愚人而已，奚足贵乎？以此辗转，常不成寐[22]。芷升来书，亦云乌撒夷回不协[23]。恐亦非久安之地，又足忧也。以后出处，都不能预计。

五弟之行，大半十三矣[24]，值便，示一音。前途万万慎慎。

《逸字》已前告，卯儿包多本附行箧。此货颇难其人[25]。到京后可封呈祖庚詹事一本[26]。不得人而质之，意不如交坊贾[27]，听好者之自至为善也。

临楮爽然[28]，意不能尽。

十月廿五日　珍再拜

付卯儿一信，留心有东人妥便至寄去。

（此信由张剑据国家图书馆藏《郑子尹等书札》录出整理，附载于《莫友芝年谱长编》中。）

［校注］

［1］咸丰九年十月廿五日：为公元1859年11月30日。

［2］亲家：郑珍三女萱于与莫友芝长子彝孙订婚，故二人为儿女亲家。

［3］廿九之期：莫友芝原拟于十月廿九日起程北上，因资斧不足，延至十二月初。适东：到东乡。郑珍家在遵义东乡乐安里。

［4］枯僧：枯坐参禅的僧人。

［5］此行：指莫友芝赴京之行。友芝打算公车北上参加来年会试，兼以多年举人的资格“截取”知县的职位。宦就：当官的事成就。

［6］强伴：强有力的同伴。

［7］百年石火：喻时光过得极快，百年之间，如电光石火，倏然而逝。

［8］二律：指《贵阳送郘亭赴京就知县选，兼试春官》二首。作诗时，郑珍在贵阳，莫友芝随即返遵义作筹备。

［9］吕茗薌：名延辉，安徽旌德人，道光贡生。从学孙原湘，精汉学，工诗。流落贵阳，以教馆为生。

［10］孙心青：孙原湘，字子藩，号心青。嘉庆进士，充英武殿协修。工诗及骈散文，有《天真阁集》。与舒位、王昙齐名。

［11］馆瘠：指教馆的收入瘠薄。

［12］谩尔：浮夸。含轻率之意。操觚：指执笔写作。觚（gū），木简，古人用来书写。陆机《文赋》：“或操觚以率尔，或含毫而邈然。”

［13］口中字，或为“黔”字。

［14］煎鳝：查无此典。煎鳝与“兼善”谐音。儒家有“达则兼善天下，穷则独善其身”的处世原则。这里用“闭门煎鳝（兼善）”，有反讽的深意，以调侃的口吻为穷书生鸣不平。

［15］嘻：叹词。吁（xū）：忧愁。《诗·周南·卷耳》：“云何吁矣!”《传》：“吁，忧也。”

［16］《北江集》：洪亮吉的著作辑集。《左传诂》全名为《春秋左传诂》，今版《洪亮吉集》未收。

［17］厂：指北京琉璃厂书肆。

［18］玉山：指郑珍故居子午山。家中著述粗了，出门远游，先去省城，后沿赤水河北上，前往南溪访表弟唐炯，拟赴成都实现浣花溪之游，拜谒诗圣杜甫故居。

［19］雛孙：指郑珍长孙玉树。

［20］新添：明有新添卫，后改贵定县。月名，查无此地名。疑为“平月”，元代设平月管番民县总府，明末设平越府，改州，今为福泉市。

［21］严墙：高峻的墙。同“岩墙”。《孟子·尽心》上：“是故知命者，不立乎岩墙之下。”

［22］辗转：形容卧不安席。

［23］乌撒：明代设乌撒府、乌撒卫，今威宁县。时威宁州为贵西道治所，莫庭芝（芷升）在贵西道员承龄家任塾师。

［24］大半十三：大半，过半。《汉书·高帝纪》：“今汉有天下大半。《注》：“凡数三分有二为（大）半，有一分为小半。”十三：十分之三。意谓出行的筹备已差不多了。

［25］“此货”句：意谓此书难找识货的知音。

［26］祖庚詹事：时翁同书（字祖庚）回京出任詹事府詹事（亦称宫詹、宫相）。

［27］坊贾：书坊的商人。

［28］楮：纸。此指书信。爽然：默然若失。

与唐鄂生书[1]（同治三年甲子[2]）

鄂生老弟如握：

久未谈心，无时不在念中，竟无缘得一见矣。迩来贱躯无恙[3]，而口疾日加深重[4]，今生恐不能再见吾弟矣！

前云唐迹，后命同儿奉上[5]，以完平生之志。尚乞扶持儿辈，得蒙玉成，兄当感激于泉下也[6]。多作不能成语，临书祷切，敬请公安。

郑珍上言。九月十一日

（原迹藏凌氏“笋香堂”，影印入《郑子尹先生年谱》）

［校注］

［1］唐炯（1828—1908），鄂生，晚号成山老人，树义之子。遵义人。道光举人，历官云南巡抚。后以巡抚衔督办云南矿务。工诗文，有《成山庐稿》、《成山老人自撰年谱》、《四川盐法志》、《援黔录》等。鄂生为郑珍表弟，常给赒济。此信为郑珍临终托孤之辞，绝笔之作。

［2］同治三年甲子：公元1867年。

［3］迩来：近来。无恙：问候用语。无疾无忧之意。

［4］口疾：郑珍患口腔溃疡，最后连牙龈都腐烂。

［5］唐迹：疑指李阳冰篆书《浯溪铭》拓本。郑珍青年时代游道州浯溪，在荆棘泥沙中刨出这通摩崖，并亲手拓本，为巢经巢珍藏品。同儿：指郑知同。在唐炯家当塾师。

［6］玉成：爱之而使有成。宋张载《西铭》："贫贱忧戚，庸玉汝于成也。"后谓成全曰玉成。泉下：九泉之下，喻死后。

《息影山房诗钞》序[1]

吾播古号山州，自唐以来，文章道德之士，代不乏人，独无以诗赋名家、与中州人士会盟角逐者[2]。我朝乾、嘉之际，海内宴然[3]，士大夫争以文章风雅相炫鬻[4]，弦歌之泽，涵濡漫衍[5]，度越古今。吾舅氏黎雪楼先生以宏通淹雅之才，遭逢其盛，聪明早达。作官会稽[6]，公余辄以咏歌自娱，与诸名士相切劘[7]；弹琴詠风，有宓子贱之余韵焉[8]。迨中年解组后[9]，益以诗教倡导后学，一时群从子弟争自濯磨[10]，咸以"不学诗，无以言"为大辱。

珍以甥婿从游先生之门，与先生冢嗣伯庸共铅椠者殆十年[11]，颇能识其绪论[12]。复以先生之教转授邑人，风雅由兹浸盛。先生中子叔吉，少年善病，绝意策科[13]。趋庭之余[14]，尝从珍与其兄讲论六艺，如饥渴之于饮食。每有作，辄就正焉。或一字未安，必反覆推求，至合于古而后已。寒宵永夕，手一编朗诵微吟，长哦短讽，疾徐趋节，声徹四邻，铿然如出金石。与作者冥会神通，听者至为神往。如是十数年，于古今诗赋源流，悉闯其落而涉其涘[15]。又恐其博而不精也，乃专静潜閟一宗，祖于少陵[16]，旁及韩、白、苏、陆，沉浸含咀[17]，神与古谐，盎然若有所得。逮中年饱经世乱，颠沛流离，出入于戎马战阵之间，驰驱于锋镝之内。家庭多故，忧感百端，有触于中，则伸纸疾书，不假思索，竟精书写，常多悲凉愁惨之词，若不及区区规橅古人[18]，求工于字句之末者。及其音传响遏，沉郁苍茫[19]。苦语酸情，萦肠拂胃，意不期学杜陵而于杜陵自近。是非独平日嗜好之溺[20]，抑天性之真，境遇之厄，交迫而能然也。

叔吉外甚羸弱而内甚刚劲，忠孝肫挚，有古仁人孝子之风[21]。故发为诗歌，往往令人惄焉兴感[22]。叔吉诸昆弟，皆能以诗鸣于时，工力似出其上。至于感悼伤怀之作，则真情孤往，至情缠绵，使读者忠孝纯诚，油然勃发，则自以为不及焉。虞廷之命乐曰"诗言志"，孔门之立教曰"兴于诗"[23]。其庶几近之乎！

珍连年避乱山寨，衰病侵夺。叔吉出所作诗属点定，因略以己意去取，得诗若干篇，大部可传之什[24]。叔吉年强四十，所造已沛乎资萦[25]，其进境正未有量。吾舅氏教泽涵衍昌大，将惟叔吉是望。珍老矣，恐不及见吾叔吉之大成也。叔吉其勉之哉！

［校注］

［1］《息影山房诗钞》：黎兆琪撰。兆琪（1820—1885），字叔吉，号介亭，府学附生。雪楼先生第三子。从长兄兆勋及外兄郑珍学诗，研治宋学。咸丰年间，结禹门山寨以抗御农民军。后为楚军提供粮饷，协助川军攻克湄潭，以军功赏知府衔。随刘岳昭入滇，不惯官场生涯，拂袖而归，定居贵阳。著有《息影山房诗钞》4 卷，自书《年谱》1 卷。子汝弼、汝怀、汝谦，皆中举人。汝谦文学成就犹高。此文底本未收录，据黎氏刻本补入。

［2］角逐：争夺，竞相取胜。

［3］宴然：安定和乐的样子。

［4］炫鬻：炫耀出售。

［5］涵濡：滋润。指诗文润泽人们心灵。漫衍：连绵无尽。

［6］会稽：黎雪楼出任浙江桐乡知县，当古代会稽郡疆域。

［7］切劘：切磋。劘（mó）切磋，磨砺。

［8］宓子贱：“子”字，原刻本及《贵州通志·艺文志》均用“之”。按，宓不齐，字子贱，孔子弟子。春秋鲁国人。曾任单父宰，鸣琴不下堂而治。孔子称之曰君子。后世追封单父侯。

［9］解组：解下印绶，指辞官。

［10］濯磨：洗濯磨砺。比喻刻苦研习。

［11］冢嗣：嫡长子。黎兆勋，字伯庸，一作伯容、柏容。

［12］铅椠：铅，铅粉笔；椠，木板。古人的书写工具。借指书籍，也指著述或校勘。

［13］绪论：言论。概指其学问识见与论述。

［14］策科：指习策论时艺以应科举考试。

［15］趋庭：指接受父亲教导。《论语·季氏》：“（孔子）尝独立，鲤趋而过庭。曰‘学诗乎？’”鲤，孔子之子伯鱼。后因以子承父教曰趋庭。

闯其落：闯其藩离。涉其涘：渡水而进入岸边。比喻已进入学问之门或诗文之门。

［16］潜閟：静心专注于某事。少陵，指杜甫。也作“杜陵”。

［17］沉浸含咀：沉浸，渗透，渐渍。含咀（jǔ）：品味，多指对书史文艺的欣赏体会。韩愈《进学解》：“沉浸浓郁，含英咀华。”

［18］规橅（mó）：此处有摹习、仿效之意。

［19］响遏：响遏行云，原指音乐的美妙，此处借喻诗歌的魅力。沉郁：含意深刻。苍茫：旷远无边的样子。

［20］瀰（mǐ）：水深而满的样子。

［21］肫（zhūn）挚：诚恳。

［22］惄：忧思。《诗·小雅·小弁》：“我心忧伤，惄焉如擣。”

［23］“虞廷”句：见《尚书·舜典》：“帝曰：‘夔！命汝典乐……诗言志，歌永言，声依韻，律和声。’”“孔门”句：《论语·泰伯》：“子曰：‘兴于诗，立于礼，成于乐’。”

［24］什：篇什。《诗经》中的《大雅》、《小雅》、《周颂》以十篇诗编为一卷。叫作什，如《鹿鸣之什》、《谷风之什》等。后来用以泛指诗篇或文卷。

［25］沛乎：充盛貌。《孟子·尽心》上：“及其闻一善言，见一善行，若决江河，沛然莫之能御也。”资萦：积蓄富厚，萦纡回旋。

《影山草堂图》叙（咸丰八年戊午[1]）

郘亭莫五弟取“竹外山犹影”句，名所居曰“影山草堂”[2]，数年前属余为写，以懒未就。今弟将入仕[3]，逼为之。用“痴法”写竹外山影，非眼明不见也[4]。

戊午秋日　郑珍

［校注］

［1］戊午：咸丰八年。

［2］影山草堂：据友芝《影山草堂本末》一文载：友芝幼时读书于草堂中，堂后有田、有池、有圃，有伏流、有竹林，微风吹拂，竹影荡漾，隐约可见山影。七岁时读谢玄晖的诗句“竹后山犹影”，恍觉与堂后景物相类，便请父亲为草堂题写“影山”榜额，父亲笑而应之。友芝和诸弟，在此堂中勤学苦读，不时去竹林中嬉游，度过美好的童年。

［3］将入仕：莫友芝决定于咸丰八年秋赴京，凭资历“截取”知县，并参加礼部会试。

［4］“痴法”：指黄公望的绘画法。黄公望，号大痴，元代书画家，与吴镇、倪瓒、王蒙合称“元四家”，“以黄公望为冠”。郑珍对黄公望的画风颇为欣赏，如《与柏容论画》诗中说：“痴翁造化才，天马不受络。手补乾坤缺，山水有全著。拙我何敢望，兴至时间作。”黄氏画格有二，其一作水墨者，运以草籀奇字之法，皴笔不多，苍茫简远，气势雄秀，有“峰蛮浑厚，草木华滋”之评。郑珍作《影山草堂图》，便借用这一“痴法”，画境苍茫淡雅，竹木华滋，充溢生气。画面上的山影影绰绰，并不明显，故云“非眼明不见也”。

文清公禁伐花木橥跋[1]（道光二十七年丁未[2]）

公少不事楷法，而下笔雄阔严挺，神与古会，有日事临摹人不到者。老去，非作药方不书，故难得。此橥拾自棘丛，实传我后，使知非具仁孝本领，即书能乱真欧颜，亦复不佳[3]。又使恍闻慈声，知刻薄非我家法[4]。

道光丁未八月　男郑珍谨志

［校注］

［1］橥（zhū）：楬橥，也作“橥楬”。用作标识的木椿。

［2］道光二十七年（1847）。

［3］“使知”两句：意谓书品出于人品，仁孝之人，其书行间自然透发出端方诚朴、蔼然仁者的气象。如果缺乏仁孝的内质之美，即便临摹到足以与欧书、颜体乱真的程度，也非佳品。

［4］刻薄：待人冷酷无情，或语言尖酸。

大悲阁联跋[1]（咸丰三年癸丑[2]）

先子雅泉居士在时，常拟制一联，悬圣殿楹[3]，未果而卒。卒越八年，为咸丰癸丑岁，小子郑珍乃作此，命弟珏刻之[4]。用颂帝庥[5]，以完先人未了之志。

东里[6]郑珍谨篆并识。

[校注]

[1] 大悲阁：位于乐安江平远桥的左岸。为三层六角楼阁，下为石台和护栏，上盖蓝色玻璃瓦，造型挺拔雄秀。下层殿堂供奉关羽，上层供奉观音菩萨。关羽被历代帝王加封，俗称关圣帝君。

[2] 癸丑：咸丰三年（1853）。

[3] 圣殿楹：关圣帝君殿的楹柱。联语为"殿耸地撑千岁柏；神归天倚万人刀。"篆书，题识为隶书。木质油漆。上世纪六七十年代，阁毁，联板流落民间，80年代末，遵义县文管所收藏。现挂在重修的大悲阁大门上。

[4] 珷（fú）：郑珷，字子行，郑珍二弟。处士，有《悦坳遗诗》。

[5] 帝庥：圣帝的庇荫。

[6] 东里：应是东乡乐安里，今遵义县新舟镇一带。

《邵亭诗钞》题识[1]

乙巳、丙午两年之作，缒深造幽[2]，已到少陵整致境界[3]。五字十八佳作，七字多不浑脱处[4]，良由少决荡耳[5]。

丁未冬[6]，郑珍识

再看此稿，断存在十之九，其一究不失体，更细整，犹可存。盖五弟于笔墨力求名贵，故落纸更无憛悇率易语[7]，而短处即因此时时见之。其言情状事处，深入曲到，特是擅长。此可信之千古耳。

辛亥冬[8]，珍识

性情之地[9]，真不可解。前贤简练静细之作，老来捉笔，亦欲学之，而既不一似，转失故步[10]。邵亭诗多得于此，亦性情相近耶?

壬子正月初四[11]，又阅一过记，柴翁

今年春，三过邵亭丙午至辛亥六年诗两册[12]，共取二百四十余首，即以朱圈识于下方。珍于古人之诗，仅观大意，求如邵亭绳量尺按[13]，十倍逊之。然邵亭所得可得而论也。其取旨也务远，建词也务新[14]；句揉字练，使其光黝然，其声憀然[15]，绝无粗历猛起气象[16]。是其所取径造境，非直近代诗人所无，亦非鲁直、无已所能笼络[17]。惟用思太深，避常过甚，笔墨之痕，时有未化[18]。文章异派，利钝因之[19]：畅肆者易流；矜敛者易滞[20]。古今作者，势所必臻，无庸以燕病环[21]，亦无庸削趾适履也。

就各体论之，律诗胜于古体。而七律之出入黄、陆[22]，又胜五律；五古之骎骤杜、韩[23]，又胜七古；绝句则全是宋派，意所不属故耳。

郘亭与柏容平时论此事每推我。平心自揣，实才不逮两君，只粗服乱头[24]，自任其性，似稍稍无一得者。老矣，百事都倦。今年漫付之梓[25]，生世一回，止此结局，不无情伤。然唾壶敲缺[26]，天也，何如郘亭气血方遒劲，精力亦足副之？后日神明之境，定有未见水而急操妙处[27]。特自顾颓然老相[28]，不堪念及前途耳。将还此册，聊率识之。

壬子生日[29]，珍

［校注］

［1］这几则《题识》，钞自《贵州文献汇刊》第五期，出于1940年。

［2］乙巳、丙午：道光二十五、二十六年（1845、1846）。缒深造幽：指竭力营造深沉幽邃的境界。缒（zhuì）用绳悬人或物使下坠。

［3］少陵：杜甫。整致：整肃工致。

［4］浑脱：浑然天成，洒脱自如。

［5］决荡：本意为冲刷荡涤，喻作诗的精细琢磨。

［6］丁未：道光二十七年（1847）

［7］懆（cǎo）恅（lǎo）：心乱。《玉篇·心部》：“懆，懆恅，心乱。”率易：率直平易。

［8］辛亥：咸丰元年（1851）

［9］性情：人的禀赋和气质。杜甫《赠王二十四侍御契四十韻》：“由来意气合，直取性情真。”

［10］失故步：化用“邯郸学步”的典故。

［11］壬子：咸丰二年（1852）

［12］过：过目。经过阅览。丙午至丁亥：道光二十六年至咸丰元年（1846—1851）。

［13］绳量尺按：喻指读古人诗作仔细品味，揣摩其法度。

［14］取旨：选取诗作的意旨。建词：选择词藻。

［15］黝然：黑而泛青，光泽清润。憀（liáo）然：清徹响亮。

［16］粗历：形容乐音高急而壮猛。《礼记·乐记》：“粗历、猛起、奋末、广贲之音作，而民刚毅。”颜炎武《日知录·木铎》：“粗历之音，形为乱象。”猛起：武猛发起（见孔颖达《疏》）。

［17］鲁直：黄庭坚。无己：陈师道。二人是“江西诗派”的“宗祖”。笼络：笼（lǒng）与络都是羁绊牲畜的工具，引申为驾驭、控制之意。

［18］笔墨之痕：笔墨喻写诗作文。此指写作中雕章琢句的痕迹。未化：未能达到自然淡化的境界。

［19］利钝：锋利与滞钝。这里指利与弊。

［20］畅肆：畅达恣肆。流：流于滑易。矜敛：矜持而收敛。滞：滞涩，不朗畅。

［21］以燕病环：化用“燕瘦环肥”的典故。飞燕、玉环，各有其美。

［22］黄、陆：黄庭坚、陆游。

［23］骎（qīn）骤：马跑。《诗·小雅·四牡》：“驾彼四骆，载骤骎骎。”泛指奔驰。这里有并驾齐驱之意。

［24］粗服乱头：粗劣的衣服，蓬乱的头发。谓不加修饰。《世说新语·容止》：“裴令公有俊容仪，脱冠冕，粗服乱头皆好，时人以为玉人。”明王世贞《祝希哲小简墨迹跋》：“书极潦草，中有结法，时时得佳字。岂晋人谓裴叔则粗服乱头耶?”此处以粗服乱头喻作诗随顺自如，不特意修饰，而自得天真自然之美。

［25］付梓：将书稿交刻工雕板、印制。咸丰二年，郑珍《巢经巢诗钞》家刻本印行。

［26］唾壶敲缺：《世说新语·豪爽》：“王处仲（王敦）每酒后辄咏‘老骥伏枥，志在千里，烈士暮年，壮心不已。’以如意打唾壶，壶口尽缺。”后以“唾壶敲缺”形容心情忧愤或感情激昂。

［27］神明之境：指神而明之的空灵境界。这种境界超逸灵明，不着迹象，有水月镜花。诚如谢榛《四溟诗话》中所说：“诗有可解，不可解，不必解，若水月镜花，勿泥其迹可也。”作诗如能达到这样的境界，那就顺手拈来，皆成妙谛。这正如郑氏所说“未见水而急操妙处”，神妙极矣。

［28］颓然老相：无精打采的衰老面容。

［29］壬子生日：咸丰二年三月初十日。

跋自书诗稿与王个峰[1]

修炼家有三难：合鼎难，调鼎难，破鼎倍难[2]。泥洹一路[3]，若到此鼎不能破，必致郁塞以死。诗境正復如此。珍学诗二十年，自幸不郁塞以死。

惟三寸婴儿[4]，仅敢在十丈红尘上时一游戏[5]，再上而一二丈，则不敢去；正恐刚风一吹[6]，虽不至毛骨俱化，然稍费力气把持，必不乐而苦矣。湘皋邓二丈[7]，喜于十丈红尘外行走，有时尽力把持，几可到红云居处[8]；及其力竭而坠，直离红尘不远。故宁乐守故吾，不敢妄行一步。二丈虽笑我孱[9]，不惜也。

［校注］

［1］王个峰：名介臣。行迹见卷《与王介臣书》注［1］。

［2］修炼家：道家为求长生之术，常炼丹砂服食。炼丹，也称炼药。《晋书·葛洪传》："从祖玄，吴时学道得仙，号曰葛仙公，以其炼丹秘术授弟子郑隐。"葛洪撰有《抱朴子》，其内篇中有专论炼丹之术。此处借用炼丹的三段过程，比喻诗境的营造。

［3］泥（niè）洹：即"涅槃"。佛教语，为梵语音译。意译为"灭"、"灭度"、"寂灭"、"圆寂"等。是佛教全部修习所要达到的最高理想。一般指脱离一切烦恼，进入自由无碍的境界。也作为死亡的美称。

［4］三寸婴儿：由"三尺童儿"化用而来。三尺童儿，指不懂事的儿童。李白《醉后赠从甥高镇》："时清不及英豪人，三尺童儿唾廉蔺"。这里用三寸婴儿，喻体弱力孱。

［5］十丈红尘：佛家和道家把人世称为红尘，称出家为脱离红尘。十丈红尘，原意指车马奔驰而扬起的飞尘。清王端履《重论文斋笔录》云："十丈红尘飞紫陌，掩关闭煞踏青屐。"郑珍此处提出"十丈红尘上"，指所营造的意境依然未脱离红尘，只是超出其上，来源于现实而又略高于现实。

［6］刚风：也作"罡风"，指高处的风，劲风。刘克庄《梦馆宿》诗："罡风误送到蓬莱，昔种琪花今已开。"

［7］邓二丈：指湖湘诗人邓显鹤，号湘皋。郑珍青年时代游幕湖南，与邓二丈结为师友。行历见卷二《与邓湘皋书》注［1］。

［8］红云居处：红云，指红色的云，传说仙人所居之处，常有红云盘绕。洪昇《长生殿·冥追》："你本是蓬莱仙子，因微过谪落红尘。今虽是浮生限满，归仙山隔断红云。"把红尘与红云对举，喻人世俗境与道家仙境。

［9］孱（chán）：懦弱。陆游《寄别李德远》："中原乱后儒风替，党禁兴来士气孱。"

禹门山摩崖题词[1]

子弟宁尔宇[2]，六十四年，吾行归矣[3]。
己亥九月[4]，五尺道人泛舟过此记。

[校注]

[1] 这幅摩崖，刻于禹门山临河的悬崖上。郑珍和莫友芝在纂辑《遵义志》期间，抽空返沙滩休息，与黎伯容等泛舟乐安江，停泊禹门山麓，寺僧引入寺中饮茶，特请郑、莫二人题写摩崖。此幅摩崖正文为篆书，题识为隶书，今犹存。莫友芝所题摩崖为隶书，共 72 字，文中叙写当时情景，现录如下：

道光己亥季秋二十五，黎兆勳招同郑珍过禹门。积雨初霁，朝暾媚客，青山红树，炫耀目精，想老醉当年于此，兴复不浅。僧房小坐，饭水饮，阅四部。犹忆朱囗登楼时也。紫泉莫友芝。

老醉，指文雪和尚，法名通醉，禹门寺道场开创者。为清初高僧，工诗和画艺。

[2] 子弟宁尔宇：是对神灵、上苍的祷词。意谓子弟降临人世，安居于宇宙之间。

[3] 六十四年：不知何解。或许是由卦象推演出，八卦中两两相叠，衍生出六十四卦。郑氏或许预计自己能活六十四岁，正合八卦之数。如果他自己再活六十四年，回归冥冥之中的天宇，加上已经过的三十四年，那将是九十八岁，接近“人生百年”。

[4] 己亥：道光十九年（1839）。

题自绘《禹门山寨图》记[1]（同治二年癸亥[2]）

禹门山，顺治初昭觉丈雪大师避难来结道场[3]。地之幽胜，殆难为匹。乐安江即唐《元和志》之带水，又名夷牢水[4]，经山西麓洄为深潭，颓岩临之，影以古柏苍苍然，环东而南去。诸佛当岩之绝径。后山坡陀[5]，不甚高，得江水，皆险峭不易近。

自己未来，乡人苦于湄贼，遂相率因山砌垒[6]，聚居其中者几三千户。

吾中妹黎湘佩县君[7]，旧家桃花溪上[8]，避贼依母家，亦作此山中人。其屋三间，当大回之顶[9]。余携家自郡还东，将由此赴成都就浣花之约[10]。妹以我无居，留此小住。兀坐悠然，念飞鸿指爪，一印丈师残雪[11]，随笔涂染，庶他时谈山故者，爱而见我云[12]。

同治二年三月九日，柴翁记

[校注]

［1］《禹门山寨图》：又叫《爪雪山樊图》，纸本，高 32 厘米，宽 55 厘米。为淡色山水画。画面中部为山，山顶为堡寨，寨垣森列，房舍密集；左隔乐安江、水流洄环，远山数重；右侧绘村舍田陇。小款后钤“子尹”朱文印。图后为自题记，并五言诗三首。纸尾有黎庶昌、郑孝胥题诗。此图现藏贵州省博物馆。

［2］癸亥：同治二年（1863）。

［3］丈雪大师：法名释通醉（1610—1695），字丈雪，号禹门。生于明万历三十八年，圆寂于清康熙三十四年，世寿 86 岁。俗姓李，原籍四川内江。父母逃荒至桐梓芦溪里，生下丈雪，携回故里。5 岁时舍入佛寺，刻苦读书。年长，云游各方，参拜名僧，得万峰山破山大师印证，为临济宗第三十二世正宗法嗣。为避兵乱来到遵义，在禹门寺开道场，传授门徒。黎怀智出家为僧后，再拜丈雪为师，取法名第眉。丈雪又在成都重建昭觉寺，使之成为川西第一丛林。又赴陕西、浙江等地，于雪居、静明、青莲、草堂四刹开堂说法，培育僧才，其门徒广布各省，为一代禅门宗师。著有《青松诗集》、《丈雪语录》、《锦江禅灯录》等。

［4］乐安江：《元和志》即《元和郡县志》，唐李吉甫撰。为唐代地理专书。此《志》播州下云：“夷牢水西自带水县来，东经城北一里，又屈曲南流入废胡刀县界。”又云：“遵义县本恭水县，夷牢水经县北一里。”《遵义府志·水道考》载：乐安江，源自绥阳县西北八甲沟，在黄鱼桥汇入雅水，以后又有焦溪、清水坪河、土溪及打蛇坝伏流等汇入，流经沙滩，过禹门去。再向东南流，汇入黄池水、罗公水、野猫水等，注入湄潭河，最后注入乌江。

［5］“诸佛”两句：在临江的山岩顶上，有禹门寺，有多幢佛殿，供列诸佛菩萨。《遵义府志·寺观》“禹门寺”云：“在治东七十里，山周四五里，其西乔林崇壁，乐安江经其下，洄潭一碧，环山而东。明万历初，黎朝邦父子始创伽蓝于上，名沙滩寺。明亡，朝邦子、黄冈知县怀智落发住此，名龙

兴禅院。顺治丁亥（1647），僧丈雪避乱来居，旋去。己丑（1649）冬，再至，遂开道场，易名禹门寺。广建禅居，上下蜂房，各门户牖。禅和诸子，日至十百。北建藏经楼，贮四部《释藏》。后丈雪归昭觉，其徒一庵继传棒喝。”坡陀：不平坦。

［6］己未：咸丰九年（1859）。“湄贼”：指白号军，以凤冈、湄潭等地为根据地。不时进入遵义县境，沙滩黎氏村落和郑珍望山堂园林，被号军焚毁。黎氏族人黎兆祺、黎庶蕃等与乡民在禹门山间修筑寨垣，结团练兵，以求自保。曾抗御号军的多次围攻，成为黔北唯一未破的堡垒。

［7］中妹：中表妹。黎湘佩：黎恂次女，嫁遵义北乡举人杨华本。县君：宋代以前封妇女的封号。唐制，五品官的母亲、妻子均封县君，宋徽宗废弃此封号，改封夫人、淑人。明清因之。唯宗室妇女可称县君。杨华本任知州，官五品。这里改用“县君”的古称。

［8］桃花溪：杨氏家住北乡青龙嘴，位于桃溪畔。桃溪为湘江正源。也称桃花溪。

［9］大回之顶：指洄潭处的山岩之顶。

［10］赴浣花之约：郑珍早就盼望去成都游览浣花溪，赴草堂瞻拜“诗圣”杜甫遗址。几年前一度到达到南溪，因得知号军进入遵义东南境，急忙赶回。同治元年（1861），在四川作官的表弟唐炯及好友黄彭年，寄来川资，邀他再去蜀中，以完浣花之约。于是，郑珍携家由遵义城返回禹门山，打算祭拜祖先后便启程入川。因道路梗塞，只得留在山寨。

［11］飞鸿指爪：也作“雪泥鸿爪”。喻往事留下的痕迹。苏轼《和子由渑池怀旧》：“人生到处知何似，应是飞鸿踏雪泥。泥上偶然留指爪，鸿飞那復计东西?”

［12］见我：知我，了解我。

迁居纪事[1]（丙午秋[2]）

道光二十六年□月九日昧爽[3]，奉先府君之魂帛、先孺人之神主[4]、从祖、曾、高三世之主，自尧湾寓宅迁于望山堂。珍斩衰苴絰杖[5]，率一妻一男三女，各服其服从，以次安而毕，乃哭于门外之次[6]。哭吾父也，而因哭吾母；哭吾父母也，因而哭吾祖、曾；哭吾父母、祖、曾，因而哭吾身。盖痛吾母之借居终世而不及见斯堂也；痛吾父之及见构架而又不能数月入居之也；痛吾祖、曾自后之子孙遂长为斯里人[7]，而其坟墓遂弃之两日程外也[8]；痛吾身饥寒困苦之余，始仅依先人墓下奠四仲享献之居[9]；而行年四十，已衰茶如六十岁人[10]。而凡善吾子、赡吾弟、收吾诸從使永保有斯堂者[11]，知复能尽遂吾志否也？

哭无常声，继之以血。匠者曰："入宅，吉事也，而如此，若非宜者。"呜呼！吾能无痛哉？吾又奚知吉与不吉哉？书之，榜于堂，以纪来居之始。

［校注］

［1］此文收入黎庶昌《续古文辞类纂》，是郑珍入选的七篇之一。陈氏刻本收录，《全集》本漏此文，今补录之。

［2］丙午：道光二十六年（1846）。

［3］昧爽：拂晓，天未全亮之时。《书·太甲》上："先王昧爽丕显，坐以待旦。"

［4］魂帛：书写死者生卒年月日时的长幡，用白绢折成长条结成。神主：为死者立的牌位。

［5］斩衰（cuí）：古代五种丧服中最重的一种。用粗布制成的丧服，左右及下边不缝。子、未嫁妇对父母，媳对公婆，承重孙对祖父母，妻对夫，都服斩衰。苴绖（dié）：古代服重丧者所用的麻带。苴杖：古代居父母丧所用的竹杖。《荀子·礼论》："齐衰苴杖，居庐食粥，席薪枕块。"《注》："苴杖，谓以苴恶色竹为之杖。"苴（jū），通"粗"。

［6］次：次席。竹席的一种。

［7］斯里人：落籍于乐安里，成为编户之民。

［8］两日程外：郑氏故籍在西乡天旺里河梁庄，距乐安里百数十里，约徒步两日路程。

［9］四仲：四季中每季的第二个月，合称四仲：仲春二月，仲夏五月，仲秋八月，仲冬十一月。《史记·封禅书》："五月尝驹，及四仲之月祠。"享献：即供献。指把祭品、珍品献给祖先、神明或天子、王侯。

［10］衰茶（niè）：衰老疲沓。茶：疲倦。

［11］诸从（zòng）：指诸从子，即侄子。

经巢后计[1]（同治三年甲子[2]）

口齿间疾[3]，良非难已，自始至今，计八阅月，无苦不受，有增莫减。数日以来，尤觉逼迫。默坐思惟，此皆我胆小，由于才短，寸守不敢尺图，以致上负祖宗，下负父母，不孝不弟，罪通神明，故降之罚，如此酷也。诚不获赦，衅深数极[4]，吾敢怨乎？惟一二死后事程，及今神气了了[5]聊为书之，临时遵行，否作废纸。

吾福薄命苦，真大恨人[6]，常拟裸葬[7]，期于速朽。然在生者断不忍为，故仍需衣冠也。吾一衣数十年，并无新者。思人入棺中，既非赴宴，又非会客，安用此为？又人情，一经入棺，敛必具公服几袭，朝冠朝履，此亦合道。吾虽忝学职[8]，而花袍买时已旧[9]，至今更增破拆，又思身在土中，不赴朝，不趋公，安用此为？又恒情，虽农工商贾，必具袍褂，思颓然长卧，非欲行何礼，安用此为？古之贤者，敛以时服，昭著史传，不少其人。时服者，常服也。吾死之后，可即检平素单裌，绌者，绫者、罗者、绉者先著上[10]，终以葛布长袍盖之，始系腰带，如平时两旁垂绅[11]，不加长褂[12]；贴身仍须汗衣袴袜，套裤裤带[13]。我并无新者，止不破者用之，勿另缝。头用洋皱五尺为巾[14]。从额包发，向颈后却回向前，止包发边，至额，两股交互，仍绕向后，过耳寸许，便穿包发边之内，下垂于肩，更不用冠。足著布履一緉[15]，亦无新者，即现穿者刷净可也。

古用绞衾[16]，和头脚都包束了，俗间乃习用垫盖。夫尸不怕硬怕寒，何垫盖之有？吾死，力不能具紬帛，可用青布二丈，断作四幅，缝为表[17]，用红色或灰色布裹之。古士用缁布衾[18]，亦宜也。用蓝色或红色布五尺，裂作三条为绞，大敛时将衾裹棺中，令一边稍多，掩头时可盖过。铺衾之前，先记置绞，匀置三处；待尸落棺，以衾包折上面，然后以绞聚束之，其长当和脚俱包也。枕如平时，不必木枕，止垫厚木枋一块。

吾正月伐柏制棺，所谓“黄肠、题凑者”[19]。若少需时日，合之漆之，佳具也。吾诚不及待，留为内人用，即用其与买者。以漆合底，中垫尘厚寸，凡柴灰皆宜，上掩一二层纸。通盖单布一幅，上即加绞衾也。尸之空处塞灰包，止当易动处，毋取满也。脚下或砖或木，掩盖即漆口。

止设魂帛[20]，不造灵牌，不制栗主[21]，不书铭旌[22]。今日死，若明吉，可葬即葬，毋久至六七日也。

吾为父母烧纸钱，用邵子法[23]，以吾力能办也。吾死，可用程子法[24]，勿烧与我。旧时，拟埋在吾母左旁，坟高数寸，去墓尺许。细想之，此穴是顽石抟成一盘，天造石槨以安吾母；今于盘中开土，必皆遇石，纵强勉落棺，断不肯如我卑坟之意[25]。则方丈之地，隆然两邱，不成模样，是反病母墓也。

山堂屋基，以后时势，断不可再住。可葬我于中堂，大约占石壁之前一分，占后壁二分，坐向宜甲庚[26]，约从桐冈屋右山桂树间向出，以后须拆堂后石坎补土，令坡陀而下。壅坟尺许，始落平。两边整方之角，是为阳宅凿成[27]，宜先以乱石填之，次以土壅之，使成圆转之角。后坎上园地，并昔时加壅高，可酌铲其土，向前为坡陀[28]。土不足，厅基空地可消也。不足，取土于前丘之背，即慈干近泡桐树一带。(后逸)

(此文附载于凌惕安《郑子尹先生年谱》)

[校注]

[1] 此文是郑珍临终前关于安葬事宜的安排。涉及当时民间儒士的安葬习俗，既有古代葬仪的成例，也有郑氏独自的要求，敛葬之法，简朴近古。

[2] 甲子：同治三年 (1864)。

[3] 口齿间疾：由牙龈溃疡，延及喉部溃烂，吞咽困难。其《病中歎》诗云："蹉跎一病半年余，欲裂牙病腐颊中。怪病无名医欲避，久缠不放孽何如?"

[4] 衅 (xìn)：嫌隙，仇怨。数：命数，命运。数极：谓命运乖舛，遭遇坏到极点。

[5] 了了：清楚。李白《秋浦歌》："桃波一席地，了了语声闻。"

[6] 恨人：失意抱恨的人。江淹《恨赋》："于是仆本恨人，心惊不已。"

[7] 裸葬：不用衣衾棺木，赤身而葬。

[8] 忝学职：愧居学官之职。自谦之词。

[9] 花袍：清代官服，胸前及后背有绣花的补子，俗称花袍。补子的绣片花纹分官品而各不同。郑珍为八品，补服前后绣鹌鹑。朝服用青石云缎，无蟒。

[10] 紬 (chóu)：粗绸。用废茧丝纺纺成粗丝织成的平纹织物。绫 (líng)：一种很薄有綵纹的织物。罗：质地轻软、经纬组织显椒眼纹的丝织品。绉 (zhòu)：织出绉纹的丝织品。

［11］绅：束在腰间、一头垂下的大带。《礼·王藻》："绅长制：士三尺，有司二尺五寸。"古代，有身分的人束绅。后因称有地位权势的人为绅。如乡绅、绅士。

［12］褂：外衣。清代礼服，有袍有褂。礼服加于袍外的，称外褂，短的称马褂。黄马褂用于赏赐有军功的臣民；凡领侍卫内大臣、护军统领等，皆服黄马褂。

［13］袴（kù）：胫衣，套裤。袜：同"韈"。套裤：外面一层裤子。

［14］洋皱（zhòu）：有皱纹的丝织品，产自国外。俗称青纱。

［15］緉（liǎng）：量词。古代计算鞋子的单位，相当于"双"。

［16］绞衾：入敛时包裹尸体的束带和单被。《礼·檀弓》下："人死，斯恶之矣；无能也，斯信之矣。是故制绞衾，设蒌翣（按，指棺木的装饰），为使人勿恶也。"

［17］表：外加上衣。《论语·乡党》："当暑，袗絺綌，必表而出之。"《集解》："孔（安国）曰，必表而出之，加上衣。"此指上衣。

［18］缁（zī）：黑色。

［19］黄肠：以柏木黄心制的外棺。《汉书·霍光传》："光薨……赐……梓宫、便房、黄肠、题凑者各一具。"《注》："苏林：以柏木黄心致累棺外，故曰黄肠；木头皆内向，故曰题凑。"谢惠连《祭古冢文》："黄肠既毁，便房已颓。"题凑：古代贵族死后，椁室用厚木累积而成，木头皆向内，称题凑。《吕氏春秋·节丧》："题凑之室，棺椁数袭。"《注》："题凑，复絫。"

［20］魂帛：古代丧礼，用白绸摺为长条，交互穿贯，如俗同心结式，上出其首，旁垂两耳，下垂其余为两足，肖人形，左书死者生年、月、日、时，右书卒年、月、日、时。始死时设之，葬后立主，埋于墓侧。

［21］灵牌：即灵位。指新丧既葬、供奉神主的几筵。服阕即撤去。栗主：栗木做的神主。通称宗庙神主为"栗主"。

［22］铭旌：灵柩前的旗幡称明旌，又叫作铭。用绛帛粉书。品官则借衔题写曰某官某公之柩；士则称显考显妣；另纸书题者姓名，粘于旌下。平民之丧，不用铭旌。大敛后，以竹竿悬之，依灵右。葬时，去竿及题者姓名，以旌于柩上。

［23］邵子法：邵雍祭祖之法，要求焚香化纸。

［24］程子法：程颢、程颐，主张祭祀祖先勿须烧化纸钱。

［25］卑坟：造低小坟堆。

［26］甲庚：甲山庚向。即坐东向西。

［27］阳宅：堪舆家以墓为阴宅，住宅为阳宅。

［28］坡陀：倾斜，不平坦。